가장 멀리 있는 나

가장 멀리 있는 나

윤후명 소설

은행나무

차례

가장 멀리 있는 나

1

스리랑카의 누와라엘리야 산굽이에서 한국의 신갈나무 숲을 생각한 것은 간밤의 월식(月蝕) 때문이라고 헤아려졌다. 누와라엘리야는 분명 스리랑카의 리틀 잉글랜드라고 불리는 산간 마을인데, 내 마음은 아직도 한국의 신갈나무 숲에 머물러 있었다. 그리고 눈썹 같은 초승달 아래 산길을 가는 내 모습을 더듬었다.

다음 날, 나는 노트북 컴퓨터를 열고 한국 신문에서 월식에 대한 기사를 읽었다. 개기월식이다.

—1시간 47분 동안의 달의 잠적—

141년 만에 가장 긴 개기월식의 장관이다. 새 천년 들어

처음이자 앞으로 1787년 동안에는 이보다 더 긴 개기월식은 나타나지 않는 화려한 우주 이벤트다. 개기월식은 태양, 지구, 달이 일직선상에 놓여 달이 지구 그림자에 완전히 가려지는 현상. 이날 개기월식은 오후 10시 2분부터 11시 49분까지 1시간 47분 간 계속된다. 개기월식 전후 반그림자와 부분월식 시간까지 합하면 우주쇼는 6시간 18분 간 이어진다. 천문학자들은 이번 개기월식보다 긴 것은 1787년 후인 3787년 7월에 일어나며 0.3초가 길 것으로 관측하고 있다. 문의는 한국천문연구원(www.issa.re.kr).

그날 밤, 다달이 열리는 보름날 축제인 포야데이를 맞아 사원으로 간 나는 많은 참배객들이 보리수나무에 물을 뿌리며 도는 행렬을 따라 돌다가 느지막이 바깥으로 나왔다. 그러다가 우연히 밤하늘을 쳐다보았던 것이다. 뜻밖에 보름달이 이지러지고 있었다. 바야흐로 그토록 긴 '우주 이벤트, 우주 쇼'가 시작되고 있는 참이었다. 우리는 달이 다 먹히도록 그 자리에 서 있었다.

"아, 여기서, 오늘, 월식이라니요……"

한국 음식점 '해송(海松)'을 경영하고 있는 박 사장도 무엇엔가 홀린 듯 중얼거렸다. 한국을 떠난 지 십몇 년 만에 처음이라고 했다. 나중에 확인한 바로는 그 바로 전 개기월식은 1997년에 있은 것으로 되어 있었다. 아니, 그렇다고 하더라도 그것은 백사십일 년 만에 가장 긴 개기월식이라고 했으므로, 그 사실을 강조하는 말로 알아들으면 되었다.

"꼭 눈썹같이 남는군……"

나는 느닷없이 내가 무슨 말을 하는지 알 수 없었다. 그리고 사원의 등불들 위로 사라져가는 달빛을 응시하고 있던 나는 어떤 괴이한 주술(呪術)에 휘말린 듯 황망히 숙소로 돌아왔다. 그리고 다음 날 오후까지 내내 잠에 빠져들어 있었다.

눈을 뜨자 코바늘같이 가느다란 새끼 도마뱀이 베개 옆을 기고 있는 것이 보였다. 처음에는 무엇일까 했던 나는, 놈의 정체를 알고서도 가만히 보고만 있었다. 놈도 조심스럽게 나를 살피는 것처럼 보였다. 그러자 그것은 개기월식으로 거의 다 가려진 채 하얗고 얇은 한쪽 띠만 남은 달의 모습으로도 보였다. 그러나 그것은 녹갈색에다 네 개의 앙증맞은 발까지 달린 놈이었다. 그러다가 문득 떠오른 것이 가느다란 눈썹이었다.

그 눈썹은 신갈나무 숲속에 걸려 있었다.

한국을 떠나오기 전, 겨울이 한창 깊을 때, 나는 실로 오랜만에 그 남쪽 산으로 가서 신갈나무 숲에 이르렀었다. 사실대로 말하면, 나는 그때까지 그것이 신갈나무 숲이라는 걸 모르고 있었다. 그런데, 산 중턱부터는 신갈나무가 숲의 주인이 된다는 안내판이 친절하게 세워져 있었다. 신갈나무는 나무줄기에 희끗희끗한 빛을 띠고 있는, 너도밤나무과에 속하는 나무였고, 무엇보다도 흔히 보았던 나무였다. 그러니까, 그 언젠가 저쪽 오르막길을 허위허위 오를 때도 신갈나무들은 내 모습을 보고 있었으리라.

오래전에 나는 낙백한 채 그 산을 향했었다. 그리고 스님을 만났었다. 널리 알려진 선승인 스님은 도솔암(兜率庵)의 뜰 한 가장귀에 나무 의자를 내놓고 내 이야기를 들어주었다. 오랜 시간이 흐른 지금, 그 이야기는 내 삶의 어느 한 기슭을 스쳐 지나간 한 무리의 바람 소리 정도로 가벼이 들어도 좋을 것이었다. 시간이란 그렇게 너그럽다. 그러나 그때 그 바람 소리는 내 귀청을 찢으며 골속까지 후벼 파고들었다. 간단하게 말하면, 나는 힘겹게 힘겹게 피해 다니던 몸이었고 게다가 그 도피를 도와주던 여자와의 이별이라는 사건이 겹쳐졌었다고 한두 마디로 요약되겠지만, 그것은 실로 죽음에 이르는 것이었다.

그토록 오랜 도피 끝에 다다른 곳이 벼랑 끝 나락이었다.

"그렇다면, 며칠 있어보게."

스님은 선선히 말했다. '며칠'이라는 말이 새로이 가슴을 쳤다. 그곳에 이르기까지, 금방이라도 푹 고꾸라질 것 같은 몸으로 겨우겨우 버틴 지난 며칠은 매일이 늘 마지막 날이었다. 아무도 모르는 곳으로 가서 흔적도 없이 사라져버릴까, 마음먹은 것이 하루에도 여러 번이었다. 집행 유예! 이제 다른 며칠은 어떨 것인가, 방으로 걸어가는 내 두 다리는 몹시 후들거렸다.

누와라엘리아에서 한 시간쯤 차를 타고 더 고지대로 올라가면 해발 이천 미터에 달하는 곳에 넓은 초원이 아득하고 고즈넉하게 펼쳐졌다. 호턴 플레인스. 스리랑카의 국립공원 가운데 하나였다. 초원의 한가운데로는 맑은 시냇물이 흐르고, 저편으로 숲이 우거져 있었다. 그 숲을 지나면 '세상의 끝'이라고 이름 붙여진 깎아지른 벼랑이 나타났다. 그 깊이가 일천 미터에 이른다니, 천애지각(天涯地角)이란 여기에나 쓰임 직한 말이었다.

'세상의 끝' 벼랑에 서서 나는 지난 삶의 어느 날을 되짚고 있었다. 바람 소리가 귓전을 스치며 '며칠'이라는 말이 들려왔다. 저 아래로 몸을 날려서 아래쪽 바닥까지 떨어지는 그 유예의 시간이 바로 며칠이라는 뜻으로 새겨졌다.

그러나 내려다보면 벼랑 끝에 애처로이 매달려 피어 있는 빨간 꽃송이가 유난히 선연해서, 나는 저 작은 것이 '세상의 끝'의 심장이라고 받아들이고 있었다.

내 심장은 뛰고 있었다.

그 신갈나무 숲으로 다시 간 것은 스님의 다비식(茶毘式) 때문이었다. 스님은 돌아가셨다……는 소식을 신문에서 읽고 한동안 회상에 젖어 있던 나는 스님을 마지막으로 떠나보내는 의식에 참석해야 한다고 조바심을 쳤다. 밀려 있던 일들을 대충 해치우고 나니, 그날은 겨울 들어 가장 춥다는 날이었다. 스님은 다비의 불길 속에 모든 인연을 떨치고 갈 것이었다. 세상 모든 것이 인연에 의해 비롯된 것이라면, 열반(涅槃)이야말로 인연의 본체가 아닐까, 나는 잠깐 어림해보았다.

그렇다면, 며칠 있어보게…… 그날 밤 나는 잠 못 이루고 몸을 뒤척였다. 내가 온 뒤를 밟아 그녀가 오리라는 헛된 기대 때문이었다. 그녀는 나를 떠났지만 나는 여전히 그녀를 믿고 있었다. 그녀가 짐짓 그래보았을 뿐이라는 생각이었다. 무엇이 어찌됐든 그녀가 나를 떠날 리 없었다. 잠깐 잠들었을까 했는데, 꿈엔 듯 생시엔 듯 그녀가 산길을 오르는 모습이 눈에 어렸다. 몽유병자처럼 몸을 일으킨 나는 어둠 속으로 걸어 나갔다. 산 밑으로 이어진 길로 접어들었으나, 그 길은 어둠이 더 깊었다. 어느 누구도 헤치고 올 수 없을 어둠이었다. 그제야 나는 내가 꿈속을 버둥거리고 있음을 알았다. 그녀가 이미 다른 세계, 다른 질서에 속해 있다는 사실에 나는 애써 눈을 돌리고 있었던 것이다. 그것이야말로 몽유병자의 짓이었다.

돌이켜보면 지나온 삶의 길 자체가 허청거리며 걸어온 몽유의 길이라고 해도 틀리지 않았다. 자기 자신의 것일지라도, 과거는 한 권의 옛날 책 속 이야기처럼 객관화되어 저만치 떨어져 있다. 몽유의 헤맴이 지나간 아침에 과연 무엇이 남아 있단 말인가.

더위가 채 가시지 않은 철인데도 방 아랫목은 매일 지나치게 뜨겁게 달구어져 있었다. 그 위에 누워 있는 내 몸은 펄펄 끓었다. 윗목에서부터 아랫목 쪽으로 올수록 세 명의 고참들이 먼저 온 순서대로 누워 있었다. 넓은 세상에 내 한 몸 뉠 곳은 여기뿐인가. 나는 사로잡힌 야생 짐승처럼 그 상황이 믿어지지 않아 어둠 속을 무력하게 응시하곤 했다. 어디서부터 잘못된 일이었을까. 확실히 원인은 있었지만, 고분고분 따를 수 없었다. 그 방에 이르기까지 나는 도저히 가늠 못할 먼 오랑캐 땅을 천신만고 떠돌다 온 것 같았다. 나는 몸을 뒤척였다. 밥을 지으려고 아궁이에 불을 지펴 그 방구들을 뜨겁게 달군 것은 나였다. 그것이 내게 맡겨진 소임이었다. 그 위에 내가 누워 있는 그것이 인과라는 것임을 퍼뜩 느꼈다.

그러던 어느 날 밤, 그 숲속 어디쯤 높이 떠 있는 초승달 같은 눈썹을 본 것이었다. 어디선가 절의 사물 소리가 마치 피안에서인 듯 들려왔다. 북, 종, 어고, 운판은 나름대로의 소리로 존재를 일깨우고 있었다. 나뭇가지 사이의 그것은 그녀의 눈썹이 분명했다. 얼굴은, 몸뚱이는 어디 있는 것일까, 따져볼 겨를도 없었다. 순간, 의식이 몽롱해지고 숲과 하늘이 빙그르르 돌면서 나는 허공 속으로 빨려 들어가듯 한없이 작은 점으로 사그라졌다.

"웬일이오? 일어나시오."

"혼절했던 모양이군. 쯧쯧쯧."

겨우 눈을 떠보니 고참들이 사천왕처럼 큰 눈으로 나를 내려다보고 있었다. 온몸은 땀에 흥건히 젖어 있었다. 나는 두세 번 끙끙댄 뒤에야 끙 하고 간신히 몸을 일으켜 앉았다. 어디 다른 곳에 놔두었던 머리를 다시 가져다 올려놓은 듯 뒷골이 서걱거렸다. 바깥으로 나와 눈썹이 걸려 있던 숲을 찾아 이곳저곳 기웃거렸으나 그럴 만한 풍경은 어디에도 없었다. 꿈속에서 앙상했던 나뭇가지에는 푸른 잎들이 우거져 하늘을 가리고 있었다. 환상이었단 말인가. 그러나 나는 환상으로 밀쳐놓을 수가 없었다. 언젠가 그녀는 눈썹을 깨끗이 밀어버리고 내게 나타났었다. 유행이라는 것이었다. 그래도 나는 그녀의 변화를 읽지 못했다. 읽었다 한들 이미 늦었지만 말이다. 그러니까 그 눈썹은 내게 이제까지의 도피를 끝내고 또 다른 도피로 향하라는 말을 전하러 온 얼굴이기도 했다.

나는 정말 혼절했던 것일까.

어쨌든 그렇게 잠깐 깨어났던 나는 다시 방으로 기어들어가 다음 날까지 꼬박 누워 있지 않으면 안 되었다. 마당이다 길이다 넓히고 고치느라고 한창 진행되고 있던 고된 울력에도 나가지 않은 채 나는 무엇엔가 홀려 있었다. 다음 날 아침이 되어서야 정신이 명료해지고, 골짜기에 물 흐르는 소리도 들리고 처마에 새 깃들이는 소리도 들렸다.

스리랑카의 호수들에는 연잎이 날로 무성해지고 있었다. 그러나 막상 마음먹고 찾아가 보면 언제나 연못은 피어 있지 않았다. 이상한 일이었다.

"연꽃은 아직 안 피는 거요?"

나는 박 사장에게 물었다.

"왜요? 안 피는 때가 없지요."

"그런데 지금은 없잖소."

"절에 공양을 올리려고 아침 일찍 딴답니다. 저기 작은 배까지 있잖아요."

그 말에 나는 왠지 한 방 맞은 느낌이었다. 저 넓은 연밭의 연꽃들은 절에 바치기 위해 아침마다 새 연꽃 봉오리를 뽑아 올린다. 한국에서 이곳저곳 불려 다니며 특강이랍시고 할 때마다 나는 가장 더러운 뻘 속에서 가장 아름다운 꽃을 피워 올리는 연꽃을 잊어서는 안 된다고 말하곤 했었다. 상투적인 말의 전형이었다. 그러나 미처 피지 못한 그 봉긋한 꽃봉오리를 자른다는 것은 예상하지 못했었다. 그래서 연꽃은 더욱 처연하고도 아름다운 장엄이 되는가.

나는 여러 사원에 꽃을 올렸다. 탑에도 올리고, 보리수나무에도 올리고, 와불에도 올렸다. 원숭이들이 몰려다니며 먹을 걸 안 주나 힐끔거리고, 연꽃과 재스민 꽃을 수북이 얹은 꽃쟁반에서는 향기가 짙었다.

"박 사장, 여기 와서 연꽃 장사나 할까봐."

"한 묶음에 십 루피, 언제 벌어서 한국 가겠어요."

"여기서 그렇게 사는 거지, 뭐."

대학 후배인 박 사장은 그게 어디 그렇게 쉬운 일이냐고, 자기도 동남아에서 십 년 넘게 굴러먹다가 뒤늦게 여기까지 온 걸 알지 않느냐는 뜻으로 나를 한참 동안 바라보았다. 아닌 게 아니라 그는 이른바 신군부에 저항했던 경력을 지니고 있었다. 과거에 한국을 떠난 사람들은 여러 가지 이유로 쫓기듯 그 길을 택한 사람들이 많았던 것도 사실이었다. 그래서인가, 제주도 출신인 그는, 태평양의 섬을 떠나 인도양의 섬으로 왔노라고, 시를 공부한 사람답게 자신의 인생 역정을 간단히 줄여 말하고 있었다. 그런 그를 보며 나는 텔레비전의 야생 탐험 프로그램에서 본 스리랑카의 왕도마뱀을 연상했다. 그것은 '공룡의 후예'라고도 지칭되고 있었다. 밀림의 음습한 밑바닥을 기며 먹고 먹히는 가운데 사람의 몸집보다도 더 크게 자라는 그놈의 일대기는 모질고도 징그러웠다. 프로그램은 왕도마뱀이 인도양의 노을 진 해변에 이르러 머리를 힘껏 쳐들고 있는 장면으로 끝나고 있었다. 왕도마뱀과 악어는 물론 다르지만, 박 사장이 태국의 악어 농장에서도 일한 적이 있다는 걸 나는 알고 있었다.

인도양의 섬나라에는 나무들이 유난히 크고 무성한 데다 꽃들이 지천으로 피었다. 처음 도착하여 들어간 네곰보의 호텔 방에서 침대 위에 늘어진 둥근 모기장을 걷고 나와 아침 바다를 내다보았을 때, 코를 찌르던 것은 창가의 하드루 꽃이었다. 다섯 잎의 상아색 혀꽃은 가운데로 가면서 노란색을 띠고 있었다. 인도차이나 반도나 말레이 반도에도 흔한 꽃이긴 했다. 그 꽃향기와 함께 시작된 날들은 절에 올리는 재스민 꽃인 흰 아랄리에 꽃과 붉은 자귀나무 꽃과 노란 하네루 꽃과 어울려 나날이 이어졌다. 내가 현지인처럼 치마를 두르고 그곳에 눌러사는 모습을 상상한 것도 그 꽃향기에 취해서였을 것이다.

그러나 내가 인도양의 섬나라에서 새로운 삶을 도모한다 한들 왕도마뱀처럼 살아낼 수 있을지 도무지 엄두가 나지 않았다. 한때는 중국에 가서 '조선족'들과 어울려 살거나 러시아에 가서 '고려인' 속에 묻혀 살면 어떨까도 생각했었다. 하기야 나라 안이든 나라 밖이든 발길 닿는 곳이면 어디든 그곳에 살 수 있을까 실눈을 뜨고 가늠해보는 것이 내 버릇이었다. 그것 역시 오랜 도피 생활 동안 몸에 밴 관성임을 나는 알고 있었다. 그러니까 나는 사면이 된 지도 까마득한데 여전히 쫓기고 있는 꼴이었다.

호턴 플레인스의 '세상의 끝'에서 돌아오던 길에 작은 보라색 꽃 하나를 따서 그곳 시냇물에 띄워 보냈다. 그 꽃은 '세상의 끝' 벼랑에 가서 폭포와 함께 아래로 떨어져 내릴 것이었다. 그것이 내 생명의 의미라면…… 하고 나는 감미롭게 생각했다. 죽음을 감미롭게 생각한다는 것은 삶에의 애착이다. 나는 그 국립공원 직원들의 막사 뒤쪽에 딸린 작은 구멍가게에서 차 한 주전자와 빵 몇 개를 시켜 먹으면서도 이름 모를 작은 꽃처럼 폭포 아래로 떨어져 내릴 내 생명의 의미를 감미롭게 생각했다. 호떡이라고 불려 마땅할 빵은 고기와 야채를 다져 소를 넣고 기름에 튀긴 것이었다. 타밀 족의 인부 몇 사람이 어디선가 나타나 손을 내밀어 담배를 가로채다시피 해서 사라진 뒤, 나는 아무도 없는 광활한 초원을 향한 채 홀로 나무 의자에 앉아 무슨 생각엔가 잠겼다. 정확하지 않은 무슨 생각엔가 잠겨 있는 것이 너무도 오랜만이라는 생각이 가장 지배적이었다. 그래서 죽음마저도 너무 감미롭게 여겨지게 되는 것이었다. 무의미의 시(詩)는 그런 순간마다 가능하다.

혼절에서 깨어난 내게 스님은 웬일인지 산 밑까지 내려갔다 오라는 심부름을 시켰다. 마을의 우체국에 가서 편지를 부치고 오라는 것이었다. 그것은 갓 산에 온 내가 워낙 빌빌대니까 고된 울력을 면하게 해주는 한편 또 잠깐 숨통을 틔워주려는 뜻이라고 나는 받아들였다. 마감시간에 맞추려면 바삐 걸음을 옮기지 않으면 안 되었다. 신갈나무 숲속 길을 뛰어 내려오면서 줄곧 나는 희미한 눈썹의 잔상을 잊지 않고 있었다.

말했듯이 우체국에서의 일은 단지 스님의 편지를 부치는 일밖에 없었다. 편지는 모두 세 통이었다. 먼저 온 여자가 소포를 부치는 동안 나는 뒤에서 기다렸다. 우체국에서 편지를 부쳐본 것이 얼마나 되었을까 문득 그리워졌다. 한때 거의 매일 편지를 부치던 시절이 있었다. 멀리 섬에 사는 소녀였다. 그토록 많았던 사연은 세월 저쪽으로 묻혀버렸지만, 소녀가 그 섬을 남지나해와 태평양을 향한 물목에 있다고 말했던 것은 기억 속에 남아 있었다. 내 차례가 되어 우표를 붙이고 있는 내게 우체국 직원은 스님 편지군요, 하고 알은체했다. 아, 예.

그 여자는 우체국에서 조금 떨어진 곳에 서 있다가 내게로 선뜻 다가왔다. 말 좀 해도 되겠느냐는 것이다. 우체국에서 소포를 부치고 나서 나를 기다리고 있었던 듯했다. 하기야 나는 여자가 소포를 부치고 있는 모습에서 이미 냄새를 맡고 있었다. 그것은 이른바 속세로 보내는 소포였다. 망설이면서 거기까지 와서 마침내 절에 들어갈 의지를 굳게 다지고 있는 것이었다. 여자는 내게 절에 있느냐고 물었다. 그 물음에는, 우체국 직원의 말을 들었다는 내용이 곁들여 있었다. 스님의 가사를 입지 않고 절에 있는 처지인 내게 무엇인가 기대고 있다는 것은 아직도 속세 쪽에 미련을 갖고 있다는 증거였다. 안쓰러운 일이었다.

"절에 있기는 있습니다만."

나는 그렇게밖에는 대답을 찾지 못했다. 내가 여자에게 들려줄 말은 아무것도 없었다. 여자의 마음을 모르는 바는 아니었다. 쉽게 비웃으며 매도해선 안 된다. 나는 내게 말하고 있었다. 따져보면 여자와 나는 똑같은 위치에 놓여 있었다. 그렇다면 여자는 지나치게 신중한 것이다, 아니다, 이 망설임이야말로 지극히 마땅한 것이다. 아니다…… 나는 오히려 내 마음을 저울질하고 있었다. 그리고 뜬금없이 '화살은 신라를 지났다(箭過新羅)'는 《벽암록》의 구절을 떠올렸다.

몇 마디 이야기도 제대로 나누지 않았는데, 우리는 그 신갈나무 숲길에 다다라 있었다. 거기서부터 암자의 영역이라는 표시도 되었다. 여자는 며칠 전의 나와 마찬가지로 오갈 데가 없는 몸인 모양이었다. 나와 다른 점이 있다면 나는 다짜고짜 절로 기어들었는데 여자는 우체국 옆 여관에 자리 잡고 이틀째 절 주변을 빙빙 돌고 있다는 것이었다. 나는 하필이면 왜 이 산이냐고 물었고, 여자는 꼭 이 산을 찾아온 건 아니라고도 말했다. 여자는 내게 무엇인가 보다 확실한 실마리를 얻으려고 하고 있었다. 나는 아무 말도 해줄 것이 없었다. 소포를 보낼 때 그곳에 스님의 편지를 든 내가 있었던 게 잘못이라면 잘못일 뿐이었다. 설령 해줄 말이 있다 하더라도 여자의 인생에 내가 끼어들 계제가 아니었다.

"그럼, 이만."

작별 인사를 하자 여자는 마지못한 듯 멈추어 섰다. 더 이상 여자와 상대하고 있을 처지가 못 되는 나는 여자의 얼굴을 쳐다보는 둥 마는 둥 하고 산길을 올랐다. '화살은 신라를 지났다'는 구절이 머릿속에 맴돌았다. 그 구절을 처음 대한 것은 민영규 교수의 글에서였다. 무슨 뜻일까, 하고 잊어버렸는데, 정말 뜬금없이 되살아난 것이었다. 이름도 잊어버린 옛 여자가 꿈속에 생생하게 나타난 것과도 같은 느낌이었다. 얼마쯤 올라가다 뒤돌아보니 여자는 아직도 그곳에 멈춰 선 채 내 쪽을 쳐다보고 있었다. 그와 함께 여자의 눈썹이 내 얼굴 가까이 있는 듯 여겨졌다. 한줄기 바람 같은 것이 등줄기를 훑고 지나갔다. 내 삶에 대한 뉘우침이라고 나는 판단했다.

그런데, 모를 일이었다.

그날 저녁, 다시 뜨거운 방구들에 누웠으나, 못 견딜 열기보다도 '화살은 신라를 지났다'는 구절에 나는 더 못 견뎌하고 있었다. 답답하면 스님에게 물어보면 될 것이었다. 《벽암록》은 옛 중국 선사들의 화두를 모아놓고 또 주석을 붙인 책이었다. 그러므로 스님은 달달 외고 있을 것이었다. 그러나 나는 내가 그 뜻에 매달려 있는 것이 아님을 알고 있었다. 그러면 무엇 때문에? 알 수 없었다. '화살은 신라를 지났다'는 구절의 뜻이 무엇이든 상관없이 그 구절에 못 견뎌하고 있다는 그것이 문제였다.

나는 그 간극 사이에 둥둥 떠 있는 것만 같았다. 아니면 설산의 끝 모를 크레바스 아래로 떨어져 내리는 것만 같았다. 다시 혼절하려는가, 했지만 그것은 아니었다. 그것을 의식할 만큼 나는 말짱했다. 연옥을 헤매고 있는 게 아닌가도 싶었다. 그러나 어느 것도 그 상태를 제대로 설명할 길은 없었다. 지나온 삶도 그와 같았다는 회한에 휩싸였다. 섣불리 사람의 탈을 쓰고 태어나서 구차한 몸뚱이 하나 깃들일 방 한 칸 마련하지 못하고 하염없이 도망쳐온 날들이 가련하기만 했다. 나는 그대

로 누워 있을 수가 없었다. 허공에 있을지도 모를 썩은 동아줄
이라도 붙잡지 않으면 안 된다. 나는 실성한 듯 벌떡 몸을 일
으켰다.

"무슨 일이오?"

고참 한 사람이 놀라서 물었다.

"아닙니다. 아무래도 저 가방마저 우체국에서 부쳐버려야
할 것 같아서."

"우체국에요?"

"예."

나는 결연히 말했다.

"그런데, 왜 이 밤에?"

"몰라요. 모르겠어요."

나는 가방을 어깨에 둘러멨다. 가방이라야 그 안에 든 거라
고는 이렇다 할 만한 것도 없었다. 세면도구와 옷가지 몇 장
과 쓰다 만 잡기장 따위, 구태여 속세로 버려야 할 것도 아니
었다. 나는 고참들에게 절을 꾸벅하고는 암자를 등졌다. 그들
은 허깨비를 보는 듯 멍하니 앉아 있었다. 한밤에 우체국은 왜
튀어나왔는지 나 스스로도 어안이 벙벙했다. 그렇지만 그것은
누가 뭐라 한들 결코 허튼소리는 아니었다. 문을 닫았든 말았

든 상관없이 우체국이 그리웠다. 우체국을 통해야만 세상과의 관계가 이어질 듯싶었다. 도망치는 자는 세상으로부터 숨으려 하지만, 그렇다고 해서 단절을 원하지는 않는다. 우체국은 세상을 향해 뚫려 있는 작고 유일한 통로였다. 밤이 지나는 동안 그 통로는 영원히 막혀버릴 것만 같았다. 그러면 나는 질식해버릴 것이었다. 견딜 도리가 없었다. 나는 허겁지겁 산을 내려왔다.

개기월식이 있던 다음 날 아침, 붉은 깃의 새 같은 꽃들이 땅에 툭툭 떨어져 뒹굴어 있는 것을 보았다. 처음 보는 꽃이었다. 산간 지방에서 목재를 가득 실은 트럭이 내려오면서 꽃을 으깨고 지나갔다. 감자사원이라는 뜻의 알루비하라에서 사 온 〈패엽경(貝葉經)〉을 들추어 그림을 들여다보았다. 절에서 스님이 직접 만든 것이었다.

"한국에 있으면 아직도 쫓기는 꿈을 꿔."

"악몽이죠."

박 사장은 머리를 절레절레 흔들었다. 나는 〈패엽경〉을 보는 것만으로도 악몽을 물리치게 되리라 믿기로 했다.

한번 안 오겠느냐는 그의 전화를 몇 차례 받고도 꼼짝하지 못하고 있다가 그 역시 사면이 되어 한국에 왔다가 가는 기회에 드디어 못 이기는 척 따라온 인도양의 섬. 산비탈은 온통 끝 간 데 없이 차밭이었다. 그런데 마을 근처에 뜻밖에 마늘밭이 있었다. 마늘싹이 이른 봄 한국에서처럼 파릇파릇 돋아 있었다. 남해 보리암 언저리의 길이 떠올랐다. 참배객들이 묵고 있는 방 한구석에 담요를 쓰고 누웠다가 나선 새벽길이었다. 코코닛 야자열매를 잘게 바수어 펴서 파피루스처럼 만든 종이에다 옛 팔리어(語)로 쓴 경전인 〈패엽경〉 속 그림에서도 그 길이 보였다. 오래전 사랑이 〈패엽경〉 속에 고이 간직되어 있었다.

땅에 떨어져 짓이겨져 있던, 붉은 깃의 꽃들이 살아 있는 새가 되어 다시 날개를 퍼덕였다.

우체국을 향해 허둥지둥 걸어 내려온 그날 밤에 무슨 일이 일어났던가.

나는 그 여자를 만났고, 우리는 그곳 계곡의 다리를 건너 술집을 찾아 들어갔다. 내가 우체국에서 소포를 부치려고 내려왔다고 말했음에도 불구하고 여자는 웃지 않았다. 그 대신 여자가 자살을 꿈꾸고 있었다고 말하는 바람에 나는 쿡쿡 웃음

을 터뜨렸다. 자살 얘기를 들으니 우린 무척 오래된 사이 같군
요. 내 말은 진실이었다. 우리는 세상과 멀리 떨어진 산 밑 우
체국에서 불과 몇 시간 전에 만난 사이에 지나지 않았다. 그러
나 그것은 묵은 인연일 수밖에 없었다. 하지만 과거도, 미래도
말하지 않기로 해요. 지금 현재만 말하기로 해요. 여자가 맞받
았다. 망설이고 있는 여자의 말치고는 서늘했다. 쫓기는 남자
와 망설이는 여자는 술잔을 바꿔가며 연신 마셔댔다. 이게 세
상 마지막 밤이었음 얼마나 좋을까. 여자는 혀가 꼬부라져서
도 그렇게 말했다. 내가 해야 할 말이었다. 그 말을 들으며 나
는, 화살은…… 운운했던 것 같지만, 기억은 거기서 끊어졌다.

　다음 날 아침, 우리는 거의 동시에 잠에서 깨어났다. 그리
고 서로의 발가벗은 몸을 보았다. 우리는 아무 말도 하지 않았
으나, 그렇게 되었군, 하는 눈짓을 흘낏 나누었다. 아침을 먹고
헤어집시다. 내 목소리가 죽은 새의 부리에서 나오는 소리같
이 내 귀에 들렸다. 여자는 말없이 머리를 조그맣게 끄덕였다.
세수를 하는 둥 마는 둥 바깥으로 나온 우리는 마침 문을 열
고 잇는 해장국집으로 들어갔다. 여자가 국물을 몇 숟가락 뜨
는 동안 나는 소주를 들이켰다. 저 우체국을 도솔천 밑 우체국
이라고 부르면 어떨까요. 어색한 공간을 얼마쯤 흩트려놓으려

고 말을 건넸으나 헛일이었다. 여자는 말없이 얼굴을 내리고
만 있었다. 어제부터 보아온 것과 달리 여자의 얼굴은 달걀같이
맑고 차가웠다. 다른 여자 앞에 앉아 있다고 여겨질 지경이었
다. 우체국 문을 열 시간이에요. 여자의 말에 나는 시계를 보았
다. 그렇군요. 나는 갑자기 참담해졌다. 헤어질 시각이 되었음
을 나는 먼저 알고 있었다. 서둘러 해장국집을 나온 우리는 다
리를 건너자마자 헤어졌다. 여자는 얼굴 한번 돌리지 않고 멀
어져갔다. 얼마 동안 우두커니 서 있던 나는 우체국을 지나 버
스 종점으로 가서 그곳을 떠나는 버스에 몸을 실었다. 또다시
어디론가 도망치기 위해서였다.

    그리고 이십 년이 지나서 나는 어쭙잖게도 스님의 다비식을
보러 그곳에 이른 것이었다. 행사장 입구의 노점에서 스님의
일대기를 엮어놓은 책을 팔고 있었다. 오로지 불교에 진력하
려고 젊은 나이에 손가락에 연비(聯臂)하여 네 개나 불태웠다
는 것에서부터 가족이 무려 몇십 명이나 스님이 되었다는 것,
평생 참선 정진했다는 것, 무엇보다도 엄하게 계율을 지켰다
는 것……들이 씌어져 있을 것이었다. 표지의 날개에 실려 있
는 사진 속 스님이 웃음을 머금고 내게 며칠 있어보라고 말하
고 있었다. 지난 세월이 단지 며칠에 지나지 않는 듯했다. 나는

신갈나무 숲의 공기를 깊이 들이마셨다. 모든 일이 한데 어울려 새삼스럽게 밀려왔다. 매섭게 추운 겨울날인데도 사람들이 무리를 이뤄 몰려들고 있었다.

대웅전 밑 넓은 뜰은 사람들로 가득 차 있었다. 곧 예식이 시작될 모양이었다. 국악 합주단의 연주가 울려 퍼졌다. 나는 식순이 적힌 종이를 보고서야 그 예식이 다비식과는 달리 진행되는 영결식이라는 사실을 알았다. 옆에 서 있던 남자에게 물어보니, 스님의 시신을 불태우는 다비식은 나중에 다른 절에서 있으리라는 것이었다. 그는 다비식까지 갈 예정이라며, 차편이 마땅하지 않으면 같이 가도 좋다고 호의를 보였다. 고맙습니다만, 시간이 안 맞아서요. 나는 거절했다. 확성기에서 영결사가 흘러나오고 있었으나, 웅웅대는 울림소리에 묻혀 알아듣기 어려웠다. 순서가 진행되는 동안 나는 그 여름의 며칠을 머릿속에 되살려보고 있었다. 마치 다른 사람이 겪은 일처럼 동떨어진 '며칠'이었다. 한참 뒤, 영결사는 '할!' 소리와 함께 끝났다.

할!

정신을 바짝 차리고 늘 깨어 있으라는 그 소리는 지나온 내 삶을 질타하는 소리이기도 했다. 사람은 어쨌든 다 살게 마련이라는 말이 원망스러웠다. 굼벵이처럼 이리 구르고 저리 구르며 그저 연명하기 위해 살아온 삶이었다. 굼벵이는 그래도 매미가 되어 보라는 듯이 세상에 나아가건만, 나는 이것도 저것도 아니었다. 쫓기느라 허물조차 제대로 벗지 못한 삶이었다. 법당 안에서 스님들이 줄을 지어 나오고 있었다. 나는 합장하는 사람들 뒷전에 서서 스님들에게 가벼운 목례만 올리고 있었다.

그때였다. 나는 내 눈을 의심했다. 추위에 눈망울까지 시리더니, 잘못 본 것이 아닐까, 했다. 나는 눈을 비비고 다시 보았다. 틀림없었다. 아무리 이십 년이라는 세월이 지났어도, 그 모습은 그대로 남아 있었다. 그 여자였다. 정식으로 육조 가사를 걸친 위에 머리에는 털모자를 눌러썼지만, 어김없이 그 여자, '도솔천 밑 우체국'에서 만난 그 여자였다. 술을 마시고 밤을 함께 보낸 그 여자였다.

숨이 막혔다. 처음에는 나도 모르게 흠칫 뒷걸음질을 쳤으나, 다음 순간 내 발걸음은 그 여자, 아니 비구니 스님에게로 어느덧 다가가고 있었다. 오금이 저리고 온몸이 얼어붙는 듯싶었다. 나는 어렵사리 앞사람들을 헤치고 그 옆으로 비스듬히 서서 걸음을 옮겨놓았다.

"스님."

나는 마구 뛰는 가슴을 간신히 누르며 입을 떼었다. 내 목소리를 못 들었는지 스님은 말없이 큰스님들을 따르고 있었다. 내가 잘못 보았나 하는 의구심이 다시금 일었다. 그러나 틀림없었다.

"스님."

나는 다시 불렀다. 그제야 그 얼굴이 내게로 향했다. 나는 그 얼굴을 마주 바라보았다. 이십 년 전의 얼굴이 신기하게도 고스란히 남아 있었다. 나와 마주 대한 얼굴에 언뜻 의아한 표정이 어렸다가 흐트러지며 사라졌다. 그 찰나, 눈썹이 미세하게 움직이는 것을 나는 놓치지 않았다. 그리고 곧 그 얼굴은 언젠가처럼 달같이 맑고 차가워졌다. 나는 무슨 말인가 하리라 했다. 하지만 아무 말도 나오지 않았다. 우체국…… 화살…… 등등의 낱말이 토막토막 끊어지면서 머리 저쪽 뒤편에서 자맥질을 하다가는 가라앉았다. 안타깝기 그지없었다. 이 또한 몽유의 버둥거림일까. 아니었다. 그것은 눈뜨고 겪는 엄연한 현실이었다. 그럼에도 불구하고 나는 어쩌지도 못하고 가슴 졸이며 머뭇거릴 뿐이었다. 어느덧 그 모습은 앞으로 성큼 걸어가고 있었다. 나는 그 자리에 붙박여 멈춰 서서 그 모습을 지켜보고만 있었다.

그날 나는 예전에 여자와 술을 마셨던 술집에 가서 홀로 술을 마셨다. 그리고 다음 날에는 역시 예전에 여자와 함께 눈떴던 여관방에서 아침을 맞았다. 벽에 걸려 있는 달력을 보니, 때는 음력 초순, 밤에는 초승달이 뜰 날이었다.

스님의 다비식이 있는 날, 눈썹 같은 초승달을 보려는가, 나는 생각했다.

2

남해 보리암 언저리에는 아직 겨울인데도 마늘싹이 파릇파릇 돋아 있었다. 홀연히 나는 시간관념을 잊고 있었다. 몇 년 전의 나와 지금의 나를 구별할 길이 없다는 느낌을 표현하기 위해 예로부터 꿈일까 생시일까 하는 말이 있었던 듯했다. 애초에 겨울의 늘푸른나무 숲을 만나기 위해서 서울을 떠나온 것부터가 수상쩍은 일이 아니면 한낱 상징이었을까. 그렇지 않다면 내가 겪고 있는 일이 그토록 비현실적으로 느껴질 리는 없다는 생각이 들었다.

간밤에 느닷없이 그녀에게 전화를 한 것도 그랬다. 서울을 떠날 때는 상상도 못했던 일이었다. 그러므로 늘푸른나무 숲을 보리라 했던 마음이 그녀와 어떻게든 연관을 맺고 있었다고 보아야 했다.

그제야 나는 비로소 모험이라는 낱말을 떠올렸다. 그렇다면 그 모험은 아침부터 이미 시작된 것이었다. 아니, 서울을 떠나올 때부터 나는 모험을 꿈꾸고 있었다고 해야 한다. 누구나 무엇엔가 잔뜩 주눅이 들어 있을 때 모험을 꿈꾸지 않는다면 삶은 거짓이 되고 만다고, 나는 읊조렸던 듯싶었다. 새삼스레 그녀를 만나고자 한 저의야말로 모험이 아니고 무엇일 것인가. 그리하여 서울역에서 거의 여섯 시간이나 걸리는 진주행 열차에 오르지 않았던가.

겨울에 들고부터 나는 그저 남쪽 지방의 늘푸른나무 숲을 보고 싶었을 뿐이었다. 가령 남해 섬의 '3자'라는 유자, 치자, 비자 같은 나무가 그것이었다. 거기에 동백도 곁들이고 또 비파도 곁들인다면 그것으로 그만이었다. 그 마음이 점점 심한 갈증으로 변해갔던 것이다. 전에는 없던 일이었다. 지구의 나무를 갈망한다…… 나는 아마도, 지구의 허파라는 아마존 강 유역이 개발되면서 엄청난 나무들이 베어지고 있다거나 인도

네시아 칼리만탄 섬 삼림에 불이 나는 통에 생태계가 파괴되고 있다거나 하는 장면까지도 연상했음에 틀림없다. 그리하여 남쪽의 늘푸른나무 숲을 보고 싶다는 염원은 무엇보다도 간절하게 되어갔다. 하기야 전에도 간간이 겨울 동백꽃이 보고 싶어서 어디어디의 동백꽃이 피었다고 하는 신문 기사를 오려놓은 적은 여러 번 되었다. 그러나 생각뿐이었다.

그런데 이번은 달랐다. 그야말로 지구의 나무를 갈망한다고밖에는 달리 어찌 표현할 길이 없었다. 선운사의 동백꽃이 육자배기 소리를 내며 피었든 곡소리를 내며 피었든 어쨌든 그런 풍경만으로 해결될 문제가 아니었다. 아마존 강 유역도, 칼리만탄 섬 한가운데도 아닌 그 어떤 곳의 숲이 그리웠다. 그렇다면? 숲이라면 시베리아의 까마득한 침엽수 숲도 있었고, 유럽의 검은너도밤나무 숲도 있었다. 중국의 북방가문비나무 숲도 있었고, 일본의 삼나무 숲도 있었고, 인도지나 반도의 반얀나무 숲도 있었다. 그러나 그 어떤 숲 한 가지를 꼭 짚어 이거다 하고 손을 들어줄 수 없다는 데 문제가 있었다. 남아메리카 홍수림의 맹그로브 숲? 북아메리카 삼림의 유칼리 숲? 아니면 북아메리카 건조지의 드문드문한 바오밥나무 숲? 그런 것들도 아니었다. 그런 것들이라면 쉽게 훌쩍 떠나서 만날 처지도 아니므로 오히려 넘겨다보지 않기로 하면 그만일 터였다.

그래서였을까. 이 겨울에 나와 가장 가까이 있는 그 어떤 숲, 늘푸른나무 숲이 그다지도 그리울 수가 없었다. 서울에서는 겨울을 나지 못하되, 남쪽 어디엔가에서 푸르게, 푸르게 우거져 있을 숲. 그 숲의 한계선이니 하는 안타까운 말들이 개입된다. 이 말들 앞에서 나는 늘 몸을 움츠린다. 모든 식물들은 자기의 한계선을 넘어서 살 수 없다고 되어 있었다. 삶에는 한계가 있다!

그럼에도 불구하고 나는 지구의 나무를 갈망한다고 말했으며, 게다가 정확하게 남해 섬을 들먹였다. 그리하여 한 여자가 등장하게 되어 있는 것이었다. 그녀는 한때 내 연인이었고 보호자였다. 보호자라는 뜻에 내게 은신처를 제공하고 있었다는 의미를 포함한다. 가령 남해 섬의 3자라고 말할 때, 그 말 뒤에 숨어 있는 한 여자의 그림자를 내가 도외시했을 리는 만무했다. 그녀는 나를 떠나 그 섬으로 시집을 가고 말았던 것이다. 그렇다고 해서 지구의 나무와 그녀가 어떤 연관이 있는 것은 결코 아니었다. 그녀는 나무니 숲이니 하는 것에 대해서는 거의 젬병인 여자였다.

"이 마로니에 가로수들 좋지 않아?"

한번은 대학로를 걷다가 그녀가 커다란 플라타너스를 가리키며 마로니에라고 했을 때, 가만히 입이나 다물고 있었으면 둘째는 간다는 말이 떠올랐었다. 플라타너스와 마로니에가 좀 어렵다면, 오동나무와 라일락도 있었다. 봄에 소래 포구에 가서 꽃이 활짝 핀 오동나무를 보고 그녀는 느닷없이 라일락이라고 우기기도 했던 것이다. 이와 같은 비유는 한심할 정도로 많다. 그녀의 식물 사전에는 잎이 삐죽삐죽한 모든 나무는 잣나무든 측백나무든 향나무든 아랑곳없이 다 소나무였고, 잎이 두껍고 광택 나는 모든 나무는 동백나무든 천리향이든 벤저민이든 아랑곳없이 다 사철나무였으며, 철쭉, 영산홍, 진달래는 그저 진달래로 통일되었다. 하기야 식물에 조예가 없다면 그럴 수도 있는 일이었다. 이름 없는 풀은 없어도 이름 모를 풀은 있게 마련이었다. 요컨대 모르면 입을 다물고 있으면 그만인데 그러지를 않는다는 데 문제가 있었다.

　하지만 사람의 일은 역시 모를 것이었다. 그녀가 그러면 그럴수록 그녀에게서 벗어날 수가 없어서 발버둥을 치는 내 꼴이 내 눈에도 훤히 보이게끔 되었으니, 때로는 그녀가 나를 옭아놓으려고 짐짓 그러지 않나 의구심이 들 지경이었다. 그렇다고 해서 내가 식물에 대해 특별히 뭘 알고 있었던 것도 아니었다. 그 결과 나는 역설적으로 식물에 대해 하나라도 더 알려고 노력한 사실에 고맙다고 해야 하는 것이다.

"나 아무래도 결혼할까봐."

강원도에 얼마 동안 가 있다가 돌아온 그녀는 아무 일도 아니라는 듯 말했다. 그녀의 고백을 들은 나는 전혀 다른 나무를 무슨 나무라고 우기는 게 아닌가 여겨졌다.

"오동나무 꽃을 라일락 꽃이라는 여자도 시집을 가나?"

나는 빈정거리면서, 빈속에 소주를 들이부었다. 이런 게 질투일까, 하고 나는 내가 그녀의 행복을 빌고 있는지 불행을 빌고 있는지 잘 몰라서 당혹스러움을 느꼈다. 그날 우리는 만신창이로 취했고, 여관에 들어가서도 둘 다 옷을 입은 채 한 사람은 침대 위에, 한 사람은 방바닥에 널브러진 모습으로 아침에 발견되었다.

여관을 빠져나온 우리는 청진동의 해장국집에서 돼지 뼈다귓국을 시켜놓고 또 소주를 마셨다. 그제야 성욕이 마치 재 속에 묻어둔 불씨를 헤친 듯 빠알갛게 살아나는 걸 느낀 나는 그녀의 귀에 대고 매우 소중하게 그 뜻을 알렸다.

"널 범하고 싶어."

"뭐? 범?"

"응. 실은 어제부터."

"그런데 웬 술은?"

"내일 지구의 종말이 오면 무슨 나무를 심을까 생각하느라고."

"엉터리."

"그런데 벌써 나무가 우거져 숲에 범이 우글거려."

"엉터리."

이상한 여행은 그래서 시작되었다. 범이 우글거리는 숲으로 가자고, 그러려면 될 수 있는 대로 멀리 가자고 그녀가 갑자기 제안했던 것이다. 그녀가 그토록 수줍게 말할 줄 아는 여자라는 걸 나는 그때 처음 알았다. 그 수줍음은 또한 결연함이었다. 돼지 뼈다귀가 수북이 쌓인 식탁을 떠나 우리는 입고 있는 입성 그대로 서울역으로 나갔다. 도전과 응전이라는 공식처럼 충동과 일탈이 있었다고 쉽게 말해져서는 안 된다. 흔한 경부선에서 다른 쪽으로 눈을 돌려 진주행 표를 사 들자, 나는 평생 그 순간을 기다려왔다는 믿음이 들었다. 그것은 일탈이 아니라 운명이었다.

이상한 여행이라고 말했지만, 하나도 이상할 게 없었다. 다만, 그것이 우리가 함께 있는 마지막 시간들임을 내가 뼈저리게 느끼고 있다는 게 예전의 여행과 다른 점이었다. 어디든 목적지를 정하지 않은 우리는 진주에서 열차를 내려 터미널까지 가서 여기저기 짚어본 끝에 하동을 거쳐 지리산의 한 골짜기로 접어들었다.

그러니까 헤아리기도 어렵게 오랜 옛일이었다. 그리고 나는 거창하게 '지구의 나무'를 들먹이다가 결국 진주에 이르렀고, 다시 지리산의 옛 골짜기를 그녀와 함께 오르고 있었다. 그와 함께 지난 시간은 홀연히 어디로 가고, 과거의 나와 현재의 내가 한 모습으로 겹쳐 다가오고 있었다. 이를 두고, 마치 곤충이 겹눈으로 두 가지의 사물을 보는 현상과 같다고 하는 표현은 맞는 것일까. 비록 틀리다고 하더라도, 내가 느끼는 착시(錯視) 현상은 그렇게 말하고 있음을 이해해주리라 믿는다. 아니다. 단순한 착시 현상도 아니었다. 내 겹눈은 과거와 현재를 하나로 겹쳐 보고 있었다. 문득문득 정신을 차려보면, 지금 벌어지고 있는 일이 옛날 일인지, 옛날 벌어진 일이 지금 일인지 도무지 분간이 되지 않아서 허둥대는 내가 있었다. 그럴 때마다 나는 아침 일부터 되짚어보고, 되짚어보고 하지 않을 수 없었다.

내가 남해 섬을 생각한다는 것은 그녀가 결혼을 해서 남해 섬에 가서 살고 있다는 사실을 생각한다는 것과 다름없었다. 그런데도 나는 '지구의 나무'가 어떻니 하면서 그녀와의 만남을 한사코 뒤로 숨기려고 했다. 나는 그만큼 망설였다. 오후 두 시가 넘어 진주에 도착해서도 나는 망설였다. 그때까지 내 마지막 행선지는 정해지지 않았었다. 사사건건, 결과가 어떻게 될지 거의 내다보일지라도 마지막 순간까지 태도를 결정하지 못하는 게 내 버릇이기는 해도, 이번에는 더했다. 빤히 내다보이는 외길을 갈랫길인 양 바라보고 있는 스스로를 향해 욕지기가 나올 지경이었다.

나는 마침내 버스를 타고 남해대교를 건너 어두워질 무렵 금산으로 숨어들었다. 이성복 시인의 시집《남해 금산》이 아니더라도 남해에서 금산은 제주도에서 한라산과 같은 뜻이었다. 공연히 망설임에 가로막혀 어려운 길이었지 이미 서울에서부터 정해진 외길이었다. 그 망설임의 여운 때문에, 보리암까지 간 사실을 '숨어들었다'고 한 것도 너그럽게 보아주기 바란다. 이름난 기도처라는 보리암은 겨울에도 기도하는 사람들이 적지 않았다. 나도 기도하러 온 사람이라 말하고 하룻밤 묵어 갈 뜻을 밝혔다. 절에서 흔히들 그런다는 말은 들었어도 막상 그래보는 것은 처음이었다. 나로서는 여간 용기 있는 일이 아니었다.

언젠가 이른 통행금지가 실시되었던 어두운 군부독재 시절, 술 한 잔에 그만 귀가 시간을 못 맞춰 우왕좌왕하던 나머지 기독교 개척 교회의 철야 기도장으로 그야말로 숨어들었었다. 그리고 통행금지가 해제되기만을 목을 빼고 기다리다가 도둑고양이처럼 살금살금 깨금발을 하고 나온 길목에서 내가 맞닥뜨린 것은 무엇이었던가. 큰길로 나가려고 모퉁이를 돌자마자 마치 나를 향해 달려들 듯이 돌진해오는 탱크 군단! 그때의 내 상황이 바로 혼비백산이라는 것이었다. 보병들을 거느린 탱크들은 삼청동에서 광화문으로 향하고 있었다. 그날 전두환 장군은 부분 계엄을 전국 계엄으로 확대하고 바야흐로 집권 쪽으로 성큼 다가갔다. 팔십 년 광주에서의 살인극은 그렇게 준비되었던 것이다. 그러므로 박정희의 시대를 한마디로 긴급조치의 시대라고 한다면 전두환의 시대는, 적어도 내게만은, 혼비백산의 시대라고 해도 좋겠다. 그 시대의 하늘 어디에 혼백이 날아 흩어진 뒤 그녀가 나를 떠난 빈 공간이 서리고 있어 내 가슴을 오래오래 저몄다.

절에 접수를 하고 어둠이 깔린 금산 아래 오징어 먹물빛 바다를 내려다보던 나는 마침내 그녀에게 전화를 걸고 말았다.

그러지 않을 수가 없었다. 이 시간을 위해 간직한 전화번호라는 생각이 하늘에 또렷한 별빛처럼 머리에 와 닿았다. 하지만 그때까지만 해도 나는 단지, 바로 옆에 와서 밤을 맞이하고 있다고 알리고 싶었을 뿐이었다. 별빛 때문에 전화를 한다고 나는 목소리를 가다듬었다. 그녀는 어이가 없는지 무슨 일이 있었느냐고 묻고만 있었다. 내가 늘푸른나무 숲이 보고 싶어서 왔다고 대답하지 못한 것은, 그녀가 그게 무슨 나무냐고 물을까봐서만은 아니었다. 내 마음도 오징어 먹물빛으로 어두워져 왔고, 자칫하면 모든 게 엉망이 될 것 같았다. 그동안 간신히 정리했던 인생이었다. 전화를 끊고 난 나는 대나무 숲 옆 층계를 내려가 1호실 표지가 붙은 방으로 들어갔다. 몇 사람이 앉고 누워 두런두런 얘기를 나누고 있었다. 나는 적당히 이부자리를 펴고 누워 이내 잠들었다.

"서울에서 오신 분 계세요?"

새벽에 화장실에 다녀와서 다시 누웠다가 살풋 든 잠결에 들려온 말이었다. 서울에서 온 사람이 한둘이 아닐 텐데도 나는 벌떡 일어났다. 그녀의 목소리였다. 오랜 시간이 지났지만 늘 듣고 있는 목소리처럼 들린다는 사실이 도무지 믿어지지 않았다.

"어쩐 일이야?"

나는 방문을 열고 눈을 비비며 그녀를 쳐다보았다.

"왔으면 일출을 봐야지. 늦었어."

그녀는 어서 나오라고 손가락을 까딱했다. 나는 홀린 듯 그녀의 뒤를 따랐다. 희붐한 어둠 속에서 저쪽 등성이 쪽으로 삼각대에 망원렌즈를 단 카메라를 받쳐놓고 있는 사람들이 눈에 어른거렸다. 그녀는 법당 아래 샛길로 걸음을 옮겼다. 얼마 오르지 않아 화엄봉이라는 표지판이 나타났다. 바위 봉우리의 기묘한 모습이 한자로 '화엄(華嚴)'이라는 글자처럼 보여서 붙여진 이름이라고 설명되어 있었다.

"여기서 보면 뜨는 해가 보여. 바닷길이 열리는 것도 보이고."

나는 그녀가 이끄는 대로 바다가 바라보이는 쪽으로 바위에 붙다시피 섰다. 다도해의 바다가 아래로 굽어 보였다. 붉게 물든 하늘이 곧 떠오를 해의 위치를 가리키고 있었다. 곁눈질로 본 그녀는 내가 없이 홀로 일출을 보러 온 여자 같아 보였다. 어느 틈에 내가 힐끔거린다는 낌새를 챘는지 그녀의 손이 내 손에 와 닿았다. 그 손 역시 방금 전에 맞잡았던 손이라는 느낌이 들었다.

바다 위로 떠오른 해는 우리가 서 있는 화엄봉까지 환한 바닷길을 열고 있었다. 화엄이라는 말에서 연상되어 장엄이라는 말이 머리를 맴돌았다. 자연 현상이라면 그게 아무리 굉장하다 한들 자연 그 자체일 뿐이지 뭐가 그리 굉장하단 말인가 하고 항상 시들한 눈으로 바라다보곤 하던 내게도 그 바닷길은 달리 보였다.

"저 햇살 비치는 길로 달려가보고 싶어. 자전거를 타고."

뜻밖의 말이었다. 언젠가 동해로 일출을 보러 둘이 갔을 때 그녀는 새벽 추위에 오들오들 떨면서도 자연의 경이에 환호했었다.

"자전거?"

성스럽다거나 경건하다거나 하는 표현이 나와야 마땅했다.

"응. 그것도 바퀴살이 휜 거 있지, 그걸 타고 심부름을 가는 거야."

한술 더 떠서 '바퀴살이 휜 자전거'에 '심부름'이었다.

"심부름?"

"응. 난 늘 누군가의 심부름을 하고 싶어. 어렸을 때 아빠 술 심부름을 했듯이 말야. 지금은 나한테 그런 심부름이 없어."

나는 그렇게 말하는 그녀의 입술에 내 입술을 가져다 댔다.

혀끝과 혀끝이 살짝 스쳤다가 떨어지면서 우리는 서로 눈동자를 맞추었다. 새벽에 슬픈 눈동자를 본다는 건 슬픈 눈동자보다 더 슬픈 일이었다.

일출을 보아서가 아니라 평소와는 전혀 다른 하루라는 느낌이 새삼스러워서 나는 은근히 전율하고 있었다. 화엄봉에서 내려와 작은 탑과 해수관음상 앞에 서서도 나는 간간이 전율하면서, 나도 이제는 그녀에게 심부름을 시킬 것이 하나도 없다는 사실에 공허함을 느끼지 않을 수 없었다.

"탑 느낌이 좋지?"

그녀의 말과 함께 나는, 예전에 가야국 허황후가 인도에서 가지고 온 사리를 모셔 원효대사가 세운 탑이라고 적힌 안내판을 훑어보았다. 좀 전의 화엄봉 안내판에도 원효가 기도를 한 곳이라고 적혀 있었었다.

"어디 가서 아침을 먹자."

그녀는 탑을 등지고 돌아서며 내게 가자는 시늉을 했다. 절 경내를 지나 언덕을 넘어 주차장에 이르러서야 그녀는 남편 차를 몰고 나왔다고 설명했다. 그녀가 모는 차를 타고 이른 아침에 산비탈 길을 내려와 바닷가 우회 도로를 달리리라고는 전혀 예상 못한 일이었다. 길옆에 파릇파릇 마늘싹이 돋은 밭

가까이까지 바다는 찰랑거리도록 다가왔다. 나는 마늘싹의 생명을 그때 처음 보는 듯했다. 나는 '남해의 3자'니 늘푸른나무 숲이니 하는 명제를 어느덧 잊고 있었다. 그토록 목말라한 까닭은 어디에 있었던가. 절에서 보았던 대나무 숲 정도로 갈증이 가셨을 리는 만무했다. 차는 곧장 섬을 빠져나와 남해대교를 건넜다.

"어디로 가는 거야?"

"생각 중이야."

그녀가 미리 그 골짜기로 향하기로 마음먹고 있었는지도 모를 일이었다. 차는 다리를 건너 왼쪽 도로로 접어들었다.

"아까 다리 건너기 전에 온 바닷가 길, 평소에 잘 가는 길이야. 거기서도 자전거를 타고 달린다는 생각을 해."

"바퀴살이 휜?"

"그래. 그게 내 자전거론 어울리겠지. 삶도 그러니까."

그녀는 담담하게 말했다. 애초에 바퀴살이 휜 자전거를 거론한 건 그녀였다. 그러므로 나는 그저 그 광경을 긍정적으로 그려보았을 뿐이었다. 그런데 그녀는 느닷없이 삶을 들이대고 있었다.

"남편은?"

나는 망설이던 질문을 던졌다.

"연구소에 다녀. 무엇보다 잠이 우선인 사람이니까 아직 자고 있겠지. 넌 무슨 바람이 불어서 여기까지 왔는지 아직 말 안 했지?"

그녀가 화제를 내게로 돌렸다. 말했다시피, 나는 언제부터인가 목적을 잃어버리고 있었다. 별빛 때문에 전화를 한다고 얼결에 말한 그때부터 나는 '지구의 나무'는커녕 섬의 나무에 대해서도 관심이 사라졌다고 대답해야 할 듯싶었다. 알 수 없는 일이었다. 섬에 도착한 사실만으로 그 갈증은 해소된 것일까. 물론 단 한 그루의 나무라 할지라도 거기서 내가 숲을 보았다면 그것으로 충분하였다. 그러나 이렇다 할 남해 나무를 본 적이 없었다. 나는 그녀에게 할 말이 아무것도 없었다. 늘푸른나무 숲을 보기 위해 왔다느니 만날 생각은 하지도 않고 왔다느니 어쩌느니 하는 설명은 하기도 싫었으려니와 구차스럽기 짝이 없게 여겨졌다.

"난…… 그냥…… 지금 여기 있는 거야."

나는 더듬거리며 겨우 말했다.

"맞아. 우리가 지금 여기 있다는 거, 그게 중요한 거겠지."

내 임기응변에 그녀의 수긍은 빨랐다. 그녀가 고개를 끄덕이는가 했더니 길가의 식당 앞에 차를 세웠다. 아침에 복어를 끓여 파는 집이었다. 예전에 골짜기를 향할 때도 그 근처 어디 식당에 들렀었던 기억이 되짚어졌다. 은어회를 먹으며 수박 냄새가 난다고 맞장구를 치던 장면도 뒤따랐다.

"그때도 여기 어디였지, 아마?"

자리를 잡고 앉아 나는 두리번거렸다.

"아마가 아니라 바로 여기야."

그녀의 말이 채 끝나기도 전에 옛일은 은어 비늘같이 반짝이며 되살아났다. 열차에서 내내 널브러져 있던 우리는 진주에서 버스를 타고 화개장터가 멀지 않은 그곳에 닿았고, 바로 그 식당에서 골짜기로 오르자고 머리를 맞댔었다. '바로 여기'라는 그녀의 말이 지난 시간의 공동을 메아리처럼 울려왔다. 그러더니, 메아리는 사라지지 않고 예전의 그녀의 목소리가 되어 더욱 웅웅 울려, 마치 신비 체험과도 같이 바로 여기라는 말 자체를 그때의 말로 만들고 그 말을 듣는 나를 그때의 나로 만들고 있었다. 아니, 그 반대였다. 그때의 상황이 '지금 여기'에 와서 되살아난다고 나는 느꼈다. 이로부터 나는 과거와 현재를 함께 뒤섞어놓은 착각에 빠져들어간 듯하다. 그동안 살아 있었던 메아리 때문이라고 생각되었다.

어쨌든, 그때든 지금이든 우리는 지리산의 골짜기를 함께 오르고 있었다. 예전에는 승용차를 타지 않고 걸어 올라갔다든가 달맞이꽃을 꺾어 그녀의 머릿단에 꽂았다든가 마지막 남은 한 개비 담배를 둘이 나누어 피웠다든가 그림자못(影池)에 두 얼굴을 함께 비추어 보았다든가 등등의 일을 나는 다시금 함께 겪고 있다는 생각이었다. 물론 계곡을 따라 오르는 길은 몰라보게 달라져 있었다. 하긴 그동안 그만큼의 세월이 지나 있었다. 지난 시간이 포(脯)처럼 떠져서 여기저기 널려 있다는 생각도 잠시, 나는 속절없이 그때와 지금을 혼동하는 겹눈을 뜨고 있었다. 골짜기를 따라 여기저기 박혀 있는 집들은 하나같이 무슨 가든이니 무슨 산장이니 하는 이름을 달고 말끔히 단장되어 있었다. 그런 곳에서 예전의 자취를 일부러 더듬는 것은 우리 마음의 사치가 아닐 수 없었다. 그러나 우리는 어김없이 예전의 우리였다.

"여기 옛날 빨치산 루트를 관광 코스로 개발한다고 해. 난 차밭을 일구며 살았으면 하는 게 꿈인데, 언젠가 차 축제에 와서 차 만드는 걸 해보기도 했어. 동백나무, 노각나무, 비쭈기나무, 사스레피나무 들이 다 차나뭇과에 속하는 거 알아? 다들 꽃도 좋아."

그곳이 차로 이름난 고장임은 들어서 알고 있었다. 나무 이름을 입에 올리는 것은 예전과 다름이 없었으나, 이제는 정확하게 짚고 있다고 받아들여졌다. 기쁜 일이었다. 그러나 나는 먼저 들은 말에 더 생각이 쏠렸다.

"빨치산 루트를 관광 코스로?"

시간의 저쪽에 묻혀 있는 화석과 같은 말인 줄 알았던 것이 그런 모습으로 부활할 줄은 정말 몰랐었다. 지리산의 둘러싼 남쪽 지방을 맴돌던 팔십 년대의 여러 날들이 내게 있었다. 하루하루 먹고살기 바쁜 터수에 일거리를 위한 취재 때문이기는 했다. 하지만 그 일은 구실일 뿐이었고, 진짜 속마음은 딴 데 있었다. 이제 와서 밝히거니와 나는, 나를 둘러싼 여러 가지 제약에도 불구하고 어쭙잖게도 어떤 빨치산에 관한 이야기를 엮고 싶다는 욕망에 시달리고 있었다. 그 욕망에 대해서 아는 사람은 나 말고는 그녀밖에 없었다.

서울에 사랑하는 여자를 두고 고향인 지리산 기슭에 내려와 머물던 한 사내가 있었다. 그해 육이오가 터지자 사내는 남쪽으로 내려오는 피난민들을 거슬러 북쪽 서울로 향한다. 간신히 찾아간 여자는 그러나 놀랍게도 공

산당원이 되어 사내에게 통행증을 주는 것으로 사랑의
의무를 대신한다. 천신만고 끝에 고향으로 다시 돌아온
사내는 여자를 향한 마음을 버리지 못하여 혹시나 만날
길이 있을까 기대하고 산으로 들어간다……

누구에겐가 들은 실화를 바탕으로 펼쳐지는 이야기였다. 그
무렵 그녀를 뒷골목 두부찌개집에 앉혀놓고 나름대로 그 이야
기를 엮느라 나는 입에 거품을 물곤 했었다. 그러다가 술에 곤
죽이 되어 쓰러진 그 은신처에서 아침에 눈을 끔벅이며 여기
가 어딘가 어리둥절 휘둘러보던 날이 몇 날이었던가. 그때마
다 어김없이 내 옆에 이름 모를 여자처럼 누워 있던 그녀였다.
그러던 그녀가 어느 날 훌쩍 나를 떠나고 만 것이었다.
  "아직도 빨치산 얘기 흥미 있어?"
  그녀는 말하고 나서 내 얼굴을 힐끗 살폈다. 나는 머리를 옆
으로 흔들었다. 지나간 일이었다. 네가 떠나가면서 그 욕망의
비밀마저도 몽땅 가지고 간 모양이라고 나는 대답하고 싶었
다. 사실이었다. 그리고 얼마 뒤《남부군》이라는 책이 나오고
이어서 영화도 나오는 바람에 그나마 얼마쯤 남아 있던 내 욕
망은 일체 사그라지고 말았다.

그런데 그로부터 한참 세월이 흐른 뒤, 중국의 백두산 밑 백하(白河) 마을에 가서 북한으로부터 오기로 되어 있던 집안 소식을 기다리고 있던 나는 내가 그 빨치산 사내라는 착각에 퍼뜩 놀라지 않을 수 없었다. 까맣게 잊고 있었던 이야기였다. 어둑어둑해지는 열차 역 앞 광장에 상점 불빛이 몇 개 켜져 있을 뿐 중국의 변방 마을은 왠지 처량했다. 나는 밤 열차에서 먹을까 하고 그곳 특산의 사과배를 사서 들고 광장 주위를 맴돌았다. 광장 한편에 노래방 기기를 설치하고 길에 선 채로 노래를 부르게 되어 있는 노천 노래방에 조선족들이 하나둘 모여들어 한국에서는 한물간 노래를 목청껏 뽑아대고들 있었다. 나는 노래도 할 줄 모르며, 또한 한국에서는 어디에서든 볼 수 없는 광경이지만, 그것은 서울 변두리를 돌며 서글프게 웅크린 삶을 살아온 내 모습을 돌이켜보기에 충분한 광경이었다. 북한에서 소식이 언제 올지, 과연 오기나 할지, 조바심을 치며 광장을 맴돌다 어두컴컴한 길을 한동안 돌아와도 그들의 노래는 끊이지를 않았다. 노래를 부르는 게 아니라 억울한 무언가를 알아달라고 소리를 치는 것 같았다. 북한 땅에 사는 사람들의 절규가 들려오는 것도 같았다. 내몰림, 굶주림, 억눌림 따위의 말만으로 그곳 실정을 귀동냥하기는 실로 갑갑한 노릇이었다.

그러나 벌써 며칠째 소식이 오지 않는 걸 보면 뭐가 잘못돼도 잘못된 게 틀림없었다. 기다리기로 마음먹은 마지막 저녁을 나는 그렇게 광장에서 보냈다. 빨치산 사내는 산에서 사랑하는 사람을 만났던가. 내 머릿속에서는 그러지 못했다고 입력되어 있었다. 갖은 일을 겪으며 여자와의 만남을 기다린다는 데서 내 이야기는 끊어지고 있었다. 그러나 그것은 내가 엮어내고자 하는 이야기의 시작에 지나지 않았다. 나는 그 사내가 되어 북한 땅 쪽의 무거운 밤하늘을 쳐다보았다. 광장에 울려퍼지는 서울 노래의 귀곡성(鬼哭聲)에 나는 소름이 끼쳤다.

"그때는 여기서부터 걸었었지. 생각나?"

그녀가 길가의 '범왕' 마을 표지를 가리켰다. 우리는 운 좋게 트럭을 얻어 타고 산중턱인 거기까지 왔었다.

"응. 여기서부터는 그야말로 빨치산 루트."

웃음을 띠고 말해놓고 나서 나는 나도 모르게 얼굴이 굳어지는 걸 느꼈다. 우리가 예전의 우리가 되는 것은 물론, 어떤 빨치산 사내와 그가 사랑하는 여인이 되기도 한다는 생각이 밀려온 때문이었다. 오래 잊었던 이야기가 느닷없이 중국의 조선족 땅에서 되살아났듯이 그 골짜기에서도 되살아나고 있었다. 그 길로 빨치산들이 오갔음은 당연한 노릇이었다. 따라서 그 가운데 사내가 있었다는 상상은 그리 유별난 것은 아니었다. 문제는 사내와 나의 모습이 겹쳐진다는 데 있었다. 시간 관념도 사라지고, 어느 것이 현실이며 어느 것이 비현실인지도 아리송했다.

지난 시간 동안 나는 어디서 무엇을 하며 흘러다녔던가. 비유컨대, 그것은 그지없이 황폐한 광야에서의 방황이었다. 며칠 전까지 그토록 보고 싶었던 늘푸른나무 숲은 그 광야에서의 생활을 보상해줄 대안으로 등장한 성싶었다. 가는 곳마다 기근과 가뭄이 들어 도시는 유령이 득시글거리고, 산하는 말라비틀어져 있었다. 보이는 곳마다 인골이 널렸으나, 수습하는 사람은 아무도 눈에 띄지 않았다. 지구와 인류의 종말…… 보지도 듣지도 못한 끔찍한 순간이 다가온다…… 개봉 박두! 세기말 극장에서 종말을 알리는 검은 사이렌이 간헐적으로 들려올 때마다 내 신경은 반사적으로 푸들푸들 떨렸다. 머리띠를 두른 종말론자들이 위기를 감지한 벌레들처럼 빨빨거리며 스스로의 묘혈을 팔 때, 밤새 슬피 울던 부엉이들이 유언을 마치고 뻣뻣하게 굳은 몸으로 나무 위에서 툭툭 떨어져 내렸다. 그럴 때마다 속이 빈 대지가 굉음을 내며 귀청을 찢었다. 무시무시한 메아리가 우주를 윙윙 울고, 복면을 한 우상들이 얼음처럼 찬 눈으로 광야를 횡행했다. 무서워서 잠을 이룰 수 없는 나날이었다. 알 수 없는 곳으로 다른 모든 사람들이 증발한 다음, 혼자 남은 나는 온통 피멍이 든 몸으로 노량진의 장승백이에서부터 경기도 안산에 이르기까지 앉은뱅이가 되어 기었다. 길에서 자고 질경이로 벽곡을 하며, 제발 지구에 종말이 들이닥치기만을 학수고대했다. 질경이 말고도 먹을 건 얼마든지 있었다. 키만큼 자란 소루쟁이를 베어 국을 끓이면 그저 그만이었다. 바다에는 전쟁으로 버려진 인육을 빨아먹고 통통 살찐 해삼들이 가득 너울거렸고, 땅에는 몇백 년씩은 묵은 굼벵이들이 버글거렸다. 웅덩이에는 이무기들도 많았다. 어떤 날은 산으로 가서 두더지굴에 잠자며 띄엄띄엄 혜초의 천축국 여행을 꿈에 올리는 복된 시간도 없지 않았다. 그런 중에 누군가가 허물어진 벽 한 귀퉁이에 써 붙인 시 한 구절이 내 눈길을 끌었다.

다시 천고(千古)의 뒤에
백마 타고 오는 초인(超人) 있어
이 광야에서 목 놓아 울게 하리라.

결국 초인을 맞기 위해 천고의 뒤를 기다리는 도리밖에 없었다. 기다림이 치유책이었다. 나는 차츰 평온을 되찾았다. 러시아의 침엽수림을 여행한 건 그 무렵의 일이었다. 침엽수림대 위의 툰드라 지대에도 작은 꽃들이 페르시아 융단의 무늬처럼 피어났다. 봄이었다. 그 봄을 맞이하기 위해 나는 몇백 년을 기다려온 듯했다. 봄은 우랄 산맥을 넘어 시베리아를 지나 일거에 한반도에 꽃비를 뿌렸다. 그러곤 곧 여름이었다.

"여름엔 지금도 달맞이꽃 밭이야. 여긴."

그녀가 차를 멈칫거린 그곳을 나는 눈부시게 기억했다. 잠깐 말했듯이 예전에 그 길을 오를 때 그녀는 머릿단에 달맞이꽃을 꽂았었다. 그러나 그뿐이 아니었다. 그 달맞이꽃 밭에서 옷을 벗고 누운 그녀에게는 온몸 가득히 달맞이꽃 물이 들어 꽃향기가 배었다. 절정에 다다라 정신이 아득한 그녀를 보며 나는 젖꼭지에 달맞이꽃을 문질러주기도 했다. 청진동의 돼지 뼈다귀 해장국집에서 말한 대로 범이 우글거리는 숲이 바로 그곳이었다. 그리하여 그 뒤 달맞이꽃에서 그녀의 냄새를 맡는 것이 습관처럼 된 나였다. 그러자 거기서 사랑하는 여자를 만난 빨치산 사내가 서로 벌거숭이 몸으로 어울리는가 했더니, 다시금 내가 그녀와 뒹구는 모습이 겹쳐졌다. 한겨울인데도 차 안 가득히 달맞이꽃 향기가 번졌다.

달맞이꽃 밭을 지나면 마지않아 그림자못에 이를 것이었다. 가야국의 허황후가 불도를 닦으러 산으로 들어간 일곱 왕자를 만나러 와서 그 못물에 비치는 모습만 보고 돌아갔다는 곳이었다. 새벽에 보았던 탑이 머리에 떠올랐다. 원효가 탑 속에 모신 것은 허황후가 가지고 온 사리라고 했다. 그게 누구의 사리인지 알고 싶었던 궁금증이 아무 소용도 없는 것임을 비로소 알 것 같은 생각이 들었다. 그것은 그 누구의 사리가 아니라 지극한 마음의 사리로서 족했다. 머나먼 인도에서 소중히 가지고 올 만큼 지극한 마음, 그것이면 족했다. 그동안, 내가 온갖 몹쓸 간난신고를 겪고 살아오는 동안에도 그녀는 나무 공부를 하며 달맞이꽃 밭의 우리를 기억하고 있었다. 사리처럼 영롱하고 지극한 마음이었다.

초의선사(草衣禪師)가《다신전(茶神傳)》이라는 책을 거기서 썼음을 기념하는 탑이 세워져 있는 곳에서 차를 내린 우리는 칠불사의 일주문을 거쳐 그림자못으로 발걸음을 옮겼다. '빨치산 루트'로 개발되어 선보일 길옆으로는 잎을 다 떨군 겨울 나무들이 앙상한 가지들을 애처롭게 하늘로 뻗치고 있었다. '불조심' 팻말 뒤쪽에서 연기가 나지 않도록 싸리나무를 때어

밥을 짓고 있는 빨치산들의 모습이 눈에 어렸다. 거의 이천 년 가까운 어느 옛날 인도에서 온 왕녀가 바퀴살이 흰 자전거를 타고 그 가파른 산길을 오르는 모습도 눈에 어렸다.

그녀에게 무슨 심부름이든 시키고 싶었다. 차나무, 동백나무, 노각나무, 비쭈기나무, 사스레피나무 들이 다 차나뭇과? 그 나무들이 우거진 늘푸른나무 숲속으로 들어가 가장 영롱한 사리의 마음 하나를 가져다 달라고? 여름 달맞이꽃 밭에 가서 범 새끼 한 마리를 안아다 달라고? 내 간난신고의 과거를 묻을 꽃 상여를 만들어 오라고? 아니, 천고의 뒤에 백마 타고 오는 초인을 모셔와 이 광야에서 울게 해달라고?

겨울의 늘푸른나무 숲을 달리는 그녀의 모습이 그림자못에 어렸다. 그 모습은 지구의 모든 숲을 지나고, 남해의 3자 숲을 지나고,, 한반도의 늘푸른나무 숲을 지나면서, 내게 손짓을 보내고 있었다. 즐거울 때면 그녀의 입술에서 흘러나오던 서툰 휘파람 소리도 바람에 묻어왔다. 머릿단에 달맞이꽃을 꽂고, 온몸에 달맞이꽃 물을 들이고, 바퀴살이 흰 자전거의 페달을 열심히 밟으며, 그녀는 지금 뼈다귀 해장국을 사러 가는 길이라고, 오래 걸리지 않을 거라고, 조금만 기다리라고 말했다. 우리는 마주 보고 웃음을 나누었다. 그런가 하는 순간, 그녀의 목소리가 커다란 메아리가 되어 귀를 울렸다. 내 눈에 뭐가 보이는지 너도 보이지? 그 초인이 달맞이꽃 밭에서 가진 네 아이를 닮은 게 그림자못에 보여. 맞아. 그 애야. 우리 애야. 그 얼굴이 그림자못에 보여. 그림자 못에 보여. 나는 말없이 그녀 옆에 서서 살얼음이 얼어 있는 그림자못을 오래도록 들여다보고 있었다.

우리가 이 세상에서 지워 보낸 한 생명이 마늘싹처럼 파릇파릇 살아 있는 것이 내 망막에 어렸다.

3

무엇 때문에 백제관음(百濟觀音)이 떠올랐는지는 확실치 않다. 내가 알기로는 그녀는 가톨릭 신자였고, 나로 말하면 한때이 종교 저 종교를 기웃거리기는 했으나 오갈 데 없는 방랑자에 지나지 않았었다. 어느 모로 보나 불교의 보살의 한 위(位)인 관음에 대해서 운운할 계제는 아니었다. 그런데도 문득 나는 관음, 그중에서도 백제관음을 상기했다. 왜, 무엇이 그렇게 만들었을까. 그녀와 내가 가고 있는 그 길에서 그와 같은 어떤 분위기에서? 아니면 내 마음의 상태에서?

물론 군이 실마리를 끄집어내기로 한다면 짚이는 바가 없지는 않다 이를테면 그녀와 내가 걸어가고 있는 땅, 산자락을 끼고 굽이굽이 난 길이 옛날 삼국시대에 백제 땅에 속해 있다는 사실이었다. 우리의 백제의 도읍지였던 공주를 지나 유구(維鳩)에서 버스를 내렸다. 거기서부터, 언젠가 그랬던 것처럼, 걸어서 마곡사까지 가려는 것이었다. 역시 옛 백제 땅에서 절을 찾아간다는 사실이 손쉽게 백제관음을 연상시킨 빌미가 되었으리라고 짐작해볼 수 있다. 하지만 이것도 자세히 살펴보면 엉터리 짓거리에 지나지 않는 것이다. 왜냐하면 마곡사는 백제의 도읍지 가까운 곳에 선 절이기는 하지만, 절이 창건된 것은 신라의 자장율사(慈裝律師)에 의해서였다고 하니까 말이다. 그러니까 마곡사를 향해 가면서 백제관음이란 터무니없는 연상인 것이다. 대자대비(大慈大悲)하여, 고통에 시달리는 중생을 구재한다는 관음, 아미타불(阿彌陀佛)의 옆자리에 서서 부처의 교화(敎化)를 돕는다는 관음, 그런데 백제관음이라는 이름이 붙은 관음은 뜻밖에 일본의 호류지(法隆寺)에 안치되어 있는 일본의 국보라고 했다. 그러니, 왜, 무엇이 나로 하여금 그 백제관음을 떠올리게 했는지는 더더구나 모른다. 호류지, 법륭사는 일본 법상종(法相宗)의 대본산(大本山)으로서 이름난

절이며, 일찍이 무렵에 백제 사람들이 가서 일으켜놓은 절이라고 했다. 그곳에 백제 사람들이 정교하고 우아한 솜씨로 만든 불상이 안치되었다. 단순하면서도 미려한 선(線)과 요철(凹凸)을 통해 표현된 온화하고 정밀한 정관(靜觀)의 세계, 사물의 이치를 꿰뚫어본 마음의 눈을 조형으로 승화시킨 세계가 그곳에 있었다. 백제관음을 떠올림과 함께 나는 프랑스의 소설과 앙드레 말로가 그것을 보고 세계의 걸작이라고 평한 일을 어렴풋이 기억했다. 그러나 불행하게도 그는 그것이 일본인의 뛰어난 미의식(美意識)의 소산이라고 찬양한 것으로 되어 있었다.

"그때는 여기서부터 차가 못 갔는데."

나는 백제관음에서 생각을 돌리기 위해 그녀에게 말했다. 그녀는 이미 예전의 그런 사정에 대해 기억을 더듬고 있었다는 뜻인지, 내 말에 의해 새삼스럽게 상기되었다는 뜻인지, 어느 쪽인지는 모호해 보였지만, 고개를 가볍게 끄덕였다. 그러나 실상 나는 그때 갑작스러운 폭우로 길이 끊겨서 차편이 없었다는 것뿐 특별히 기억되는 것은 없었다. 내 기억력은 그리 나쁜 것 같지는 않은데 어떤 일에 대해서는 종종 남의 기억력을 차용한 듯 서먹서먹해져서 거북할 때가 있다. 그때 유구에서부터의 일이, 기억이 흐렸다. 공주에서 마곡사까지 가는 버스를 탔고, 길이 끊겼다고 해서 그것에서 내렸다. 그런데 그 다음 과정이 도무지 분명치가 않은 것이다. 그러나 나는 분명히 걸어서 갔다.

내가 그때 마곡사로 가서 여름을 나겠다고 집을 나선 것은 그녀의 영향 때문이었다. 그녀가 언젠가 마곡사라는 절에 한 번 가보고 싶다고 말했던 것을 나는 가슴 깊이 새겨두고 있었던 것이다. 방학이 되자 거기에 생각이 미친 나는 결국 집을 나서지 않을 수가 없었다. 무슨 일이 있어도 가야 한다. 한번 마음이 기울어지자 나는 견딜 수가 없었다. 그녀가 지나가는 말로 했을지도 모르는 한마디 말이 나를 그 지경으로까지 만들었다는 게 이해하기 힘들었다. 사춘기의 마음은 그렇게 미세하게 작용하는 모양이었다. 어쨌든 그 결과 나는 유구에서 버스를 내리게 되었었다. 7월의, 비 온 뒤의 뙤약볕이 쏟아지는 날이었다.

그 충청남도 공주군의 유구면을 생각하면 어김없이 떠오르는 노래가 있다.

비두로기 새는 비두로기 새는 우루믈 우루딕 버곡댱이ᅀᅡ
난 됴해. 버곡댱이ᅀᅡ 난 됴해.

고려 때에 어린이들이 지어 불렀다는 이 노래의 이름이 〈유구곡(維鳩曲)〉이기 때문이다. 《시용향악보(時用鄕樂譜)》라는 예전 음악책에 실려 있다는 이 〈유구곡〉은 비두로기, 곧 비둘기를 노래한 것이라고 했다. 그러나 유구면에서 〈유구곡〉이 떠오른다고 해서 이 둘 사이에 어떤 연관성이 있는지 따져볼 마음은 없다. 그것은 지금 하려는 이야기와 아무 상관이 없으며 또한 〈유구곡〉 자체도 아무 상관이 없다. 하지만 나는 오래전부터 이 어쭙잖은 추억 이야기와 함께 〈유구곡〉을 곁들여 생각하곤 했다. 마치 어떤 엉뚱한 노래 한 토막이 자신의 뜻과는 상관없이 무의식중에 입에 붙어 하루 종일 그 멜로디를 흥얼거려야 하듯이. 그래서 나는 이 이야기를 하면서 〈비두로기 새〉를 적고 넘어가지 않을 수가 없는 것이다.

비두로기 새ᄂᆞᆫ 비두로기 새ᄂᆞᆫ 우루믈 우루ᄃᆡ 버곡당이△ 난 됴해. 버곡당이△ 난 됴해.

지도를 펴놓고 보면 공주에서 사곡면 운암리의 태화산(泰華山) 기슭 마곡사까지 가기 위해 왜 직접 가는 길을 놔두고 유구 땅으로 우회했는지 머리가 갸우뚱해진다. 공주에서 36번 국도를 따라 서쪽으로 달리다가 우성면 통대리에서 32번 국도로 갈라져 얼마쯤 가면 사곡면 호계리, 거기서 마곡천 시냇

물을 따라 올라가는 길이 있는 것이다. 그런데도 공주에서 호계리까지 거리의 두 갑절쯤 더 가서 유구 땅을 딛고 마곡사로 향했으니 돌아도 많이 도는 길이었다. 그렇게 꼭 한 번 갔을 뿐, 그쪽 지리에 어두운 나로서는 왜 그렇게 되었는지 알 수가 없다. 그때 나는 고등학교 2학년 학생이었다. 나는 교복을 입은 채로 낡은 군용 배낭에 쌀 한 말과 《한국전후문제시집(韓國戰後問題詩集)》 한 권을 넣어 지고 홀로 길을 걸어서, 그 무렵 거의 버려져 있다시피 퇴락한 절의 경내로 들어섰다. 절 안을 흘러가는 마곡천 물 위로 걸쳐 있는, 허물어져가는 다리를 건너 경내의 라마(喇嘛) 형식 수마노탑(水瑪瑙塔) 아래 섰을 때는 여름의 오후도 한껏 겨워 있었다. 라마 형식은 티베트의 라마교 형식을 말하는 것이라 했다. 라마탑은 형식의 이질감 때문인지, 주변의 황폐함 때문인지 유난히 높아 보였다. 세월이 훨씬 지난 뒤에 한 티베트 밀교승(密教僧)을 만나 라마교에 대해 몇 마디 들을 기회를 얻었을 때, 그 엉터리 라마승은 해골을 보자기에 싸서 막대기로 꿰어 을러메고 다니며 그 해골바가지의 본래 주인인 죽은 자의 영혼이 자신의 영혼을 모든 악귀로부터 지켜주는 것이라고 말했다. 그러면서 보자기를 끌러 보여준 두개골은 어린애 것인 듯 작았다. 그러고는 줄에 꿰어 들고 다니던 칫종지만 한 작은 놋쇠종을 울렸다.

"들어보게. 이 영혼의 울림소리를 들어보게."

아닌 게 아니라 사리처럼 맑고 유연한 종소리였다.

으잉…… 나는 그 종소리의 여운에 귀를 기울였다. 예전 마곡사의 라마탑 위에 떠돌던 정적에서도 그런 여운이 깃들어 있었던 듯했다. 그러나 한 선승(禪僧)의 안내로 경내를 나서면서 그 정적은 깨어지고 어디선가 매미 소리가 귀청이 따갑도록 들려왔음을 나는 기억했다.

"저리로 올라가 백련암(白蓮庵)을 찾도록 하게. 길을 따라 곧장 올라가면 된다네."

계곡을 끼고 난 길을 따라 찾아 올라간 백련암 역시 낡은 암자였다. 입산을 목적했던 것이 아니므로 요양하는 사람이나 공부하는 사람은 으레 암자 쪽으로 가게 되어 있는 관행을 모르고 있었던 나는 본절에서 거절을 당한 것이라고 느꼈고 다시 암자에서도 거절을 당하면 어쩌나 하고 꽤나 걱정이 되었었다. 다행히 나이 먹은 보살은 간단한 흥정 끝에 내게 방 하나를 내주었다.

그런데 이상한 일이었다. 막상 방을 잡고 이제 내가 여름을 날 방이다 하고 들어앉으려 하자 내가 도대체 여기까지 무엇 때문에 왔는지 그만 막막하기 짝이 없는 심정이 되어버렸다. 나는 여름 방학 동안 그곳에 파묻혀 시를 읽고 또 써보리라고 마음먹고 떠나오기는 했었다. 그래서 극히 적은 용돈만을 지니고도 시집 한 권에 의지하여 낯선 암자를 찾을 수 있었으리라. 하기야 학생 신분으로 지금과는 달리 술 담배 따위는 근처에도 가지 않았으므로 용돈이 필요할 리도 만무했다. 시란 써서 돈이 되지도 않지만 또한 쓰는 데 돈이 거의 들지도 않는 이상한 형태의 예술인 것이었다. 하지만 그 산중에서 깊이 침잠하여 쓸 만큼 무슨 세계도 없었다. 나는 이제 겨우 열여덟 살의 소년이었다. 또래의 다른 학생들처럼 뒤떨어진 어떤 과목을 파고들기 위해《총정리》나《완전 정복》같은 학습서를 뗄 수는 있을지 몰라도 시 공부는 얼토당토않은 것이었다. 그러니까 애초부터 시 공부는 얼토당토않은 명분에 지나지 않았다. 그러면 나는 그곳으로 갔던가. 그렇다 이미 말했듯이 그녀의 영향 때문이었는데, 더 나아가서 그곳에 감으로써 그녀의 영역을 또한 내 영역으로 삼으려는 사춘기적인 발상 때문이었던 것이다. 이러한 병적인 발상을 과연 다른 사람들이 이해해줄 수 있을지는 의문이다. 그러나 실상 그곳은 그녀의 영역도 무엇도 아니었다. 백련암에 도착하여 방을 얻어 들자 나는 비로소 깨달았던 것이다. 그녀가 언제 그곳에 가보고 싶다고 말한 그것에는 아무런 의미가 없었다. 허망한 노릇이었다. 백련암에서 첫 번째 맞은 밤부터 나는 안정이 안 되어 아무 일도 할 수가 없었다. 멀뚱멀뚱 눈을 뜨고 천장만 바라보다가 겨우겨우 어떻게 잠들면 다행이었다. 그리고 낮에는 하릴없이 아래쪽으로 내려가 그 라마 형식의 오층탑 주위를 맴돌다 돌아오곤 하는 게 고작이었다. 처음 백련암에 도착하고 얼마 뒤 먼저 와 있던 청년들 가운데 운전사였다는 한 사람이 "학생은 어찌 왔나?" 하고 물었을 때, 나는 "뭐, 그냥 심신 단련이라고나 할까요" 어쩌구저쩌구 얼버무렸지만, 시 공부고 심신 단련이고 헛일이었다. 절의 선승으로부터 '예전 김구(金九) 선생도 이곳에 와 있었다'는 이야기를 몇 차례씩 듣는 것도 공소하기 짝이 없는 일이었고 암자의 운전자로부터 "이봐, 학생, 억지로 할 때 잘 안 들어가믄 어쩌야 하는지 아나? 그땐 침을 발라야지" 하는 따위의, 아직 동정이었던 나로서는 종잡을 수 없는 음담패설을 듣는 것도 끈끈한 일이었다. 매미 소리만 기승을 부리는 가운데 몇 날 며칠이 흘렀다. 그녀가 거짓말같이 내 앞에 나타난 것은 그런 어느 날이었다. 누가 찾아왔다는 보살의 전갈을 받고 찾아올 사람이 누가 있을까 하는 심정으로 무심코 나간 나는 여고생의 제복을 입고 나무를 등진 채 성모의 석고 상처럼 서 있는 그녀를 보았다. 미사에 참예하면 너를 위해 기구(祈求)드릴게 하고 말하던 그녀의 모습만이 뚜렷이 부각되었다. ……그 여름으로부터 이십 년이 지난 금년 ×월 ×일 나는 느닷없이 한 통의 전화를 받은 것이었다. 아내가 직장에 나간 뒤 낡은 침대 위에 번듯이 드러누워 무슨 공상엔가 빠져 있던 나는 벨 소리에 퍼뜩 공상에서 깨어났다.

그녀의 목소리는 이십 년 전과 조금도 달라지지 않은 것 같았다. "나 ……인데 ……" 그녀는 이름을 대고 잠시 이쪽의 반응을 살피는지 말을 멈추었다. 그 순간 나는 내가 어떻게 반응해야 하는지 잠시 망설였던 듯도 하다. 그러나 내 목소리는 그녀의 "인데……" 하는 '데'의 여운이 채 끊어지기 전에 울려나왔다. "아…… 그동안 어떻게……" 그렇지만 역시 내 말꼬리도 흐려졌다. 말해놓고 보니 내 목소리는 이상하게 균형을 잃었었다고 생각되었다. 이십 년 전의 목소리 쪽으로 조금이라도 가까이 가고자 한 결과이리라. 그러나 실상 나는 이십 년 전의 내 목소리가 어떠했는지 상상조차 할 수 없다. 지금의 내 목소리도 녹음된 것으로 들어보면 전혀 내 목소리로 인지할 수 없는 마당에 이십 년 전의 목소리라니 어림도 없는 일이다. 이십 년이 지난 것이다.

이 세월을 두고 결코 짧지 않은 세월이었다고 말하고 싶지도 않을뿐더러 또 언제 지났는지 모르게 후딱 지난 세월이었다고도 말하고 싶지도 않다. 그러나 어릴 적 그다지도 까마득하게만 보이던 시간이 흘러 있었다. 그동안 겪을 만한 것 웬만큼 겪으며 살아온 나는 결국 삶이란 죽음의 두려움에 대한 면역성을 키우는 과정이 아닌가 여기게끔도 되었다. 그동안 나는 혹독한 헤어짐의 경험도 맛보았으며 내 삶에 걸맞을 만한 좌절도 겪고 자랐다. 좀 어둡고 모호한 듯해서 그렇지 내 삶은 핼리 살별처럼 나름대로의 명확한 궤도를 갖고 있는 것이라고 나는 생각해왔다. 언젠가 나는 핼리 살별이 76.02년마다 궤도를 한 바퀴 돈다는 글을 읽고 내 삶을 76.02년에 맞출 수 있을까 꿈꾸기도 했다. 그 궤적의 경이로운 첫 출발 부분에서 그녀는 내게 첫 키스의 밀의(密意)를 가르쳐준 여자였다. 내 살별이 어디쯤 가고 있는지는 모르지만 이십 년은 흘러 있었다.

지난 1910년에 지구상에 모습을 드러냈던 핼리 살별은 지구와의 충돌 위험설로 전 세계를 전율케 했던 공포의 별이었다. 그러나 과학자들은 이 살별이 우주 생성의 수수께끼를 풀어줄 것으로 확신하고 가슴을 설레고 있다고 했다. 소련을 비롯한 동구권과 유럽 우주 기구, 일본 등은 인공위성을 띄워 곧 다시 올 이 살별을 영접할 준비를 하고 있다고 했다. 핼리 살별의 중심부인 핵 오백 킬로미터 이내에까지 접근하여 핼리의 비밀을 밝혀내겠다는 것이다.

핼리 살별은 이 살별을 연구한 영국의 천문학자 에드먼드 핼리의 이름을 딴 살별을 말한다. 핼리는 1531년, 1607년, 1682년에 나타났다는 기다란 꼬리별이 같은 별이 아니었던가 생각하고 궤도를 계산해보았다. 그 결과 이 세 살별의 궤도는 천문학적으로는 동일했던 것이다.

그래서 핼리는 이 별이 1758년에 다시 나타날 것을 예언했다. 그 자신은 아깝게도 하늘을 가로지르는 장관을 보지 못한 채 세상을 떠났지만 이 꼬리별은 핼리가 예언한 대로 1758년 12월 25일 다시 나타나 핼리의 이름을 유명하게 만들었다.

핼리 살별은 다른 살별과는 달리 일정한 궤도와 주기를 갖고 우주 공간을 돌고 있다고 했다. 태양으로부터 약 일 광년 떨어진 우주 공간에서 태양의 인력에 의해 태양계 쪽으로 여행을 하는 핼리는 1986년 2월 9일 태양으로부터 가장 가까운 곳을 통과하게 된다는 것이었다. 핼리 살별에 대한 관측 기록은 기원전 240년 중국 천문학자로부터 시작됐다. 우리나라에서도 고려 성종 8년, 곧 989년에 기록된 이래 칠십육 년의 간격을 두고 계속 관측된 기록이 있었다. 조선 시대의 살별 관측 기록인 성변(星變)·객성(客星)·등록(謄錄)은 세계적으로 가장 정확한 관측 자료였다.

특히 영조 3년(1759년) 삼월과 사월의 살별 기록은 세계 유일의 스케치 관측 기록이라는 주장도 있었다. 이 기록에는 스케치는 물론 별자리와의 각도·밝기·꼬리 등이 자세히 기록되었다는 것이다.

태양계의 떠돌이별의 정체는 무엇일까. 우주 과학자들은 살별의 신비를 속 시원히 밝혀낼 경우 태양계의 화학적 작용에 관한 불가사의를 알아낼 수 있을 것으로 보고 있지만 아직 살별의 정체는 완전히 규명돼 있지 않았다.

핼리와 같은 살별은 태양계와 같은 시대에 형성되었다는 것이 지금까지의 통성이다. 살별은 중심이 되는 핵과 기다란 꼬리로 이루어져 있는데 크기는 천차만별이다. 핼리 살별은 직경 십 킬로미터 안팎의 핵과 팔천만 킬로미터에 달하는 기다란 꼬리를 가지고 있다. 핵은 철강보다도 더 굳게 얼어붙은 얼음덩이로 되어 있고 그 질량은 줄잡아 오천억 톤에 이른다. 또 핵심부 둘레에는 코마라고 불리는 직경 약 일백만 킬로미터의 희박한 구름이 둘러싸 있고 이 코마로부터 태양과는 반대 방향으로 꼬리가 바람에 나부끼듯 뻗쳐 있다. 살별에서는 지금까지 NH, ON, CN, CH 등의 화학 분자가 발견되었으나 아직 그 화학 작용은 밝혀지지 않고 있다. 과학자들은 이번에 인공위성을 띄워 태양계가 뜨거워져 살별들이 형성되기 이전에는 어떤 물질들이 있었으며 태양계는 당초 어떠한 화학적 혼합물로 생성되었는지를 규명하려 하고 있다는 것이었다.

전화를 끊고 나서 나는 다시 침대에 드러누웠다. ……오후 몇 시라고 했더라…… 그렇지, 두 시…… 그녀는 두 시에 덕수궁에서 만나자고 했다. 아직 시간은 상당히 남아 있었다. 그 옛날에 나는 진실로 내가 그녀를 사랑한다고 생각했었다. 풋사랑이라고 하든 무엇이라고 하든 사랑이었다. 그러나 이제 그것은 내가 사랑했었다는 사실만 기억시켜줄 뿐 아무런 감정도 동반하지 않는 것이었다. 나는 알 수 없는 회환과 연민에 혼곤히 젖어들면서 이십 년 세월의 너울 속에 일렁이는 배 위에서인 듯 온몸이 나른해졌다.

환한 대낮에, 내 눈꺼풀은 잠자리 날개처럼 투명하게 감기고 얼마를 비몽사몽 헤맸다. 어디선가 아이들 목소리가 사근사근 들려왔다.

"나 혼자뿐이에요, 해봐."

"나 혼자뿐이에요."

"무서워요, 해봐."

"무서워요."

문을 열어놓았으므로 옆방에서 들려오는 소리는 또렷했다. 따라 하는 쪽은 딸아이인데 따라 하도록 먼저 말하는 계집애의 목소리는 못 듣던 목소리였다.

"아빠는 죽었어요, 해봐."

"아빠는 죽었어요."

딸아이는 충실히 따라 했다.

"나 혼자뿐이에요, 해봐."

"나 혼자뿐이에요."

왜 저런 놀이를 하는지 못마땅했다. 딸아이가 늘 동네 아이들을 끌고 들어와 놀기는 했어도 이상한 말을 따라 하는 놀이는 내 귀에 생소했다. 딸아이와 또 어떤 아이는 들어오면서 침대에 누워 있는 나를 보았을 것이다. 그런데 아빠는 죽었어요 하고…… 침대에 누워 있는 내가 죽은 사람처럼 보였을까. 그러자 딸아이에게 따라 하도록 시키는 계집애가 어느 먼 불길한 별에서 온 마녀(魔女)는 아닐까 어처구니없는 생각마저 들었다. 아빠는 죽었어요, 해봐? 발칙한 계집애로군. 나는 침대의 녹슨 스프링 소리를 내면서 몸을 일으켰다. 안 그래도 딸아이를 옆집에 맡기고 외출하려면 시간이 많은 것도 아니었다. 으음. 나는 다시 한 번 스프링을 삐걱거리면서 잠긴 목청을 가다듬는 소리로 일어났다는 신호를 보냈다.

"느네 아빠 일어났나봐."

계집애의 목소리에 이어 딸아이가 무엇인가 만지는 소리가 들렸다. 잠시 기다리노라니까 딸아이의 얼굴과 그 발칙한 계집애의 얼굴이 동시에 나타났다.

딸아이의 어깨 뒤에서 빠끔히 나를 쳐다보는 계집애의 얼굴은 생각과는 달리 천진스럽고도 깜찍하게 예뻤다. 처음 보는 아이였다.

"아빠, 이거 갖구 놀아두 되지, 응?"

딸아이가 손에 든 것을 조심스럽게 내밀었다.

"건 왜? 그치만 아빤 곧 나가야 된다. 좀 있다 옆집에 가서 놀아야 돼."

"알았어요."

딸아이는 계집애와 함께 다시 얼굴을 숨겼다. 나는 딸아이가 손에 들고 있는 것을 빼앗지 않았다. 그것은 앵무조개로 만든 술잔이었다. 평소 같았으면 빼앗았을 것이 분명한데 나는 빼앗지 않았다. 계집애에게 내가 죽긴 왜 죽어 하고 보여주려고 그러는 것같이 보일까봐 그만두었는지도 모른다는 생각이 얼른 들었다. 그것은 한 친구가 외국 나들이 길에 선물이라고 사 온 것이었다. 다른 친구들에게는 싸구려 볼펜 나부랭이를 준비했지만 내게만은 좀 색다른 걸 해야겠기에 살짝 전하는 것이라고 하면서 집으로 싸가지고 왔다. "뭘 이런 걸……" 하고 나는 제대로 고마움도 표시 못 한 채 포장을 끌러보았다. 선물은 그 자리에서 끌러보는 게 예의라고 했다.

"이게 뭔데?"

나는 처음에 도저히 감을 잡을 수 없었다.

"뭐 그런 게 있더군."

그도 맞춰보라는 듯 대뜸 설명해주지는 않았다. 나는 한동안 살펴보았다. 아무리 보아도 술잔이었다. 그냥 평범한 술잔이라면 포장을 끌러보고 첫눈에 술잔임을 못 알아보았을 리 만무했다. 그것은 평범한 술잔은 아니었다. 그러니까 그가 일부러 싸들고 왔을 것이었다.

"술잔?"

마침내 내가 말했을 때 그는 빙그레 웃기만 했다.

"안 그래도 술 땜에 골로 가는 사람 술잔까지 갖다줘서 어쩌자는 거야? 그러나 저러나 이건 바이킹들이 들고 마시는 거 아냐?"

나는 뒤늦게나마 고마움을 그렇게 표현했다. 외국 여행에서 돌아온 사람에게 받은 선물치고 변변한 거라곤 없는 나는 애초부터 기대도 하지 않던 터였다. 그러니 술잔이고 물잔이고 따질 계제가 아니었다.

"조개라나봐. 고둥 종류겠지."

물소나 산양의 뿔 등속으로 만든 술잔은 알고 있었으나 조개껍데기로 만든 술잔은 처음이었다. 그것은 커다란 골뱅이 껍데기처럼 생겼으며 겉은 매끄러운 데다가 굵은 무늬를 가지고 있었다. 하지만 그것이 무엇으로 만든 것이든 사실 내게는 별 소용이 닿는 물건이 아니었다. 나는 술을 좋아하긴 하되 술을 마시는 데 따르는 형식을 되도록이면 찾지 않기로 하고 있는 것이다. 술잔 따위야 아무래도 좋았다. 오히려 보잘것없는 것이 더 낫지 않을까 하고도 여기는 마음이 있었다. 그래서 나는 그 술잔을 작은 옷장 위에 올려놓고 거의 잊다시피 하고 말았다. 갖다준 친구에게는 미안한 일이었지만 그러나 그도 내가 그것으로 집 안에서 하릴없이 술을 벌컥벌컥 들이켜는 것보다는 그렇게 장식 효과로 놓아두는 쪽을 더 바랄지 모를 일이었다. 하지만 옷장 위에 올려놓고 거의 잊다시피 했다고는 해도 처음부터 내가 최소한도의 관심마저 기울이지 않은 것은 아니었다. 저것이 도대체 무슨 조개일까. 나는 궁금해져서 관심을 기울이지 않을 수가 없었다. 성냥갑만 한 아파트에 정체를 모르는 어떤 존재가 함께 있다는 사실이 불편했다고까지도 말할 수 있겠다. 그러나 특별히 탐구할 만한 대상은 역시 아니어서 며칠 지나지 않아 그만 접어두고 말았다.

그러던 어느 날 우연히 황학동 근처를 헤매다가 나는 다시 그 술잔을 생각하게 되었다. 신당동의 한 출판사를 찾아가던 나는 그곳 지리에 어두워 반대쪽으로 터덜터덜 걸음을 옮겨놓고 있었는데, 그때 내 눈에 각양각색의 수많은 조개껍데기들이 들어왔던 것이다. 가구의 장식으로 쓰는 자개를 파는 상점들이었다. 진열장 안에는 자개뿐만 아니라 많은 조개껍데기들이 있었다. 가구의 장식으로는 전복의 껍데기를 갈아낸 자개만 사용되는 줄 알고 있었던 나에게 그곳의 각양각색의 조개껍데기들은 눈길을 끌기에 충분했다. 그것들은 젖빛 바탕에 무지갯빛 무늬가 영롱하게 빛나며 내걸려 있기도 했고, 또 적동색(赤銅色)과 청동색(靑銅色)으로 둔중하게 빛나며 차곡차곡 쌓여 있기도 했다. 나비 모양·꽃 모양·잎사귀 모양·동그라미꼴·네모꼴·세모꼴, 그리고 바다 속에서 갓 올라온 살아 있는 듯한 조개의 껍데기들. 저것은 가리비의 껍데기일 것이다. 줄지어 늘어선 그 가게들에서 조개껍데기를 들여다보던 나는 문득 술잔을 떠올렸고 이윽고 다시 그것은 무슨 조개일까 하는 탐구심을 되살려보고야 말았다. 탐구심이라는 말이 좀 거창하다면 호기심이라고 해도 좋겠다. 그게 무슨 조개면 어떻단 말인가. 그러나 간혹 유난히 호기심이 지나쳐 나 자신 스스로 비열한 짓이라고까지 느껴왔던 내 버릇이 다시금 되살아 나 꼭 알아내라고 충동질을 하는 것이었다. 도대체 먹고 살기에도 바쁜 판국에 무슨 쓰잘데없는 짓이람 하고 나는 혀를 끌끌 찼다.

앵무조개는 인도양이나 태평양의 열대 해역 비교적 깊은 바다 밑에 사는 조개였다. 그리고 고생대라는 오랜 예전에 출현하여 살아 있는 화석이라고 불리는 조개였다. 껍데기가 앵무새의 부리를 연상시킨다고 하여 앵무조개라고 이름 붙여졌다는 이 조개는 육식성으로 새우·게·멍게·등을 먹으며, 죽은 뒤에 속살이 빠져나가면 껍데기가 사이사이의 공기방에 들어 있는 공기 때문에 저절로 바다 위에 떠올라서 표류한다고 씌어 있었다. 술잔은 바로 이 앵무조개의 껍데기로 만든 것이었다. 그 사실을 알아내기는 그리 어려운 일은 아니었다. 앵무조개의 패각잔(貝殼盞). 그러나 이 사실을 알기는 했어도 앵무조개가 어떻게 기어 다니는가, 아가미가 몇 개며 눈은 어떻게 생겼는가, 촉수는 암수 각각 몇 개씩인가, 생식은 어떻게 하는가 등등의 여러 가지 생태에는 아무런 흥미를 느끼지 못했다. 그런데 한 가지 사실이 내 눈길을 끌었다. 문득 그 구절에 접한 나는 가벼운 흥분마저 느꼈다. 하지만 그것은 앵무조개의 생태와는 관계가 없는 일이라고 해야 옳다. 왜냐하면 죽은 다음의 일이기 때문이다.

앵무조개의 모든 서술에서 내 눈길을 끈 것은 죽은 뒤에 저절로 껍데기가 바다 위에 떠올라 이리저리 표류한다는 사실이었다. 나는 나도 모르게 그 사실에 집착했다. 죽어서 그 껍데기가 바다 위에 떠올라 이리저리 표류하는 커다란 조개. 앵무조개? 그것으로 만든 술잔? 그리하여, 앵무조개의 술잔은 그것으로 비록 술을 마실 기회는 없는 채로, 이상하게 내 마음을 사로잡고 놓아주지 않았다.

아무리 공기방에 들어 있던 공기 때문에 저절로 떠올라 이리저리 표류한다고 하더라도 앵무조개의 삶의 마지막 장식인

주검의 떠돎은 외롭고도 활혼한 것으로 내게는 받아들여졌다. 그렇다면 나는 죽어서 떠도는 영혼의 실체를 증명하기라도 한 듯이 착각한 것 같기도 했다. 아니, 그렇게까지 비약하고 싶지는 않다. 단지, 얼토당토않은 말로서, 죽어서 무덤 속에 들어가 누웠을 일이 끔찍하게만 여겨지는 나는, 앵무조개가 그의 무덤을 답답한 바다 속이 아닌 광활한 바다 위로 택하려는 의지와 희망을 가지고 살았다고 믿고 싶은 마음은 있다. 화장당하기 싫어 어차피 땅속에 묻힐 것으로 기대하고 있는 나는 그 해골의 떠돎을 부러워할 수밖에 없을 것이다. 어쨌든 그러므로 내가 딸아이에게서 당장 앵무조개 술잔을 빼앗지 않은 것은 이해 못할 일이었다.

얼마 뒤 딸아이를 옆집에 맡기고 부랴부랴 밖으로 달려 나간 나는 정각 두 시에 그녀를 만날 수 있었다. 그녀가 어디에 있을까 하고 두리번거리기 시작할 즈음 그녀가 내 옆에서 다가와 현대 미술관의 관람권 두 장을 사놓았노라고 했다. 이십 년 만의 만남이 겨우 이렇게 이루어져서야 하고 여길 틈도 없이 만남의 절차는 생략되었다. 어느새 우리는 계단을 올라가 한국화(韓國畵)라고 불리는 그림들을 관람하고 있었다. 화선지의 그림들은 회랑을 돌아가며 생활 주변의 현실적인 모습들을 생생하게 보여주려고 저마다 애쓰고 있었다.

그리고 우리는 마치 예전에 한두 주일 못 만났다가 만난 듯한 느낌이었다.

"요즘은 글씨를 쓰고 있어. 소일거리로. 결혼은 한 번 기회가 있었는데, 그걸 놓쳐서……"

그녀는 결혼을 안 했다기보다 못했다고 말하고 있었다. 그 말이 여태까지 느끼지 못했던 이십 년이라는 세월의 격세감을 어느 정도 되살려주었다. 그동안 그녀는 결혼을 못했고, 나는…… 결혼을 하기만 한 게 아니라 겪어서는 안 되는 우여곡절도 겪었다……. 우리는 한두 주일 못 만났다가 만난 사람들이 아니었다. 우리 사이에는 엄연히 긴 세월이 가로놓여 있었다. 아래층 회랑을 다 돌고 다시 나선(螺旋)의 계단을 올라 회랑을 다 돌고 나서야 우리는 그곳을 빠져나왔다. 나이를 먹어, 미당(未堂)의 표현대로 하면 '귀신이 눈에 보이는 나이'라는 마흔 살을 바라보면서 옛 소년소녀 적의 만남을 반추해보는 사람들이었다.

만나고 헤어짐이 극히 자유롭다고 하는 요즘 소년소녀들은 나중에 결코 이런 서투른 짓은 안 하겠지. 그런 생각이 들자 나는 뜰에서 만나는 소년소녀들이 나보다 훨씬 나이 든 어른들 같았다. 그들은 의젓하게 사랑하고 의젓하게 헤어지고 있는 것일 게다. 내가 그랬던 것처럼 스스로를 꽉 막힌 벽 속에 가두고 어린 피를 말리며 죽어가고자 하지는 않는 것일 게다. 과학과 분석의 시대에 그들은 사랑도 검증될 수 없는 것이면 부인하는 것일 게다. 그들은 모두 컴퓨터에 능통해 있는 기호논리학자들이니까. 나는 아직도 날이 훤하건만 간이매점에서 술을 마셨고 그런 나를 그녀는 불안한 눈초리로 쳐다보았다. 이십 년의 세월 뒤에 그녀는 예나 제나 그 모습 그대로 있었으나 나는 담배는 용귀돌이처럼 피우게 되었고 술도 기쁨과 슬픔의 양만큼 먹게 되었다. 우리 사이에는 엄연히 긴 세월이 가로놓여 있었다. 나는 지나온 세월에 대한 공연한 감상과, 우리가 재회함으로써 오히려 확인된 지난 감정의 식은 재에 대한 혐기(嫌忌)와 우리들의 이질적인 행동반경에 대한 씁쓸한 당혹감 따위에 시달리면서, 오도카니 앉아만 있는 그녀 앞에서 연신 술잔을 기울였다. 인생이란 왜 이렇게 모조리 구태의연한 것일까 하고 엉뚱한 생각을 하게 되었을 때쯤 나는 불현듯 그녀에게 마곡사에 같이 한번 다녀오기를 제안했고 그녀는 아무 이의 없이 선선히 받아들였다. 그러나 이의 실현은 이런저런 일로 꽤 미루어져, 우리가 유구로 가는 버스에 오른 것은 가을도 저물어가는 지난 시월이었다.

그렇게 해서 우리는 유구에서 버스를 내리게 되었던 것이다. 유구에서부터 걷기로 한 생각은 물론 내가 한 것이었는데, 그녀도 좋다고 대답했다. 그 십 리 길은 결코 가깝다고는 할 수 없는 거리였다. 그런데 비가 와서 끊기지도 않았을 그 길을 굳이 걷자고 한 것은 아마도 내가 순례(巡禮)라는 낱말을 염두에 두었기 때문이리라. 우리는 중학생인 듯한 여학생들이 도취된 목소리로 〈J에게〉를 부르며 지나가는 유구 거리를 빠져나와 동쪽을 향하고 걸었다. 여학생들은 참새처럼 입을 벌렸다. ……난 너를 못 잊어, 난 너를 사랑해…… 이 밤도 쓸쓸히 걷고 있네…… 그러나 우리의 걸음걸이는 '쓸쓸히'는 아니었다. 바삐 걸어도 한 시간은 족히 걸리리라는 것을 우리는 알고 있었다.

나는 그녀와 헤어지던 날 서해안의 광천(廣川) 바닷가 둑길을 걸어갔던 것을 돌아보았다. 열차에서 내려 멀리 걸어간 그 바닷가 작은 언덕 위에서 그녀는 내게 말없이 쪽지 하나를 건네주었다. 이젠 헤어져야만 한다. 쪽지에는 그렇게 적혀 있었다. 그로부터 이십 년이 지나 다시 만난 우리는 어디론가 먼 길을 또 걷고 있는 것이었다. 우리는 세월이 참 빠르다느니 이

한 해도 다 갔다느니 쳇바퀴 같은 나날이라느니 하는 의미 없는 대화를 문득문득 나누며 누렇게 물들어가는 가을 길로 걸음을 재촉했다. 우리는 예전처럼 손을 잡지도 않았고 또 그럴 만도 하건만 한 번의 키스도 나누지 않았다. 우리는 다만 걷는 것이 목적인 듯 걸었다. 다리를 건너고 몇 번의 모롱이를 돌았다. 걸어서 어디로 가려는 것인지조차 까맣게 잊은 성싶었다. 아무것도 알 수 없다는 심정이었다. 다시 만난 우리는 이제 예전과는 다른 불륜의 사랑을 획책하고 있는 것일까. 그것도 모를 일이었다. 그러자 그것은 순례가 아니라 차라리 장례(葬禮)의 길이라는 생각이 들었다. 예전에 우리 사이에 오갔던 모든 일들을 저승에 잠재우기 위해 가는 천도(薦度) 길.

마곡사에는 이미 매미 소리도 그쳐 있었고 들길보다도 더 가을빛이 완연했다.

'금년은 내 일흔 평생에도 처음 맞는 윤시월(閏十月)이 든 해라오. 윤시월 예수재(豫修齋)는 뜻이 깊다오.'

마곡사는 전날의 황폐한 절이 아니었다. 우리가 마곡천 위의 다리를 건너 경내의 그 라마 형식 오층 수마노탑 아래 섰을 때 노승(老僧)이 말했다. 노승은 우리가 그 예수재 때문에 온 것으로 알고 있었다. 우리는 경내의 앞마당과 대웅전과 명부

전으로 온통 화사하게 매달린 청사초롱을 휘둘러보았다.

"예수재라뇨?"

내 물음에 노승은 그제야 우리가 단순한 내방객임을 알아차렸다.

"윤년마다 지내는 예수재를 준비하고 있는 중이라오."

라마탑은 수많은 청사초롱을 거느리고 이상한 광채를 발하는 듯하였다. 그 탑을 바라보고 있는 동안 나는 우리가 유구에서부터 걸어온 것은 오로지 그 탑 아래 서기 위해서가 아니었을까 막연히 깨닫는 느낌이었다.

"불교를 모르는 사람은 예수재라면 예수 생각을 할지 몰라. 기독 말야. 허허허."

나는 그녀의 눈치를 힐끗 보았으나 그녀는 조금도 흐트러지지 않고 듣고 있었다. 예수재는 자신이 지은 죄업을 살아생전에 미리 닦아 깨끗한 혼령으로 저세상에 갈 수 있도록 드리는 재(齋)라고 노승은 설명했다.

"언제 올리는가요?"

나는 얼마쯤의 흥미를 나타내며 물었다.

"내일부터 입재(入齋)라오."

입재에서부터 칠 일 동안 기도하고 나서 재를 올린다고 말하고 나서 노승은 이모저모 부연해주었다. 노승의 알 듯 모를 듯한 설명을 들으며 나는 그 여름에 들었던 동소리며 북소리며 운판(雲版)과 목어(木魚) 소리며를 아련히 되살려보고 있었다. 종은 저승의 죽은 목숨을 제도하고, 북은 이승의 산목숨을 제도하고, 목어는 물속에 떠도는 뭇 삶들을 제도하고…… 노승이 설명을 마치고 사라지고 나자 갑자기 시장기가 밀려왔다.

"저쪽 절 입구에 식당이 있었지, 아마."

나는 그곳으로 앞장서 갔다. 그녀는 시종 무표정한 얼굴이었는데 그것이 예전부터의 습관임을 나는 알고 있었다. 서당까지 걸어가면서 나는 비로소 우리가 하루쯤 이곳에 묵어 가려고 온 것일까 어쩔 것일까를 잠시 생각했다. 종잡을 수 없었다.

식당에 들어가 자리를 잡자마자 나는 막걸리와 도토리묵과 빈대떡을 주문했다.

"또 술?"

그녀는 말했으나 굳이 말리지는 않았다. 미리 준비해놓았다는 것처럼 금방 주문대로 날라져왔다. 나는 그녀가 젓가락을 채 들기도 전에 무엇엔가 쫓기는 사람처럼 막걸리를 컵에 따라 단숨에 들이켰다. 하루를 묵어 갈 것인가. 이런 생각을 했다고 여겨짐과 함께 나는 어떤 맹렬한 욕망을 느꼈다. 나는 그녀를 슬쩍 훔쳐보았다. 다행히 그녀는 그런 나를 보지 못했다. 그녀를 훔쳐보는 내 눈은 내가 생각해도 동물적이었다. 그녀를 갖지 않으면 안 된다. 나는 순간의 충동에 스스로 놀랐다. 나는 진저리를 치며 막걸리를 연거푸 벌컥벌컥 들이켰다. 그녀를 갖지 않으면 안 된다. 내 어디에 그런 욕망이 잠자고 있었는지 나는 놀랐다. 내 얼굴이 욕망의 열과 술기운에 취해 벌게지는 것을 나는 여실히 알 수 있었다. 그런 나를 전혀 의식하지 못한 채 그녀는 빈대떡을 젓가락으로 집고 있었다. 그녀를 갖지 않으면 안 된다. 나는 이글이글 불타는 눈으로 그녀를 노려보았다. 그러나 그녀는 내게 눈길 한번 던지지 않고 새침하게 외면하고만 있었다. 맞아. 그녀도 나와 똑같은 상상을 하고 있는 거야. 그러길래 더욱 새침을 떨고 있는 거야. 만수산 드렁칡처럼, 개처럼, 달팽이처럼, 지렁이처럼, 불가사리처럼, 인간처럼 뒤엉켜 있는 상상을 하고 있는 거야. 나는 숨까지 헐떡거렸다.

그때였다.

딱, 딱, 딱, 딱.

얼핏 돌아다보니 저쪽 기념품 가게에서 누군가 잉어 모양을 한 장난감 목어를 들고 두드리며 웃고 있었다. 딱, 딱, 딱, 딱. 목어 소리는 물속에 떠도는 뭇 삶을 제도한다고 들었다. 딱,

딱, 딱, 딱. 그러자 앵무조개 술잔이 떠올랐다. 저 소리는 앵무조개의 혼령을 제도하려는 소리였다. 딱, 딱, 딱, 딱. 장난 삼아 자꾸만 두드리는 꼴로 봐서 사지도 않을 품이었다. 그러나 알 수 없는 일은, 그와 함께 어느덧 그 들끓던 내 욕망이 가뭇없이 스러지고 만 것이었다. 나는 어안이 벙벙했다. 이토록 허망할 수가 없었다. 나는 그녀의 얼굴을 다시 훔쳐보았다. 그렇다. 숙인 듯 만 듯한 얼굴은 백제관음의 얼굴을 닮아 있었다.

빌어먹을, 다 틀려버렸다. 나는 속으로 신음을 질렀다. 나는 컵에 남아 있는 막걸리를 입에 부어 넣었다. 아빠는 죽었어요, 해봐. 아빠는 죽었어요. 모든 것이 순식간에 일어난 불가해한 일이었다.

버스가 왔다. 나는 힘없이 버스에 올라 먼지 낀 뒤창문으로 마곡사를 뒤돌아보았다. 경내에 있는 수마노탑이 물론 보일 리 없었다. 그러나 나는 그것이 본디부터 거기에 없었던 것이라고 생각했다. 버스가 움직이기 시작했을 때 나는 술 취한 머리를 그녀에게로 기댔다. 무엇이 왜 그런지는 몰라도 한없이 홀가분했다. 죽은 사람의 혼령을 산 이 몸의 예수(預修)로 천도했기 때문이라고 나는 믿고 싶었다.

버스는 가을 길을 달려가고 있었다.

비두로기 새는 비두로기 새는 우루믈 우루더 버곡댱이△
난 됴해. 버곡댱이△ 난 됴해.

앵무조개는 죽어서 바다 위를 떠다닌다고 그랬다.
핼리 살별은 1986년에 지구에 다가온다고 그랬다.
그녀에게 기댄 내 주인 없는 두개골은 그녀의 혼령을 모든
악귀로부터 지켜줄 것이다.

4

역시 구례(求禮)에서 하룻밤을 묵어 하동(河東)까지 가는 버
스를 타야 했다. 도중 화개(花開)에서 내리면 쌍계사(雙溪寺)로
가는 차편을 쉽게 얻을 수 있을 것이었다. 역시라고 하는 것은
전에도 그랬었기 때문이었다. 서울을 떠날 무렵부터 줄곧 날
이 심상치 않게 꾸물거렸으나 아침에 구례에서 남해가도(南海
假道)로 접어들자, 하늘은 갰다. 사실은 벌써부터 활짝 개어 있
었는데도 모르고 있었던 것 같았다. 그걸 깨닫게 한 것이 구릉

(丘陵) 같은 산등성이에 어린 흰 구름이라고 나는 느꼈다. 하늘은 눈부셨다. 그 눈부신 하늘이 나로 하여금 어디론가 한없이 도피하고 있다는 느낌을 주었다. 화개에 내리면 시장에서 은어회를 먹을 수 있겠지. 나는 문득 그런 기대를 하며 사람은 기쁠 때나 슬플 때나 크게 달라지지 않는다는 생각을 했다. 그러나 내가 이렇게 생각한다 해서 나 자신이 기쁘다거나 슬프다거나 어느 한쪽에 치우쳐 있다고는 판단되지 않았다. 나는 다소 갈등이 심한 편이기는 하지만, 그것은 어느 한쪽에 치우침을 경계하고자 하는 노력의 일단일 뿐인 것이다. 내게 물음이 하나 있다면, 사람들이 왜 자기를 그토록 아끼고 보호하면서 남과는 벽을 쌓아야 하느냐는 점이다. 그리고 왜 각자 어디론가 돌아가야 하느냐는 점이다.

잃어버린 노래를 찾아서.

처음에 휴가를 앞두고 이런 취재를 가야 할지 어쩔지 망설였다. 어차피 한번 다시 다녀오리라는 작정은 했었다. 그러나 날짜가 짧았다. 그런데 뜻밖의 일이 벌어져 우선 서울을 떠나고 본다는 게 애초의 계획대로 민요 채집 취재가 되고 만 것이었다. 뜻밖의 일이라는 것은, 전에 동거까지 했다가 그만둔 여자의 죽음이었다. 우리가 관계를 청산한 까닭은 여자 집안의 반대였다. 열등 조건이 꼽아졌다. 그 말은 절체절명의 말이었다. 나는 비통했지만 그 말에 따라 이른바 깊은 관계를 맺었음에도 불구하고 '장래를 위해서' 헤어지기로 용단을 내렸었다. 그런데 갑자기 그녀가 죽었다는 전갈이 왔던 것이다. 기억에 되살리고 싶지 않았던 일인 데다가 죽었다는 전갈마저 받고 보니 마음이 뒤숭숭했다. 더군다나 우리의 결합을 반대한 장본인들인 그녀의 부모가 나를 만났으면 하고 청까지 넣는 바람에 나는 뭐가 뭔지도 모를 상황에서 그녀의 아버지를 만나 보았다.

"나오시라고 해서 죄송합니다." 그녀의 아버지가 먼저 어색하게 입을 열었다. 나는 다방 안을 휘둘러보았다. 어리석게도 그녀가 정말 죽었단 말인가 하고 반신반의하는 느낌이어서, 어느 구석에 앉아 있지 않을까 하는 마음이 일었던 모양이었다. 게다가 내가 할 수 있는 말은 한마디도 없었다. 단지 생각나는 것이라곤 우리가 처음 사귈 무렵 그녀가 "내가 죽으면 슬퍼해주죠?" 하고 죽음에 대해 이런저런 이야기를 했었다고 하는 것이었다. 나는 그런 통속적인 말을 하는 여자를 여럿 보았는데, 세월이 흘러 중년 부인이 되자 한결같이 "우리 바깥양반이……" "우리 집 애가……" 하면서 죽음과 슬픔을 초월해 있었다. 하긴 그렇게 되지 않고서야 인생이 제대로 되지는 못할 것이다. 그녀의 아버지는 의외로 솔직하고 담백했다. 커피가 날라져오자 "난 설탕을 안 치니까" 하면서 스테인리스의 설탕 그릇을 내게로 밀어놓고, 내 행동이 마치기를 기다렸다. 아주 잠시였는데 나는 꽤 오래라는 느낌을 받았다. 나는 설탕 두 스푼을 넣고 휘저었다. 그녀가 살았을 때는 아마 두 스푼 반이었을 것이다, 하고 나는 몽롱하게 기억했다. "뭐라 말해야 할지…… 실은 만나자고 한 뜻도 너무 일방적이오만." 그 말을 들으며 나는 커피를 다시 한 번 휘저었다. 그는 오히려 나를 위로했다. 그렇게 함으로써 딸의 영혼을 조금이라도 위로하고 싶다는 것이었다.

"교통사고를 당했다던데요?" 나는 그제야 입을 떼었다. 그는 한동안 나를 물끄러미 바라보고 나서 대답했다.

"택시가 와서 받았지요." 그는 침통한 표정을 지었다.

"우리 애를 나쁘게 생각진 말아주시오. 그 앤 당신을 사랑했어요."

나는 당황하지 않을 수가 없었다. 그의 말을 듣고 있으려니까 내가 그녀와 사귄 적도 없는 것같이 느껴졌다. 갑자기 그녀의 얼굴조차 떠오르지를 않았다. 사랑이라는 말이 나오고 보니 더욱 그렇게 느껴졌다.

"아무튼 전 뭐라 말씀드려야 좋을지…… 좋은 여자였다고 생각합니다." 나는 말해놓고 나서도 괜한 말을 지껄였다고 후회했다. 이 모든 것이 우화(寓話) 같았다. 그러나 나는 나를 사랑했다는 여자의 죽음에 대해서 듣고 있었고 분명히 우화는 아니었다.

"우리는 그애가 어서 좋은 사람 만나 결혼했으면 하고 원했는데 말이오." 문득 그녀의 아버지가 말했다. 그 말을 듣는 순간 나는 언젠가 그녀가 내 곁을 떠난 뒤 그녀의 집으로 찾아갔던 날을 떠올렸다. 그러나 그 이야기를 하기 위해서는 나는 내 동생의 그 돌팔매질 이야기부터 먼저 하지 않으면 안 된다.

동생이 남의 집 창문을 향해 돌을 던진 것이 언제부터인지 아무도 몰랐다. 물론 모든 음험한 습벽과 마찬가지로 그것은 자신도 모르는 사이에 독버섯처럼 돋아나 동생의 심신을 괴롭혔던 것이다. 밤마다 창문이 돌에 깨어진다는 불길한 소문은 이웃 동네로부터 서서히 우리 동네로 옮겨왔다. 어떤 특정한 집만을 대상으로 한 것 같지는 않다는 데서 원한 관계는 아니라는 판단 아래 수사는 은밀히 진행되었다. 그러나 그곳을 배회하는 건달도, 수상한 태도의 놈팡이도 눈에 띄지 않았기 때문에 수사는 오리무중에 휩싸였다. 그런 중에도 며칠 걸러 한 번씩 창문은 깨어졌고, 주민들의 불안은 날로 고조되었다. 그 행동은 차츰 우리 집과 가까워지고 있었다.

어느 날 경찰관과 함께 집으로 온 동생을 보고 우리 식구는 놀랐다. 동생은 고개를 무겁게 떨어뜨리고 있었으나, 그 얼굴에서는 알지 못할 적의(敵意)가 번뜩였다.

"니가 왜? 왜 그랬단 말야?"

어머니가 울부짖으며 추궁했다. 동생은 어두운 승냥이 같은 얼굴을 한 채 대답을 거부하고 있었다. 실은 스스로도 납득할 만한 답변을 갖고 있지 못했을 것이었다.

"너 왜 그랬니? 말을 해봐."

더 이상의 무슨 말이 나오기를 강요한다는 것은 동생에게는 무리였다. 그는 몇 번이고 그 말밖에는 되풀이하지 않았다.

"뭐가 불안해? 입시 때문이야?"

"몰라. 왠지 불안했어. 못 견디게 불안했어."

동생은 마침내 사시나무 떨듯 몸을 떨었다. 나는 그 떨고 있는 몸을 붙잡고 내 팔을 통해 심장까지 와 닿는 떨림을 조용히 받아들였다. 무엇이 그를 그토록 불안하게 했단 말인가. 무엇 때문에 누구로부터도 치유받기를 거부하며 파멸을 자초하고 있었단 것일까. 동생은 떨면서 더듬더듬 말했다.

"내가 생각해두 이상해…… 불 꺼진 창문을 보면…… 와락 돌을 던지고 싶어져…… 참을 수가 없었어. 형, 미안해."

"미안하긴. 넌 너 자신을 깨고 싶었겠지. 그치?"

"나두 몰라."

동생은 다시 머리를 떨구었다. 그러고 보면 언젠가 동생의 책가방 속에서 돌멩이를 발견한 적이 있었다. 그렇지만 그 돌멩이와 동생의 투석(投石)을 결부시키지 못했음은 내 상상력의 빈약 때문이거나 아니면 동생에 대한 내 신뢰가 지나쳤기 때문이거나 둘 중의 하나였을 것이다. 내가 "수석(水石)감으론 어림없겠는데" 하고 말했을 때 동생은 어리둥절해하고 있었다. 나중에 정신과 의사가 말한 대로 순간적인 충동에 의해 돌을 던진다는 것이고 보면 그것은 좌절된 충동의 산물이었던 셈이었으니, 동생이 어리둥절해하는 것도 무리는 아니었다. 그는 무슨 까닭에선지 그 돌을 던지지 못하고 그대로 책가방에 넣어버리고는 잊어버렸음에 틀림없었다.

그 사건은 미성년자인 동생이 정신과 병동으로 감으로써 차츰 잊혀갔다. 하지만 그로 인해 우리 집안은 돌에 그려져 있는 어떤 무늬보다도 더 지워지지 않는 그늘을 마치 가문(家紋)

처럼 가질 수밖에 없게 되었다. 그로부터 나는 의식적으로 돌을 피했다. 돌에서 볼 수 있는 동생의 모습은 나를 괴롭히기에 충분했다. 냇가에 나가 돌을 집어 들고 수면을 향해 던지며 몇 번이나 튕기나 하는 놀이를 즐겼던 것은 이제 결코 놀이가 될 수 없었다. 왜냐하면 정신과 의사는, 동생의 역정(歷程) 중에서 돌이 어떠한 모습으로 파괴 본능을 일깨우며 발전해왔는가를 면밀히 캐고 있었기 때문이었다.

코르시카의 쌍둥이가 아무리 멀리 떨어져 있다고 해도 같은 증세로 아파한다는 이야기처럼, 우리는 쌍둥이가 아니었음에도 불구하고 돌에 대해서라면 아픈 암종(癌腫)을 우리 몸속에 함께 이식했던 것이라고 말할 수 있겠다. 그 뒤 꼭 한 번 나는 낯선 선창에 서서 골리앗을 향한 다윗처럼 돌멩이를 움켜쥐고 바다를 향해 던진 적이 있었다. 돌은 포물선을 그으며 날아가 죽은 새처럼 물에 떨어졌다. 바다는 깨어지리라.

내가 그녀를 만나기 위해 그녀가 갇혀 있는 집을 찾아갔던 날은 동생이 병원으로 간 지 얼마 뒤였다. 땅거미가 내리던 무렵이었다. 그녀는 이틀째 우리의 '박쥐집'으로 돌아오지 않았다. '박쥐집'은 우리의 보금자리였던 고가(古家)의 셋방에 우리가 붙인 이름이었다. 저녁이면 집 주위로 박쥐가 날기 때문이었다.

나는 그녀의 집이 자리 잡고 있는 야트막한 언덕을 단숨에 올라가 격납고처럼 웅장한 철대문을 두드렸다. 반응이 없었다. 나는 마음을 가다듬고 벨을 찾아 눌렀다.

"누구세요?"

그제야 여자 목소리가 도어 폰을 타고 흘러나왔다. 머뭇거리며 용건을 말하자 잠깐만 기다려보라는 소리가 들렸다. 나는 담배를 피워 물고 대문 밖을 왔다 갔다 했다. 그녀네 이층집은 땅거미가 내리는 어스름 속에서 불가사의란 무슨 사원(寺院)처럼 언덕 아래를 내려다보고 있었다. 나는 그와 같은 이른바 저택에 한 번도 들어가본 적이 없었다. 그래서 대문은 나를 향해서 결코 열리지 않을 것만 같았다. 나는 그녀가 마치 그녀의 바이올린 상자 속에 갇혀 있는 바이올린같이 그 집에 갇혀 있다고 상상하였다. 그녀는 그녀가 오랫동안 가지고 있었던 성가(聲價) 있는 바이올린을 장난감 같은 것으로 바꾼 차액으로 우리의 '박쥐집'에서의 생활비를 충당하고서도 의외로 즐거워했었다. 그 싸구려 바이올린을 들고 학교로 가 선생들과 친구들을 놀라게 하는 것도 그녀의 즐거움에 속했다. 그녀에 집 대문에 몇 번인가 왔다 갔다 했을 때, 철컥 하면서 문 열리는 소리가 들렸다.

남자가 서 있었다.

"웬일로 오셨습니까?"

그는 정중하게 물었다.

"따님을 만나려구요."

나는 대뜸 말했다. 잠시 나를 경계하듯 훑어보았으나 곧 평
소와 같은 자연스런 태도를 취했다.

"들어오십시오."

남자는 그녀의 작은오빠였고 그리고 큰오빠는 응접실의 소
파에 앉아 나를 기다리고 있었다. 내가 찾아오기를 기다리고
있었다는 듯 여유 있는 태도들이었다.

"그녀는 어디 있습니까?"

나의 저돌적인 말에 그들 중의 누군가가 우선 앉으라고 권
했다. 나는 그들이 안내하는 자리에 앉아 무엇이 어떻게 되고
있는지 여러 가지 불길한 생각으로 머리가 어지러웠다.

"오빠들로서 말씀드리는 건데, 그 애는 앞으로 절대 만날 수
없습니다."

아니나 다를까 큰오빠가 못을 박듯 말했다. 나는 그를 쏘아
보았다. 그는 담배에 불을 붙여 물면서 될 수 있는 대로 경직

된 분위기가 되지 않기를 희망한다는 것을 몸짓으로 암시하고 있었다.

"건 왜죠?"

그럴 수는 없는 일이었다. 한동안 침묵이 흘렀다. 나는 다시 한 번 그녀가 어디 있느냐고 물었다.

그들은 아무 대답도 하지 않았다. 가정부인 듯싶은 여자가 커피를 가져와 각자의 앞에 놓았다. 그러고도 한동안 침묵이 계속된 뒤에 큰오빠가 입을 열었다. 그에 의하면 그녀는 외국에 나가 공부를 계속해야 되며 그리고 난 다음에는 돌아와 모회사의 창업주의 아들과 결혼을 해야 한다는 것이었다. 그녀의 큰오빠는, 그것은 오래전부터 내정된 일이라고 부언했다. 그러자 작은오빠가 나서서, 나와 그녀와의 관계는 이미 알고 있으나 그것은 자기네들이 그녀를 너무 믿은 나머지 자유방임했기 때문에 일어난 불상사라고 말했다. 그리고 그녀를 진정 사랑한다면 그대로 물러서는 게 모두를 위해서 바람직한 일이라고 역설했다. 그들이 할 말은 그것이 전부라는 것이었다.

그들이 어떠한 고정관념을 가지고 나를 대하고 있는지 알 수 있었다. 그들이 여유를 보이기 위해 그것을 말로써 나타내지 않을 뿐이지만, 그것은 이른바 환경의 차이일 것이었다.

우선 한 번이라도 만나게 해주십시오. 내 말에 그들은 고개를 저으며 그녀에게도 잘못이 있으니까 참고 있는 것이라고 강압적인 태도를 보였다. 나는 가슴이 뛰었다. 얼굴이 화끈거렸다. 그들과의 대화는 애당초부터 도로(徒勞)였다. 그들과의 공통점이 있다면 그것은 서로를 거부하고 있다는 것뿐이었다. 나는 가슴 한복판 저쪽에서 치밀어 오르는 울분 같은 것을 간신히 억누르며 순간순간을 견디고 있었다. 그들은 그녀와의 일을 한때의 장난으로 여기고 잊어달라고 타이르기도 했다. 그것이 장난이었던가.

"그녀는 아이를 가졌습니다."

결국 나는 말하고야 말았다.

그러자 그들의 얼굴에 약간 당혹한 듯한 기색이 어렸다. 하지만 그것도 잠시였다. 큰오빠가 알고 있다는 듯 고개를 끄덕였다. 순간 당혹한 것은 나였다. 잠시 후 큰오빠는 그녀가 유산을 함으로써 그 사실을 알게 되었다고 한숨을 쉬면서 털어놓았다. 나는 온몸이 싸늘해지는 것을 느꼈다. "유산…… 그것이 사실입니까?" "사실이 아니라면 알 까닭이 있겠소." 무엇을 어떻게 했길래 유산까지 되고 만 것인지 그 전말이 궁금하기 짝이 없었다. 나는 그렇다면 더욱 그녀를 만나야겠다고 몸부림

치다시피 말했고, 그들은 그렇기 때문에 더욱 만나게 할 수 없다고 단호하게 말했다. 그녀는 친척 집으로 가 안정을 취하고 있으며, 이제는 오직 태풍이 지난 후의 안정을 되찾는 시기라는 것이었다. 나는 받아들일 수가 없었다. 그녀가 당한 괴로움은 상상하고도 남음이 있었다. 나는 더 이상 앉아서 견딜 수가 없었다.

나는 자리를 박차고 일어나면서 무슨 한이 있더라도 그녀를 만나고야 말겠다는 굳은 의지를 밝혔다. 내가 현관을 향해 몇 발짝 걸어갔을 때 뒤에서 "잠깐" 하고 제지하는 소리가 났다. 뒤를 돌아보니 그들은 아직도 소파에 앉은 채였다. 큰오빠가 나를 조용히 몰려다보았다.

"우리도 여러 가지 생각을 했소. 그 애가 집을 나간 뒤로…… 처음에 그 애는 친구 집에서 친구 동생을 레슨하면서 얼마 동안 지내겠다고 했지요. 물론 알다시피 거짓말이었어요. 몇 달 뒤 아무래도 낌새가 이상해서 우리는 뒷조사를 했던 거요. 우리가 그 앨 너무 믿었었지."

큰오빠가 침중하게 말했다. 그녀가 무슨 거짓말을 했건 상관없는 일이다. 우리가 비록 그런 거짓말 위에 우리의 '박쥐집'을 꾸몄다 하더라도 그보다 더 중요한 것은 서로를 믿었다는 것이다라고 나는 생각하고 있었다.

"그래서 우리는 그 애를 집으로 데려올 수밖에 없었지요."

큰오빠가 말을 이어갔다.

"우리가 경제력이나 뭐 그런 것 때문에 반대한다고 믿고 있는 모양이지만 그건 둘째 문제요."

큰오빠의 어조는 격앙되었다. 나는 그들이 펼치는 어떠한 논리에도 말려들지 않겠다고 다짐하고 있었을 뿐이었다.

"그 애는 어렸을 때부터 조그만 일에도 충격을 잘 받았소. 아무 것도 아닌 일에도 잘 놀라서 우리는 그 애의 신경을 될수록 덜 건드리려구 무척 노력하면서 지내왔소. 그래서 이번 일도 되도록 조용히 해결되기를 바라고 있는 거요. 우리가 그 애를 데려올 수밖에 없었던 이유는 무엇보다도……"

큰오빠는 말하다가 갑자기 입을 다물었다.

"말씀하십시오."

나는 재촉했다. 큰오빠는 무언가 마음속으로 되새겨 보는 듯하더니 다시 입을 열었다.

"우리는 여러 가지를 알아본 결과 당신 동생의 병력(病歷)이 적혀 있는 카르테까지 볼 수 있었소. 동생이 어떤 증세를 일으켰는지는 우리보다 당신이 더 잘 알거요."

아, 그랬던가. 나는 놀랍고 또 얼떨떨한 기분이었으나, 그들의 논리를 아직 정확히 알지는 못하고 있었다. 그들이 동생과 나를 잇고 있는 꼬리를 정신병적 고리로만 파악하고 있을 줄은 꿈에도 생각하지 않고 있었다. 그 순간에 동생이 던진 돌은 수면을 팅기며 날아 그녀 집 응접실에 소리를 내며 떨어지고 있었던 것이다.

"그건 단순한 불안 증세에 불과한 것입니다."

나는 애써 말했다. 그러나 내 온몸은 어느덧 나른하게 탈력감(脫力感)이 찾아들고 있었다.

"그렇다 하더라도 그건 정신병적 기질임에는 틀림없소. 이건 의사의 진단이오. 우리는 그런 가계에 속한 사람에게 동생을 맡길 수는 없다고 판단한 거요."

그 말을 귓전으로 흘려들으면서 나는 고개를 떨구었다. 그와 같은 불순한 인자(因子)는 인류의 번영된 미래를 위해서 제거되어야 한다는, 훌륭한 권위자들의 이론이 어느 책에 씌어 있는 것을 나는 본 적이 있었다. 그것이었다. 그들에게 나는 제거되거나 혹은 도태되어야 마땅한 인자였다.

"우리는 그 사실을 그 애에게 말하지는 않았지만 언젠가는 그 애도 납득하게 될 거요."

동생이 던진 돌은 영원히 공중으로 맴돌다가 그렇게 모든 것을 깨고 있는 것일까. 나는 내 삶의 창유리가 쨍그랑 하고 깨어지는 소리를 들은 것 같았다.

내가 불면증에 시달리기 시작한 것은 그녀가 그렇게 유폐되고 나서부터였고, 그것은 난데없이 수전증을 동반했다. 그 무렵 나는 밤마다 박쥐가 퍼덕이며 날아다니는 소리 속에 그녀가 나직한 목소리로 나를 부르는 것을 들을 수도 있었다. 그 소리 속에서 우리는 아직도 함께 살고 있는 것이었다.

불면증은 우선 시각(視覺)에서부터 왔다. 눈을 감으면 검은 하늘이 소용돌이치며 돌아가기 시작했다. 별들이 긴 꼬리의 궤적을 그으며 아우성을 치면, 그것은 태양계에서 은하계로 마침내는 온 우주로 확대되었다. 서서히 돌던 우주가 속도를 가해 돌아간다. 별들이 난무한다. 검붉은 우주의 대회전(大回轉)이다. 헝클어진 전광판처럼 일체가 뒤엉켜 돌아간다. 빙빙빙빙, 빙빙, 세상에는 없는 무서운 속도가 거기에 있었다. 속도가 우주를 희롱한다. 우주는 불덩어리가 된다. 용암과 마그마가 끓어오른다. 콸콸 분출하는 뜨거움과 함께 치차(齒車) 소리가 들린다. 청각(聽覺)의 차례인 것이다.

굉음(轟音)이었다.

밤새도록 시달린 다음 직장에 나가면 그때서야 잠이 쏟아졌다. 걷잡을 수 없는 잠이었다. 나는 잠과 싸웠고 그것은 사투(死鬪)였다. 사람은 잠을 잠으로써 매일 죽음을 연습하는 것이라고 한 말은 이에 해당하지 않더라도 옳은 말이었다.

나를 호출한 부장은, 도대체 밤엔 무엇을 하길래 졸기만 하느냐고 추궁했다. 나는 아무 대답도 할 수 없었다. 밤의 불면의 구렁텅이에서 헤어 나올 수 없는 것이 분명하다면, 내가 아무것도 대답할 수 없는 것도 또한 근거가 분명한 것이었다.

그녀와 내가 살았던 집은 폐허의 음영이 짙게 서린 집이었다. 그 집을 발견하고서야 나는 그녀와의 생활에 대한 엉뚱한 모의(模擬)가 곧바로 현실로 다가왔음을 실감할 수 있었다. 어느 재벌의 소유라는 넓은 숲속에 있는, 집으로서는 거의 쓸모가 없는 낡은 고가였다. 늙어가는 한 부부가 마당에 푸성귀를 일궈 먹으며, 집보다는 숲을 지키고 있었는데, 재벌은 언젠가 적당한 때를 기다려 택지로 환지할 요량인 것 같았다. 사실 숲도 잡목도 뒤엉켜, 숲으로서의 용도를 잃은 지 오래되어 보였다.

약수를 먹으러 숲으로 들어갔다가 길을 잃은 결과 발견한 집이었다. 마멸된 기왓장 사이로 풀이 듬성듬성 돋아나 있고, 뱀처럼 구부러져 있는 용마루는 퇴락의 연륜을 말해주고 있었다. 그래도 옛날에는 세도가의 별장쯤은 되었는지, 집 앞에는 반쯤 메꿔진 채 검게 썩은 개흙이 드러난 연당(蓮塘)이 있었고, 그 주위로는 정자의 주춧돌이 흩어져 뒹굴고 있었다. 기울어진 대문의 수톨쩌귀와 암톨쩌귀는 서로 어긋나 삐걱거렸다. 그 기둥은 비바람에 나이테의 무른 부분이 유달리 팬 채 조용히 썩어가고 있었다. 어느 해인가, 연당에 물을 끌어넣고 스케이트장을 만들어 가용(家用)에 보탬을 한 적이 있었으나 별로 시답지를 않아 그냥 방치해두고 있다는 설명이었다. 노인 부부는 우물물을 써야 하는 것이 불편한 일이긴 하지만 오히려 수돗물보다 물맛이 낫다고 하며 우리들의 눈치를 살폈다. 나는 "우물 때문에 더 좋은걸요" 하고 말하려다 그만두었다. 우리들이 그 집에 꼭 살아야만 하는 것으로 느껴진 것을 설명할 길이 없었기 때문이었다.

버려지다시피 운명을 다해가는 고가답게 저녁이면 박쥐가 처마 밑으로 날아와 붙었다. 저녁 어둠 속에 삐걱거리듯 날아다니는 그것이 박쥐라는 것을 알고, 그녀는 무섭다고 했다. 박쥐뿐이 아니었다. 나방이며, 등에며, 송장메뚜기며, 딱정벌레며, 방아깨비며, 사마귀며, 노린재며, 무당벌레며, 모두가 숲과 썩은 연당의 주인으로 있었다. 그리고 새벽이면 울던 괴상한 새들의 무리, 그녀는 무섭다고 했다. 그러나 그녀가 무섭다고 하는 것은 우리가 누리고 있는 은밀한 행복의 수식어처럼 내게 들렸다.

"여기다 귀를 대고 들어봐. 새소리가 어떻게 들리나."

어느 날 그녀는 바이올린을 꺼내 공명통(共鳴筒)을 내 귀에 대주며 말했었다.

새소리는 동굴 속을 울리듯 깊게 울렸다. 나는 새소리가 사라진 다음에도 오래 귀를 기울이고 있었다. 새소리는 사라진 것이 아니었다. 숲의 온갖 소리와 함께 공명통 속을 맴돌고 있었다. 공명통은 소리의 납골당(納骨堂)과도 같았다. 그 소리를 듣는 동안 나는 그녀가 우리의 생활에서 납골당을 연상하고 있지나 않은가 하여 은근히 걱정되었다.

우리가 두 번째로 우연히 만나던 날 그녀는 바이올린 상자를 들고 있었다. 첫 번째 만나던 날의 사학도(史學徒)로서의 모습은 어찌된 것일까 하고 나는 의아했었다.

"뭐라는 겁니까, 그건?"

나는 그녀에 대해서는 내색을 하지 않고 악기에 더 관심이 많다는 듯이 말을 걸었던 것이다. 사실 그때까지만 해도 비올족(族)의 모든 악기는 물론 만돌린이나 벤조를 통틀어 구별할 수 없었던 나의 그 관심이란, 그녀가 들고 있는 것이 나에게는 해를 끼치는 것만 아니라면 무엇이라도 상관이 없다는 투에 지나지 않았다.

"깡깡이."

그녀는 웃었다.

"깡깡이?"

"바이올린이에요. 중학 때부터 했지만 그리 잘 하지는 못하는걸요."

그녀는 내가 자라난 비예술적인 환경을 의외로 선뜻 받아들이는 것 같았다.

"한때 첼로로 바꿔보기도 했어요. 그런데 첼로는 다리를 너무 벌려요."

그녀는 가볍게 말했다. 나는 첼로를 연주하자면 다리를 벌리고 그것을 수용해야 한다는 것에 아무런 지식이 없었다. 하지만 그녀의 말이 첼로에 대한 말이 아니라 육체에 대한 말이라는 것을 알고서 아무 대꾸를 할 수가 없었다. 첼로를 하든 무엇을 하든 여자가 다리를 벌린다는 것은 일종의 외설이었다. 그래서 나중에 나는 첼로를 처음 배우려는 어떤 여중학생이 4분의 3짜리 첼로를 그 두 다리 사이에 끼워 넣으며, 마치

쌍합진(雙合診)을 하는 의사에게 잠시 민망한 몸짓을 하듯이 머뭇거리는 양을 눈여겨보았던 것이다.

내가 그녀를 처음 만났던 날이 기억났다. 내가 그녀와 만난 것은 한 독서 클럽에서였다. 나는 회원이 아니었으나 우연한 일로 친구를 만나러 갔다가 합석을 하게 되었다. 독서 클럽이란 건 나로서는 도저히 납득이 가지 않는 모임이었다. 그런데도 토론은 활발했다. 그들은 우습게도 볼테르의 《캉디드》를 도마에 올려놓고 이러쿵저러쿵하고들 있었다.

"이 책은 영국 경험론에 반기를 들고 대륙 합리론의 입장에서 쓴 것입니다."

"토마스 모어의 《유토피아》 사상을 공박한 겁니다."

이런 회원들 중 화제에 아랑곳없이 눈을 반짝이며 이야기하는 남자 회원의 얼굴만 쳐다보는 여자 회원이 있었다. 캉디드든 깡다귀든 좋다는 태도였다. "자, 그러면 새로 오신 분의 말씀을 한번 듣기로 합시다." 나는 그때까지 나를 지칭하는 줄은 꿈에도 모르고 있었다. 내가 멀뚱거리고 있자 사회자가 다가와 일으켜 세웠다. "한 말씀 해주십시오." 나는 놀라고 당혹하여 어쩔 줄을 몰랐다. 그러나 나는 어물어물 일어나 그 책을 읽은 적이 없다고 고백하지 않을 수 없었다. "죄송합니다." 나는 어처구니없이 잘못을 빌었다. 이런 망신을 당할 날이 있으리라고는 상상조차 하지 못했지만 이미 조롱거리가 되어버렸음은 명백했다. "그러면 다른 말씀이라도, 아무거나, 저희들에게 도움이 되는 말씀을 들려주시기 바랍니다." 정말 끈덕진 사회자였다. 내 얼굴은 붉으락푸르락하고 있었다. 그래도 사회자는 신장(神將)처럼 버티고 서서 나를 노려보았다. 나는 불쾌하고 얼떨떨한 기분을 노골적으로 감출 수가 없었다. 그래서 나는 말을 한다는 것이 '캉디드'만큼이나 어처구니없을 정도로 우리나라의 불교의 전래에 대한 나름의 생각에 대해서였다.

"한국에 불교가 전래된 것은 소수림왕 2년, 즉 서기 372년이라고 합니다. 그러나 나는 그보다 먼저 남쪽 지방으로 전래했다고 믿고 있습니다. 가락국의 시조 김수로왕의 재위 기간은 그보다 훨씬 빠른 것으로 되어 있는데, 이때 인도에서 맞아들였다는 허황후에 의해 불교는 이미 들어왔던 것입니다." 나는 대략 이런 말을 건성으로 하고 자리에 앉았다. 그들이 어떻게 받아들이건 그건 문제 밖이었다. 내가 그렇게 공인되지도 않은 견해를 밝힌 데는, 순간적으로 느낀 오기랄까 하는 점도 있었지만 '캉디드'의 그 엉뚱함에서도 까닭을 찾을 수 있었다. 말하자면 그것은 상응에 해당하는 셈이었다. 몇 해 전 절에 친구가 있어 며칠 기식하러 갔을 때 그 친구가 하던 말이 새삼스레 떠올랐던 것이다. "남도 지방과 이쪽에 있어보면 서로 다른 점을 발견할 수 있어. 남쪽 지방의 사람들은 주로 돈을 가져오는데 여기선 쌀을 가져온단 말야." 그가 여기라고 하는 곳은 강원도를 말했다. "그건 왜 그럴까." 나는 무슨 재미있는 연유라도 있을까 해서 캐물었다. 그러나 그리 대단한 이론은 아니었다. 그에 의하면 남쪽은 역시 곡창(穀倉) 지방이어서 쌀이 흔하기 때문에 그보다는 정성이 담겼음 직한 돈을 가져오는 것이고, 북쪽에서는 쌀이 귀하기 때문에 쌀을 가져온다는 것이었다. "복 받게 해달라고 십 리 길을 쌀 한 됫박 머리에 이고 오는 노인네를 보면 가슴에 와 닿는 게 있지." 그의 말을 들으면서 나는 얼핏 불교의 전래에 대해서 생각이 미쳤다. 학교에서 배우기로는 불교는 고구려 소수림왕 때 전래했다고 한다. 즉 서기 372년에 중국 전진 나라의 중 순도(順道)에 의해서였다는 것이다. 내 친구가 남쪽과 북쪽의 공양 풍습을 그렇게 말한 것이 물론 남방 불교와 북방 불교의 차이, 소승 불교와 대승 불교의 차이를 염두에 두었다고는 볼 수 없었지만, 나로서는 혹시? 하는 마음이었다. 그런데 그 뒤 몇이 어울려 지리산에 갔을 때 재미있는 사실을 발견했고 그것이 《삼국유사》에 엄연히 기록된 대로 가락국의 시조인 김수로왕이 인도의 공주를 맞아들인 사실과 어떻게 연관을 맺고 있을까 자못 궁금하기 짝이 없었다. 김수로왕이 맞아들인 인도 아유타 나라의 공주 허황옥은 물론 불교도였다. 기록에 그랬다. 그렇다면 고구려의 소수림왕보다 훨씬 옛날 사람인 김수로왕 때 벌써 불교는 우리나라에 전래했다는 이야기가 된다. 수로왕이 백몇십 살까지 살았다는 기록은 믿을 바 없다고 하더라도 적어도 그의 생존 시대는 소수림왕보다 오래전임이 확실한 까닭이다.

지리산 반야봉의 남쪽 산허리에 자리 잡은 칠불사(七佛寺)는 줄여서 그냥 칠불이라고도 한다. 육이오 때 불타버린 아자방(亞字房)의 구들이 언젠가 복원될 날을 기다리며 보존돼 있기도 한데, 이곳은 이른바 동방 제일 선원(禪院)으로서, 한번 불을 지피면 석 달 열흘이 더웠다고 했다. 나는 함석지붕 밑을 들여다보았다. 방 가운데 통로인 듯싶은 곳이 열십자 모양으로 내려앉은 형태에 나머지 부분이 무릎 정도로 높은 방이었다. "한꺼번에 사오십 명이 선을 했던 곳이라오." 하동 어디선가 왔다는 중년의 스님이 설명을 해주었다. 절은 본래 쌍계사(雙溪寺)의 말사로 마침 중건이 한창이었다. "언제 창건된 절입니까?" 나는 절에 가면 늘 하는 대로 물어보았다. 그럴 때면 자장율사(慈裝律師)니, 의상대사(義湘大師)니, 원효대사(元曉大師)니 하는 이름들이 나오기 십상이었는데, 스님은 쉽게 그런 이름들을 꺼내지 못했다. "글쎄, 자세한 건 알 길이 없지요, 일설에 의하면 가락국 때 창건했다고 하는데……" "가락국 때라니요?" 그때 나교의 전래를 생각했던 것이다. 인류의 역사를 공부하면서 부딪치게 되는 미싱 링크, 이른바 잃어버린 사슬의 고리라는 것이 떠오른 것도 순간적이었다. 이 지역의 역사에는 뭔가 숨겨져 있는 것이 있다. 이러한 생각은 스님이 들려준 설화를 곰곰이 되새겨볼 때 더욱 짙게 다가왔다. 역사를 더듬어 올라가면 어느 단계에 가서 더듬어 올라갈 수 없이 끊기고 만다. 먼 아틀란티스 대륙과 같이, 그리하여 인류의 조상과 같이. "요 아래 영지(影池)라는 데를 보았소? 오다 보면 못이 있지요?" 스님이 들려주는 영지의 전설은 절의 창건에 관계되는 것이었으며, 바로 수로왕 시대의 불교 전래를 시사하는 내용기기도 했다. 나는 절이 언제 창건되었다는 사실보다는 그에 얽힌 배경이 그냥 한쪽 귀로 흘려버려서는 안 되는 것이라고 여겨졌다.

이야기는 수로왕 시대로 거슬러 올라간다. 수로왕의 일곱 아들이 그 외삼촌, 그러니까, 인도에서부터 따라온, 허황옥과

오뉘간인 장유화상(長有和尚)의 안내로 이곳에 와서 부처에의 도를 닦았다. 하루는 그 어머니 허황후가 아들의 모습이 보고 싶어 심심산골의 도량(道場)까지 찾아왔다. 그러나 아들과의 면회가 허락되지 않았다. 도를 닦는 데 방해가 된다는 까닭에 서였다. 그녀는 낙심한 채 절 아래 못가에 앉아 아들들의 모습을 한 번만이라도 보게 해달라고 기도했다. 그때 못물에 어린 일곱 아들의 모습. 이로부터 이 못은 그림자못으로 불렸고, 일곱 부처라는 칠불의 명칭이 유래했다. 이것은 단지 설화에 불과하므로 진위를 따지기는 힘들다 하겠지만 어째서 이 설화가 오늘까지 전해내려 왔는가 하는 점은 두고두고 생각해볼 필요가 있다 할 것이다. 그 이야기를 마음속에 되새기고 있노라니 갑자기 날이 어두워졌었다. 우리 일행은 모두 한꺼번에 하늘을 쳐다보았다. 검은 구름이 몰려와 곧 한바탕 비를 뿌릴 것만 같았다. "지리산에서는 날씨를 예측하기가 힘들다오." 스님이 웃으며 말했다. 우리는 그 말을 듣는 둥 마는 둥 서둘러 하산했다. 그런 산속에서 비를 만난다면 일정(日程)에 차질이 옴은 물론이고, 또 짐을 산 쌍계사 마을의 무슨 장(莊)에 맡겨놓았으므로 여러 가지 불편이 따를 것이었다. 나는 다음에 언제 다시 기회를 만들어 그곳에 잠겨 있는 잊힌 역사의 모습을 엿보기로 혼자 기약했다. 신흥(新興)까지의 하산길 십 리는 결코 만만치가 않았다. 신흥에서의 막차를 타야만 쌍계사까지 무난하게 도착할 수 있었기 때문에 잠시도 쉬지 않고 내리막길을 걸었다.

이 삼박 사 일의 여행에서 내가 얻은 것은 전에 접하지 못했던 가라(加羅) 역사의 편린이었다. 나는 역사에 대해 이렇다 할 관심이 없었으나 그즈음부터 우리 역사의 뿌리를 이해하고자 하는 욕망의 맹아(萌芽)가 싹트고 있음을 은근히 느끼고 있던 참이었다. 그래서 나는 발해와 더불어 우리 역사의 잃어버린 부분인 가라에 남모를 관심을 기울여보고 싶었다.

독서 클럽에서 지껄인 말은 이와 같은 배경을 가지고 있었다. 회합이 끝나고 다들 다음을 기약하며 흩어져 갔다. 나는 친구와 함께 이야기를 나누며 다방으로 들어갔다.

친구는 수산학(水産學) 방면의 일을 보고 있었고, 마침 《전어지(佃漁誌)》라는 책을 번역하고 있었다. 그는 거기 자세하게 기록된 한국산 은어의 생태에 큰 관심을 보였으며, 이 회유성 물고기가 멸종의 위기에 처했다고 개탄했다. 나는 물고기가 알을 낳기 위해 강 상류로 올라가는 이유를 잘 알 수 없었다. 떼를 지어 상류로 올라간 은어는 한 움큼의 알을 낳는다. 여기서는 그야말로 혼신의 힘을 기울인다. 알을 다 낳은 은어는 거의 빈 껍질이 되어 하류로 떠내려간다. 알을 낳기 전에는 나라님에게 진상했다는 은어지만 알을 낳고 떠내려가는 은어는 물새도 쪼아 먹지 않는다. 나는 그런 얘기를 내가 근무하는 회사의 사보에 간략하게 써줄 수 있겠느냐고 제안했으며, 친구는 쉽게 수락했다. 우리는 아이스크림이 얹힌 비엔나커피라는 걸 시켜 먹었는데, 나는 실제로 비엔나에서는 그런 커피가 보편적인지에 대해 의심이 갔다. 그때 친구를 뒤따라온 한 여자가 갑자기 말했다. "아까 말씀은 잘 들었어요, 저는 흥미로웠어요. 불교에 대해서는 잘 모르지만."

화제에 전혀 아랑곳하지 않던 그 여자였다. 그녀는 마치 인도 여자처럼 가무잡잡했고 코가 오똑했다. 물론 이 여자와 인연을 맺고 나중에는 죽음까지 확인해야 하는 문제에 봉착하리라고 예측하기는 어려웠지만, 내가 유심히 본 것은 사실이었다. 나는 인도의, 국부의 균열을 오목하게 드러낸 힌두의 여신(女神)을 연상하고 얼굴을 붉혔다. 그러나 여신은 여신이므로 여신이 아무리 적나라한 모습으로 비비 꼬고 서 있다 해도 얼굴을 붉힌다는 건 불경한 일이었다.

"문화란 어디서나 여러 경로를 통해 유입되고 교류되는 것

아닐까요? 그런데 학자들은 아귀를 맞추고 싶어서 꼬투리만 잡으면……"

나는 내가 무슨 말을 하려고 하는지 알 길이 없었다. 말을 꺼낸 건 단순히 침묵이 어색해서였다.

"학자들이 아귀를 맞춘다는 건 무슨 뜻이죠?"

그녀는 정말 꼬투리를 잡았다는 듯이 따져 물었다. 입술에 묻은 녹은 아이스크림이 희미한 실내조명에서도 뚜렷하게 떠올랐다. 그녀는 마치 남의 입술을 핥듯이 그걸 핥았다.

"아니, 구태여 아귀라기보다도, 불교가 북쪽으로만 들어온 게 아니라 남쪽으로도 들어왔다 이겁니다."

나는 되풀이했다. 그녀는 웃음을 띠었다. 그녀는 그에 대해 좀 더 듣고 싶다고 말했다. 그러자 친구가 바쁜 일이 있다면서 나가버렸기 때문에 나는 꼼짝없이 거기에 대해 우선 칠불의 영지 설화부터 이야기하지 않으면 안 되었다. 영지 설화부터라고 했지만, 부터고 뭐고 실은 그것이 전부였다.

"아무튼 저는 사학도니까 참고가 되겠어요."

우리는 다방을 나와 헤어지면서 곧 다시 한 번 연락을 취해 만나보기로 하고 전화번호를 교환했다. 그것이 사학도로서의 그녀와의 첫 대면이었다. 그리고 그 뒤 아무도 전화를 하지 않왔다. 그러다가 두 번째로 만난 것이었다.

그날 우리는 누가 먼저 제안했는지 변두리의 바위산이 있는 곳까지 갔다. 채석장이었던 곳이었다. 바위산에 오르니 매연이 부옇게 덮인 시가가 눈에 들어왔다.

"아니, 여긴 무소르그스키의 '민둥산' 같잖아."

그녀는 말했고, 나는 대학에 도중하차했다는 사실을 말했다. 그녀는 사학과는 관계도 없는 음악학도였다.

"연습실에 늦게까지 남아 연습을 해요. 이 기교의 연습에 이젠 지쳤어요. 전에는 맹목적으로 열심히 했는데, 기교는 절망을 낳는다고 누가 그랬더라?"

그녀는 재빨리 말했다. 나는 동생을 떠올렸다. 절망은 그 녀석의 상투어였다.

바위산에 기어 올라갔던 날 이후 그녀와 나는 거의 매일 만났다. '기교에의 절망'이 그녀로 하여금 나를 만나게 하는 것 같지는 않았다. 아무래도 좋았다. 단지 세상에는 자기 집에 대해 고마워하는 부류와 지겨워하는 부류가 있으며, 우리가 함께 후자에 속한다는 사실만으로 우리는 밤늦게까지 거리에 남아 있을 수 있었던 것이다. 우리는 오이스트라흐나 메뉴힌 등등을 들으면서 서로의 마음을 조심스럽게 탐조하고 있었다.

그리고 우리는 끝없이 모의를 계속했다. 우리가 숲속의 고가로 가서 그 우물을 비춰 보기까지는 그로부터 그리 오랜 날이 필요하지 않았다.

그녀가 돌아오지 않던 날은, 내가 그녀로부터 바이올린의 E선(線)을 배울 차례가 있던 날이었다. 여느 때 같으면 학교에서 먼저 돌아와 길 쪽을 내다보고 있다가 반겨야 할 그녀였다. 그러나 박쥐가 날 시간이 되어서도 그녀는 돌아오지 않았다. 나는 어두운 밤이 숲을 지나가기를 기다리며, 치명적인 상처를 입은 후 그 상처를 혀로 핥고 있는 짐승이 되어 있었다. 나는 온갖 치명적인 상상의 상처에서 흐르는 피를 핥고 또 핥았다. 그녀는 돌아오지 않았다. 나는 "왜, 어떻게" 같은 물음이 그토록 많이 반복될 수 있다는 것에 스스로 놀라울 뿐이었다.

그리고 날이 밝았다.

나는 새들이 울기 시작한 것을 깨닫고 그녀와 늘 가곤 하던 숲속의 웅덩이 쪽으로 갔다. 혹시나 하는 일말의 희망과 그리고 의혹을 동시에 안고. 웅덩이는 연당에 물을 끌어대는 계류를 따라 한참을 올라간 곳에 있었다. 새들이 줄기차게 지저귀었다. 물론 그녀는 그곳에 있지 낳았다.

웅덩이에는 여전히 맑은 물이 모래를 헤집으며 퐁퐁 솟고 있었고, 며칠 전엔가 그녀가 내버린 이름 모를 풀꽃 줄기가 물때가 오른 채 가장자리에 떠 있었다.

나는 직장에 출근하는 것도 잊고 그녀를 기다렸다. 어디론가 길을 헤매던 그녀가 만신창이의 몸을 이끌고 돌아와주기를 기다리고 있었던 것이다. 안으로 걸린 녹슨 쇠고리를 따기 위해 금세라도 그녀의 모습이 어른거릴 것 같았다.

그녀는 돌아오지 않았다.

막상 그녀네 집을 찾아 들어가기 전에 들어갈 용기가 나지 않는, 집의 담장 밖에서 서성거리기도 했다. 흔히 저녁 무렵이었다. 나는 집들이 전등불을 밝히는 것을 바라보며 그녀가 무엇을 하고 있는지 궁금한 상념에 젖는 것으로 위안을 삼곤 하였다. 언덕의 골목 어귀에서 나는 건너편 비탈의 집들이 그렇게 하나 둘 내부를 밝히는 것을 신기하게 바라보았다. 반짝, 하고 하나의 불빛이 갑작스런 생명의 탄생처럼 빛날 때마다 나는 자신이 어두움의 계단을 하나씩 밟고 내려간다고 느꼈다.

밝혀지는 불빛의 광량(光量)에 반비례해서 나의 내부는 어두워지고 있었다.

불이 또 하나 켜지면 저녁 밥상을 가운데로 둘러앉은 가족, 창가에서 음정이 틀린 장난감 리코넷을 부는 아이들과 피아노

앞에 단정히 앉아 체르니를 치는 아이들. "안테나가 나쁜가봐" 하면서 텔레비전 화면의 빗금을 조정하는 가장…… 그래, 행복이란 어디에도 한없이 많은 거야. 나는 스스로에게 타이르듯 말했으나, 그 소리 없는 말은 어둡고 헛된 공동(空洞) 속을 울려오는 의미 없는 소리처럼 허황하게 들렸다.

내가 바다를 향해 간 것은 그녀네 집에 갔던 때로부터 꼭 일주일 뒤였다. 그때 나는 어리석게도 죽음을 생각하고 있었다.

그 바닷가에서는 바람이 바다의 갯내를 실어와 내 공복(空腹)에 헛구역질을 일으켰다. 나는 왜가리처럼 왝왝 하는 소리로 헛구역을 하면서 걸어갔다. 여전히 구름이 낀 날씨였으나 때때로 구름 사이로 해가 모습을 드러내며 낡은 집들의 밋밋한 합각머리를 우울하게 비추었다.

갑자기 지대가 낮아지고 선창 특유의 분위기를 전해주고 있었다. 예전에 선창을 지나며 거기 묶여 있는 배들을 보면 늘 가슴이 설레던 것이 생각났다. 나는 쓰린 속을 부여안고 배들 옆을 지나서 갔다. 어딘가 배꾼들을 위한 술집이라도 있으면 거기서 쓰린 속을 달래고 싶었다. 배꾼들은 뜨거운 국물을 훌훌 마시며 지나간 항해와 다가올 항해를 이야기하리라. 그러면 나는 그들 틈에 어깨를 들이밀고 짐짓 배꾼처럼 마지막 항로에 대해 이야기할 수도 있으리라.

그들은 늘 음흉하게 암호를 주고받으며 바다로 가고 있는 것 같았다. 나는 다시 몇 번인가 헛구역질을 했다. 속이 쓰리다 못해 견딜 수 없이 아파왔다.

나는 비로소 안주머니에 손을 넣어 돈이 아직 있는지를 확인했다. 바닷가로 오면서부터 나는 그것을 확인하고 싶었으면서도 망설였었다. 그런 스스로에게 모멸감을 느꼈다. 그럴 리가 없다고 믿으면서 굳이 확인하려 드는 불신(不信)이 어디서부터 비롯되는지 몰라도 이제 와서는 그것마저도 나는 거부하고 있었던 것이다. 그러나 나는 죽은 사람도 염(殮)을 할 때 노자를 가져간다는데, 하고 위로했다.

안주머니가 약간 흩어져 있었으나 생각만큼의 지폐는 분명히 손에 잡혔다.

바다 위로 갈매기들이 날고 있었다.

어릴 때 동생과 나는 이웃 동네 숲으로 새를 잡으러 가곤 했었다. 새들은 숲의 으슥한 곳에 교묘하게 둥지를 짓고 살았다. 어떤 놈들은 다복솔 밑에 검불 따위로 둥지를 지었고 어떤 놈들은 나뭇가지 위에 위태롭게 둥지를 지었다. 우리들은 그 둥지를 지었고 어떤 놈들은 나뭇가지 위에 위태롭게 둥지를 지었다. 우리들은 그 둥지를 뒤져 알록달록한 알들을 한 움큼씩 들고 귀가하는 것이 무엇보다 즐거웠다. 왜냐하면 그 속에 생명이 숨 쉬고 있기 때문이었다. 하지만 그 생명이야말로 우리의 손에 들어온 순간부터 싸늘하게 죽어가고 있었던 것이다.

때로 동생은 나뭇가지 위에 돌을 던져 둥지째 떨어뜨리고는 했다. 그러면 요행히 한두 개의 알이 깨어지지 않는 수가 있었다. 동생은 그 깨어지지 않은 알을 주우며 흡족해했다. 그러나 나는 깨져버린 알들을 보며 눈살을 찌푸렸다. 부화기가 지나면 또한 우리 눈을 용케 피해 살아남은 새끼 새들이 있었다. 우리는 그놈들을 잡아와 어미 대신에 늪으로 가서 까만 올챙이들을 떠다 먹이며 키웠다. 그러나 새들은 결국은 죽고 말았다.

나는 그녀네 집 담장 밖을 맴돌면서 새가 되어 날아 들어가기를 얼마나 희망했는지 몰랐다. 그러나 그녀는 새조차도 무서워하는 약한 심장을 가지고 있었다. 어려서 동생과 내가 죽였던 어떤 새들이 그녀의 약한 심장을 쪼아대고 있는 것이라고 생각되면 나는 마음이 무거웠다.

빨리 배표를 끊어야겠다는 조바심이 났다. 아직은 시간이 남아 있다고 하더라도 먼저 배표를 끊고 보리라 마음먹었다. 어쩌면 시간이 별로 남아 있지 않는지도 알 수 없었다.

실은 매표소까지 걸어가는 시간이 정확히 어느 정도 걸리는
지조차 모르고 있었다. 나는 조개껍데기가 무수히 널려 있는
그 길을 따라 열심히 발걸음을 옮겼다. 몸이 떨리면서 균형을
잡지 못해 휘청거렸다. 그럴수록 나는 빨리 걸으려고 안간힘
을 썼다. 이제는 헛구역질도 나지 않았고 그 대신 온몸이 떨리
고 있었다. 나는 마치 의족을 한 사람처럼 불편하게 다리를 끌
며 상점들 앞을 지나갔다. 옆을 지나가는 사람들이 나를 유심
히 관찰하는 것만 같았다. 어디가 어딘지 날 수도 없었다. 나는
한 사내를 붙들고 매표소가 어디에 있는지를 물어보았다.

"매표소라구요?"

"배표를 파는 곳 말입니다."

나는 힘겹게 말했다.

"아, 배표를 끊자면 저쪽으로 가야죠."

그는 옆길을 가리키며 별사람 다 보겠다는 투로 아래위를
훑어보더니 가던 길로 바삐 가버렸다. 나는 그가 가리켜준 길
로 다시 걸음을 옮겼다. 그러자 어디선가 노랫소리가 들려왔
다. 무슨 노래인지 알 수가 없었다. 나는 한 발짝 한 발짝 걸음
을 옮겨놓으며 그 노랫소리를 자세히 들어보려고 애썼다.

여동생 잡으러 가세.

여동생 잡으러 가세.

뱃군들의 음흉한 합창 소리, 아니, 환청이었다. 나는 그 소리를 떨쳐버리려고 머리를 맹렬히 흔들었다. 그러나 노랫소리는 멀어졌다 가까워졌다 하면서 끈질기게 들려왔다. 나는 비틀거리며 뛰다시피 걷고 있었다. 사람들이 나를 보건 말건 상관할 바가 아니었다. 나는 몇 번이나 돌부리에 걸려 넘어질 뻔하면서 언덕길을 올라갔다. 무엇엔가 쫓기는 사람이 쫓기는 표시를 내지 않으려고 애쓰면서 달려가는 꼬락서니였다. 그러자니 내 복숭아뼈가 서로 부딪치기도 했고 다리가 꼬이기도 했다. 그러나 나는 한 번도 고꾸라지지는 않았다. 몇 사람인가 몸을 부딪쳤을 때마다 나는 뒤뚱거리며 뒷걸음질을 쳤다. 그들은 처음에는 눈을 부릅뜨고 나를 노려보았다. 그러나 내가 어깨를 기우뚱거리며 옆으로 피해 달아나자 실성한 사람 취급을 했는지 용서해준다는 몸짓까지 해 보였다.

나는 그 모양으로 매표소까지 무사히 도착할 수 있었다. 매표소의 입구에 서서 내가 지나온 곳을 뒤돌아보았을 때 거기에는 지극히 단조로운 거리가 조소하듯 펼쳐져 있었다. 내 몸은 땀으로 온통 젖어 있었다.

매표소 안의 풍경은 을씨년스러웠다. 벽의 페인트는 언제

칠했는지 얼룩이 진 채 군데군데 벗겨져 있었고 낡은 나무의
자에는 오랜 세월 바닷바람에 찌든 사람들이, 해일(海溢)이 밀
어닥쳐도 그대로일 듯싶은 무표정한 얼굴로 두리번거리고 있
을 뿐이었다. 무소 가죽처럼 굳고 무표정한 얼굴들은 그러나
한 번씩 두리번거릴 때마다 어둠 속에서 갑자기 솟아난 얼굴
처럼 괴기스러워도 보였다.

나는 이마에 흘러내리는 땀을 옷소매로 닦으면서 창구 앞
으로 주춤주춤 다가갔다. 표정 없는 얼굴들이 먼 바다를 바라
보듯 내 행동을 바라보았다. 나는 연신 땀을 닦으며 흐트러진
머리카락을 손가락으로 빗질해 내렸다. 창구의 여자는 창백하
게 자리를 지키고 있었다. 무료하다는 것을 어떻게든지 남에
게 전달하려고 싶어 안달하고 있음을 그녀의 동작 하나하나가
알려주고 있었다. 그런 동작이 아니라면 그녀는 마네킹이라고
해도 좋을 정도로 싸늘한 자태였다. 그녀는 내가 무슨 말을 할
것인가 물끄러미 쳐다보았다. 나는 다시 땀을 닦았다.

나는 창구에 바싹 다가가서 아무 곳으로나 가는 배표를 사
겠다고 간신히 말했다.

"아무 곳으로나요?"

"예."

"오늘 결항(缺航)이에요."

"결항이라니요?"

그녀는 눈살을 찌푸렸다.

"결항이라니까요."

"배가 안 다닌다 이 말입니까?"

"맞았어요."

맞았어요 하는 그 말에 나는 한 대 얻어맞은 기분이었다.

"왜요?"

나는 캐물었다. 그녀는 어이가 없다는 듯 물끄러미 쳐다보았다.

"왜가 어디 있어요. 일기 때문인걸요."

일기 때문에 배가 결항한다는 데는 아무도 이의를 달 수 없다고 여자는 말하고 있었다.

"그러면 어쩌면 좋단 말요?"

"뭘 어쩌면 좋아요?"

"나는 배를 타야 해요."

"그건 알 바가 아네요. 낮 열두 시를 기해 폭풍주의보가 내렸으니까요."

"지금 폭풍주의보가 내렸다는 거요?"

"네. 바다란 무섭지요."

그녀는 회상하듯 말했다. 나는 도대체 일이 어떻게 돌아가는지 분간할 수가 없었다.

"그러면 어쩌면 좋소?"

"폭풍주의보가 해제될 때까지 기다려야죠. 보세요. 여긴 사람들은 바람이 좀 거세게 불면 아예 표 사러 오지도 않아요. 언제까지든 기다려야죠."

나는 매표소 안을 둘러보았다. 무표정한 사람들도 결항 때문에 이러지도 저러지도 못하고 있는 것 같았다.

"그럼 당신은 왜 매표소에 앉아 있는 거요?"

"내 참, 당신 같은 분을 위해서죠. 아닌 게 아니라 팻말이나 내걸고 나도 이젠 나가야겠어요."

그녀는 약간의 빈정거림을 뒤섞어 말했다. 내가 마지막 항해를 결심했을 때 어떻게든 뭍을 떠나가는 일은 내게 남겨진 유일한 과제였다. 그러나 그것조차도 거부당하고 있었다. 나는 암담한 마음으로 서울을 떠나오던 때를 기억했다. 세상 사람들이 나를 버렸으므로 나도 그들을 버려야 했다. 나는 굳게 다짐했었다. 섬으로 가는 바다 가운데서 아무에게도 발견되지 않을 죽음을 택하리라.

나는 몇 번인가 여자 때문에 죽음을 택한 사람들의 이야기를 들은 적이 있었고, 또 그들을 못난 녀석이라고 일언지하에 매도하는 말을 들은 적도 있었다. 신문에서도 책에서도 똑같이 그랬었다. 옳든 그르든 이제는 다 틀려버린 것이었다.

나는 매표소를 천천히 걸어 나왔다. 몰랐었는데, 폭풍주의보라는 말에 어울리게 바람은 세어져 있었다. 나는 밖으로 나와 걸음을 멈추고 한동안 우두커니 서 있었다.

내게는 아무 욕망도 남아 있지 않았다. 나는 가슴속 깊이 바람을 들이켰다.

그렇다. 나는 죽을 수조차 없다.

나는 신음했다.

배의 결항이 나의 죽음을 훼방했다고 생각지 않는다. 어쩌면 그때 나는 이미 죽음을 경험하고, 새로운 인간으로 변신했는지도 모른다.

나는 어이없이 서울로 돌아왔다. 더 기다려서 기어코 나를 죽일 수도 없었을 것이다. 하지만 그것이 무슨 의미가 있을 것인가. 나는 돌아서서 침을 뱉는 심정으로 서울로 돌아왔다. 그리고 새로운 생활을 시작했다. 그런데 이번에는 그녀의 진짜 죽음이 나를 맞이하고 있었던 것이다.

나는 어쨌든 훌쩍 서울을 떠나고 싶었다.

이윽고 화개에 내리면서부터 민요를 찾는 작업이 시작되었다. 〈화개타령〉은 옛날 하동 포구에 배가 오르내리며 교역을 하던 시절에 불려진 노래라는 정도가 내가 알고 있는 전부였다. 한강의 수운이 활발해서 강화도의 시선(柴船)이 오갈 때 불렸던 〈시선뱃노래〉는 거의 원형을 보존하고 있는데 〈화개타령〉은 그렇지 못했다. 나는 비교적 늙수그레한 사람 몇을 붙들고 그에 대해 물어보았다.

"혹기 〈화개타령〉을 아십니까?"

그들은 아무도 몰랐다.

"〈화개타령〉이라요? 뭔 화개에 타령이 다 있단 말요?" 그들은 오히려 내게 반문했다.

언젠가 노래 혼자 오래 남아 빈 산천을 떠돈다는 식의 비장하게 현학적인 시를 읽었던 적이 있던 나는 쉽게 좌절을 느꼈다. 나는 장터의 드팀전에도 가보고 주막집에도 가보았다. 그러나 알은체하는 사람조차 없었다.

잃어버린 노래를 찾아서, 하고 제법 문학적인 취미의 사명감마저 가지고 있었던 나는 내가 오히려 심인(尋人)같이 여겨질 지경이었다. 지금에 와서, 소금배가 들어오면 옛 시절의 노래를 찾는다는 일을 아무도 이해할 수 없는 모양이었다. 나는 금방 피로를 느꼈고, 들고 온 휴대용 녹음기마저 짐스럽기 짝이 없었다. 녹음기는 남도 육자배기 가락을 기대하면서 새 건전지를 품고 있었다. 나는 노래를 찾아왔다는 일이 여전히 상징처럼 여겨져서, 화개 장터의 은어회도 어느덧 뒷전으로 돌리고 서둘러 쌍계사행 차를 탔다. 예전에 같이 있었던 바로 옆으로 화개협에서 흘러내린 물이 섬진강 본류의 흐름에 막혀 흘러가지 못하고 울혈처럼 검푸르게 괴어 있는 것이 나를 재촉했는지도 몰랐다. 물은 맑았으나 깊은 소(沼)를 이루어 이무기라도 나올 듯싶었다. 그것도 산 이무기라기보다 시퍼러둥둥하게 불러터진 죽은 이무기의 주검이었다. 그렇다면 이 여행은 애초부터 어떤 도피였던가, 죽은 이무기처럼 죽음의 침묵을 향한? 하기야 우선 쌍계사로 들어갔다가 다시 나오는 방법을 나는 은연중에 모색하고는 있었다. 우선 숙소부터가 그쪽이 타당했기 때문이었다. 장터의 장돌뱅이들보다도 묻혀 있는 고로(古老)를 찾는 것이 일을 쉽게 하는 방법이라고 여긴 점도 있었다. 나는 초장부터 의기소침해서는 안 되겠다고 다짐했다. 인생은 짧고 예술은 길다느니, 학문에의 길은 험하다느니 하는 말까지 얼핏 떠오르고 있었다. 조금이라도 어려운 고비에 이르면 살아오던 중 가장 의심 없이 받아들인 경구(警句)와 잠언 등을 떠올려보는 것이 내 버릇이지만 실로 도움을 받는 경우는 드물었다.

차양 큰 헝겊 모자에 선글라스를 쓴 여자들, 등산모에는 물론 조끼 앞섶에까지 싸구려 산행 기념배지를 훈장처럼 단 청년들, 시골 남정네와 아낙네들로 버스는 붐볐다. 나는 마침 옆자리에 앉은 현지인인 듯싶은 사내에게 말을 건넸다.

"이곳에 사시나요?"

그는 나를 쳐다보더니 그렇다고 대답하고 나서 다시 내가 무슨 말을 물으려는가 하고 기다렸다.

"오래되셨습니까, 사신 지가?"

"그럭저럭 한 이십 년 되나봅니다." 사내는 다른 말을 덧붙일 듯하다가 거기서 멈췄다.

"다름이 아니오라, 저 〈화개타령〉이라는 노래를 아시나 해서요?"

"화개…… 무엇을요?"

나는 다시 낙담하지 않을 수 없었다. 도저히 더 이상 설명할 길도 또 그럴 필요도 없었다.

"〈화개타령〉이라고, 노래 말입니다." 나는 간신히 말했다. 사내는 그제야 타령이라는 말을 이해한 것 같은 표정을 지었으나 여전히 얼떨떨한 모양이었다. 나는 말을 건넸다는 채무감 때문에 입을 다물고 있을 수만도 없었다. "그 노래를 찾고 있습니다. 옛날에 여기서 불려졌던 노래지요." 이렇게 설명해보아도 사내가 미진한 표정을 짓고 있는 것은 마찬가지였다. 그는 다만 예의로 "아, 네" 하며 고개를 끄덕거렸을 뿐이었다. 나는 노래를 찾고 있다고 분명히 말했다. 그러나 더 분명히 말하면, 사람을, 노래를 기억하는 사람을 찾고 있는 것이었다. 그런 사람을 만나지 못하면 그 노래는 세상에 존재했었다는 사실도 의심스러워진다. 증명할 수 없으면 거짓이 된다는 말에 나는 오래전부터 두려움을 가져왔다.

나는 노래의 존재를 증명해서 노래의 삶을 거짓으로부터 지켜야 했다. 그러나 남아 있는 것은 아무 흥미도 느끼지 않고 상관도 없는 자신의 존재마저도 증명할 길 없는 사람들뿐이었다. 그들이 먹는 밥, 누는 똥오줌, 뜨거운 숨결도 존재를 증명하는 데는 도움이 안 된다.

"그런 노랜 암도 안 부르는데요." 사내는 통명스럽게 말했다. 내가 좀 어떻게 된 사람이 아닐까 하는 투였다.

"알고 있습니다. 그렇겠지요. 옛날 노랩니다. 그래서 혹시 이

곳에 오래 산 분이라면……"

"글쎄요."

사내로서는 그런 사람이 만에 하나 있다고 하더라도 그것은 문제 밖이며 도대체 무슨 쓸모가 있어 그런 일을 하는지 궁금하게 여기고 있을 것이었다. 나는 설명하고 싶지 않았다. 노래란 어떤 삶의 양태와 그 노래가 불려진 시대의 사회상을 규명하는 데 좋은 자료가 된다는 등으로 중얼거릴 만큼 여유가 있는 편도 아니었다. 나는 그저 증명하면 되는 것이었다.

"회사 일이라서요, 아무튼 찾아봐야지요." 나는 차창 밖을 내다보며 혼잣말처럼 중얼거렸다. 그리고 목적지에 도착할 때까지 아무 말도 하지 않았다.

전에 칠보사에 올랐을 때 짐을 풀었던, 뜰이 넓은 여관으로 들어가자 용케도 주인이 알은체를 했다.

"또 오셨군요, 이렇게."

"네, 잘 계셨습니까?"

나는 마루에 걸터앉아 열매를 탐스럽게 달고 있는 석류나무를 바라보았다. 전에도 석류나무는 열매를 주렁주렁 달고 있었다. 노래를 찾아 그 정체를 붙잡다니, 하고 나는 부질없다는 생각이 들었다. 그러나 그냥 돌아가서 "그 노래는 어디에도 없었어" 하고 어깨를 늘어뜨리고 말하기는 싫었다. 나는 석류나무를 바라보면서 그 노래의 석류 알맹이를 담아가서 녹음기를 틀어놓고 한 음 한 음, 궁, 상, 각, 치, 우, 궁, 상, 각, 치, 우, 석류알처럼 또렷또렷하게 들려주고 싶은 열망이 솟았다. 그러나 남도 가락이라면 아무래도 시나위조, 구성지기도 심하리라.

"석류가 아주 좋군요."

내 말에 주인은 빙그레 웃었다.

"손님이 적은 편이군요."

"아직 좀 이르지요. 하기야 여긴 가을이 제철이니까요. 이번엔 며칠이나 계실 건가요?"

말이 친근하게 들린 것과는 달리 나는 내가 언제 이곳에 도착했던가 하고 막연한 기분에 휩싸였다. 나는 방금 도착했으면서도 오래전부터 살아왔던 듯이 느끼고 있었다.

건너편 방에서 젊은 남녀 한 쌍이 나와 우물가로 걸어가는 모습이 보였다. 그들에게서 발산되는 은밀하고 방순(芳醇)한 분위기에 나는 잠시 취했다.

"실은 회사 일로 왔는데요."

나는 조심스럽게 운을 뗐다.

"아, 예."

"예, 하지만 뭐 꼭 해야 하는 건 아니에요, 될 수 있으면……"

"어떤 일인데요?"

주인은 자못 궁금한 눈치였으나 자기에게 지나친 요구나 하지 않을까 하는 우려를 상업적인 기술로 감추고 있었다.

"혹시 〈화개타령〉이라고, 들어보셨어요?"

나는 단도직입적으로 말했다.

"〈화개타령〉이라뇨?"

그는, 무엇인가, 하는 표정이었다.

"옛날 화개를 중심으로 불려졌던 노랜데요, 민요지요, 그걸 조사하러 왔어요."

"잘 모르겠네요."

그는 고개를 갸우뚱했다. 잘 모르겠다는 말은 노래 자체를 잘 모르겠다는 뜻과 내가 하고 있는 일에 잘 납득이 가지 않는다는 뜻을 아울러 가지고 있었다. 그럴 것이라고 나는 미리 짐작하고 있었다.

"우리 조상들이 남긴 문화재들은 많지만 현재 보존이 제대로 되질 않고 있어요. 탑 같은 것도 야산에 그냥 버려져 있으니까요. 하지만 그건 눈에 보이는 거예요. 눈에 보이는 것도 그 모양인데 눈에 보이지 않는 건 오죽하겠습니까?"

"예에……"

"눈에 안 보이는 건, 이를테면 옛날 노래 같은 걸 말합니다. 천 년 전에 지었다는 옛날 노래를 오늘날 들을 수 없지요. 그런데 〈화개타령〉은 불과 백 년도 안 됐단 말입니다."

"가만있어라, 그걸 알 만한 사람이……"

그는 혼잣말처럼 중얼거리며 생각에 잠겼다. 한낮의 더위에 어디선가 매미가 울고 있었다. 나는 열심히 설명을 했으나 그런 만큼 노래를 찾는 데 대한 열의도, 기쁨도 사라져가고 있었다. 그것은 내 인생에 실은 아무 의미도 없어 보였다.

"요 앞에 한번 같이 가보시죠. 그런 걸 알 만한 분이…… 짐은 그냥 놔두시지요." 주인이 일어섰다. 그는 자기 고장의 일을 다른 사람도 열성으로 알아보려 하는데 자신은 관심도 없이 있었다는 게 민망하다는 듯 서둘러 대문을 빠져나갔다. 나는 녹음기만 들고 그의 뒤를 따랐다. 절 쪽으로 사람들이 몰려가고 있었다. 그들 사이를 비집고 길을 횡단하여 늘어서 있는 작은 상점들 가운데 한 집으로 들어갔다.

여관 주인과 상점 주인이 이야기를 나누는 동안 나는 상점 앞에서 관광객들을 바라보고 있었다. 내가 여기 온 것은, 노래를 찾는다는 용건은 단순한 명분에 불과했다. 그랬다. 나는 늘

현실이 불만족스러웠고 어떤 돌파구를 갈망해왔다. 돌파구는 어디에도 없었다. 여러 가지로 생각해봐도 어느 한 가지 짚이는 것은 없었다. 안락한 생활이나 돈, 명예, 이런 것들이 돌파구가 되리라는 생각은 없었다. 근거를 알 수 없는 불만으로 차오르는 마음의 정체를 몰라 나는 늘 헤맸다.

"〈화개타령〉이라면……"

웅얼거리며 밖으로 나온 상점 주인이 "이분이세요" 하고 여관 주인이 나를 가리키는 말에 눈인사를 했다. "처음 뵙습니다" 하고 나는 상점 주인과 정식으로 인사를 나누었다.

"전에 어려서 그걸 들은 적이 있습니다만 기억할 수는 없구먼이요."

"아, 듣긴 들으셨군요?"

전혀 오리무중이던 그놈의 실체의 꼬리를 이제야 잡았다고 생각되었다. 그가 기억을 하건 못하건 어쨌든 노래가 존재했었음은 내 귀로 확인한 셈이었다.

"그때 어른들이 불렀으니깐요."

상점 주인은 눈가에 주름을 잡으며 회상에 젖고 있었다.

"전혀 기억하지 못하십니까?"

갑자기 나는 조바심이 났다.

"글쎄…… 어땠더라?…… 신선…… 경계 좋다…… 안 되겠구먼이요, 허허."

그는 더듬거리더니 멋쩍게 웃고 말았다.

"어떻게 기억을 더듬어보세요."

그는 고개를 절레절레 흔들었다. 그 순간 그의 얼굴에 어떤 구원의 빛이 감돌았다. 그는 여관 주인을 돌아보았다.

"버망에 김씨 노인장이라믄?"

여관 주인은 모르겠다는 표정이었다.

"버망이라뇨?"

내가 물었다. 나는 저번에 왔을 때 이미 버망이 법왕(法王)이라고 쓰고 그렇게 와전되어 불린다는 사실을 알고 있었다.

"저 우에 마을인데 거기 김씨 노인이 그걸 알갑니더. 맞어, 압니더."

그에 의하면 노인은 본래 탑리, 즉 화개에 살다가 오래전에 버망으로 옮겼으며 전설이나 민담에 해박한 지식을 가지고 있다는 것이었다. 그리고 언젠가 술에 취해 그 노래를 흥얼거리기도 했다면서 "맞십니더"를 연발했다. 지금 산 밑에 꼬리를 보이고 있는 그 노래는 몸뚱이를 저 산속에 숨기고 있는가 하고 나는 공연히 머리를 쳐들고 지리산을 올려다보았다.

여관에 들어와 하룻밤을 묵고 다음 날 버망으로 향했다. 신흥에서 차를 내려 십 리 길이었다. 칠보사를 오르는 길에서 오른쪽으로 갈라지게 되어 있었다.

버망은 고산 지대에 지리산 봉우리들을 병풍처럼 둘러친 마을이었다. 상점 주인은 김씨 노인의 이름을 알 수 없지만 마을에 가서 찾으면 다들 안다고 일러주었었다. 나는 땀을 비 오듯 흘리며 마을로 들어갔다. 어떤 집 처마 밑에서 혀를 빼물고 있던 개가 겁먹은 눈초리로 나를 노려보았다.

"저, 실례하겠습니다. 화개에 살다가 올라오신 김씨 노인장께서 계시는 곳은 어딥니까?"

나는 지나가는 중년의 남자에게 정중하게 물었다.

"왜 그러시오?"

"소개를 받아 왔습니다. 말씀을 좀 들으려구요."

중년 남자는 내 아래위를 훑어보더니 "글쎄 계실는지" 하고 따라오라는 시늉을 했다. 아주 작은 산마을이었다. 지리산의 산채(山菜)와 약초 등을 캐거나 산밭을 일궈 생계를 꾸려간다고 생각되었다. 중년 남자는 낡은 기와집 앞에 가서 걸음을 멈추었다. 담장도 따로 없었다.

"계십니까?"

중년 남자는 목청을 가다듬고 안에 대고 소리쳤으나 아무런 기척도 없었다.

"계십니까?"

그래도 기척이 없기는 여전했다. 하긴 상점 주인에게 들었을 때부터 못 만나지 않을까 하고 의구심이 솟았던 걸 부인할 수 없었다.

"안 계시는 모양이지요?" 나는 낙심과 낭패감을 억누르며 중년 남자를 살폈다. 그는 이리저리 기웃거리고 나서 나를 돌아보았다.

"안 계시군요."

"어디를 가셨을까요?"

"종종 그러십니다. 신선처럼요."

그는 예사롭게 말했다. 신선이라는 말이 이상하게 실감 있게 다가왔다. 나는 무슨 뜻이냐는 듯 그를 쳐다보았다.

"산에 가셔서 며칠씩 계시지요. 무슨 용건인지 전하고 가시면 안 됩니까?"

그는 내가 멀리서 왔다는 사실을 짐작하고 친절을 베풀었다.

"직접 뵈어야 하는 일입니다."

나는 무겁게 말했다. 산에 가서 신선처럼 며칠씩 있는다면 모든 것이 어긋난 노릇이었다.

　나는 망연히 서 있을 수밖에 없었다. 모든 것이 사라져버렸다고 나는 생각했다. 애초에 노래 따위를 찾는 게 아니었어. 나는 마음속으로 중얼거렸다. 쏟아지는 폭양에 내 머릿속은 하얗게 바래지는 것 같았다. 이제 다시 어디서부터 시작해야 하는지 종잡을 길이 없었다. 다시 한 번 하라면 죽어도 못할 거야 하고 흔히들 말하는 사례에서와 같이 나는 어깨가 축 처졌다.

　노래를 찾는다고?

　다 허울 좋은 수작이었다.

　나는 어쩌면 이런 결과에 이르기를 진심으로 바랐는지도 몰랐다. 마음은 맑은 물이 되어 투명하게 갈앉고, 안도의 숨을 내쉬는 초식동물처럼 가슴속의 열도 내리고 있었다. 나는 천천히 걸음을 떼어놓았다. 만약에 노인이 산속으로 들어가지 않고 집에 있었더라면 나는 아마도 그 노래를 채집했을 것이었다. 녹음테이프 속에, 한 마리 말라빠진 박제처럼. 그러나 노래는 노인과 함께 산속으로 들어가버렸다. 나는 노래를 채집하지 않게 되기를 내가 은근히 바라고 있었던 것을 비로소 알고 놀랐다. 노래를 채집하지 않게 되기를 바란 까닭은 간단했다. 나의 마음은 서울을 떠날 때 이미 정해진 어떤 것을 거부하고 있었다. 한 마리의 동물, 한 묶음의 꽃, 한 병의 술, 몇 개의 돌멩이, 몇 알의 과일, 몇 권의 책, 정해진 한도의 것으로는 내 마음을 달랠 길이 없었다. 나는 무한의 것을 바라고 있었다. 그것만이 나를 어루만질 수 있었다. 무한한 동물, 무한한 꽃, 무한한 술, 무한한 돌멩이, 무한한 과일, 무한한 책…… 무한한 구체적인 것들, 무한한 사랑. 도피로부터 출발하여 무한한 사랑에의 귀의. 채집된 노래는 정량의 것이며 채집되지 않은 노래는 그렇지 않은 것이었다. 노인이 가지고 간 노래는 한 마리의 박제나 한 알의 석류가 아니라 오리무중의 소리, 정체가 밝혀지지 않는 영원성을 간직하고 나를 감싸고 있는 것이었다. 나는 무엇 때문에 그렇게 갈망했던 것일까. 나는 알고 있었다.

그녀는 그녀였다.

그녀는 죽어버림으로써 무한한 의미가 되어버렸다.

그녀는 불의에 죽었고 나는 혼자 남아 있는 것이었다. 그러나 이제는 그녀의 존재를 증명할 길은 남아 있지 않았다. 그녀를 긍정해도 부정해도, 역(逆)이 성립한다는 길은 없었다. 모든 것이 우스꽝스러운 결말로 흐지부지되어버렸으며, 마분지 위의 낙서처럼 되어버렸으며, 종국에는 무(無)로 화해버린 것이었다. 애당초 그녀와 나의 만남은 유희에 불과했는가는 물을 것도 없이 끝장이었다. 어떤 대가로도 돌이킬 수 없었다. 모든 것은 적막에 불과했다. 나는 분노와 연민을 느꼈다. 그녀가 죽음으로써 영원히 증명할 수 없는 배반, 그러므로 증명할 수 없는 만남, 삶의 무화(無化). 그러나 그에 맞먹는 긍정적인 의미를 부여한 것이 증발해버린 노래라고 나는 믿고 싶었다.

잃어버린 노래를 찾아서.

나는 그 의미를 반추해보며 동네를 나섰다. 골짜기의 물이 소리 내어 흐르고 있었다. 모든 것은 과연 끝장이 났는가. 아닐 것이었다. 아니었다. 사람은 가도 사랑은 그 스스로 남아 영원히 노래처럼 어디엔가 깃들어 있을 것이었다.

목이 말랐다.

나는 골짜기를 더듬어 내려갔다. 골짜기에는 환상의 박쥐들이 날았고, 환상의 새들이 지저귀었다. 환상의 내가 있었고, 환산의 그녀가 있었다. 환상의 바이올린이, 환상의 〈화개타령〉을 켜고 있었다.

목이 말랐다.

그녀의 미완성의 삶을 노래여 구원하소서. 나는 서서히 허리를 굽혀, 언젠가 그녀의 여신이 두 다리 사이에 그랬던 것처럼 골짜기에 내 얼굴을 처박고 마음껏 목을 축였다.

5

내가 만약 수억대의 돈을 모은 청년 실업가로서 마침 결혼을 해야 한다면, 재산가나 명문의 딸 대신에 가난한 시골 나무꾼의 딸을 택해서 꽃가마에 모셔 오리라. 숯구이나 산지기나 화전민의 딸도 좋겠지. 물레방앗간의 딸도 좋겠지. 이런 엉뚱한 상념에 잠겨 있을 때 의사로부터 조금만 더 늦었다면 글러버릴 뻔했다는 말을 들었다. 글러버린다는 건 물론 죽는다는 말이었다. 그 말을 듣고도 나는 "이 여자와는 아무 상관이 없는 사람입니다" 하는 표정으로 덤덤히 있었다.

"깨어날 때까진 한참 기다려야 해요."

의사는 말하고 나서 방을 나가버렸다. 내가 이제는 보호자가 된 셈이었다. 나는 그 여자의 허벅지에 불거져 있는 핏줄을 보았고, 땀에 번드르르 젖어 악마의 꿈을 꾸고 있는 듯한 얼굴에 머리카락이 검은색 파래처럼 달라붙어 있는 것을 보았다. 처음 병원으로 그 여자를 업고 왔을 때 의사가 못마땅한 듯 혀를 차며 "이런 여자는 살려주면 되레 대드는 여자두 있다니까요" 하던 말을 상기했다. 그 여자가 대들면 어떤 대답을 할까 궁리해봤지만 신통한 말이 떠오르지 않았다. 그래서 나는 하는 수 없이 생각하기로 했다. 그 여자가 왜 살려놓았느냐고 눈을 부라리며 대들 경우에는 당신을 가지고 싶었기 때문이라고 대답하리라.

그 여자는 내가 들쳐 업었을 때부터 신음 소리는커녕 혼수 상태에 빠져 있었다. 마침 환한 아침이 다가오고 있어서, 시트 위에 내팽개쳐진 채로 누워 있는 그 여자의 모습은 죽음과 싸우다가 깨어난다기보다는 환락과 싸우다가 깨어나는 것처럼 보였다. 그 여자에게 약간의 의식이라도 있다면 아마 지금쯤 여기가 천국일까, 지옥일까 하고 어렴풋이 생각할 것이라고 나는 짐작해보았다. 아무려나, 투명한 대롱을 타고 이승에서 물속으로 링거액이 들어오고 있다고는 꿈에도 생각하지 못할 것 같았다. 이것이 내가 그 여자를 간호하고 있는 유일한 이유였다.

새벽에 허둥지둥 어머니와 함께 올 적만 해도 곧 그와 같은 평온한 상태가 찾아오리라고는 미처 몰랐다. 하지만 링거액이 줄어드는 것을 바라보며, 나는, 우리가 바로 한 순간만 앞을 내다볼 줄만 알아도 세상 비극의 반 이상은 우스개에 지나지 않을 것이라고 계산할 정도가 되어 있었다.

새벽에 길에서 깨어나서 그 여자의 신음 소리를 들은 것은 나였다. 하기는 무언가 괴로워하는 소리를 듣자 얼핏 개가 먼저 짖었었다. 그놈이 또 뺑소니를 치고 싶어서 그러는 거나 아닐까 하고 나는 순간적으로 짜증을 냈던 것이다. 아직 아무도 집에서 깨어나지 않았는지, 그 소리는 아주 작으나마 아무런 방해도 받지 않고 내 귀로 들어오고 있었다. 나는 자리를 박차고 일어났다. 아무래도 옛 주인을 잊지 못하겠단 말이지. 나는 가벼운 배신감을 느끼며 마당으로 내려섰다. 새벽 공기는 제법 싸늘했고, 폐부에까지 밤사이 신선해진 대지의 냄새가 끼쳐 들어왔다.

나는 바로 얼마 전에 그놈을 끌고 삼십 리는 족히 걸었었다. 부아가 날 대로 나 있었으나 한편으로는 그놈이 무슨 수로 거기까지 찾아갔을까 신기하기도 했다. 그때마다 질질 끌려오는 그놈을 무슨 영물(靈物)이나 되는 듯이 뒤돌아보곤 했다. 개는 후각이 유난히 발달했다는 말도 들었고, 눈보다도 코로 사냥을 한다는 말도 들었지만 미처 상상도 할 수 없었던 일이었다. 아침에 일어나 보니 그놈은 집 안에 없었다.

"도대체 어딜 갔을까?"

온 식구가 집 근처로 오락가락했으나 그놈은 종적이 묘연했다. 그놈이 바로 전날 먼 친척 집에서 분양을 받아 온 참이었다. 분양이라고는 해도 기실 다 큰 놈이어서 쉽게 철이 들 것 같지는 않았다. 다만 진돗개를 특별히 신용하는 아버지인지라 집을 지키기에는 안성맞춤이라면서 끌고 왔던 것이다. 강아지 같았으면 어떻게 보자기에라도 싸서 버스나 택시를 탈 수도 있었으련만 하는 수 없이 걷는 수밖에 없었다. 개가 없어졌다는 말을 듣고, 전에 키우던 집으로 가보라고 자신 있게 알려준 것은 그 여자였다. 그 여자는 소란을 떨고 있는 우리들에게 상냥하게 말했다.

"그전 주인집엘 가보세요. 개는 냄새를 맡고 찾아가니까요."

우리는 그 먼 길을 개가 어떻게 찾아가겠느냐고 반신반의했다. 그러다가 밑져야 본전이라고 그 여자의 말에 따르기로 했던 것이다. 그 여자의 말은 맞았다. 새벽에 뭐가 대문간에서 찡찡거리길래 문을 열어봤더니 거기에 그놈이 꼬리를 흔들고 있더라는 것이었다. 괜한 헛일을 한다고 투덜거리며 거기까지 갔던 나는 기쁨과 놀라움에 입이 벌어졌다. 그놈을 끌고 집에 돌아왔을 때 나는 지칠 대로 지쳤고 여전히 화가 나 있었지만, 그 여자의 말이 맞았다는 데서 오는 야릇한 부끄러움으로 괜스레 그놈처럼 헐떡거렸다.

"역시 그랬군요."

그 여자는 아무 억양 없이 말했다. 마침 내 야릇한 심리를 무마해주려는 말투 같았다. 나는 겁먹은 개가 꼬리를 샅에 오 그려 붙이듯이 위축되어 그 여자를 바라보았다. 그러면서 내 가 개의 주인인 것처럼 그 여자가 나의 주인처럼 느껴지던 것 이었다.

그러나 이번에는 개가 아니었다. 그놈은 내가 여명 속에서 모습을 드러내자 "평소보다 일찍 일어났군요" 하는 낯으로 꼬 리를 쳤다. 그래서인지 신음 소리의 주인공인 그 여자를 등에 업고 병원으로 달리는 동안 줄곧 그놈을 업고 달리는 것은 아 닐까 하고 뒤를 돌아다보곤 했다. 그렇다고 해서 그 여자가 그 놈과 같은 무게를 가졌다는 뜻은 아니다.

"해필 우리 집에 와서 이럴 건 뭐람."

어머니는 그 말을 내가 힘들어하는 데 대한 격려로 하는 모 양이었다.

"어쩐지 첨부터 탐탁치가 않더라니."

이런 말도 했다. 그것은 사실이었다. 그 여자가 산 두 달 동 안 어머니는 늘 불안한 눈초리를 거두지 못했다. 그러나 나로 서는 그 여자가 특별히 죽음의 그림자를 끌고 다녔다거나 그 런 내색을 비쳤다고는 생각할 수 없었다. 그러니 아무리 우발

적이고 충동적인 행동의 결과일지라도 역시 수수께끼에 속했다. 그 여자는 밤늦게 약을 먹었는데 그러니까 그 여자의 늦게 잠드는 버릇 때문에 내 등에 업히고 만 것이었다.

가을이 깊어가면서, 그 여자는 여치나 베짱이나 풀무치가 그러하듯이 여린 빛을 잃고 무언가 탁한 빛을 띠어가고 있었다. 그들 풀벌레들은 마른 풀빛에 맞추어 그런 빛을 띠는 것이었다. 그러나 그 여자의 분위기가 종말의 날을 암시하고 있다는 것을 눈치챌 사람은 없었다. 더군다나 그 여자는 어느 날 내게 취직에 대해서까지 말을 비추었던 것이다.

"어쨌거나 죽지는 말아야지. 조금만 더 가면 병원이야."

어머니는 쉬지 않고 나를 격려해주었다. 축 늘어져 있는 그 여자를 연신 추스르면서 뛰는데도 길바닥에 괴어 있는 물구덩이를 철벅철벅 밟는 것은 어머니 쪽이었다. 형이 객사하고 난 뒤 탈진 상태에 빠져 목숨이란 부질없는 것 중에 으뜸이라고 한숨짓던 어머니였다.

나는 곧장 창문으로 그 여자가 산책에서 돌아오는 모습을 보곤 했었다. 그 여자는 들길을 가로질러 왔는데, 거의 언제나 지그재그로 다가왔다. 왜 그럴까, 처음에는 의아하게 여겼으나 곧 알아차렸다. 장난 삼아 송장메뚜기를 날리며 오는 것이었다. 송장메뚜기나 가뢰 한 마리 눈에 띄지 않는 날이면 아무렇게나 꺾어든 개망초 줄기로 풀숲을 후리면서 몹시 심심한 몸짓으로 걸어왔다. 화가 난 것 같기도 했다. 그 여자가 산책을 나가는 시간이면 나는 공연히 가슴이 두근거렸다. 원피스를 입을 때도, 청바지에 티셔츠를 입을 때도 있었는데, 머리는 주로 손수건으로 동여맨 차림이었다. 산책은 그 여자가 하는 일 가운데 가장 두드러진 일이었다. 그렇지 않을 경우에는 하루 종일 그냥 음악을 듣거나, 음악을 들으면서 책을 읽거나 했다. 그러나 내가 그 여자를 관찰할 수 있는 건 아주 짧은 시간에 불과했다. 언젠가 그 여자가 방을 비운 틈을 타서 이층으로 올라갔다가 방 안을 엿본 적이 있었다. 마침 방문이 열려 있었기 때문이었다. 나는 그 여자보다는 집안사람들에게 발각될까봐 잔뜩 숨을 죽이고 살그머니 방 안으로 들어섰다. 방바닥 한가운데 그 여자가 읽다 만 듯한 책이 펼쳐진 채 뒤집혀 있었다. 서점의 포장지로 겉장이 쌓여 있는 채였다.

귀를 기울여보면 그 여자의 방에서는 항상 클래식 음악이 흘러나왔었다. 내가 가지고 있는 라디오의 주파수를 맞춰 같은 음악을 들어보면 바흐며 베토벤이며 차이코프스키며 시벨리우스 등등이 꼬리를 물고 계속되었다. 나로서는 클래식 음악을 들으며 책을 본다는 것이 상상이 안 되었다. 왜냐하면 그 음악을 듣고 있으면 골이 아파지기 때문이었다. 그러니 일부러 골이 아파지려는 사람이 아닌 담에야, 못된 짓을 할 때마다 더욱 골머리를 옥죄이는 머리테가 둘려진 손오공처럼 괴로워할 이치는 없는 것이었다. 내가 그 여자의 방을 엿보는 심리는 비밀을 캐보자거나 하는 호기심보다도 약점을 잡아보자는 면이 더 많았다. 하기야 엎어치나 메치나 마찬가지 이야기라고 해도 그만이기는 했다. 이것이 남자의 가학성의 일단인지도 몰랐다. 그 여자를 얕잡아 볼 수 없다는 것이 알 듯 모를 듯 내마음을 부자유스럽게 하고 있었다. 나는 그 여자가 이사를 오고부터 마음이 평온치가 못했다. 물론 그 여자는 나보다 서너살은 위로 보였다. 하지만 그 대리석같이 차게 빛나는 얼굴이 그 여자의 나이를 감춰주고 있었다. 그 여자의 방 안에서는 약간의 화장품 냄새와 썩은 사과 냄새, 매캐한 곰팡이 냄새가 어우러져 풍기고 있었다. 물이 뚝뚝 떨어지는 동굴 속에 들어섰을 때처럼 나는 발끝을 더듬었다. 그러나 결코 방 안이 캄캄하다고는 할 수 없었다. 나는 책을 집어 들고 뒤집어 보았다. 만화였다.

나는 이제야 꼬투리를 잡았다는 듯 웃어보았다. 기껏 만화로군, 하는 마음을 강조했다. 무엇인가 실감이 나지 않았다. 만화야, 만화. 그럴수록 더욱 혼란에 빠졌다. 그 여자가 어려운 철학책을 읽고 있었던 것보다 차라리 당혹스러웠다. 이 세상에는 내가 모르는 삶의 방식도 있구나. 나는 막연하게나마 강렬하게 깨닫고 있었다. 그러고 보면 나는 그 여자에게 지나치게 관심을 기울이고 있었다. 그 여자가 가진 수수께끼가 그런 관심을 불러일으켰다고 하더라도, 그 수수께끼에 "머리를 풀고 하늘로 올라가는 건?" 하면 "연기"라고 대답함으로써 간단히 끝나지 않을 무엇이 있었다.

처음 이사를 왔을 때부터 우리들은 궁금해했다.

"뭐 하는 여자래?"

여동생이 먼저 입을 열었다.

"몰라."

계약을 하면서 넌지시 운을 떼었으나 대답을 않더란 어머니의 말이었다.

"혼자 사나부지?"

"글쎄 혼자라고 하더라만."

어머니는 고개를 끄덕이면서, 그러나 언제 어떤 마각이 드러날지 알겠느냐는 듯이 말꼬리를 흐렸다. 어머니의 우려는 그 여자가 화류계 여자가 아닐까 하는 점이었는데, 그렇다면 무엇 때문에 변두리에 와서 방을 얻었느냐는 점이 그 우려를 구체화시키지 못하는 것 같았다.

"혼자서 아무 일두 안 하구 어떻게 살지?"

여동생은 가벼운 흥분마저 느끼고 있었다. 여자들은 왜 한 번쯤은 혼자 산다는 문제가 가능한가 어떤가 따져보는 것인지 알 수 없는 노릇이었다.

어머니가 그 여자의 정체에 대해 미심쩍게 여기고 있는 것은 그 여자가 변변한 가재도구 하나 제대로 가지고 있지 못하다는 데 큰 원인이 있었다. 하지만 그 여자가 무엇이 부족하니 좀 빌려달라고 청해 오는 일은 한 번도 없었다. 작은 석유풍로 하나와 등산용 코헬 하나만으로 밥을 지어 먹으면서도 아무 불편이 없다는 듯이 아쉬운 소리 한마디하지 않자 어머니는 오히려 자존심이 상하는 모양이었다.

개를 가져온 것은 그 여자가 이사 오고 한 달쯤 지나서였다. 한 달 동안 여름이 가버리고 가을이 짙어지고 있었던 것이다. 아버지는 노상 예전과는 달리 봄과 가을이 있는 둥 마는 둥 하다는 말을 푸념처럼 늘어놓았다. 정말 그런지도 몰랐다. 그러나 우리 집안이 변두리로 집을 옮기고, 내가 빈둥거리고 있었고, 그래서 우리 식구들이 모두 마치 무엇을 기다리며 사는 사람들처럼 변모한 것과 계절의 변이와는 아무 상관도 없었다고 해야 옳다. 다만 우리 식구는 무엇을 기다리고 있지 않으면 기다리고 있는 것처럼이라도 보이려고 애쓰고 있었던 성싶다.

나는 하루에 한 번씩 개를 데리고 산책을 나가기로 마음먹었다. 나로 말하면 새로 옮겨온 곳의 자리를 익혀놓을 필요가 있는 터였고, 개에게도 필요한 일이었다. 산책으로 인해 내가 얻을 어떤 종류의 결과를 기대하고 있었다고 단정적으로 말하기는 어렵다. 그러나 내 마음 깊은 곳에서 하나 핵처럼 반짝이고 있었던 것은 무엇인가 있었다.

나는 이른 아침 불현듯 잠에서 깨어나 개를 끌고는 공터를 지나 예전부터 있었던 오래된 마을 쪽으로 달려가곤 하였다. 공터를 지날 때까지 잠에서 덜 깨어 있는 상태였다. 나는 파르스름한 새벽 공기를 마시며, 일찍 일어난 그 여자가 흐린 창문을 통해 바깥을 내다본다는 생각을 문득문득 했었다. 나는 언제나 그 여자가 가는 반대 방향으로 공터를 지나 새 주택들을 짓고 있는 공사장 쪽으로 가면서 그 여자가 보아주었으면 하고 바랐다.

공사장 쪽에서는 이슬에 젖은 대팻밥과 각목을 모아놓고 불을 피우는 연기가 고급 담배 연기처럼 하늘로 올라가고 있었다. 나는 저기까지 가다가는 맥이 빠진 채 돌아오곤 했다. 그 여자는 늦게 자고 늦게 일어났기 때문에, 내가 개를 끌고, 등 뒤에 신경을 쓰면서 달리는 시간은 그 여자에게는 필경 한밤중이었다. 내 기억에 의하면, 개를 처음 가져왔을 무렵 아버지도 딱 한 번 그 여자와 마주친 적이 있을 뿐이었다.

"그런 사람이 있다. 늦게 자고 늦게 일어나는 건 버릇이 아냐. 체질이랄까. 일찍 일어나는 새가 벌레를 많이 잡는다믄 말은 틀린 말이야. 올빼미란 놈은 밤에 활동한다."

아버지는 그 여자가 늦게 자고 늦게 일어난다는 말을 듣고, 아버지는 언제 저랬던가 싶도록 유창하게 말했다. 그 비유 때문에 나는 얼떨떨했다. 그 무렵 아버지의 일은 뭔가 점점 쪼들리는 것 같았다. 그러나 자신은 일찍 일어나는 새가 벌레를 많이 잡는다는 말을 믿고 실천하듯이 새벽같이 일어나 시내로 볼일을 보러 나가곤 했었다.

"녀석들이 계약대로는 도저히 일을 못하겠다는군."

아버지는 밥상머리에서 주로 그런 말을 꺼냈다. 아버지의 말에 의하면 요번 일을 말썽 없이 잘 치러야 다음에 한 건 톡톡히 할 수 있다는 것이었다.

"왜들 못 하겠다는 거예요?"

어머니는 걱정스럽게 쳐다보며 아버지 앞으로 반찬들을 밀어놓고는 했다.

"도중에 인건비가 너무 올랐다는 거야."

"그건 애초부터 예상했던 거 아녜요?"

"그렇지. 그렇지만 너무 올랐다는 거야. 늘 하는 수작이지."

아버지는 퉁명스럽게 내뱉었다. 그 순간 어머니가 무슨 말을 하려다가 말았다. 나는 어머니가 하려던 말을 어느 정도 알고 있다는 생각이 들었다. 나이도 들 만큼 들었으니 청부업자 일을 그만두고 어떻게 함께 단란하게 눌러살 수는 없겠느냐는 말이었다. 어머니는 전에도 몇 차례 그런 말을 꺼냈으나 퉁바리를 맞고 입을 다문 적이 있었다.

"날씨는 워낙 얄망궂으니."

아버지는 다시 날씨 타령을 했다. 날씨는 아버지의 사업과 불가분의 관계에 있었다.

"전 세계가 이상 기온이래요."

언제나처럼 여동생이 아는 체를 했다.

"글쎄 말이다."

"북극의 얼음이 녹고 있다잖아요. 바닷물이 불어나고요. 전

세계가……"

"야야, 까불지 마. 니가 뭘 안다구 쫑알대니?"

내가 가로막았다. 여동생은 샐쭉해서 얼굴을 돌렸다. 이어서 인류의 종말 어쩌고 하면서 노스트라다무스의 딸처럼 늘어놓을 차례였다.

"전 세계가 어떻다는 거야, 응?"

나는 다시 한 번 쏘아주었다.

"괜히 야단이야."

"이상 기온이 어쨌다는 거냐, 응?"

"말 안 해."

"뻔한 소리 하지 마, 야. 너 마지막 날이 오믄 하루 전에 가르쳐줄래? 사과나무나 심게."

"애개개."

가족끼리의 대화는 늘 엉망진창이 되어버렸다. 숱한 예언자들 때문이었다. 하기야 나도 그런 예언자들을 우러러보지 않는 건 아니었다. 인류는 언젠가는 멸망한다고 그들은 예언하기를 서슴지 않는다. 언젠가는 아니라 곧이라고 말한다. 그러나 그 멸망이 자기 자신의 죽음을 말하는 것이라면 조금도 두려워할 것이 없는 것이다. 개인은 백 년 안에 멸망하고 말며,

만약 그가 살아 있는 순간 우주가 괴멸되는 것을 볼 수 있다면 그건 분명한 행운일 것이다…… 이런 생각을 하는 도중에 나는 이 층에서 흘러나오는 음악 소리를 들었다. 가슴속에 알 수 없는 소용돌이가 일었다. 멸망을 두려워하지 않고 멸망을 감수하려는 욕정의 일종이었다. 나는 더 이상 아무 말도 하지 않고 밖으로 나가 개를 끌고 공터를 가로질러 갔다.

개와 나는 쉽게 친해지지를 않았다. 나를 볼 때마다 꼬리를 치며 반기면서도 어딘가에 불안을 감추고 있는 듯이 보였다. 영리한 놈인 데다가 나이를 먹을 대로 먹어서 이미 과거를 가지고 있기 때문이라고 나는 짐작했다. 진돗개의 우수성 중에 두드러지는 점이 주인을 잘 섬기는 점이라고 듣고 있었다. 그러므로 개는 첫 주인만을 진정한 주인으로 여기고 있을 것이었다. 그렇게 생각하니 내 쪽에서도 개와 각별해지고 싶은 마음이 없어져버렸다. 개는 단지 내가 바깥을 돌아다니는 데 구실이 되어주면 족했다. 그 무렵 내게 있어서 가장 중요한 문제는 장래 무엇을 하느냐에 대한 것이었다. 나는 음악을 제외하고는 꽤 많은 잡(雜) 지식을 가지고 있었으나 그것들이 내 인생에는 아무런 도움이 되지 않는다는 사실에 적이 실망하고 있었다. 내가 취직을 하는 데도 쓸모가 없었다. 나는 내가 어쩐

직업을 택해야 하는지 그 자체에 대해 무척 망설이고 있었고, 아버지는 상담역이 될 수 없는 지나간 세대의 인물이었다. 나는 이럴 때 형이 있었으면 하고 막연한 희망을 품었지만 형 역시 취직 문제로 지방에 내려갔다가 불행하게 교통사고를 당했던 것이다. 집안식구들이 내게 취직 얘기를 꺼내지 않은 것은 그 때문이었다. 형의 일은 벌써 지난해 겨울의 일이었다. 공교롭게 나는 파견 근무를 나가 있던 중 폭설을 만나 고립된 관계로 장례식에도 참석할 수가 없었다. 정말 지독한 눈이었다. 방한모 위에 쌓인 눈으로 해서 우리는 하얀 이마가 툭 튀어나오고 갈색 눈이 푹 꺼진 신종 유인원처럼 보였다. 바람도 불지 않았으므로 눈은 전선 위에까지 쌓여 얇게 썰어놓은 식빵 조각을 연상시켰다. 그 고지 이름이 뭐였더라? 그렇지, 독수리 부리(觜). 그 이름은 형이 다녀왔던 월남 어떤 곳의 지명을 닮았었다.

형의 죽음도 눈 때문이었다. 눈에 미끄러진 차가 들이받았다는 것이었다. 형이 월남에 가 있는 동안 형이 주둔했던 캄란의 반대쪽인 앵무새 부리 쪽에서 전투가 치열했었다. 내가 형과 죽음을 결부시켜본 적이 한 번이라도 있다면 그 요술할멈의 꼬부라진 콧잔등처럼 꼬부라진 앵무새 부리뿐이었다. 그런데 형은 눈 속에서 나를 떠나갔다. 참으로 빌어먹을 눈이었다.

제대하고 나자 형의 유품은 거의 그대로 있었다. 형이 사용하던 물건들, 예컨대 사발시계며 라디오며 열쇠고리까지도 내 차지가 되었다. 그러나 나는 그런 것들을, 형이 살아 있더라도 내가 사용할 수 있는 것들이므로 내 차지로 했을 뿐이었다.

우리 집이 변두리로 옮긴 것은 아버지의 사업에 자금을 변통한다는 문제도 있었지만 오로지 형의 죽음 때문이었다. 집에 가끔씩 들르기만 하는 아버지가 개를 끌고 온 것도 거기서 파생된 어떤 행위가 아니었던가 싶다. 우리는 그러는 동안 아무도 모르게 형이 남긴 공간이 사라지기를 간절히 빌고 있었던 것이다. 그러나 그렇다고 해서 내 취직 문제, 장래 문제를 나는 언제까지나 결정짓지 않고 있을 수는 없는 일이었다. 가지각색의 직업들이 세상에 있다곤 해도 내 마음을 당기는 직업은 하나도 없었다. 이것이야말로 참으로 이해하기 곤란하고 난처한 일이었다. 대학을 겨우 한 학기만 다니고 입대를 했었고 그리고 복학을 아예 포기하고 있었던 나로서는 더욱 난감했다. 운전을 배워서 택시 운전이나 할까, 컴퓨터를 배워서 프로그래머나 될까, 외판원이나, 용접원이나, 배관공이나, 정비공이나, 아니 고층 건물 공사장의 드높은 철골 구조를 뛰어다녀야 한다는 비계공(飛階工)은 어떨까. 도저히 해낼 것 같지 않은 직종뿐이었다. 한번은 강원도 어느 산골에서 조랑말을 타고 산림 감시를 다닌다는 산림 감시원에 대한 신문 기사를 보았었다. 그거라면 괜찮을 듯도 싶었다. 하지만 이 모두 부질없는 망상에 불과했다. 내가 만약 수억대의 재산을 가진 청년 실업가라면 산골 숯구이의 딸을 아내로 삼으리라.

내가 그 여자로부터 취직 얘기를 들은 것은 안개 같은 실비가 내리던 날이었다. 나는 그 여자가 이사 오고부터 직장에 대한 조바심도 어느 정도 뒷전으로 돌리고 있었고 잔지 몽롱한 부유 상태(浮遊狀態) 속에서 근거를 알 수 없는 그리움에 지겨워하고 있었다. 그러므로 내가 그 여자에게 가지게 된 호기심을 비롯한 여러 가지 욕망은 그 여자가 아니라도 얼마든지 대상이 될 수 있다고 믿어진다. 또한 나는 내가 가진 고귀한, 혹은 천박한 욕망을 구태여 노골적으로 드러내고 싶은 마음도 없었다. 나는 개를 끌고, 가겟집 처마 차일 밑에서, 맞아도 좋을 법한 그 실비를 잠시 피하고 있었다. 그때 그 여자가 건너편 철공소의 코크스 재로 다져진 길을 걸어오고 있었다. 안개비에 젖은 거미줄처럼 머리카락이 보풀이 져 보였다. 그 여자는 가게 앞까지 다 다가와서도 내가 거기에 서 있는지 알지 못한 눈치였다.

"어딜 다녀오세요?"

나는 차일 밑으로 약간 고개를 숙이고 마치 창밖을 내다보는 시늉을 하고 인사를 건넸다.

"아, 난 또 누구시라구?"

그 여자는 갸우뚱 고개를 돌리고 차일 밑으로 걸어왔다. 옷이 꽤 젖어 있었다.

"비가 오는데 산책을 하셨나요?"

나는 개줄을 팽팽히 당기면서 다가오는 그 여자에게 물었다.

"안갠지 빈지 모르겠네."

그 여자는 혼잣말처럼 중얼거리고 나서 내게 정면으로 눈길을 던졌다. 그 여자를 그렇게 가까이 본 것은 처음이었다. 나는 나도 모르게 시선을 피했다.

"보슬비에 옷 젖는다는 말은 정말이군요."

"그래요. 보기 흉하죠?"

비에 젖은 여자의 머리카락이나, 젖은 옷자락으로 인해 강조되는 몸매와 유혹을 모르는 남자만이 그런 물음에 그렇다고 대답할 수 있을 것이다. 나는 대답 대신에, 원피스 자락을 후들거려보는 그 여자의 옆모습을 훔쳐보았다. 그 여자를 가을 풀

벌레에 비유한 것은 잘못이었다. 화장기 없는 그 여자의 얼굴에는 담홍색 산이스랏 꽃빛이 아직도 은은히 어려 있어서, 저절로 한창 나이 때를 상상케 했다. 그래서 나는 얼결에 왜 혼자서 사시나요, 하는 물음이 나올 뻔했다. 요즘 세상에야 혼자서 방을 얻어 사는 여자가 하나둘이 아닌데도 말이다.

"마침 아무도 없군요. 저번에 이 앞을 지나다 문득 여기서 술을 한잔 마시고 싶어서 혼났어요."

그 여자는 은근하게 말했다.

"술을요?"

나는 반사적으로 말이 튀어나왔다.

"왜요, 여자는 술을 마시면 안 되나요? 왜 그렇게 부정적인 반응을 보이세요?"

그 여자의 말투에는 장난기가 어려 있었다. 만화를 읽고 혼자 술을 마시며 살아가는 젊은 여자. 어머니가 경계의 눈초리를 보내는 것도 무리가 아니었다.

"아닙니다. 미처 상상을 못 했을 뿐입니다."

나도 그 여자의 말투에 약간이나마 맞추려고 했다. 그러나 잘되지 않아 서투른 억양이 되어버렸다.

"하긴, 전…… 술집에두 있었으니까요."

나는 귀를 의심했다. 그 여자의 수수께끼는 내가 혼자서 만든 것밖에 되지 않았다. 어머니처럼 단순 명료하게 사시안(斜視眼)을 던진 사람에게는 수수께끼고 뭐고도 없었다. 그것은 겨우 "강은 강인데 못 건너가는 강은?" "요강" 정도면 되는 것이었다. 그 여자는 변두리 가게에 흔히 그렇듯이 한쪽 옆 우중충한 자리에 나무 탁자를 놓고 간단하게 술을 팔고 있는 쪽으로 발길을 옮겼다. 나는 개를 차일 밑 한옆에 짧게 붙들어 매어놓고 그 여자가 먼저 자리 잡고 앉아 있는 곳으로 갔다. 그 여자가 숨겨도 좋은 일을 무엇 때문에 털어놓는지 알 길이 없었다. 마음이 헤픈 여자라고 하기에는 다른 무엇이 있었다. 날씨 탓이라고 나는 생각했다. 그 여자의 고백에도 불구하고 내가 가졌던 어떤 환상이 쉽게 깨지지 않는 것도 날씨 탓이리라.

"뭘루 할까요? 맥주가 어떨까요?"

나는 그쯤의 돈이야 집에서 가져올 수 있겠다는 계산을 했다.

"이런 날은 소주 어때요?"

그 여자는 반문하는 투로 내게 대답했다. 나는 좋다는 뜻으로 고개를 끄덕이고 주인에게 소주와 포(脯)를 시켰다.

"실은 취직이나 해볼까 해서 자리를 알아보러 갔던 길이에요."

"취직이라뇨?"

취직이라는 말에 나는 나 자신의 문제가 떠올랐다.

"이러고 언제까지나 놀구 먹을 수만 있다면 얼마나 좋겠어요."

"그야……"

"그야…… 내겐 그렇게 여유 있는 말을 사용할 시간도 이젠 없어요. 돈이 똑 떨어졌으니까."

그 여자는 의외로 솔직하게 말했다. 그 말은 아마 내가 해야 하는 말 가운데 가장 절실한 말일 것이었다. 그사이 주인이 시킨 것을 들고 왔으므로 나는 아무 말 없이 플라스틱 컵에다 술을 따라 부었다. 내가 그 여자를 통해서 그리움을 프리즘처럼 분광(分光)시켜온 것은 내 의식의 유희에 불과했다. 그 여자는 지극히 헌신적이고 구체적인 여자여서, 흐린 창문 따위를 통해 연하의 남자를 내다본다는 유치한 발상은 아예 할 수도 없어 보였다. 갑자기 나는 그놈의 개까지도 내 젖비린내 나는 마음의 추이를 눈치채고 있지나 않을까, 온몸이 화끈거렸다.

"자, 들면서 얘기하기루 해요."

나는 그 여자를 따라 잔을 들고 어깨 높이에서 잠깐 멈추고 그 여자와 눈을 바라본 뒤 한 모금을 마셨다.

"전 복학을 할까, 취직을 할까, 생각 중에 있어요."

나는 거짓말을 했다.

"그렇담 복학 쪽이 낫겠군요."

어느 결에 술잔을 다 비우고 나서 하는 서슴없는 말에 나는 "네" 하고 대답할 수밖에 없었다. 그 여자는 포를 잘게 찢어 입에 집어 넣었다.

"저 건너편…… 산 밑 쪽으루 공장이 있어요. 식품 공장. 며칠 기다려보라더니 오늘에야 자리가 없다는 거예요."

거기에 그런 유의 공장이 있다는 사실은 나도 언뜻 보아 알고 있었다. 그 말에서 뭔가 결정적이었구나, 하고 나는 이해가 되었다. 여태껏 나는 폐쇄적이고 은밀한 쪽의 그 여자만을 나의 대상으로 해왔던 것이었다. 나는 그 여자가 마음을 열어놓고 생활의 고통을 털어놓는 것이 충분히 납득되었다. 그 여자는 바로 내가 해야 할 일을 조금 앞서 행하고 있을 뿐이었다. 술집까지 전전한 여자가 새로운 삶에 눈뜨고 세파를 헤쳐 나가겠다고 몸부림치는 모습을 앞자리에서 바라보며 나는 삶에 대한 소극적인 내 태도에 마음이 무거웠다. 나는 이제까지 삶에 거리를 두고 살아왔었다. 내가 직업을 택하지 못하는 이유는 직업 자체에 있는 게 아니라 내가 용기가 없는 탓이었다.

내 마음속에는 부정적이고도 자초적인 실패와 좌절이 미리 설정되어 있었던 것이었다.

나는 항상 변명을 준비해야 했다. 복학도 그런 종류의 거짓이었다. 그런데 그 여자는 생활 속으로 우선 한 발이라도 들여놓으라는 충고를 하고 있는 것이었다.

"술집에는 오래 있었나요?"

갑자기 내 입에서는 이런 말이 불쑥 나왔다. 이야기하던 도중에서도 그런 사연만은 캐지 말아야 했었는데 술기운이 꽤 돌았던 모양이었다.

"그 말이 언제쯤 나오나 했는데…… 얼마 전 아주 잠깐."

나는 그 여자의 홍조 띤 얼굴이 미소를 지었다가는 아주 잠깐이라는 말과 함께 아주 잠깐 흐려지는 것을 보았다. 그로써 나는 역시 그 여자는 때 묻지 않은 아름다움을 간직하고 있음을 확신했다.

밖에는 여전히 보얗게 안개비가 내리고 있었다. 그 여자와 나는 한동안 말없이 술잔을 나누었다. 나는 그 여자가 이제 어떻게 할 것인가 알고 싶었다. 그러나 그런 말을 더 이상 물어보아서는 안 되었다. 내가 아무런 도움을 줄 수 없는 이상 말만이라도 그 여자를 궁지에 몰아넣어서는 안 되었다. 정 그러려면 우선 나부터 궁지에 몰아넣어야 하는 것이었다. 나는 누가 내 인생에 바둑처럼 훈수를 두어주기를 바랐다고 해도 좋았다. 그러니 그 여자가 나를 보아주기를 바랐던 것도 어리석은 짓이었다. 내가 그 여자를 보아주어야 하는 것이었다. 그러자 나는 갑자기 내가 지금 변하고 있다는 느낌이었다. 이것을 나는 성장이라고, 탈피라고 여겨도 좋다고 믿었다. 나는 취기에 어린 얼굴로 그 여자를 쳐다보았다. 그 여자는 내가 어떤 감정에 처해 있는지 알겠다는 표정이었다.

"사랑을 해본 적이 있나요?"

그 여자가 말했다. 나는 한참 동안 그 여자를 응시하였다.

"당신은……"

나는 끓어오르는 듯한 목소리로 간신히 말했다. 그러자 그 여자는 나무 탁자를 사이에 두고 오른손을 뻗쳐 내 뺨에 가볍게 갖다 댔다. 그뿐이었다.

"자, 그만 가기로 해요."

나는 그 말에 최면술에 걸린 사람처럼 일어났다. 그 여자가 앞장서 나갔고, 뒤따라 나간 나는 취중에도 개를 몰고 참담한 표정을 지으며 그 여자 곁으로 다가갔다. 그 여자는 여전히 아무 말도 하지 않고 내가 약간 비틀거리자 팔을 붙들어주었다.

그런 일이 있고 며칠 뒤 두문불출하던 그 여자는 새벽에 내 등에 업혀 병원 문을 두드리게 된 것이었다.

날은 완전히 밝았다. 나는 그 여자가 깨어나기까지 잠자코 기다리고 있었다. 결국 그 여자는 나를 도외시하고 있었던 것에 불과했다. 나를 보잘것없는 애송이로 취급하지 않은 다음에야, 내가 아래층에서 잠자고 있는 한밤에 세상을 버리겠다는 결심을 할 수는 없을 것이었다. 그 여자가 열고 있다고 보여진 하나의 홍예문(虹霓門), 세상을 향해 열려 있는 그 문을 통하여 나는 현실의 진구렁에 발을 딛고 있는 찰나였다. 그러므로 그 여자의 돌발적인 사건은 일찍이 세상에 대하여 내가 두려워했던 바 그 술수(術數)들의 한 형태에 지나지 않다는 생각이 들었다. 이제 온갖 술수들이 시간과 공간을 능수능란하게 요리하면서 내게 달려들리라.

나는 아침 햇살에 밝게 떠오른 그 여자의 모습을 다시 한 번 보았다. 내가 무엇 때문에 그 여자를 그토록 의지하고 싶어 했는지, 나 자신이 가여웠다. 죽음에 가위탁(假委託)되어 있는 그 여자는 쉽게 깨어날 것 같지 않았다. 유리창 밖 세상에서는 온갖 것들이 깨어나서 움직이는 소리가 들렸다.

철제 셔터가 좌르륵거리는 소리, 모루 위를 내리치는 쇠망치 소리, 아아 하고 아침 기지개를 켜는 옆집 아이의 소리, 물 버리는 소리…… 모든 소리들이 어떤 지휘자에 의해 연주되는 것처럼 엄연한 질서를 가지고 들려왔다.

간호원이 들어와 링거 주삿바늘을 빼고 간 지도 오래되었다. 그 여자는 어젯밤서부터 줄곧 평소의 복장 그대로였다. 나는 그 여자의 가슴이 훨씬 규율이 있게 움직이고 있다고 생각했다. 그런 생각에 곁들여 이제 그 여자가 깨어나면 나는 그전의 내가 아닌 새로운 나로 돌아가리라 굳게 다짐했다.

그때였다.

그 여자가 작은 신음 소리를 내며 입술을 움직였다. 나는 목이 마른가보다고 추측했다. 의자에서 일어나 그 여자의 옆으로 다가갔을 때, 그때 나는 그 여자가 괴롭다는 듯한 표정으로 내뱉는 한마디 말을 들었다.

"……병식 씨……"

그 소리는 작은 새의 부리에서 나오는 소리같이 내 귀에 울렸다. 나는 아직도 저승에서 헤매고 있을 그 여자의 모습에 시선을 고정시킨 채 점점 크게 메아리치는 그 소리를 듣고만 있었다. 그것은 우리가 묻어두고자 원했던 이름, 형의 이름이었다. ……병식 씨…… 비로소 수수께끼의 정체가 확연히 풀리고 있었다.

나는 다시 의자에 앉아 기다리지 않으면 안 되었다. 그 여자가 깨어나는 데는 좀 더 시간이 필요했다. 바깥에서 더욱 요란하게 어울려 와글대던 소리는 하나도 들을 수 없었다. 나는 가슴이 미어지는 듯한 느낌을 억누르고, 아무것도 자세히 보이지 않는 눈으로 여기저기 시선을 옮겼다. 누구 한 사람 보는 이 없는데 시선을 둘 곳이 없었다. 내가 그 여자의 수수께끼에서 가장 평범하고 속된 답을 이끌어내려 했음을 그 여자는 얼마나 원망했을 것인가.

나는 병실 문을 열고 바깥으로 나갔다. 잠시라도 다른 공기를 쐬지 않고는 견딜 수가 없었다. 바깥으로 나오자 꽉 묶여졌던 가슴이 다소 풀리는 것 같았다. 심호흡을 했다. 나를 비롯한 우리 가족은 그 여자 곁에 무심코 있어서는 안 될 존재들이었다. 나는 병원 앞의 소음이 들끓는 길을 얼마 동안 정신없이 걸었다.

내가 다시 병실로 돌아갔을 때 그 여자는 깨어 있었다. 실망과 수치의 눈길을 감추지 못하고, 그 여자는 고개를 반대쪽으로 돌렸다. 그 여자는 대들기는커녕 가장 온순한 태도를 취했던 것이다. 나는 말없이 의자에 가 앉았다. 오랫동안 침묵 속에 있었으나 조금도 어색한 느낌은 들지 않았다. 나는 귀 기울이고 그 여자의 숨소리를 듣고만 있었다.

이윽고 그 여자가 고개를 다시 돌렸다.

"결국 이렇게 됐군요. 결국."

그것은 체념의 목소리였다. 나는 아무 말도 할 수 없었다.

"윗주머니를 뒤져보니 이런 게 들어 있었어요. 납작하게 찌그러졌군요."

나는 그 여자가 내미는 손을 보았다. 꽃잎이 반 이상 떨어져 나가고 바싹 마른 채 눌려 있는 작은 들꽃 한 송이였다. 그 꽃은 내가 여자를 업고 오는 동안에 더욱 납작해졌을 것이었다. 나는 내 등에도 혐의가 있는 그 마른 꽃을 조심스럽게 내 손에 받아 쥐었다.

"어머님께 말씀드려주세요. 복덕방에 방을 좀 내놔주십사구요. 여기선 이제 취직도 틀렸으니까요."

그 여자는 물론 혼수상태에서 말한 것을 모르고 있었다.

"그러겠습니다."

나는 고개를 숙이고 입술을 깨물며 대답했다. 한 송이 불구(不具)의 꽃이 내 손에 쥐어져 있을 뿐이었다.

6

멕시코의 어느 날 이구아나를 잡으러 가겠다고 호텔을 나선 것은 전혀 예상치 않았던 일이었다. 서울에서는 여름에 몸 보신을 한다고 멍멍이를 먹는 사람들이 있지 않습니까. 그렇담 여기서는 그 대신 뭘 잡아먹는지 아십니까. 그런 뒤에, 멕시코 시티에서 온 안내인의 입에서 나온 것이 바로 이구아나였다. 여기서도 저걸 먹는군. 스리랑카에서도 그렇거든요. 옆에 서서 듣고 있던 박 사장이 한마디했다. 문득 나는 중국의 음식점 주방에 쟁여져 있다는 별별 음식 재료들을 떠올리면서, 못 먹을 거야 없을 테지 하고 반신반의하는 투로 말했다.

그 쏟아지는 땡볕 아래 마야 유적의 돌더미들을 기어다니며 놈들은 히비스커스의 크고 빨간 꽃을 뚝뚝 따 먹고 있었다. 저건 우리나라에서 하와이 무궁화라고도 하는 그 꽃인데, 들었어요? 박 사장은 예의 해박한 식물학 지식을 동원하고 있었다. 그게 무슨 꽃이든 상관없이 꽃이 이구아나의 밥이 된다는 게 내게는 신기할 뿐이었다. 하기야 먹을 것도 달리 없는 곳이기는 했다. 박 사장이 가르쳐준 또 하나의 꽃인 일일초가 군데군데 피어 있을 뿐 나무도, 숲도 보잘것이 없었다. 그 일일초는 한국에서는 보통 이태리 봉숭아라고 꽃장수들이 부른다는 걸 나는 알고 있었다.

이구아나는 히비스커스 나뭇가지를 휘어뜨리며 기어올라 가서 꽃을 뜯어 입에 넣고 내려온다. 때로 그 꽃은 이구아나의 혓바닥이 아닐까 여겨지기도 한다. 한국에서 애완용으로 파는 이구아나가 초록색이 유난히 두드러지는 것에 비해, 바위 빛깔과 흙 빛깔이 어우러진 보호색의 몸통에, 입가로 비어져나온 빨간 꽃잎은 마치 핏빛 화염(火焰) 같아 보이기도 한다. 열대의 폭염 탓이리라.

먹이도 조금밖에 안 먹고, 똥도 조금밖에 안 눠요. 키워보니까 아주 귀여운 동물이에요. 누군가 말했었다. 아이가 졸라서 하는 수 없이 사주었는데, 애완동물로 참말 일리가 있더군요. 바짝 처든 대가리며 날카로운 눈매며, 영락없이 공룡을 닮았음에도 불구하고 귀엽다는 게 이상하게 들리기는 했다.

멕시코에 가기 전까지만 해도 이구아나가 아무 곳이나 흔히 설설 기어다니리라고는 상상조차 하지 못했었다. 그 동물은 갈라파고스 같은 특이한 섬에만 주로 살고 있을 것 같았다. 그런데 몸 보신으로 잡아먹을 만큼 흔하다니, 알다가도 모를 일이었다.

"언젠가는 산호가 바다를 메울 날이 올 거 같군요."

마야 유적에서 돌아와 호텔 로비의 소파에 기대앉은 박 사장은 느닷없이 말했다. 또 무슨 말인가 하고 나는 바다를 내다보았다. 야자 잎사귀로 멋을 부려 이엉을 올려놓은 방갈로 사이로 머리 정수리가 납작하고 목이 거의 없는 마야 원주민이 목각 인형을 들고 걸어가고, 수영복 차림의 여자들 몇이 물로 뛰어들고 있었다.

바닷가에 표백분(漂白粉)같이 깔려 있는 모래는 잘게 부서진 돌 부스러기의 그 모래가 아니라 모두 산호가 부서져 밀려와 쌓인 것이었다. 그러므로 아예 모래라는 말을 쓰면 안 되었다. 산호는 바다에서 켜켜이 자라나고 또 죽어서 그 뼈다귀가 작고 보드라운 알갱이의 뼛가루로 남는 동물이었다. 그게 저토록 쌓이니, 종국에는 바다를 그득 메우지 않겠느냐고, 사내는 멕시코까지 밀려와 우려하고 있는 것이었다.

해가 돋기 전의 바다는 흐린 회청색에 지나지 않지만, 햇빛과 함께 변신하기 시작한다. 가까운 곳에서 맑고 투명하게 일렁이면서 벽옥색으로, 청색으로, 청남색으로 수평선에 닿는다. 바다에 깔린 산호 때문에 빛이 그렇게 반사되는 거라고 말하면서도, 박 사장은 "요새 애들은 잉크를 안 쓰니까 저런 빛깔에 추억이 없을 거예요" 하고 자못 감회에 젖는다. 해가 질 무렵 그 바다가 어두워지면 몸매가 흐트러진 나이 먹은 여자들이 하나둘 나와 물을 찾는다. 바닷가를 밝히고 있는 보안등에 비치는 그 여자들의 모습은 몹쓸 운명을 타고나 야행하는 무슨 동물 같아 보인다.

우리들의 여행은 강행군이었다. 그것은 실은 쿠바가 곁들여 있었기에 더했다는 게 옳은 표현일 것이었다. 말이 쉬워 한마디로 강행군이지, 비월(飛越)이라는 승마 용어는 승마에는 어울리지 않고 그런 여행에 쓰여야 한다고 여겨졌다. 승마 경기에 마땅한 용어야 뛰어넘는다는 뜻의 초월(超越)이 있지 않은가, 하면서.

무엇엔가 이끌린 원흉 노릇을 한 쿠바가 어떻더냐고는 너무 꼬치꼬치 캐묻지 말기 바란다. 〈콴타나메라〉라는 노래로 대표되는 식당 악단만이 흥겨운 나라, 퇴락한 집들마다 왠지 실의의 그림자가 짙게 어리고 그 어귀에는 어디든 마치 묵언(黙言)이라도 고집하는 듯 입을 다물고 퀭한 눈동자를 한 군상들이 힘없이 서 있는 나라, 피델 카스트로와 체 게바라의 혁명은 어디 있느냐고 외치고 싶도록 쇠락의 기운이 구석구석 스며 있는 나라…… 이런 부정적인 표현들은 내가 그 나라를 나쁘게 평해야 할 아무런 이해관계가 없기에 그대로 믿어도 좋을 것이다. 나는 곳곳에 그야말로 붉게 타오르듯 환하게 꽃을 피우고 있는 플램보얀나무를 바라보며 오히려 마음이 어두워졌다.

헤밍웨이가 살면서 소설《노인과 바다》를 썼다는 집의 뜨락에서 주운 이 플램보얀나무 꽃을 자세히 들여다보니, 크기는 대략 십 센티미터에 이르고 작은 은행잎을 연상시키는 네 개의 주홍색 꽃잎은 이른바 십자 모양이며 그 밑에 다섯 개의 황록색 꽃받침이 받치고 있는 암술 한 개에 수술 열 개의 다소 육질(肉質)의 꽃이었다. 이렇게 그 꽃을 자세히 들여다본 까닭은 아카시아나 자귀나무 비슷한 잎사귀의 그 나무가 쿠바뿐만 아니라 중남미에 두루 자라고 있는 가장 대표적인 꽃나무이기도 한 때문이다.

그 화사한 꽃을 보면서도 마음이 어두워질 수밖에 없었으니, 쿠바에 대해서 더 이상 언급한다는 것은 내게는 고역이자 무리인 노릇이다. 그러므로, 박 사장이 호텔 방에서 끼적거려 내게 보여준 다음과 같은 시를 소개하는 것으로 쿠바 이야기는 끝맺는 게 좋을 듯하다.

아바나 여송연(呂宋煙)을 피워물고

혁명광장의 호세(Jose) 옆에 서다.

이제 세상을 이야기하기엔

지구는 너무 늙었다.

다만 연기와 함께 그을은 이데올로기를

비웃(靑魚)처럼 뜯으며

나 사랑하는 사람 고국에 둔 채

낡은 혁명 깃발 눈물짓는다.

이게 뭐냐고

고국에 전화 한 통 못하고

카리브 산호 바다의

청람색(靑藍色) 눈물 띄워 보낸다.

지구는 늙었어도 그대 늙지 말라고

세상 말 대신에

사랑 말 하자고

혁명광장의 시인 호세 옆에서

아바나 여송연을 피워 물고

멀리멀리 보라고 지구처럼 늙지 말라고

사랑하는 사람 이름

그 이름 부른다.

제목이 '아바나에서 비웃을 뜯다'로 되어 있어서 나는 고개를 갸웃했었다. 예전에 청어를 부엌 환기 구멍 옆에 걸어놓아 연기에 그을리며 꾸덕꾸덕 마른 그것을 비웃이라고 했다는 걸 어디서 듣기는 했지만, 여기서는 왜 하필 비웃인지, 혁명을 비웃는다고 짐짓 비웃을 끌어다 썼는지 어떤지 나는 자신 있게 설명하지 못한다. 또, 다른 구절들도 사뭇 개인적인 사연인 것이어서 뭐라고 토를 달 계제가 아니다. 다만 "이제 세상을 이야기하기엔 지구는 너무 늙었다"느니 "연기와 함께 그을은 이데올로기"라느니 "낡은 혁명 깃발"이라느니 하는 구절만 나는 차용하기로 한다.

쫓기듯 쿠바를 떠나 멕시코 땅을 밟았을 때 내 눈에 가장 먼저 띈 것이 플램보얀나무였다. 그 이름의 정확한 철자가 어찌됐든 그렇게들 부르는 그 나무는 여전히 붉게 불타오르듯 꽃을 피우고 있었으나 웬일인지 쿠바에서와는 달리 멕시코에서는 화사한 느낌만 주는 것이었다. 강렬한 태양, 원색의 바다, 불타오르듯 피어 있는 꽃, 이런 대비는 어디나 똑같은데도 말이다.

언젠가는 산호가 바다를 메울 날이 올 거라는 말을 듣고부터 나는 카리브 해를 뭔가 수상쩍은 눈으로 바라보기 시작했다고 해야 한다. 그 말의 엉뚱함을 모르는 바 아니었다. 그 말을 처음 듣는 순간 나는 박 사장의 박물학이 자신의 과대망상을 충족시키기 위한 것이라면 그것은 아무런 가치도 없다고 속으로 매도하기까지 했다. 그러나 시간이 조금씩 지남에 따라 그 매도는 부메랑처럼 도리어 나를 향해 날아오고 있었다. 그리하여 나는 카리브 해를 수상쩍게 바라보곤 한 것이었다. 거듭 말하거니와 나도 산호가 그렇게 많이 자라고 그 뼈다귀가 그렇게 많이 바닷가에 쌓이리라고는 생각조차 하지 못했었다. 산호가 동물인 걸 믿어야 한다고 나는 새삼 확인하는 것이었다. 그것은 호랑개오지, 서관충, 해면 따위의 동물들과 벗하여 바다 밑을 화려하게 수놓고 있다가 육지의 일부가 되는 것이었다.

우리가 왜 일행과 떨어져 멕시코에 남게 되었을까. 박 사장이나 나나 그 결과에는 스스로들 놀라고 있었다. 다른 사람들이 미국의 로스앤젤레스나 뉴욕, 시카고 등지로 흩어져 갔고, 미국에 무슨 연고가 없는 우리만 그냥 남았다고 한다면 간단한 결론이긴 했다. 게다가 박 사장의 사업의 가능성도 별 볼일 없다고 여겨진 뒤였다. 유카탄 반도에 일찍이 노동자로 건너와 고생하던 한국인들의 흔적이나 찾아볼까 한다고, 나는 미국으로 흩어지는 일행에게 말했다. 거, 왜 〈애니깽〉인지 하는 선인장 농장 영화 있었잖습니까.

하지만 나는 1900년대 초의 그 사연에 대해 잘 알고 있지 못했고, 그 영화도 보지 않았었다. 그 무렵 일본인들이 우리나라에 와서 떼돈을 벌 수 있다고 모집하여 멕시코에 팔아먹은 노동자들이 실은 노예나 다름없었다고 신문에서 읽은 기억이 되살아났을 뿐이었다. 애니깽이란 헤네켄이라는 용설란의 일종이었다. 거기서 섬유를 뽑아 밧줄을 만든다는 것이었다.

"그래, 며칠 동안 뭘 하나 했는데, 좋은 아이디어예요. 만날 바다만 바라보고 있을 순 없잖아요."

박 사장도 그 일은 들어서 알고 있다고 했다. 일행이 비행장으로 떠나가고 우리 둘만 남아, 바닷가 뒤쪽 석호(潟湖)를 빙 둘러 늘어서 있는 식당에서 술잔에 소금을 묻혀 마시는 테킬라를 한 잔씩 하면서, 그가 이 술도 선인장으로 만든 거라고 말했을 때, 나는 이미 그 한국인들의 자취를 찾는 일에는 흥미를 잃었었다. 그리고 어서 스리랑카로 가게 되기만을 바랐다. 다시 변경해놓은 비행기표는 무려 닷새 뒤에나 겨우 자리가 난 것이었다. 그 시간만큼은 꼼짝없이 묶여버린 꼴이었다. 박물관에 새겨져 있다는 글처럼 나는 멕시코에 무슨 빚을 지고 있어서 굳이 남겠다고 했는지 모를 일이었다. 멕시코 원산인 담배를 골초로 피우기 때문에? 내 고향 강원도의 대표적인 산물이 멕시코 원산인 감자나 옥수수이기 때문에? 멕시코 혁명 때의 처형 장면을 그린 그림을 보았던 충격이 여전히 생생하기 때문에?

모두가 적절한 꼬투리가 되지 못했다. 그렇다면 무엇 때문이었을까. 캐나다에 갔을 때 누군가 북쪽 삼림 지대에 있는 통나무집에 며칠이든 묵어 가라고 권하는 것도 마다하지 않았던가. 순록 떼가 수백 마리씩 몰려다니고 밤이면 곰이 창문을 두드리지요. 휴양이란 그런 대자연 속에서 하는 거 아닐까요. 아니, 휴양이 아니더라도 그런 대자연 속에서…… 그 사람이 그 대자연의 모습이 머리에 떠오르느냐는 듯 말을 흐리는 동안 나는 우리나라의 풍경들이 얼마나 그리웠는지 모른다. 아니, 우리나라의 풍경이라기보다 우리네 서민들이 아웅다웅 살아가는 이야기라고나 하는 편이 옳을 듯하다. 가령 길로 치면 음식점이나 술집들이 복닥거리는 종로 피맛골의 좁다란 뒷골목, 변두리 산동네로 꼬불꼬불 기어오르는 언덕길, 가물거리는 가을볕의 그림자를 끌어들이며 메주콩이 익어가는 논둑길쯤이 될 것이다. 그 사람은 비록 호연지기 같은 걸 말하고자 했는지 모르지만 나는 정겨운 것이 그리웠다고 해야 한다.

어떻게 하여 석호를 돌아가는 곳에 커다랗게 세워진 최신식 쉐라톤 호텔에 근무하는 여자 중에 '리'라는 성씨를 가진 한국인 후예가 있다는 사실을 알게도 되었으나, 나는 모른 척하기로 하고 있었다. 과거를 들추는 것 자체에 내가 넌덜머리를 내고 있음을 나는 잘 알고 있었다. 그런데 그만 깜박하고 유카탄 반도의 한국인 노동자들 운운하며 거의 백 년 전 이야기를 들추고 있었던 것이다.

"그럼 뭘 하고 지내지요?"

내가 도무지 움직일 기미를 보이지 않자 박 사장도 그만 주저앉는 모습이었다. 불과 닷새 동안이 시간이 그토록 엄청난 공동(空洞)으로 다가올 줄은 미처 몰랐던 일이었다. 예전에 엘비스 프레슬리가 나와 몸을 흔들던 유명한 해수욕장 아카풀코를 제치고 새롭게 각광을 받는다는 여름 휴양지도 다 소용이 없었다. 아름다운 카리브 해의 바닷가는 적막한 유배지에 지나지 않았다. 따라서 아름답기는커녕 답답하기만 했다. 이럴 무렵 산호가 바다를 메울 날이 올 거라는 말은 우리의 심리 상태를 가장 적절하게 표현한 것이라고 아니할 수 없었다. 산호 미립자들에 가식해놓은 바닷가 야자나무, 벤저민, 고무나무 들도 훅훅 찌는 더위에 질식할 듯 허덕이는 게 눈에 보일 지경이었다. 호텔 로비의 분수에서 쏟아지는 물 소리와 마리아치 악단의 살사 음악 소리가 뒤섞이는 가운데 스킨 아이비, 몬스테라 덩굴이 늘어지고 용설란, 산세베리아, 유카가 삐죽삐죽 자라는 실내 정원도 마치 전형적인 수용소 안의 풍경 같아 보였다.

"난 아구아나 먹어야겠어. 아구아."

나는 그저 물이라면 될 것을 심통을 부렸다. 일행이 떠나고 하루는 그럭저럭 보냈지만, 이튿날 저녁, 토니 로마스 식당의 그 송아지갈비구이와 감자버터구이에 싸구려 캘리포니아 포도주를 마시며 끈끈한 바닷바람과 후끈한 열기 속에서 남십자성의 별빛을 바라보게 되자 나는 그만 울어버릴 심사가 되어 있었다. 박 사장은 내 아구아 소리를 들을 때마다 그게 뭐지요? 하고 얼굴을 들다가 그렇지 스페인 말로 그냥 물이지 하는 투로 창밖으로 얼굴을 향하곤 했다. 그렇거나 말거나 나는 며칠 사이에 산호 뼈다귀가 무서운 허리케인과 함께 산더미같이 밀려들어 휴양지 전체를 온통 뒤덮어버리는 상상을 즐기고 있었다. 코끼리들의 무덤이 따로 있다더니, 카리브 해는 산호들의 무덤이었다. 쿠바에서 그렇게 메모에 열성적이었고 시까지 짓던 박 사장도 이젠 무료하게 시간의 무덤 속에 잠겨들어 가는 듯 보였다. 어쩌다 바닷가에 나가 다리 없는 눕는 의자에 누워 있는 것도 몇 분, 그는 곧장 도망치듯 호텔로 돌아와 무엇엔가 생각에 잠기곤 했다. 치첸이트사의 마야 족 유적에서 사온 사진집을 들여다보던 것도 어느덧 아득한 예전 일처럼 되어버렸다. 우리는 그 문명이 몰락하고 피지배민으로 생기와 활력을 잃은 마야 족처럼 되어가고 있다는 생각이 들었다.

치첸이트사 마을의 마야 족 피라미드는 예상보다 그리 큰 규모는 아니었다. 높이가 사십 미터가량 되어 보이는 층계가 사방으로 나 있는 피라미드는 안쪽으로 또 다른 층계가 있어 맨 위의 밀실로 향하게 되어 있는 것이 특징이었다. 밀실, 그곳이 바로 한창때의 청년의 심장을 신에게 희생으로 바치는 곳이었다. 축구 경기 같은 경기를 해서 이기는 쪽의 주장을 희생으로 바쳤답니다. 지는 쪽이 아니라 이기는 쪽의? 주장 선수의 심장을? 예. 그렇죠. 희생이란 싱싱하고 건강해야지요. 땀을 비 오듯 흘리며 더듬더듬 올라간 밀실에는 청년의 심장을 올려놓았다는, 다소 희화적으로 느껴지는 엉뚱한 얼굴의 돌 신상(神像)이 놓여 있었다. 그 밀실 어디선가 아직도 청년의 심장이 박동을 채 멈추지 않은 채 피비린내를 풍기고 있는 것만 같아서 나는 좁은 돌층계를 서둘러 내려오고 말았다.

"경기에서 이기면 염통이 도려내진다는 걸 알면서 왜 이겨?"

박 사장은 어린애같이 말했다.

"그게 바로 영광이란 거지."

나는 마야 족처럼 무뚝뚝하게 받아주었다. 그러고는 치첸이츠사 마을의 풍경은 잊혀지고 말았다. 그곳은 휴양지에 온 사람들이 꼭 들르곤 하는 곳이었지만, 우리에게는 그런 곳에 우리가 과연 다녀왔는지조차 의심스럽도록 아득한 곳으로 여겨졌다. 한창때의 우수한 청년의 심장을 요구해야만 했던 문명에 내가 영광이라는 말을 쓴 것이 못내 마음에 걸렸는지도 모른다. 그것은 내 철학하고는 거리가 멀었다. 그것은 영광이 아니라 혐오였다. 내가 왜 그토록 삐뚤어져 있었는지 알 수 없었다. 불현듯 내가 멕시코에 떨어져 남기로 마음먹은 것에는 분명 뚜렷한 까닭이 있을 것이었다. 그것이 영광이거나 혐오의어느 쪽에 속하리라 어렴풋이 짐작하게 된 것은 치첸이츠사를떠올리지 않게 되고 나서였다고 나는 유추한다. 언제 이런 멋진 바닷가에 또 와본단 말야, 하고 나는 박 사장과 너무도 쉽게 합의를 보고 말았었다. 그렇지만 단순히 멋진 바닷가라고그랬을 리가 없었다. 그 결과 나는 그곳을 진정한 유배지로 설정했는지도 모른다는 생각이 들었다. 그랬기에 바다가 점점무서운 모습으로 변하는 것을 보고 싶었는지도 몰랐다.

진정한 유배지?

도대체 나는 무슨 말을 하고 싶은 것일까. 마야식 무늬로 수놓인 깔개가 깔리고 유리컵에 물을 담아 유도화를 동동 띄워 놓은 식탁에 앉아 빵, 불고기, 소시지, 감자튀김, 달걀찜, 고추절임, 무화과절임, 버무린 흰 치즈, 그리고 대추야자를 곁들여 먹거나 진짜 멕시칸 샐러드에 볶음밥, 새우와 꼴뚜기꼬치구이, 야채 주스를 먹거나, 한 끼 식사를 하고 나서 내가 하는 일이란 가히 철학적인 사념에 빠지는 일이 되고 말았다. 나는 나도 모르게 충동적으로 택한 선택에 대해서 책임을 지지 않으면 안 된다. 왜 나는 충동적으로 그 바닷가에 나를 자폐(自閉)시키고자 했던가. 철학적 사념이라는 표현이 너무 거룩하다면 하다못해 자기반성이라고 불러도 좋다고 나는 양보한다.

"저쪽으로 가면 여자들이 홀딱 벗고들 있다던데."

마침내 이렇게 말하는 박 사장도 나름대로 철학적 사념에 빠져들지 않을 수 없었다고 나는 단정한다. 시간이 갈수록 우리는 서로 따로따로 행동하는 틈이 많아지고 있었다. 아침에 내가 흐린 회청색 바다를 내다보며 무슨 생각에 잠겨 있을 때면 그는 마치 화장실에라도 갔다오는 듯 바닷가를 돌아오곤 하는 것이었다. 쿠바에서 산, 독하다고 못 피우고 넣어두었던 몬테크리스토 궐련도 마다 않고 피워 무는 그의 모습은 처연하기조차 했다.

우리가 이구아나에 대해 생각이 미친 것은 그런 무료와 권태의 시간을 도무지 견디지 못한 결과임에 틀림없었다. 철학적 사변이 어떻고 자기반성이 어떻고 홀딱 벗은 여자들이 어떻고 간에 우리는 전격적으로 합의했던 것이다. 이구아나를 찾아나선다는 것이다. 이렇게까지 된 마당에 찾아나선다고 점 잖게 말할 필요는 없을 것이다. 즉, 우리는 이구아나를 잡으러 가자는 데 전격적으로 합의하고 말았던 것이다. 멕시코에 남기로 한 때도 역시 그렇게 전격적이었으므로 이 점에 있어서는 우리는 오갈 데 없는 동류였다. 그러나 그럼에도 불구하고 그놈을 잡아서 뭘 어떻게 하자는 데에 우리는 아무런 합의도 없었다. 나는 물론이지만 그 역시 이른바 몸 보신을 염두에 두지는 않았으리라고 나는 확신했다. 몸 보신이야 우리는 매일 호텔 뷔페에서 오히려 지나치다시피 하고 있었다. 그런 계제에 더군다나 우리나라에서도 뱀 한 마리 먹어본 적이 없는 내가 그 파충류를 먹는다는 것은 생각조차 할 수 없는 일이었다.

"말야, 젤 훌륭한 놈을 잡아 심장을 도려내면 어때? 마야 족의 희생처럼 말야."

아닌 게 아니라 내가 드디어 제안했다.

"그러죠, 뭐."

그는 쉽게 대꾸했다. 아무려면 어떠랴 하는 게 내 심정이었다. 그러나 나는 치첸이트사의 피라미드에 갔을 때부터 내 마음속에 꿈틀거리던 어떤 욕망이 되살아난다고 느꼈다. 그 욕망은 그 당시에는 미처 구체적인 형체를 알 수 없었던 것이었다. 우리가 원초적으로 가지고 있는 평범한 본능의 한 모습으로 잠복해 있는 정도였을 것이다. 그런데 그게 아니었다. 그것은 결코 평범한 본능의 한 모습이 아니었다. 무료와 권태가 가져온 분노였다고 해도 좋겠지만, 단순히 그것도 아니라고 나는 믿는다. 그래서 나는 짐짓 그러죠, 뭐 하고 순간적으로 얼버무렸음을 알고 있는 것이다. 그러니까 내가 그놈을 잡아 심장을 도려내야겠다고 확고한 목적을 세운 것도 아닌 셈이었다. 그렇다면 내 마음속에 꿈틀거리다 드디어 형체를 나타내고 있는 욕망의 정체는 무엇이었을까.

이구아나들이 흔히 설설 기어다닌다고는 했어도 산호 바닷가에서는 보기 어려웠다. 그놈들도 사막 같은 곳에서는 견디기 어려울 게 뻔했다. 우선 무엇보다 먹이가 없지 않은가 말이다. 그놈들은 바위와 수풀이 적당히 있는 곳에 서식하고 있으리라 여겨졌다. 히비스커스 꽃을 입에 물고 있던 이구아나를 우리는 이미 보았으므로 그 꽃이 피어 있는 곳을 찾는 게 상책이었다. 호텔에서 나온 우리는 곧 석호를 끼고 기념품 가게와 방갈로들이 늘어서 있는 거리를 빠져나갔다. 치첸이트사로 향하던 길에 거기 어디선가 플램보얀 꽃과 부겐빌레아 꽃과 히비스커스 꽃이 어울려 있는 꽃동산을 보았던 것이다. 게다가 달려가던 버스가 갑자기 멈춰 서기에 무슨 일인가 했더니 거북이가 길을 가로질러 가기 때문이라고 했었다. 거북이 있는 곳에 이구아나가 없을 까닭이 없었다.

휴양지의 집들이 끝나는 곳에서부터는 몇 그루의 종려나무가 삐죽삐죽 서 있을 뿐 거의 황무지나 다름이 없었다. 조금 높다란 흙더미도 없이 마냥 펼쳐져 있는 평원은 한낮의 열기에 가득 달아올라 있었다. 그 황무지의 한가운데로 강인지 바다인지가 길게 파고들어와 가끔씩 모터보트를 탄 사람들이 쏜살같이 물결을 헤치고 달려가곤 했다. 우리는 거기 걸려 있는 다리를 건너 더한층 황무지 같기만 한 곳으로 향했다. 가까운 거리인 줄 알았던 것은 오산이었다.

"이놈들이 다 어딜 갔지?"

박 사장이 길가의 덤불 속을 이리저리 살피며 말했다. 아닌 게 아니라 흔히 눈에 띄던 놈들이 도통 보이질 않았다.

"꽃이 있는 델 가야겠지."

나는 손수건으로 연신 땀을 훔쳐내며 멀리 꽃나무가 있는 곳을 가리켰다. 야트막한 벤저민, 고무나무 들이 제멋대로 자란 덤불 저쪽으로 꽃들이 무리져 피어 있었다. 제법 멀어서 구별이 되지 않아도 플램보얀 꽃만은 붉게 불타오르고 있는 것이 뚜렷했다. 잎사귀로 보아 콩과 식물이 분명하고, 따라서 콩꼬투리 같은 열매가 달리면 이구아나들의 좋은 먹이가 될 성싶었다. 우리는 망가진 바나나밭을 지나 황무지를 가로질러 갔다. 이구아나나 거북은 물론 실뱀 한 마리 눈에 띄지 않았다.

"그 맥가이버칼 틀림없이 가져왔죠?"

박 사장은 이구아나를 만나기만 해도 당장 심장을 도려내겠다는 것처럼 다짐해 물었다. 나는 아무 말 없이 앞장서서 걸었다. 맥가이버칼이 아니라 일본제의, 숟가락과 포크가 달린 그 손칼을 나는 항상 바지주머니에 넣어 가지고 있었기 때문에 그가 그 사실을 알고 있는 것은 하나도 이상한 일이 아니었다. 하지만 나는 은근히 놀랄 수밖에 없었다. 만약 이구아나를 잡는다 하더라도 그 칼로 놈의 심장을 도려낼 생각이 내게는 아예 없었던 것이다. 그런데 내 마음 속에 꿈틀거리다 형체를 나타내는 것처럼 보인 욕망의 정체는?

　그것이 혹시 나 스스로 마야의 청년처럼 희생되었으면 하
는 것은 아니었을까. 나는 갑자기 소름이 끼쳤다. 그럴 만한 특
별한 까닭이 있을 리 없었다. 하기야 나는 이제 청년도 천만에
아닐뿐더러 나아가 예전에도 훌륭한 청년이라는 소리는 한 번
도 들어보지 못한 주제였으며, 예나제나 어떤 것에도 희생이
될 생각은 추호도 가지고 있지 않았다. 비록 자신을 어디론가
영원히 숨겨버리고 싶은, 고급스럽게 말해 은자(隱者)에의 욕
망을 젊어서부터 내밀히 즐겨온 것은 사실이어서, 엉뚱하나마
이번 이국의 바닷가에 남고자 하는 충동을 일으켰다고는 하더
라도, 그것은 바로 말해 도피성 은자에 지나지 않는 것이었다.
그럼에도 불구하고 나는 치첸이트사에서 내가 마치 심장이 도
려내지는 희생 청년이 된다는 환상에 사로잡힌 것 또한 사실
이었다. 끔찍한 노릇이었다. 이럴 경우 피라미드의 밀실까지
올라간 모든 사람들이 한 번쯤은 자신의 처지를 희생 청년의
처지로 바꿔놓아보리라 여겨지기도 하지만, 어쨌든 나는 그
무더위에 흘러내리는 땀이 그냥 땀이 아니라 식은땀이라고 믿
어졌었다. 내 심장이 도려내진다는 걸 받아들일 수 없다는 것
과 그 환상을 지울 수 없다는 것은 다른 문제인 모양이었다.

내가 꽃동산이라고 보았던 곳은 가운데 플램보얀나무 몇 그루가 그 옆의 부겐빌레아나 히비스커스보다 훨씬 크게 자라 있어서 그렇게 보였을 뿐 다른 곳처럼 평평한 땅이었다. 그것을 안 순간 나는 여기도 글렀구나 하고 직감했다. 특별히 연구한 바는 없어도 이구아나가 서식하는 장소는 한눈에 알아볼 수 있다는 생각이 어느 틈에 내 뇌리에 박혀 있는 것이었다. 돌들은 여기저기 뒹굴고 있었으나, 본래의 지층을 이루고 있는 바위가 없다는 것도 한 이유였다.

"평소에 잘 꾀던 동물들이, 잡겠다는 맘을 가지면 용케 알고 얼씬도 안 한다더니. 이놈들 나타나기만 해봐라."

박 사장은 투덜거렸다. 이구아나는 아무 데서도 보이지를 않았다. 우리는 놈들이 우리의 뜻을 알아채고 어디엔가 숨었을지도 모른다는 눈으로 꽃나무들 주위를 면밀히 살폈다. 며칠 전 바위 위에 멈춰 서서 도무지 도망칠 기미를 보이지 않던 그놈들의 행태로 보아 감쪽같이 숨었을 까닭은 없었다. 나무 줄기며 가지까지 훑듯이 살폈지만 놈들은 그림자도 보이지 않았다. 애초에 멕시코 땅에는 아예 없었던 게 아닌가 의심이 들 정도였다. 나는 하마터면 그게 멕시코가 틀림없었느냐고 물을 뻔했다. 놈들이 긴 꼬리를 끌며 고개를 높이 든 모습이 어느 먼 섬에서의 광경인 듯했다. 하지만 그것이 멕시코에서의 일임은 두말할 것도 없었다.

먹음직스러운 히비스커스 꽃잎들이 무더기무더기로 피어 멕시코를 붉게 물들이고 있었다. 깔때기 모양의 빨간 꽃 한가운데로 희고 길게 뽑아져 나온 암술은 마치 이구아나의 혓바닥을 유혹하고 있는 듯 보였다. 그러나 이구아나는 아무 데도 없었다.

"물도 한 병 안 가져왔어. 큰일이네. 목이 타는군요."

박 사장의 말이 아니더라도 나는 아까부터 걱정이었다. 내 손수건은 땀에 흠뻑 젖어 있었고, 땀을 흘린 만큼 갈증이 심하게 몰려오고 있었다. 그래서 나는 극도로 물 타령을 자제하고 있었다. 물이라는 말만 일단 나왔다 하는 날에는 우리에게 엄습할 갈증은 몇 배나 증폭되리라. 다른 경우라면 나는 벌써 몇 번이고 아구아 소리를 내뱉었을 것이었다. 이상한 것은, 목울대까지 맴돌던 아구아 소리는 어느새 이구아나로 변이되고 이구아는 또 아구아로 변이되어 회돌이를 치면서 열대의 공기를 휘젓고 있다고 느껴지는 것이었다. 정말 슬픈 열대가 아닐 수 없어. 나는 어이없이 앙리 레비-스트로스의 책 이름까지 연상하며 혀로 입술을 축였다. 막상 혀로 입술을 축였다고는 하지만 이미 혀도 거의 마른 상태여서 축이기는커녕 그런 시늉에 지나지 않았다고 하는 편이 좋을 것이었다. 우리는 이구아나도 없고 아구아도 없는 슬픈 열대의 한구석에 앉아 숨을 몰아쉬었다. 혀로 입술을 축이는 시늉을 해보지만, 혀는 입안에서도 물기가 모자라 입천장에 쩍쩍 달라붙는 형편이었다. 뭔가 잘못돼도 단단히 잘못된 인생이라는 생각이 들었다.

"이구아나 대신 빨리 아구아나 찾으러 가야겠어."

어차피 물이라는 말은 나오고 말았다. 이구아나는, 많이 우글거리고 있는 어딜 알아내서 거기서 손쉽게 잡자고 나는 덧붙였다. 사실 그놈은 잡아도 그만 안 잡아도 그만이었다. 그놈의 심장을 도려내어 희생으로 바친다는 발상 자체가 유치하기 짝이 없는 것이었다. 목이 워낙 타서 그렇지, 그렇게 한나절의 시간을 때운 것만 해도 위안임에는 틀림없었다. 안 그랬다면 거의 폭발 직전에 이르러 있는 내 심리 상태가 과연 어떻게 되었을지 여간 위태롭지 않았을 것이었다.

"이구아나 대신 아구아나?"

나는 그가 말장난을 하고 있는 것 같아 미간을 찡그리며 흘끗 옆얼굴에 눈길을 던졌다. 그의 표정은 생각보다 훨씬 진지해 보였다. 더위에 허덕이다 못해 초췌하고 핼쑥해진 모습이었다. 체체파리나 열대 말라리아 모기에 물린 건 아닐까, 염려되기도 했다. 나는 곧장 엉덩이를 털고 일어났다.

"오늘은 스콜도 안 쏟아지려나?"

나는 황무지 위의 푸른 하늘을 올려다보았다. 낮 한때 그 열대성 소나기라도 한줄기 쏟아지기에 그나마 시원함을 느꼈었는데 그것마저 소식이 감감했다. 우리는 이구아나도, 거북도, 뱀도 없는 황무지를 힘없이 걸었다. 하다못해 하늘에 새 한 마리도 날아가지 않는 그 황무지야말로 슬픈 열대가 아닐 수 없었다.

"우리 말야, 여기 뭐 하러 왔을까?"

나는 머리를 흔들었다.

"글쎄요."

멋진 휴양지라는 허울에 현혹되었었다고 말하기에는 우리의 몰골이 너무나 볼썽사나웠다. 그러나 가장 기본적인 한 가지, 나는 며칠이나마 모든 것을 잊고 뭔가 나에 대해, 내 인생에 대해 차분히 되돌아볼 기회를 갖고 싶었던 것은 사실이었다. 휴양이란 마구잡이로 뛰놀며 즐기는 것이 아니라는 뜻에서, 나는 어쩔 수 없이 휴양지로서의 그 바닷가에 떨어져 남고자 했음을 부정할 수는 없었다. 그렇다면 그다지도 되돌아보며 정리해야 할 무엇인가가 있지 않으면 안 된다.

생각 끝에 나는 아버지의 무덤을 머리에 떠올렸다. 떠나오기 얼마 전에서야 나는 아버지의 무덤을 드디어 찾아냈다는 전갈을 받았었다. 무덤의 소재조차 망각된 채 오랜 세월이 흘러 있었던 것이다. 그러나 문제는 거기 있었던 게 아니었다. 뒤늦게 찾긴 했어도 아버지의 무덤이 확실한 바에는 그것으로 내 숙제는 끝낸 셈이었다. 전쟁 때 바로 옆에서 현장을 목격한 사람을 찾아낸 결과, 무덤도 찾아냈다고 고향에서 온 전화는 말하고 있었다. 그래? 그렇군. 그래서 무엇이 어떻게 되었단 말인가. 어찌되었든 아버지는 지나치게 젊은 나이에 세상을 떠났으며, 그것은 어차피 체제 싸움의 틈바구니에서 비롯된 것이었다고 나는 풀이하고 있었다. 나는 추석 전에 찾아가서, 형체도 알아보기 힘들다는 무덤을 손보겠다고 대답하고는 전화를 끊었다. 그 무덤의 존재는 나로 하여금 어려서 아버지를 잃고 온갖 간난신고를 겪으며 살아온 내 존재를 새삼 되돌아보게 하기는 했었다. 그뿐이었다.

얼마를 걸었을까. 드디어 스콜이 후드득 쏟아지기 시작했다. 빗발에 입술을 축여 갈증을 달랠 수도 있다는 사실이 새삼스러웠다.

"영락없이 패잔병 꼴이군."

박 사장도 혓바닥으로 입술을 핥으며 중얼거렸다. 우리는 비에 젖는 것도 아랑곳없이 어느덧 석호를 바라보는 곳에 이르러 있었다. 찾아보면 어딘가 '아구아' 가게가 있으련만 술을 마시자고 제안한 것은 나였다. 그리고 며칠 전에 테킬라를 한 잔 맛보기로 마신 간이식당을 찾아 들어간 우리는 다짜고짜 그 독주를 시켜 마시기 시작했다. 간이식당처럼 보이긴 해도 집의 한쪽이 석호의 물에 기둥을 들여 세웠달 뿐 꽤나 멋을 부린 식당이었다.

"이구아나구이를 안주로 먹는다 생각하죠. 선인장 술에 이구아나구이. 이제야 멕시코에 온 거 같군요."

우리는 눈에 보이는 대로 조개, 새우, 꼴뚜기 등의 꼬치구이에 과일을 시켜놓고 피망과 양파 볶음을 시켰다. 잠깐 사이에 열대성 소나기는 말끔히 걷히고, 석호의 저쪽으로 뽀얗게 일던 물안개도 맑게 잦아 있었다. 내 고향의 동해 푸른 물을 한쪽에 두고, 달밤이면 달이 다섯 개가 뜬다는 호수도 석호의 일종이었다. 하늘에 달, 바다에 달, 호수에 달, 술잔에 달, 그대 눈동자에 달.

그러나 그 호숫가에 갈 때마다 빙빙 배회하고 했던 나는 언

제나 이방인이었다. 아버지의 무덤을 찾지 못하고 있던 내게
는 고향은 그 어느 곳보다도 먼 곳이었다. 나 같은 떠돌이 역
정을 살아온 인생에 그것이 무슨 붙박이 의식을 불어넣어줄
것이며, 무슨 안정을 회복시켜줄 것이라 해도, 마음 한구석은
늘 이지러져 있는 느낌이었다.

"석호를 영어로 라군이라고 하지? 아마 이 석호 때문인가
봐. 여기까지 와서 아버지의 죽음을 생각하게 되는군."

나는 술잔 가장자리를 입술로 핥았다. 그리고 나는 우리나
라를 떠나오기 전부터, 그러니까 아버지의 죽음의 사연을 들
었을 때부터 처음부터 단단히 잘못되었다는 말을 머릿속에
굴리고 있었음을 떠올렸다. 오랜 세월 내가 가지고 있던 그림
은 엉터리 그림이었다. 누군가 전쟁 때 그런 일이 있었다고 지
나가는 말로 귀띔을 했었는지 모른다. 그리하여 공비에 의한
죽음이라고 쉽게 못박혔는지 모른다. 전쟁으로 모두가 뿔뿔
히 흩어지고, 말했다시피 온갖 간난신고 속에서 살아오는 동
안 그것은 고정 관념으로 굳어져서 돌이킬 수 없는 사실이 되
고 말았던 것이다. 그까짓 얘기야 세상이 흔하디흔한 얘기였
다. 바닷가의 산호 뼈다귀 한 알갱이 한 알갱이에도 그런 사연
은 무수히 널려 있으리라 여겨졌다. 석호를 바라보며 나는 비

로소 내 마음에 형체를 드러내고 있는 저 욕망의 정체를 알아본 듯싶었다. 그것은 알 수 없는 자기혐오에서 오는 적개심이었다. 쓸데없이 붙잡고 늘어져 허상만 키워온 고정 관념이 무너지고 앙상하게 남아 있는 허탈감이 또한 거기 함께 자리 잡고 있었다.

"내일은 좀 더 일찌감치 이구아나를 잡으러 가야겠어요. 희생을 바쳐야겠어요."

식당을 나오면서 박 사장은 결연히 말하고 머리를 주억거렸다. 호텔 방에 들어온 우리는 과일 가게에서 사온 과일을 안주로 계속해서 술을 마셨다. 돈이 많이 나온다고 아예 열어보지도 않던 냉장고를 열어 겁도 없이 양주를 꺼내놓고, 내 주머니 속의 손칼로 과일을 쪼개놓으며, 우리는 여행을 떠나온 뒤 처음으로 허심탄회하게 어울렸다.

그야말로 허심탄회라는 말이 있어야만 되는 것이었다. 우리는 몇 번인가 허허허허 마주 웃음을 나누었다. 무슨 말을 하든 그 내용이 문제가 아니었다. 우리는 서로를 속속들이 받아들이는 분위기였다. 그가 사업이니, 미래니 몇 번 말했던 것 같으나 그 뒤로도 그저 허허허허 하고 우리는 웃었을 뿐이었다. 그것은 진정한 휴양이었다.

노을에 비낀 저녁빛이 호텔 방 깊숙이까지 밀려들고 있었다. 그런 어느 순간, 나는 박 사장이 방 안에 없다는 사실을 깨달았다. 화장실에 갔나 하고 무심코 홀로 술잔을 기울이다가 그의 모습이 보이지 않게 된 것도 까맣게 잊은 모양이었다. 과일 안주가 신통치 않다고 여겨 다른 안주를 구하러 갔는지도 모를 노릇이었다. 아니면 갑자기 바닷가의 산호를 밟으러 갔을 수도 있었다. 아무려나 괜찮은 일이었다. 우리가 멕시코에 떨어져 남은 까닭을 어렴풋이나마 알게 된 것만 해도 고마운 일이었다. 적개심이고 허탈감이고 이미 과거의 산물에 지나지 않았다. 우리나라에 돌아가면 고향을 찾아 우선 그 맑은 다섯 개의 달이 뜨는 호수를 찾으리라.

나는 저녁빛이 시시각각 변해가는 카리브 해를 아무 생각 없이 바라보고 있었다. 이 세상 산호의 시체들이 다 밀려와서 바다를 메워버린다 한들 하등 이상할 게 없으리라 싶었다. 전쟁 때 그 누가 비참하게 사살되었든, 엉뚱하게 세상을 떠났든, 대명천지에 군인들에게 쫓겨 세상을 등지게 되었든, 여자와 헤어지게 되었든 어쨌든 말이다.

그와 함께 나는 바닷가의 파도가 부서지는 곳에서 누군가 심하게 버둥거리는 모습을 보았다고 생각되었다. 커다란 이구아나를 잡는 장면이 저럴까, 나는 무연히 바라보고만 있었다. 목이 거의 없는 마야 족 사내들이 몰려와 버둥거리는 사람을 붙잡아 팔을 비틀고 있었다. 손아귀에서 칼을 빼앗은 모양이었다. 버둥거리는 사람 앞쪽에 엎어져 있던 여자가 헐레벌떡 몸을 일으키고도 있었다. 나는 아직도 방바닥에 남은 양주를 마저 술잔에 따라서 음미하듯 홀짝거리며 마셨다. 마야 족 사내들에게 목덜미며 어깨며 잔뜩 붙잡힌 그가 박 사장임을 알아보고서도 나는 별다른 느낌 없이 차츰차츰 회청색으로 흐려져가는 바다를 바라보고만 있었다.

7

한국으로 돌아오자마자 나는 지방의 그 도시로 향했다. 남해 섬에서 가까운 그 도시는 A의 고향이었다. A의 죽음에 대해 들은 것은 스리랑카를 떠난 지 얼마 지나서였다. 나는 마침내 귀국 길에 올랐으나, 상당히 먼 우회로를 택하기로 했었다. 내게는 아직 모든 게 미정의 상태였다. 그러다가 A의 죽음을 듣게 되었고, 그것이 귀국을 재촉하고 말았던 것이다. 그리고 그 지방 도시에서 하룻밤을 보냈다. 새벽 다섯 시, 옆의 여자는 잠에 곯아떨어져 있었다. 퍼뜩 눈을 뜨고서도 옆에 여자가 있다는 생각은 채 못하다가, 그랬었지, 하고 그 존재를 인식했었다. 모닝콜을 부탁하지 않았는데도 새벽에 시간 맞춰 눈이 떠진 게 신기하기도 했다. 누운 채 손목시계를 집어 희미한 야광침을 들여다보고 나서야 나는 안심이 되었다. 한겨울의 캄캄한 밤시간은 꿈속인 듯 모호하기만 한 것이었다. 옆의 여자와 간밤에 어울렸다는 사실도 그랬다. 술집에서 만났고, 새벽에 선창에 함께 나가자는 약속을 하고 그 여관에 들었었다는 사실이 뒤따라 알려져왔다.

"바다가 보이는 쪽으로 방을 주시오."

어두운 여관 복도에 내 목소리가 울렸다. 그 장면은 또렷했다. 바다가 보이는 쪽이란 실상 아무 소용도 없었다. '새 천 년'의 막이 열린 지도 며칠이 지나 있었고, 달은 없었다. 쏠개처럼 검은 바다가 창문 밖에서 무겁게 출렁이고 있는 데 지나지 않았다. 달 말이지. 낮에 나온 반달은 해님이 쓰다 버린 쪽박이란 거, 너무하잖아? 갑자기 밤하늘을 쳐다보며 나는 오래전에 한 A의 말을 떠올렸다. 달도 없는 밤에 왜 하필이면 그 말인지 모를 일이었다. 꼽아보면 달에 얽힌 사연이 웬만큼 없는 사람은 없을 터였다. 그러나 추억 속에서 달은 불길하고도 음험한 섹스처럼 구름에 가려 있었다. 그 여관으로 오는 동안, 나는 온갖 추억 속을 헤엄쳐 지나는 느낌이었다. 그 추억의 바다마다 내가 주인공이라고 믿을 수 있는 근거는 어디에도 없을 듯싶었다. 나는 어리둥절하게 내 과거를 돌아다보았다.

"바다, 지겨워요. 좆같이."

여자는 그러더니 방에 들어가자마자 침대 위에 모로 고꾸라졌다. 무엇 때문에 술집에서 여자와 함께 나왔는지 알 수 없었다. 새벽에 선창에 함께 나가자는 건 별다른 약속도 아니었다. 모든 게 술 탓일 텐데, 구태여 꼬투리를 달자면 여자가 섬에서 도망쳐 나왔다고 했기 때문이라고 여겨졌다. 그랬을 것이다. 그것밖에는 달리 대답을 얻을 수 없었다. 미로의 막다른 골목을 우연처럼 간신히 빠져나오곤 했던 지난 인생이었지만, 길거리 여자와의 관계는 거의 없었다. 나름대로 해석하자면, 나역시 오랫동안 명예롭지 못한 수배자로서 쫓겨다닌 나머지 그렇게 되었을 뿐, 뭐 특별히 결벽증이 있다거나 해서는 아니었다. 쫓겨다니는 남자에게는 보호해줄 여자, 특히 혼자 쓰는 방을 가진 여자만이 절실했다. 그래서 모든 쫓겨다니는 남자에게는 여자 같은 방, 혹은 방 같은 여자가 필요하다. 생각의 꼬리를 물고 들어가보니 거기에 납득할 만한 대답이 있었다. 그러니까, 나는 그 여자가 섬에서 도망쳐 나왔기에 함께 여관으로 온 게 아니라, 여자가 있는 방이 필요했던 것이다. 오래전에 이미 나는 쫓겨다니는 신세를 면했는데도 의식은 아직 나를 놔주지 않고 있는 꼴이었다. 무의식으로 남아 있는 잔재나 관성이 더러운 굴복을 요구하는 게 인생의 한계였다. 그것이 사랑이라면 그래도 나았다. 그대, 언젠가 나를 차버리고 떠난 여자를 닮았어. 지난 세기에, 1900년대식 사랑이었지. 정말 천년이 지나갔어. 나는 거짓말을 늘어놓았다. 여자는 아무려면 어때 하는 얼굴이었다. 섬에서 도망쳐 나왔다고 말하는 얼굴이 어두운 바다를 축소해놓은 것처럼 보인다는 생각이 들었다.

나는 세수도 하지 않고 밖으로 나왔다. 물소리에 여자가 깰까봐서였다. 그 작은 도시에서 선창으로 가는 길을 못 찾을 리는 없었다. 터미널에서 택시를 타고 나는 선창 가까운 어디에 대달라고 했다. 새벽 선창가를 어슬렁거리다가 허름한 술집으로 기어들어가 국물을 앞에 놓고 한잔 술을 기울이는 것이야말로 인생의 행복이었다. 언제부터 그렇게 되었는지는 알 수 없었다. 아무리 말끔한 단장된 식당에서, 아무리 잘 조리된 음식을 먹는다 해도 못 미칠 행복이었다. 태어날 때부터 내게는 밑바닥 인생 행로가 적합하도록 운명지어졌다는 생각이 들었다. 이른바 '새 천 년'을 맞아 다들 야단법석으로 치른 행사도 나름대로 치렀으나, 이제야 비로소 내 나름의 행사를 치른다는 생각이었다.

그러나 나는 오래전의 그 도시를 알고 있었다. 간밤에도 나는 여자에게 말했었다. 그 햇수를 짚어 말하자 여자는 갑자기 귓속으로 기차가 지나가기라도 한 것처럼 멍하니 나를 쳐다보았다. 여자는 그때 태어나지도 않았었다. 그토록 오래전, 나는 그 도시로 한 A를 만나러 갔었다. 그때도 나는 우연히 어시장을 지나갔었다. A는, 칠면조가 붉은 목살을 길게 늘어뜨리고 방문객을 불안하게 기웃기웃 살피는 집에 살고 있었다. 여기가 정화동 27번진가요? 그러자 어머니인 듯싶은 어른 뒤로 그녀가 흰 얼굴을 빼꼼 내밀고, 누군가, 하고 나타났다. 어머.

어머, 그 짧은 놀람의 소리는 그뒤 오래오래 내 귀에 남아 있었다. 그날 우리는 공원으로 가서 꽤 긴 시간을 보냈다. 그때까지 나는 사람들이 공원이라는 델 왜 가는지 도무지 알 수 없었다. 공원에 무엇이 있는지 가보았지만, 특별한 건 아무것도 없었다. 풋복숭아를 사서 그녀의 입에 물려주는 내 손은 긴장되어 떨렸다. 튕겨져 나온 철심처럼 내 가슴도 쇳소리를 냈다. 특별한 게 아무것도 없는 공원에서 특별한 게 아무것도 없는 얘기를 나누면서도 머릿속이 매미처럼 기승을 부리고 울고 있는 게 그때의 사랑이었다. 그녀는 손수건으로 연신 목덜미의 땀을 닦으며 무엇인가 어렵게, 어렵게 말을 이어가고 있었다. 세월이 지나면 그 내용은 어디로 가고 그 형식만 남는다. 마음은 어디로 가고 풍경만 남는다. 주관은 어디로 가고 객관만 남는다.

어머. 그녀의 입에서는 처음 관계를 시도하며 삽입이 되었을 때도 그런 소리가 새어나왔다. 그렇게 그녀와의 만남은 이루어졌다. 칠면조와 풋복숭아와 '어머' 소리로 이루어진 만남이었다. 그때 그녀는 말했었다. 2000년이 되면, 우린 어떤 모습일까. 그것은 내게는 결코 불가능한 시간의 담보가 아니었다. 나는 그것을 약속처럼 기억하고 있었다. 그녀는 얼마 뒤 결혼하여 내게서 멀어져갔지만, 시간이 갈수록 내게는 2000년이 새로워졌다. 어차피 다가오게 되어 있는 시간이었다. 하지만 그녀는 약속을 지키지 못하고 말았다. 2000년이 되었으나 우리는 '어떤 모습'이든 볼 수 없게 되었다. 대망의 2000년을 얼마 앞두고 그녀는 그만 세상을 떠났던 것이다. 무슨 수를 써서든지 그 약속을 지키고야 말겠다는 듯, 여러 번의 죽을 고비도 용케 넘기고 살아온 나로서는 야속하기 그지없는 노릇이었다.

그러나 이렇게 말하고 있는 것에 약간의 어폐는 있다. 그녀가 세상을 뜰 무렵 나는 외국에 있었으며, 한국으로 돌아올 구체적인 생각은 하지 않고 있었다. 더 정확하게 말하면, 그녀의 모습을 이제 이 세상에서 영원히 볼 수 없다는 사실을 몰랐더라면 나는 한국에 돌아오지 않았을 것이다. 그러나 그 소식을 알게 된 나는 한국으로 급히 돌아왔고, 그녀의 고향으로 오고야 말았다. 무엇 때문일까. 범죄를 저지른 자는 반드시 그 범죄 현장을 찾는다는 말이 떠올랐으나, 그건 내게 적용되는 말은 아닐 것이다. 역시 약속 때문일까. 알 수 없었다. 처음에는 그저 막막하기만 했던 그 생각은 문득 사막 위에 몰려온 구름처럼 내 앞을 가로막았다. 뭉실거리는 어지러움에 나는 순식간에 눈이 멀 지경이었다. 그리고 하나의 약속이 금강저(金剛杵)처럼 머리를 깨고 들어왔다. 내가 어떤 의식을 치르지 않는다면 그녀는 결코 눈을 감지 못하리라.

내가 러시아 연방에 속하는 작은 불교 국가에 가려고 계획했던 것은 오 년 전이었다. 그래서 나는 문예진흥원에 지원 신청서까지 냈었다. 그러나 그것도 쉬운 일은 아니어서 이리저리 어긋나다가 겨우 그제야 떠날 수 있었던 것이다. 그러니까 애초의 계획이 거의 오 년이 되어서야 실현된 셈이었다. 그러다가 그만 급히 돌아오게 되었으니, 그 계획은 물거품으로 돌아가게 되었다고 해도 잘못된 말이 아니었다. 물론 나는 그곳에서 만난 우리 사람들 몇몇에게 다시 돌아오겠다고 말해두기는 했다. 그러나 그건 나도 모를 일이었다. 한국에서 일어나는 많은 일들이 못마땅하기는 해도 역시 한국은 내 고향이었다. 한국에서의 가치관의 실종은 분노를 지나 허탈에까지 이르게 하기에 족했다. 고등학교 때 '악화는 양화를 구축한다'는 말을 무슨 뜻인지도 잘 모르는 채 외웠었는데, 아마도 그 말은 이놈의 세기말 한국의 실정에 딱 들어맞는 듯싶었다. 한국의 신문, 방송, 잡지 등 매스컴이 보여주는 짓거리는 한마디로 '악화'를 붙좇는 일일 뿐이었다. 그 나라를 택한 것은 러시아 여행 중에 사귄 우리 동포 한 사람이 새로 그곳에 정착하여 살게 된 때문이었다. 그는 화가이면서 소설가이기도 했다. 그가 한국에 오는 데는 초청장이 필요하다고 해서 내가 이리저리 뛰어다닌 끝에 마련해 보내준 적이 있었고, 그는 그 초청장으로 한국에 와서 인사동에서 전람회까지 열었었다. 그 무렵 나는 다음과 같은 글도 남겼다.

푸시킨 거리의 어느 날 나는 그를 만났다. 사연을 듣고 본즉 여러 곳을 전전하며 살아온 그도 난민의 한 사람으로 볼 수 있겠는데, 그림을 그리며 소설을 쓰고 있었다. 일찍이 한반도를 떠나 북쪽으로 유랑해간 우리 민족 누구나 다 그렇듯이 그도 유랑인으로서 험난한 인생 역정을 걸어 거기까지 온 것이었다. 하지만 강조되어 마땅한 것은, 그에게 어떠한 고난이 있었다고 해도, 그것이 그의 예술혼을 꺾을 수는 없었다는 사실이다. 그것은 깊은 색감과 강렬한 이미지들로 삶의 갈등에서 조화를 창출해내려는 몸부림이었다. 현실은 이상을 향하여 날개를 달되, 그 이상은 또한 현실에 발붙이고 있어야 한다. 그 사이에서 감각은 영생을 얻는다. 그의 예술에서의 둔중한 우수(憂愁)는 다분히 중앙아시아적인 것이다. 그러나 그 절박함이 우리 민족의 옛 정서에 닿아 있음을 지나쳐서는 안 된다. 기교보다도 본질에 집착하고 있는 정신도 건강한 힘을 간직하고 있다. 개인의 고뇌를 우주화하려는 노력 속에 자연이 있고 문화가 있다. 그리하여 삶이 있고, 꿈이 있다.

다시 읽어보면 상당히 피상적인 헌사(獻詞)였다. 그리하여 이번에는 내가 그의 신세를 질 차례였다. 중앙아시아에 살던 그가 한국에서 돌아가 어떤 경로로 그 작은 불교 국가로 갔는지는 모를 일이었다. 그가 전화를 걸어오기 전까지 나는 그런 나라가 있는지조차 잘 모르고 있었다. 하기야 특별히 알 까닭도 없었다. 카스피 바다 옆, 거기를 보시오. 그 나라에 우리 사람들도 많이 살아요. 그렇게 많은 건 아니지만. 전화로 들으니 처음 만났을 때보다 부쩍 는 한국말 실력이 귀를 울렸다. 그제야 나는 그에게 봉은사를 보여주러 갔던 어느 날 그가 그런 나라를 언뜻 얘기했었던 기억이 되살아났다. 내가 불교, 부처, 붓다, 부디즘 운운하며 절에 대해 설명하자 한참 동안 듣고 있던 그는 러시아에도 이런 곳에 있는 나라가 있다고 대꾸했던 것 같았다. 그의 대꾸를 건성으로 들었던 것이, 그가 그곳으로 삶의 터전을 옮겼다고 함으로써 다시 귀에 들어왔다. 내 언제 한번 가리다. 말해놓고 나서 그가 '가리다'라는 말을 알아들을까 싶었으나 그는 꼭 오시오, 꼭 오시오 하고 다짐하고 있었다.

과연, 카스피 해를 끼고 북서쪽에 작은 공화국이 하나 있었다. 칼미크. 티베트에서 전래된 황모파(黃帽派) 라마 불교를 믿는 칼미크 사람들의 자치 공화국. 그리고 칼미크 사람들이란 몽골 족의 일파라고 되어 있었다. 얼마 전부터 텔레비전에서 티베트에 대해 여러 번 보여주어서 황모파 말고 흑모파(黑帽派)도 있다고는 알고 있었으나, 노란 모자든 까만 모자든 하여튼 그런 곳에 몽골 족의 불교 나라가 있다는 건 흥미로운 사실이었다. 그곳은 캅카스 산맥이나 볼가 강으로 잘 알려진 지역인 데다 최근에는 체첸의 독립운동으로 전 세계의 눈길이 쏠리는 지역이기도 했다. 그런 곳에 그런 나라 있었으며, 또한 그런 나라에 우리 민족이 살고 있었다. 아닌 게 아니라 다른 나라의 잘 알려지지도 않은 구석에 우리나라 사람이 어느 틈에 쑤시고 들어가 있는 걸 보면 놀라지 않을 수 없었다. 카스피해 언저리의 라마 불교 나라를 더듬고 있던 나는 뒤늦게야 한국의 한 라마 불교 양식의 탑에까지 이르렀다.

서둘러 고백하자면, 그 탑이 아니었다면 아무리 그가 꼭 오시오를 거듭했다고 해도 나는 그 나라로 가지 않았을 것이다. 그런데 탑이 있었다. A를 만나고 왔던 해의 가을에 그녀와 함께 공주의 마곡사에 가서 보았던 탑이었다. 그 탑이 라마 불교 양식이라고 들었던 기억이 신기하게도 되살아났다. 특별히 기억하려고 했던 것도 아니었다. 설명을 듣고 그냥 그런 것도 있구나 하고 잊어버렸다는 게 옳을 것이었다. 그런데 몇십 년이 지나 카스피 해 언저리의 이상한 나라를 거쳐 마치 환생(還生)처럼 다시 모습을 드러내고 있었다. 그해 가을에 그녀의 자취방은 슬그머니 그녀와 나의 보금자리가 되었다. 그리고 이듬해 가을, 여행을 가서 우리는 그 탑 앞에 고즈넉이 섰었다. 젊은 열락의 시간들이 회오리바람처럼 탑을 휘돌아 잠깐 차디찬 석영같이 빛나고 있는 게 내 눈에 비쳤다.

"탑은 안에 뭘 집어넣어두는 창고래."

"창고? 뭘?"

"뭐겠어?"

그녀는 대답하지 못했고, 웬일인지 나도 더 이상 무슨 말을 하지 않았다. 탑을 한 바퀴 돌아 나왔다는 것뿐, 기억은 거기에서 끊어졌다. 우리의 헤어짐에서 탑이 뜻하는 게 무엇인지 신탁(神託)처럼 어떤 소리가 들릴 것만 같았으나, 나는 아무 소리도 듣지 못했다. 그렇지만 나는 탑이 그것을 알고 있다고 믿었다. 우리가 탑 앞에 섰을 때의 그 차디찬 석영빛이 우리의 운명을 예견하고 있었음에 틀림없었다. 그 당시는 몰랐더라도 전조는 어떤 방식으로든 얼굴을 드러내는 법이니까 말이다. 탑은 이별을 예견하고, 또 증명하며 거기에 서 있었다. 그렇다면 우리의 만남이 그 탑 안에 넣어두고 떠난 것은 없었을까.

창고에 뭘 집어넣었는지 그녀와 나는 물음만 던진 결과가 되고 만 셈이었다. 그게 뭐였을까.

"거기에 탑이 있는 절도 있어요?"

나는 물었다.

"말을…… 뜻을…… 모르겠어요."

그는 머뭇거렸다.

"아, 거, 왜 스투파…… 그전에 서울에서 절에 갔을 때……"

나는 전화로 손짓 발짓을 했다. 곰곰 머리를 쓰는 그의 표정이 전화로 전해져왔다.

"아, 있어요. 그런 거 있어요."

이윽고 그의 대답이 씩씩하게 들려왔다. 나는 멀리멀리 가서 탑을 보고 싶었다. 이 세상에 가장 멀리 있는 라마 형식의 탑을 보고 싶었다. 실질적으로는 그가 한국에서 또 한 번의 전람회를 열었으면 하고 희망했기 때문에 그 상담이 더 절실했지만, 나는 탑을 보고 싶었다. 세월이 이다지도 지나 새삼스럽게 풋복숭아의 추억을 더듬자는 것은 아니었다. 그녀와 헤어지고 나서 내가 가졌던, 어두운 바깥 계단으로 구둣발을 더듬어 내딛는 느낌이야말로 내 인생의 시작이었음을 아는 나로서는, 가장 멀리 있는 탑을 봄으로써 내 인생을 가장 뜻깊게 해석할 수 있다고 불현듯 생각되었던 것이다. 거역할 수 없는 쏠림이었다. 이제 탑은 그녀와의 만남이 어떻느니 하는 어릴 적 얘기를 떠나 내 과거, 현재, 미래의 문제 앞에 서 있었다.

그는 러시아 사람의 시골 별장을 빌려 생활하고 있었다. 나는 노트북 컴퓨터와 스리랑카 〈패엽경〉과 책 몇 권에 자질구레한 일용품들의 짐가방을 풀어놓고, 옛날 혜초가 그랬던 것처럼 내 고향 동쪽 하늘을 바라보며 합장했다. 나는 무슨 생각인가를 하고 그리고 상황이 허락된다면 무슨 기록인가를 남길 것이었다. 상황이 허락된다면…… 술에다 담배에다, 많이 나빠진 몸도 몸이지만, 그보다 한국의 얄팍해진 문화 풍토에서 어떻게든 비비고 사느라고 내 정신은 황폐하기 그지없게 되어버렸다. 대중인지 민중인지 민초인지 표현이 무엇이든지 간에 거기 맞추어진 상술의 문화밖에는 살길이 없는 풍토에서, 정화될 기회를 잃은 정신은 잠 못 이루고 악귀처럼 헤맬 뿐이었다. 그녀와 헤어진 뒤, 다른 여자들과 동거도 했고 결혼도 했으나 나는 적응할 수 없었다. 그런 내게 상황이 어떻게 허락될수 있단 말인가…… 나는 수도인 엘리스타는 물론 아스트라한이며 볼고그라드 등 도시를 돌았고, 나중에는 아르메니아 공화국의 수도 예레반까지도 갔다. 그곳에도 옛적 공산 시절이 더 좋았다고 한숨짓는 많은 사람들이 있었다. 상황이 허락된 다면…… 라마 불교의 탑 앞에서 고향을 바라보며 나는 노스 트라다무스처럼 한숨지었다.

"꼭 참석해야 돼. 네가 우리 모임의 괴수였잖아. 동해안에서 새 천 년을 맞자고."

모처럼 걸어본 전화에서 한국의 친구들은 말했다. 전화를 건 것부터가 잘못이었다.

"새 천 년은 무슨…… 하루하루는 일상인데……"

"너 말한 거 잊었어? 이천 년까지만 살면 그만 아니냐구."

"그야…… 글쎄……"

나는 아직은 돌아갈 생각이 전혀 없었다. 비행기 사정을 방패막이로 둘러대면 쉽게 뿌리칠 수 있는 일이었다. 나는 우선 내가 와 있는 이곳의 캅카스 산맥을 여행하고 와서 푸시킨의 《캅카스의 노예》를 원어로 더듬더듬 읽어야 했다. 푸시킨이 그곳에 유배되었다가 그런 소설을 쓴 것은 오래전에 알고 있었다. 그 제목을 톨스토이가 다시 인용하여 쓴 것도 알고 있었다. 푸시킨이 마지막 숨을 거둔 집에는 캅카스의 산을 그린 그림과 캅카스의 칼이 걸려 있었다. 나는 전혀 다른 세계에 살고 싶었다. 가장 먼 곳에서, 내 오랜 화두인 외로움과 그리움으로 나를 정화하지 않으면 안 된다. 마곡사의 탑과 연결된 탑이 있고, 편히 누울 침대가 있고, 푸시킨을 가르쳐줄 선생이 있었다. 나는 한국에서와 달리 밤마다 티베트 고원에서 조장(鳥葬)을 기다리는 주검처럼 편히 쉴 수 있다는 생각에 잠 못 이루었다. 그런데 한국에 전화를 걸었던 것이다.

"그리고 말야, 그애, 개가 죽었다더라. 우리도 몸조심해야지. 나이가 이렇게 되니까……"

"누구?"

대학 때부터의 친구들이 주축이 된 모임이므로 나와 관련된 모든 것을 알고 있다고 해도, 그 전갈은 충격이 아닐 수 없었다. 그녀의 죽음은 그렇게 내 귀에 전해져 왔다. 오랜만에 청어 통조림을 뜯어놓고 붉은 포도주를 마시며《벽암록(碧巖錄)》을 건성으로 읽고 있던 나는, 순간 마곡사의 탑 앞에 내동댕이쳐진 내 모습을 보았다. 포도주의 아지랑이 같던 취기가 어두운 구름으로 돌변하여 험상궂게 달려들었다. 주름진 대뇌의 기억장치에서 창자의 연동 운동을 보는 듯 과거는 단숨에 꿈틀거리며 다가왔다. 어렸을 적에, 도대체 늙은이들은 무슨 생각을 하며 살고 있는 것일까 궁금하던 그 늙은이의 시간에 내가 와 있음 직도 한데, 나는 이제야 그 대답을 확실히 찾은 듯싶었다.

그래, 나는 그 궁금증의 시절을 돌이켜보고 있는 것이다. 고구려 시대의 무덤 벽화에 용이며 현무며 하는 짐승들이 입으로 꼬리를 물고 있는 모습이 떠올랐다. 그래, 나이를 먹는다는 건, 아무리 짧은 한순간의 만남이라도 몇십 년의 만남보다 더 소중할 수 있음을 아는 거란다. 그 만남이 삶의 꼬리를 물고 환생하고 있는 만남이라면……

창밖의 풍경은 정지되었다. 멀리서 툴툴거리며 달려가던 트럭도 고장나 멈춰 선 듯하였다. 그 흔하던 까마귀들도 한 마리 보이지 않았다. 해바라기의 마른 대궁이 씨앗판의 말라 쪼그라진 얼굴을 푹 꺾고 교수목처럼 서 있었다. 나무들은 플라스틱으로 만들어놓은 것처럼 뻣대고 섰을 뿐이었다. 여기가 어디더라…… 그리고 나는 내가 과거와 너무 떨어진 곳에 와 있다는 사실에 불안해지기 시작했다. 삶의 꼬리를 물기는커녕 잘못하다간 쥐고 있던 새끼줄마저 삭아 끊어져 영원한 미아가 된다. 나는 서둘러 짐을 꾸렸다.

한국은 '새 천 년'을 맞이하느라 부산을 떨고 있었다. 신문을 보니 한국만 그런 것이 아니라고 했다. 남태평양의 어디던가, 날짜변경선에 가까운 섬이 가장 먼저 2000년의 해를 볼 수 있다고, 그곳까지 각광을 받고 있었다. 1월 1일의 해돋이를 보러 가는 열차는 일찍이 표가 매진되어 있었다. '밀레니엄 열차'라고 이름 지어진 이들 열차는 강원도의 정동진을 비롯해서 부산 해운대, 태종대, 송정과 충남의 춘장대, 전남의 향일암 등등 여러 곳으로 가고 있었다. 어떤 열차는 1000년대의 마지막 해넘이와 2000년대의 첫 해돋이를 보는 '선셋-선라이즈 열차'라고도 했다. 우리 모임도 '밀레니엄 열차'를 탔다. 나는 열차를 타고서도 '새 천 년'은 무슨 '새 천 년', 그저 언제나처럼 한 해가 가는 거지, 하는 말을 되뇌었다. 그러나 천 년은 몰라도 한 세기가 간다는 데는 어떤 감회를 갖지 않을 수 없었다. 백 년 전인 1899년에 우리나라에 처음으로 철도가 생겨 기차가 달렸다고 신문은 전하고 있었다.

어쨌든 나는 한국으로 돌아와 동해안으로 가서 '새 천 년'의 해맞이 행사에 참가했다. 그리고 일행과 신정 연휴까지 알뜰하게 보내고 난 뒤 헤어져 그녀가 살았던 작은 지방 도시로 왔다. 전화로 그녀의 죽음을 알려준 친구가 웬일인지 다시는 그 얘기를 꺼내지도 않아주어서, 그것은 다행이었다. 그리고 밤을 지내고 새벽이 채 오기도 전에 나는 선창가로 가고 있었다. 나는 예전 그때와 똑같은 길을 더듬어 걷고 싶었다. 바다가 보이는 방이라고 했으나, 골목을 돌아 나와서야 바다였다. 외등이 밝혀진 낯선 도시의 낯선 길이 내 발짝 소리에 깨어나고 있었다. 어둠 속에서 바다는 커다란 잠든 고래를 안고 어디론가 가고 있는 것처럼 낮게 움직이고 있었다. 멀리 등대에서 불빛이 번쩍, 하고 비쳤다가 빠르게 꼬리를 감추곤 했다. 나는 길고 긴 표류 끝에 혼자 무인도에 도착한 사람인 듯 경계심과 호기심과 안도감이 뒤섞인 채 걸음을 옮겼다. 얼마를 걸어가자 너무 일찍 나왔나 하는 생각은 잘못된 것임이 쉽게 판명되었다. 길은 내 발짝 소리에 깨어난 게 아니라 다른 사람들의 발짝 소리에 이미 깨어나 있었으나 아직 이불을 박차고 일어나지 않은 상태였다. 사람들이 차에서 채소를 내려 쌓고 있었다.

"선창이 멉니까? 공원은 어느 쪽입니까?"

그 사람들은 나를 힐끔 쳐다보았다. 예전 같았으면 나는 그들이 나를 신고하지 않을까 하는 걱정부터 앞섰을 터였다. 그 시간에 어디선가 나타나 길을 물으며 두리번거리는 사람을 신고하지 않으면 누구를 신고한단 말인가.

"다 왔어요. 조오기로 가시오. 공원은 이쪽 위고."

남자가 교통 순경처럼 한쪽 팔은 뻗치고 한쪽 팔은 위로 들었다.

"고맙습니다."

내가 묻는 곳은 서로 반대쪽에 있었지만, 작은 도시에서 서로 마주 보고 있었다. 어느 정도 어림짐작은 하고 있었던 위치였다. 나는 몇십 년 전과 똑같이 선창가를 둘러 공원으로 가지 않으면 안 된다고 생각하고 있었다. 역사는 반복된다는 말이 있었던가. 그렇다면, 예전에 선창가까지는 혼자였던 나는 공원을 오를 때는 그녀와 함께가 아니었던가. 겉으로나마 그때의 광경이 재연되기는 틀린 일이었다. 칠면조는 반드시 죽었을 것이며 풋복숭아의 계절도 아니었다. '어머' 소리를 낼 사람도 이 세상에 없었다. 그런데 내가 왜 여기에 있지? 그렇다면 잘못된 것은 전적으로 나라는 생각이 들었다. 들어올 데가 아닌 풍경 속에 내가 들어와 있는 것이었다. 어쩌다 교장 관사로 잘못 들어간 중학생처럼 나는 주뼛거리며 다시 걸음을 옮겼다.

방파제가 어렴풋이 윤곽을 드러내고 바깥 바다를 건너 먼 곳이 하늘로 뭉툭하게 머리를 치받고 있었다. 그 치받힌 쪽이 잉크빛으로 물들며 먼동이 트고 있었다. 별들이 소지(燒紙)를 사르고 난 뒤의 재처럼 바다로 흩어져 내리고, 한결 약해진 등대 불빛이 가여운 초혼(招魂) 소리처럼 허공에서 사그라지고 있었다. 문득 어시장의 좌판들이 눈앞에 나타났는가 했더니 어디서 모여들었는지 사람들이 복닥거렸다. 현실은 그렇게 무작위로 갑작스럽게 모습을 드러내곤 하는 것이었다. 나는 그런 현실을 모르고 있었다는 게 민망한 듯 슬며시 사람들 사이로 비집고 들어갔다. 도미, 광어, 도다리, 민어, 장어, 가오리, 바다메기…… 생선들은 예전 그대로였다. 예전에…… 그녀와의 공인되지 않은 생활은 알려지는 만큼 또한 은닉되었었다. 나는 수배자로서 그 방을 드나들었다. 한창 유행하던 불온 서적을 그 방에서 읽은 것도 사실이었다. 그 방으로 가기 위해 사람들 속으로 몸을 숨긴 것처럼 나는 어시장을 지났다. 죽은 물고기들이 가지런히 누워 있는 옆에 아직도 살아 있는 물고기들은 플라스틱 함지 안에서 힘겹게 아가미를 부풀리고 있었다. 비린내가 뭉글뭉글 풍기며 생명의 또 다른 냄새를 일깨웠다. 어느 날, 그녀와 함께 수족관을 구경하고 있을 때, 상어와 가오리가 다가왔다. 둘 다 입이 아래쪽에 달린 이들 물고기의 이상한 화합이 아름다워서 우리는 놀랐다. 세상은 이렇게도 다른 모습으로 어울려 살 수도 있는 것이었다. 우리도 저런 이상한 화합이 아닐까, 나는 슬펐다.

선창가에 뱃사람들이 들르는 간이 음식점이 있었다. 나는 그곳으로 들어가 장어를 넣고 끓인 해장국에 막걸리 한 잔을 시켰다. 이제 그녀를 찾아가는 순례는 막바지에 이르러 있었

다. 아직도 그곳 어디 자취방에서 소녀가 나를 기다리고 있는
것만 같았다. 그래야만 그 만남은 완성되는 것이었다. 나는 기
약도 없이 오랜 항해에서 돌아온 듯 마음이 스산하게 설레었
다. 오래전의 그 약속은 그대로 살아 있는가. 살아 있다는 생각
이었다. 그렇지 않다면, 내가 그토록 오랜 헤맴 끝에 그곳에 앉
아 있을 까닭이 없었다. 그렇지 않다면, '새 천 년'이라고 해서
내가 그녀의 자취를 찾아 아무도 없는 그곳까지 왔을 까닭이
없었다. 주머니에 만 원짜리 지폐를 두둑이 넣어가지고 들어
온 뱃사람, 몇 마리 생선을 들고 들어와 스스로 회를 뜨는 뱃
사람, 오뎅 국물을 마시는 뱃사람들 틈에 나는 얼마 동안 앉아
있었다. 날은 어느덧 환히 밝아 있었다.

어시장 한 귀퉁이에 전혀 어울리지 않게 꽃장수 아낙네가
눈에 띄었다. 비닐을 둘러친 좌판 안쪽에 꽃을 꽂은 통이 놓여
있고 몇 명의 아낙네들이 어울려 국수를 먹고 있었다. 여러 가
지 국화 다발 속에 백합과 양란 송이가 수줍게 고개를 들었다.
나는 그 꽃을 사러 거기까지 갔던 듯싶었다. 당연하게도 달맞
이꽃은 있지 않았다. 그러나 머릿단에 달맞이꽃을 꽂고 가슴
에 달맞이꽃을 물들인 그녀의 모습을 본다고 나는 생각했다.
'새 천 년'의 내 행적이 모두 정해진 스케줄대로 움직이는 것

만 같았다. 때때로 삶이 정해진 궤적을 따라 움직인다고 여겨질 때, 어리둥절하면서도 고개를 끄덕이게 될 때, 이것은 필연이다 하고 숙연해질 때, 운명이 거미줄같이 섬세하게 얽혀 있음을 느낄 때, 나는 머리를 스쳐가는 섬광에 그만 망연해질 수밖에 없는 것이다. 그것이, 꽃장수 아낙네가 셀로판 종이에 말아주는 꽃다발의 의미였다. 그 꽃다발을 사기 위해 나는 오랜 항해에서 돌아온 뱃사람이었다.

말했다시피 길은 정해져 있었다. 나는 꽃다발을 들고 공원 쪽으로 발길을 돌렸다. 꽃다발을 든 내 발걸음은 빨라졌다. 모든 이치는 정해진 대로였다. 공원으로 올라가는 길은 바닷가 벼랑을 끼고 나 있었다. 예전 기억을 더듬었으나 그 길은 새로 단장된 듯 낯설었다. 하지만 나는 내 옆을 따라 걷는 그녀의 발소리를 들으려고 귀를 기울였다. 발소리와 함께 바퀴살이 휜 자전거의 페달을 밟는 소리도 들려왔다. 나 지금 이 자전거를 타고 니 심부름을 가는 거야. 벼랑 아래서 파도가 희게 일어 다가와 바위에 부딪히는 소리가 들려오고 있었다. 그 위로 겨울 아침 공기를 가르며 급히 방향을 바꾸는 갈매기의 날갯짓 소리, 시가지의 어떤 건물에서 유리창을 되쏘아 비춰 오는 햇살의 날카로운 소리, 멀리 다도해로 향하는 어선의 발동기 소리, 바닷물 속에서 조용히 깨어나는 물고기의 기지개 소리……

나는 소리가 이끄는 대로 길을 벗어나 벼랑 아래로 내려갔다. 돌들이 주르르 구르고 나뭇가지가 옷에 걸려 툭툭 부러졌다. 바다가 넘실거리며 몰려들고 있었다. 많은 시간이 지났는데도 무엇 하나 변한 건 없다는 편안함이 마음에 젖아들었다. 나는 더 이상은 내려갈 수 없는 장소에 멈춰 서서 바다를 내려다보았다. 정해진 이치대로, 정해진 길을 따라 올 데까지 왔음을 나는 알았다. 누군가 그런 나를 보았더라면 위쪽 길에서 내려온 게 아니라 아래쪽 바다에서 벼랑을 타고 올라온 것처럼 보이리라 싶었다.

나는 벼랑 아래를 내려다보았다. 현기증이 일었다. 그러더니, 풍경이 빙그르르 도는가 하면서, 바닷바람으로 차가워진 눈망울에 하나의 모습이 얼음처럼 들어와 박혔다. 뭐더라? 하는 순간, 나는 놀랐다. 그것은 오래전에 보았던 탑이었다. 오랜 세월을 항해해오는 동안에도 저 바다 밑에서 변함없이 나를 바라보고 있었던 탑이 분명했다. 나는 놀라움으로 꽃다발을 바다를 향해 던졌다. 꽃다발은 벼랑 한쪽에 부딪혔다가 아래로 떨어져 내렸다. 어머, 소리가 '새 천 년'의 하늘을 가르고 있다고 들렸다.

탑 속에 뭐가 있는지 알겠어?

나는 예전의 내가 되어 그녀에게 물었다.

뭐가 있어?

뭐겠어?

나는 되묻고 나서 그녀를 보았다. 그리고 꽃이라고 말하려던 내 입에서는 나도 모르게 '약속'이라는 말이 신음처럼 뱉어져 나왔다. 그 말이 어떻게 나왔는지 어리둥절한 가운데서도 나는 탑의 모습을 잃지 않으려고 안간힘을 쓰고 있었다.

그래, 맞아, 약속.

다시 매듭짓듯 나는 말했다. 그와 함께 과거, 현재, 미래가 둥글게 꼬리를 물고 탑 속에서 한 마리 날짐승으로 날아 나와 퍼덕이며 허공을 갈랐다. A는 그렇게 왔다가 간 것이었다.

8

나는 어느 순간부터 눈을 감았다 다시 뜨기를 거듭하고 있었다. 눈에 보이는 풍경이 전혀 낯설기 때문이었다. 이런 데가 우리나라에도 있었나…… 차는 어느덧 충청북도에서 강원도 땅으로 넘어가고 있었다. 운전대를 잡은 후배 K는 이 길을 몇 번쯤은 다녀보았다고 했다. 고속도로를 탔으면 훨씬 쉬웠을 텐데 굳이 돌아가는 것은, 옛날 조선시대에 단종이 삼촌인 수양대군에게 쫓겨서 단양으로 귀양을 간 길이라고 알려진 때문이었다. 그것도 K가 알아낸 것이었다.

"요즘 애들은 귀양이라는 말을 알까 몰라."

내가 혼잣말처럼 묻자 그는 그냥 머리만 끄덕거렸다. 알면 어떻고 모르면 어떻냐는 투였다. 하긴 그를 만날 때마다 내 입에서 나오는 말이 '요즘 애들' 운운이었다. 그때마다 그가 맞받아 하는 말이 있었다. 형이 컴퓨터를 모르는 것처럼 말이지.

'요즘 애들'이라고 말하고 있는 내가 우습긴 했다. 나 역시 예전에는 '요즘 애들' 가운데 하나였다. 이를테면 비틀스, 그 가운데서도 〈그대로 놔둬(Let it be)〉를 들을 때마다 '요즘 애들'을 상기하곤 한다. 처음 비틀스가 나오자 '어른들'은 웬 시끄러운 소리냐고 얼굴을 찌푸렸었다. 요즘 애들은 쯧쯧, 그러니까 누구든 그 입에서 '요즘 애들'이라는 말이 나온다면, 그는 이미 나이가 들 대로 든 것이었다.

덧없이 세월만 흘러갔구나, 나는 속으로 되뇌었다. 몇 명의 여자를 만나고 몇 줄의 글을 쓴 그것으로 정리되는 과거였단 말인가. 나는 습관적으로 담배를 꺼내 입에 물었다. 담배를 처음 배울 고등학생 무렵, 나는 학교가 끝나면 집 앞 구멍가게에서 꼭 한 개비씩 낱담배를 사서 집으로 돌아오곤 했었다. 그것은 학교로부터 벗어난 마음에 청량제로 목구멍에 연기를 솔솔 불어 넣어주었다. 그런데 아직까지, 여기저기서 눈총을 받으면서도 나는 목구멍이 마치 연돌(煙突)인 양 연기를 불어넣고 있는 것이었다. 모든 게 지겨워질 나이가 되었다. 그런데도 나는 막무가내였다.

"그래, 삿갓 공부는 좀 했어요?"

K가 물어왔다.

"삿갓? 음, 히말라야 산맥 어디엔 삿갓조개 화석들이 즐비하다는군."

나는 그 신문 보도를 흥미 있게 읽었다. 그것은 내게는 간단한 보도가 아니었다. 히말라야의 높은 산맥이 옛날 어느 시기에는 바다 밑이었다…… 세계는 그런 곳이 많다…… 바다 밑에는 우뚝 솟은 산맥들도…… 지구과학에서는 지금도 땅이 솟아오르고 가라앉는 활동이 계속되고 있다고…… 처음 안 내용도 아니었다. 그러나 볼 때마다 새롭고 의아스러웠다.

"딴소리는. 조개는 또 무슨 조개. 공부 안 했음 이거라도 읽어보시우."

그가 내민 것은 《김삿갓 시집》이었다.

"이런 게 있었네."

나는 '범우사'판 빨간 표지의 그 얇은 책을 펼쳐보았다. 그가 '삿갓'을 들먹이는 것은 당연한 일이었다. 우리는 단종이 아니라 김삿갓 때문에 영월로 향하고 있는 것이었다. 뜬금없이 김삿갓이라니? 나부터도 뜬금없는 일이었다.

얼마 전에 강원도 영월의 한 단체로부터 초청장을 받았다. 초청장을 보낸 뒤 전화도 걸려왔다. 자기네 단체에서 영월에 김삿갓 무덤이 있는 사실을 연고로 축제를 여는데 꼭 오셨으면 한다면서, 지난봄에도 일단 전화로나마 인사를 드린 적이 있다고도 했다. 김삿갓 무덤이 있다고 해서 그곳으로 오라는 까닭은 무엇이란 말인가. 그러면서도 속으로 뜨끔했다. 더듬어보면 조그만 꼬투리가 없지는 않았다. 언젠가 무슨 텔레비전인가에서 영월에 취재를 가면서 나를 끌고 가서 몇 장면 찍은 적이 있었다. 마지못해 잡혀간 꼴이 되었던 나는 심기가 여간 불편하지 않았다. 그것은 영월 땅으로 유배를 간 단종의 자취를 더듬는 기획이었다. 날씨도 추웠으려니와 텔레비전에 찍히는 일이 그렇게 고역인 줄은 그때 처음 알았다. 피디가 이리 서달라 저리 서달라, 어디를 바라보라, 걸어가라, 멈춰라, 앉아라 등등 요구하는 통에 정말 죽을 지경이었다. 그 일은 다시 생각하기도 싫었다. 벌써 몇 년 전 일이었다.

그러나 그 기획에는 김삿갓에 대해서는 한마디도 없었다. 나는 그때 영월에 가서 처음으로 그곳에 김삿갓의 무덤도 있다는 말을 들었다. 그래서 어쨌단 말인가. 나를 왜 오라는 것일까. 나는 초청장을 들고 우두커니 뜰을 내려다보았다.

집에 좁으나마 뜰이 있어서 백두산 꽃파라는 식물을 길거리에서 사다 심었다. 모양은 영락없이 쪽파처럼 가느다란 파를 닮았는데, 늦은 봄에 분홍빛의 꽃이 피는 것을 보고, 아닌 게 아니라 왜 꽃파인지 알 수 있었다. 파도 참 여러 가지로군, 하고 나는 중얼거렸다. 가을이 되어서도 줄기는 싱싱하게 자랐다.

백두산에 피는 꽃파…… 그러다가 머리에 총령(總領)이라는 지명이 스쳐 지났다. 총령이란 파미르라는 고개를 중국식으로 일컫는 이름이었다. 총령, 곧 파미르가 구체적으로 어디에 있는지 손가락으로 꼭 짚을 자신은 없었다. 그러나 많이 들어온 곳임에든 틀림없었다. 톈산 산맥 어디쯤인가, 힌두쿠시 산맥 어디쯤인가, 아니면 톈산 산맥도 힌두쿠시 산맥도 결국 같은 산맥인가…… 자신이 서질 않았다. 하기야 이리저리 뒤져보면 금방 나타날 테지만, 나는 꽃파가 몇 줄기 자란 것을 내다보며 별 뚜렷한 생각 없이 백두산이며 김삿갓이며 오락가락하고 있었다. 그러다가 백두산에서 총령으로 옮겨간다는 건 그리 어려운 과정은 아닐 것이었다. 북쪽의 고원지대라는 연결 고리가 있었다.

총령을 아는가. 나는 내게 묻고 있었다. 총(葱) 자는 파를 뜻하며, 령(嶺) 자는 고개를 뜻하니, 우리말로 하면 파고개가 될 터이다. 그런데 나는, 중국에서 총령이라고 부르며 따라서 옛날 동양 역사책에도 그렇게 나오는 총령, 그 파고개가 본디는 파미르라는 이름인 것에 잠깐 눈을 멈춘다. 그렇다면 파는 그대로 파이며 미르는 고개라는 뜻인가. 그렇다. 파는 파, 미르는 고개.

파의 원산지는 파미르가 있는 그곳 중앙아시아 일대라고 되어 있다. 그곳은 세계에서 가장 높은 고원지대라고 한다. 서울 변두리에 혼자 살던 무렵부터 나는 파국을 끓이면서 그 고원을 생각하곤 했었다. 파국은 끓이려고 해서 끓인 게 아니라 산 밑 묵정밭에서 파씨를 가져다 뿌린 것이 빌미가 된 것이었다. 그 파를 잘라 넣고 곤쟁이젓으로 간을 맞추어 끓이다가 적당한 때 달걀을 풀면 그게 다였다. 모든 걸 약식으로 살지 않으면 안 될 사정에 휘말려 있던 무렵이었다. 그때, 나는 아무도 살지 않는 어디 먼 고원지대에 가서 '마가리'나 한 채 지어놓고 숨어 살고만 싶었다. 마가리란 백석(白石) 시인의 시에 나오는 낱말이었다. 오막살이라는 뜻의 사투리였다. 하지만 나도 오막살이가 아니라 굳이 마가리라고 해야 했다. 왜 그래야 하는지 나도 모를 일이었다. 그 파국이 담긴 냄비에는 고원의 그림자가 어리고, 고원의 향(香)이 스미었다. 이것이 내가 파국을 끓이는 제일 간단한 요리법이자 비결이었다. 그리고 홀로 파국을 먹으면서 고원의 모습을 숟가락으로 떴었다.

나는 문득, 그렇다면 그곳이 바로 마가리가 아니고 무엇이었으랴 하는 생각이 들었다. 내가 그렇게 부른다면 그 집이 어느 집이라도 그럴 수밖에 없는 것이다. 우리들 인생이란 자기가 무엇을 어떻게 받아들이느냐에 따라 결정되게 마련인 것이다.

꽃파 옆에 작은 나무 한 그루고 새로 돋아나 자라고 있었다. 아무리 보아도 가죽나무가 틀림없었다. 심지도 않았는데 어디선가 씨앗이 날아와 저절로 자라는 것이었다. 여러 종류의 풀이나 나무들의 씨앗이 날아와 어느 결에 뿌리를 내리곤 한다는 걸 나는 알고 있었다. 시인 김지하가 옥중에 있을 때 시멘

트 틈바구니에 뿌리내리고 자라는 민들레를 보고 새삼 생명력의 경이로움을 느껴서, 그것을 결국은 이른바 '생명 운동'으로까지 잇고 있다는 것은 널리 알려진 사실이었다. 감옥에 날아온 민들레와는 다르다. 좁은 마당이나마 한 가지 두 가지여야 말이지, 그걸 뽑아내는 것도 보통 일이 아니었다. 그러면서도 나는 어디서 오동나무 씨앗은 안 날아오나, 내심 기다리고 있었다. 오동나무도 가죽나무처럼 씨앗을 잘 퍼뜨려서, 아무 데서나 쑥쑥 잘 자란다. 엄청나게 크게 자라는 가죽나무도 마침내는 뽑아내야 할 것처럼 내 뜰은 오동나무가 자라기에는 좁은 공간이었다. 봄에 보랏빛 오동나무 꽃이 가득 핀 걸 보면 과연 오동나무라고 머리가 끄덕여졌다. 그렇다면 나는 지금껏 무엇인가 기다리며 살아왔다는 생각이 들었다. 인생의 내용은 기다림이라는 깨달음이 새삼스럽게 다가왔다. 나는 한 그루 불청객 가죽나무를 바라보며 오동나무를 기다리던 나를 돌아보았다. 나는 기다린다. 그러므로 존재한다. 오동나무에는 봉황이 깃들인다고 했었다. 그래서 나는 오동나무를 더 기다렸는지도 모른다. 그러나 내 뜰이 좁은 건 어쩐단 말인가. 내게 오동나무가 오지 않은 까닭은 뜰이 좁기 때문이었다. 나는 제 그릇을 가늠하지도 못하고 엉뚱한 기다림을 가져온 내가 민망

·

했다.

나는 봉황을 기다렸던가. 봉황은 오동나무에만 깃들인다고? 이 말을 나는 참새가 방앗간을 그냥 못 지나간다는 말과 혼동한 것도 같다. 하기야 나는 상상 속의 동물을 꽤나 좋아해 온 것이 틀림없다. 왜 그런지 모를 일이었지만. 그것이 기다림의 어떤 형태라는 걸 깨달은 건 요즘의 일이지만.

예로부터 중국에서는 거북, 용, 기린, 봉황 등을 상서롭고 영검 있는 동물로 쳤었다. 그래서 옛날 무덤에는 북쪽에 거북을 그렸고, 동쪽에 백호 혹은 그 대신에 기린을, 서쪽에 청룡을, 남쪽에 봉황을 그렸다. 여기서 용이나 봉황은 실제 있는 게 아니라 상상 속에서 만들어진 동물임은 말할 것도 없고, 거북과 기린도 오늘날 우리가 보는 실제의 동물과는 거리가 멀다. 이름은 그래도 그 역시 상상 속의 동물인 것이다. 북쪽 현무는 거북의 다른 이름이며, 남쪽 주작은 봉황의 다른 이름이다.

얼마 전에 역시 K와 함께 인각사(麟角寺)로 향했을 때도 기린이 머리에서 떠나지를 않았다. 그 절은 왜 '기린의 뿔'이라는 뜻인 '인각(麟角)'을 이름으로 삼았을까, 오래전부터 마음에 짚였었다. 그것이 실제 동물이든 상상 속의 동물이든 기린에 뿔이 있는지 없는지 아리송하기도 했다.

"기린이 뿔이 있소?"

나는 옆에서 열심히 운전을 하고 있는 후배에게 물었었다. 그곳으로 가보자고 제안한 것은 그였다. 혼자 산 지 오래인 그는 여기저기 유적지를 돌아다니는 것이 낙이었다. 요즘 들어 유행하는 문화유산 답사였는데, 그러다가 덤으로 유홍준 교수가 쓴 베스트셀러 책 같은 걸 자기도 쓰게 된다면 다행 아니겠느냐고 말하곤 했다. '덤'이라는 표현을 쓰곤 있어도 그가 얼마나 바라고 있는 일인지 아는 나는 그냥 웃음으로 대꾸했었다. 그런 그가 기린에 대해 상상력을 기울이지 않았을 턱이 없었다. 하지만 그도 고개를 갸웃거렸다.

"기린이 무슨…… 사슴은 뿔이 있지만…… 그런데 물어보니, 글쎄……"

사슴에게 뿔이 있다는 걸 누가 모르랴. 뿔을 자랑하던 사슴이 그 뿔 때문에 숲 덤불에 걸려 빠져나오지 못하고 버둥대다가 마침내 죽음에 이른 이야기를 들은 기억조차 생생했다.

길을 어떻게 접어들었는지는 모르지만, 우리는 경북 칠곡군 왜관의 천주교 교회당을 둘러본 다음, 군위군의 제2석굴암이라 이름 붙여진 곳에 들러 그 앞에서 산채 보리밥으로 점심을 먹고, 다시 거조암을 거쳐 인각사로 다가가고 있었다. 은해사의 말사라는 거조암은 오백 나한이 모셔져 있는 절로 알려져 있다고 했다. 그리고 부석사의 무량수전과 봉정암의 조사전과 함께 몇 안 남은 고려시대 건축물이라는 사실도 처음 알았다. 그야 그렇다 치고, 그곳에 일타 스님의 사진이 모셔져 있는 것은 뜻밖이었다.

"아, 스님이 여기에?"

나는 반갑고 놀라웠다. 안경을 낀 스님의 사진 앞 쟁반에는 셀로판 종이에 싸인 사탕 몇 알이 놓여 있었고, 천 원짜리 지폐도 겹쳐 있었다. 나는, 이젠 세상을 떠나서 다시 볼 길 없는 스님의 얼굴을 쳐다보았다. 그러자 스님에게 내 삶을 의탁하고자 했던 옛일이 빠르게 머리를 스쳐 지났다. 세상일이 제대로 안 풀리면 '절에 들어가 중이나 되지' 하는 말 그대로 나는 스님을 찾아갔었다. 그러곤 며칠 못 있어 도망치고 말았었다. 잘한 일인지 못한 일인지 그것을 따질 생각은 예전부터 없었다. 그러나 스님에게 뭔가 빚이 있다는 느낌만은 지울 수가 없었다. 그리고 내가 묵고 있던 방에 어쩐 일인지 한산(漢山)의 시 한 수가 붓글씨로 씌어진 작은 액자가 걸려 있던 것이 늘 기억되곤 했다. 그때까지 나는 한산이라는 중국 사람에 대해 거의 아는 것이 없었다. 무슨 옛이야기에 한산은 습득(拾得)이라는 사람과 짝을 이루어 등장했었다. 그게 무슨 이야기였더라? 알 수 없었다. 그런데도, 며칠 동안 절로 도망쳤던 그 무렵을 되돌아보면 한산과 습득이 문득 내 옆에 와 서는 것이었다.

말했다시피 거조암은 은해사에 딸린 말사로 되어 있었고, 일타 스님은 은해사의 웃어른인 조실 스님이어서 거기에 사진이 놓여 있다고 했다. 그랬었구나. 나는 묵례를 올리고 사진 앞을 물러나왔다.

"성당에서 유아 영세를 받았다는 분이 절로 들어갔다가 도망도 치고, 형님도."

내 지난날을 속속들이 알고 있는 그는 엔진의 시동을 걸면서 빙그레 웃었다. 그 '도망'을 그는 예전에도 몇 번 써먹었었다.

"도망은 무슨."

나는 공연히 민망한 듯 중얼거렸다.

"도망을 쳐봐야, 돌아가셨어도 저기 저렇게 목을 지키고 있잖소. 인생에 도망은 없습디다."

"한소식 했네."

나는 맞받았지만, 그의 말이 스님 말처럼 들리는 건 사실이었다. 그러나 그의 말에 수긍을 하면서도 웬일인지 인생은 도망의 연속이라는 생각이 든 것은 왜였을까. 도망을 치다 치다

종국에 맞닥뜨리게 되는 것이 죽음이라면…… 나는 그만 썰렁해지는 마음이었다. 갑자기 죽음이라니, 나는 내 마음 상태가 못마땅했다.

"올핸 좀 저조했어요. 부지런히 돌아다니겠다고 해놓고선. 뜻대로 되는 게 하나도 없으니."

인각사를 다녀온 것은 '기린의 뿔' 때문만은 아니었다. 바로 말해, 거기 가보고 싶었던 것은 고려시대 충렬왕 때 일연 스님이《삼국유사》를 쓴 곳으로 알려진 때문이었다. 지금 그 절은 그 시절과는 달리 많이 퇴락해 있었지만, 나는《삼국유사》라는 신비한 책 속에 숨어 있는 정신의 향기를 느껴보려고 애썼다. 내가 그 책을 처음 읽은 것은 삼십 년도 더 지난 일이었다. 그로부터 나는 그 책의 영향을 내 삶 속에 알게 모르게 녹이며, 일연 스님에게 고마움과 존경심을 품어왔었다. 어떻게 그리도 아름답고 섬뜩한 책을 쓸 수 있었을까. 책은 삼국시대에 있었던 일들만을 다루고 있는 게 아니었다. 이를테면 거기에 씌어 있지 않았더라면 단군 할아버지의 이야기를 알 수 없었다는 사실 하나만 하더라도 그야말로 '모골이 송연'한 노릇인 것이다. 단군은 하늘에서 내려와 곰이 변하여 사람이 된 웅녀와 짝을 이루어 나라의 터를 닦고 '널리 인간을 이익되게 한다'는 이념으로 나라를 다스린다. 이와 같은 이야기가 영영 어디론가 사라져버렸을 것은 생각도 못할 일이다. 여러 나라들의 건국 설화와 가슴 아픈 사랑 이야기들, 그리고 신라의 향가.

나는 그 책을 읽고, 양주동 선생의《고가연구(古歌研究)》와《여요전주(麗謠箋注)》같은 책을 찾아보기 시작함으로써, 예전에 시랍시고 끼적거린 것들을 깡그리 버리고 다시 시작하지 않으면 안 되었다.

강원도 땅으로 들어서자 과연 산세가 달라졌다. '동쪽이 높고 서쪽이 낮은' 지형을 한 우리나라 땅이므로 당연했다. 하지만 그런 평범한 지식이 문제가 아니었다. 나는 어디 먼 고원지대로 가고 있다는 착각이 들었다. 백두대간을 타고 개마고원을 지나 만주로, 드디어는 파미르 고원까지. 나는 왜 늘 어디론가 떠난다는 환상에 사로잡혀 살아온 것인지 까닭을 모를 일이었다. 사람을 만나려 하건만, 진정한 만남이란 어디에 있는지 알 길 없음에 쓸쓸해서 늘 떠남을 가슴에 새기는 것일까. 나는 고즈넉해진 나를 일깨우기 위해서라도 뭔가 관심을 다른 데로 기울일 필요가 있었다. 간단한 세면도구를 넣은 가방을 뒤적거려서 나를 초청한 단체의 팸플릿을 꺼냈다. 단체 소개를 다 읽은 나는 그제야 나를 초청한 단체의 이름을 다시 들여다보았다. 나를 초청할 영월의 단체는 서울에 있는 본부의 산하 단체였다. 그 본부는 울산의 반구대 암각화 주변을 정화하는 일을 비롯하여 여러 곳의 문화재 안내판을 좀 더 세련되게 만들어 세운다든가 환경을 정화하는 일까지 폭넓은 사업을 계획하고 있다고도 했다. 그리고 이번 김삿갓 축제를 기회로 영월 지방의 여러 문화재를 돌아본 뒤 한마디 소감을 들려달라고, 산하 단체를 통해 나를 초청하고 있었다. 그야 어쨌든 나는 이미 초청에 응해서 서울을 떠나온 것이다. 그런데 내가 초청에 응한 이유 가운데는, 영월이라면 문득 떠오르는 한 여자의 모습이 있기 때문임을 나는 부인할 수 없었다. 나는 초청장을 들고 백두산 꽃파를 보며 영월 출신의 B를 회상했었다. 꽃과 같은 여자였다. 호리호리한 몸매가 그랬고, 그 몸매 위에 동그마니 얹혀진 듯한 섬세한 얼굴이 그랬다. 까만 원피스를 즐겨 입는 그녀를 처음 만난 것은 길가에 사분의 일 톤짜리 타이탄 트럭을 세워놓고 화분을 팔고 있는 꽃장수 앞에서였다.

"아, 이게 그 꽃이로구나."

그녀는 혼잣말을 하고 있었다. 나는 그녀가 보고 있는 화분에 꽂혀 있는 플라스틱 이름표를 읽었다.

"이게 그 꽃이라니요? 그라는 게 뭔데요?"

나는 짓궂게 말을 건넸다.

"그 왜…… 그 꽃, 그……"

"개불알꽃이라고 씌어 있네요. 개불알, 해봐요. 꽃이름이니까."

"개, 불, 알……"

그녀는 조심스럽게, 그러나 또렷이 말했다. 그날 나는 애꿎게 그 화분을 사 들고 그녀와 함께 내 거처로 오고야 말았다. 개불알꽃은 멸종 위기로 보호를 받는 식물에 들어 있기도 했다. 이름이 좀 뭐하다고 복주머니꽃이라고 달리 붙여진 이름도 있다지만, 제 이름은 역시 개불알꽃이었다. 그로부터 그녀는 하루가 멀다 하고 내게 와서 라면을 끓인다, 술을 마신다, 몸을 섞는다, 여러 날을 보냈다. 그러면 우리는 내가 거처하는 옥탑방을 '개불알꽃방'이라고 이름까지 붙이는 호사를 누리기도 했다. 그렇다고 우리의 만남을 개 같은, 아니 좀 더 노골적으로 말해 개불알 같은 만남이라고 비하시킬 필요가 있을까. 아니다. 모든 만남에는 나름대로의 필연성이 있는 것이며, 필연성은 또한 나름대로의 도덕성인 것이다. 아무리 몸 섞음의 행태가 해괴하다고 하더라도 우리들 삶이란 일회성이기 때문에 도덕을 초월한다. 나는 먹고살기 위해 기진맥진 안간힘을 쓰고 있던 무렵이었고, 서울 변두리에서 카페를 한다고 벽에 시 구절도 적어놓고 어쩌고 하다가 다 들어먹고 그 공단 도시까지 밀려온 그녀도 사정은 마찬가지였다. 개불알꽃도 지고 머잖아 여름이 되자, 그녀는 내가 기거하고 있던 옥탑방이 아무래도 태양하고 더 가까워서 그만큼 덥다고 투정을 하면서도 가을까지 잘 견디며 드나들었다. 땀범벅으로 얽혀 있던 우리 모습은 마치 한증막에 갈 돈이 없어서 그러고라도 있는 꼴이었으리라. 그러나 시간은 흘렀다. 그녀는 공단에 출입하던 한 동남아 사람을 따라 이 나라를 떠나버렸다. 웬만하면 둘이 절에 가서 세 번 절하고, 그걸로 결혼이라는 형식을 밟을까 했던 나는 이러쿵저러쿵 결말을 붙일 처지가 아니었다. 이듬해 방을 옮기려고 보니 웬 빈 화분이 구석에 있었는데, 나는 그게 개불알꽃이 심어졌던 화분이었던 걸 알아보지 못했다. 그런 뒤, 훨씬 나중에야 그 시절을 되돌아보며 나는 그 화분이 바로 개불알꽃 화분임을 기억해냈다. 옥상 위에 놓인 빈 화분에서는 이후, 여긴 태양이 가까우니까, 가끔 그녀의 목소리가 웅웅 울려서 내 귀를 기울이게 했다는 기억도, '개불알꽃방'의 추억은 그렇게 막을 내렸다.

"시라도 몇 편 읽어요."

K의 독촉이었다. 그래야 축제에 초청받은 신분으로 뭔가 몫을 하지 않겠느냐는 뜻이었다. 아무렴. 나는 김삿갓, 김병연에 대해 자세히 알지는 못해도 이것저것 얻어들은 풍월은 있었다. 그는 제법 한다 하는 집안에서 태어나 과거 시험에 장원을 했다. 그런데 그때 지은 시가 자기 할아버지를 욕하는 것인 줄 알게 되어 그만 세상을 등지고 떠돌이로 살았다. 사실인지 아닌지는 몰라도, 죄지은 몸으로 하늘을 볼 면목이 없어 삿갓을 쓰고 다녔다고 나는 알고 있었다. '술 한 잔에 시 한 수로 떠나가는 김삿갓'이라는 유행가 구절도 쉽게 머리에 떠올랐다. 무엇이 어쨌기에 멋모르고 지은 시가 할아버지를 욕한 것이었을까. 나는 자세치 않은 기억을 더듬느니 그가 건네준 《김삿갓 시집》의 해설을 펼쳐보았다. 언젠가 어느 책에선가도 읽은 내용이었다. 그의 할아버지는 홍경래의 난을 맞아 선천 지방을 지키는 방어사 벼슬을 하고 있다가 반란군에 사로잡혀 투항하고 말았다. 더군다나 술에 취해 누워 있다가 들이닥친 반란군에게 어이없이 사로잡힌 것이었다. 홍경래의 난이 평정된 뒤, 할아버지는 사형을 당하고 그의 가족은 폐족(廢族)이 되어 숨어 살 수밖에 없었다. 그런 사연을 모르고 자란 그는, 그러다가 과거 시험을 치르게 되자 할아버지의 죄를 맹렬하게 꾸짖

고 '만 번 죽어 마땅하다'는 내용의 시를 지었다. 그런데 그것은 바로 자기 할아버지였음을 모르고 쓴 시라는 것이었다.

나는 삿갓이나 쓰고 그저 떠돌이로 살고 싶은 마음에 병들었던 시절이 있었다. 머리에 삿갓을 쓰면 몸에는 도롱이가 제격일 것 같았다. 그러나 삿갓이나 도롱이는 지난 시절의 것이었다. 나 역시 코흘리개 적에 한두 번 겨우 보았을 따름이었다. 그 한두 번의 인상이 워낙 강해서였을까. 나는 나를 그때의 풍경 속으로 옮겨놓곤 했다. 삿갓을 쓰고 도롱이를 두르고 나는 물안개가 자욱한 저쪽 산모롱이를 돌아가고 있는 중이었다. 나는 그런 나를 멀찌감치 물러서서 바라보았다. 어디로 가고 있는 것일까. 알 수 없었다. 산속으로 들어가면 거기 버려져 허물어진 집 한 채가 있다. 아마도 '산지기 외딴집'일 것이다. 그 집에서 밤을 지새운 나는 더 멀리 어디론가 떠난다. 겨울이 오기 전에 더 멀리 가지 않으면 안 된다. 도대체 어디로 더 멀리 가는 것이며, 왜 그래야 하는 것일까. 아무 답변도 없이 오로지 한없이 도망친다는 개념만이 있었다. 태어날 때부터 그렇게 돼먹은 모양이었다. 그런 뜻에서 K가 나를 향해 '도망'이라는 말을 하는 것은 좀 더 원초적으로 쓰여야 하는 것이었다. 산길을 타고 끝없이 가다 보면 아무도 없는 나만의 땅이 호젓이 나타날 것이다. 거기에 내 '마가리'를 짓고 홀로 살아갈 것이다. '마음에 병이 들었던 시절'이라는 말은 거두어들이지 않으면 안 된다. 지금도 나는 그 뜻을 버리지 못한다. 백두산에 갔을 때도, 중앙아시아의 고원에 갔을 때도, 티베트의 높은 산 아래 갔을 때도 나는 거기 어디론가 '도망'쳐 묻히고 살고 싶은 마음을 누르기 힘들었다.

"어때요? 국수 한 사발 먹고 가는 게."

K는 앞에 보이는 '바지락 칼국수'라고 씌어진 식당 간판을 턱으로 가리켰다. 그러고 나서 '그 시집 백이십오 페이지를 읽어보라'고 덧붙였다. 아닌 게 아니라 출출하기는 했다. 차가 식당 마당으로 들어가는 동안 나는 그가 말해준 페이지를 들췄다. 뜻밖에 '국수한사발(菊樹寒沙鉢)'이라는 한문 시 구절과, '국화는 찬 모래에 피고'라는 해석이 눈에 띄었다. 이 친구가, 하는 말과 함께 나는 차에서 내렸다. 그 시는 한문으로도 뜻이 되기는 하지만, 한글 발음대로 읽어야만 뜻이 드러나는, 김삿갓 특유의 것이었다. 역시 '열두 대문 문간방에 걸식을 하며, 술 한 잔에 시 한 수로 떠나가는 김삿갓'의 신세가 나타나 있는 시였다. 어느 집에서 '국수 한 사발'을 얻어먹는 모습을 풍자한 것이었다. '국수 한 사발'에 딸려 나온 것은 '지영반종지

(枝影半從地)'. 한문 해석은 '나뭇가지 그림자가 반쯤 땅에 늘어졌구나'여도, 해석이고 뭐고 이는 그대로 '간장 반 종지'인 것이었다. '지영' 혹은 '지렁'이 경상도 사투리로 간장임을, 그 지방에 몇 해 산 나는 알고 있었다. 그 식당에서 칼국수를 내오는데 어김없이 '간장 반 종지'를 곁들여서, 우리는 그만 웃음을 터뜨리지 않을 수 없었다. 그리고 누가 먼저랄 것도 없이 입을 합쳐 말했다.

"국수 한 사발에 간장 반 종지."

웃음을 나눈 우리는 비로소 젓가락을 들었다.

"바지락 대신 삿갓조개는 또 어떨까?"

나는 국물에 들어 있는 조개껍데기를 건져내며 말했다.

"김삿갓 축제에 엔간히 주눅이 들었수. 아까부터 삿갓, 삿갓이니."

"암, 그래야지."

바닷가에서 조개를 캐고 따서 국수나 말아 팔면서 한세상 보내는 게 가능할까, 머리를 기울였던 적도 있었다. 오이도에 가서 동죽조개 국수를 먹을 때도, 음섬에 가서 고둥을 삶아 라면을 먹을 때도 그랬다. 바닷가 바위 위에 다닥다닥 붙은 따개비며 거북손도 국물의 재료가 되리라 했다. 셋집을 잘못 얻어

들어 보증금을 떼인 무렵이었다. 서울을 드나들며 원고다, 편집이다, 교정이다, 날품을 팔다시피 모은 돈을 날렸으니 눈에서는 그야말로 열불이 났다. 그러나 어쩔 수 없었다. 돈이란, 막무가내로 없다는 데야 대책이 없는 것이었다. 그 일을 설명하자면 길다. 다만 한 가지, 주인이라는 사내는 한 여자를 데려다 살면서 또 그 몸을 팔게 하여 돈을 뜯어내는 건달이었다는 것만 밝힌다. 세상에 말만 들었지 실제로 그런 사람이 있다는 것도 처음 보았다. 삼재(三災)가 든 모양이라고 친구는 위로해주었다. 어쨌든 단칸 옥탑방으로 옮긴 뒤 앞으로 어떻게 살아가나 이 궁리 저 궁리가 부쩍 많았다. 옥탑방이라고 했는데, 실상 그런 명칭조차 새로 생겨 어색한 때였다. B를 만난 게 그 무렵이었다.

그녀를 회상하면 다른 무엇보다 먼저 그 옥탑방이 태양과 가까워서 그만큼 더 덥다고 하던 말이 머리에 떠올랐다. 한두 번 한 말이 아니긴 했다. 그때마다 꾹 참고 들어주는 내가 대견할 지경이었다. 우주, 아닌 태양계란…… 나는 말하려다 멈추곤 했다. 우주니 태양계니 하는 어려운 말이 아니라, 해를 무슨 화로나 난로쯤으로 아는 모양이라고 퉁을 주려다가도 입을 다물었다. 그럴 때면 나를 향한 그녀의 마음이 전혀 엉뚱한 것이라는 야속함도 솟았다. 그녀의 말이 맞다고 손을 드는 게 상책이었다. 옥탑방에 살며 국수장사가 어떨까 저울질하는 주제에 우주의 운행에 맞물린 사랑을 꿈꾸고 있단 말인가, 사랑이란…… 나야말로 사랑에 대해서 몰라도 한참 모르지 않은가.

"축제가 끝나면 바다로 해서 한 바퀴 돌아가지."

젓가락을 내려놓고 나서 나는 독백처럼 말했다. 말하는 순간 나는 우리가 이미 그렇게 약속을 하고 떠나왔다는 사실을 알았다. 매사에 그 모양이었다. 그래서 그는 내게 늘 딴생각만 한다고 핀잔을 주는 것이리라. 하지만 나는 나대로 한 번도 딴생각에 한눈을 판 적이 없다고 단언했다. 나는 지금도 '도망'을 꿈꾸며, 아울러 국수가게를 꿈꾼다. 인적이 드문 바닷가 외딴곳이나 산속 깊은 곳에서 홀로 살기를 꿈꾼다. 삿갓과 도롱이를 꿈꾼다. 백석처럼 '나타샤'가 오기를 기다리며, 소주를 마시며.

내게 '나타샤'는 B가 아니었을까. 백석의 시에서, 눈은 내리는데 나타샤는 기다려도 오지 않는다. 내가 소주를 물 마시듯 하던 옥탑방으로 어느 날인가부터는 B도 오지 않았다. 동남아로 가기 전에 그녀가 해야 했던 일은 아이를 지우는 일이었을 것이다.

차는 어느새 영월 땅에 들어서서 '김삿갓 축제'를 알리는 플래카드 밑을 지나고 있었다. 김삿갓도 끝없이 도망친 사람이었다. 둘째아들이 그 뒤를 쫓아 세 번이나 만나게 되지만, 그는 기회를 보아 아들을 따돌리고 사라지곤 했다는 것이었다. 그러다가 오십칠 세의 나이로 세상을 등졌고, 영월 땅 태백산 아래 묻힌 것은 마침내 둘째아들에 의해서였다.

플래카드를 보자, 김삿갓에 대해 한마디 부탁을 받는다면 무슨 말을 해야 될까 갑자기 부담되었다. 축제는 벌써 몇 해째 접어들어서 그의 삶이나 시에 대해서는 웬만큼 알려져 있을 터이고 조명도 받았을 것이다. 책에 나와 있는 내용을 새삼스레 되풀이할 수도 없는 노릇이었다. 도망? 도피? 나는 은근히 그쪽으로 그의 생애를 비추어볼 심산이 없지 않았다. 그러길래 K에게서 그 낱말이 나오자 무슨 화두처럼 붙잡고 있었음에 틀림없었다. 그래서 나 자신의 심리도 거기에 맞추어볼 요량이었음에 틀림없었다. 낡은 이야기였다. 그리고 엄밀히 말해 삶에서 도망이란 있을 수 없었다. 왜냐하면 죽음만이 그 대안이었기 때문이다. 그렇다면 김삿갓이 '문간방에 걸식을 하며 술 한 잔에 시 한 수로' 헤맨 것은 결코 도망이 아니었다. 그것은 처절하고도 적극적인 삶의 방법이었다. 나는 내가 도망을 꿈꾸었다는 것도 다시 다져봐야 한다고 여겼다. 머리가 어지러웠다.

"어느새 고원으로 왔군."

나는 그가 알아듣든 말든 웅얼거렸다.

"고원병이 도진 거 아뇨?"

그가 이죽거렸다. 몇 년 전에 중앙아시아 고원에 다녀와서 나는 그에게 말끝마다 '고원, 고원' 했었다. 그것을 그는 '고원병'이라고 이름 붙였었다.

"좋아, 고원병,"

그제야 나는 뭔가 말문이 트일 것 같았다. 고원병이 도졌다고 말해준 것이 고마웠다. 그가 단순히 맞장구만 쳐주는데도 내게 어떤 영감이 스쳐간다면 우리는 만나지 않으면 안 되는 관계였다. 내가 그렇듯이 그도 그러리란 법은 없지만 말이다. 고원병이 도진 머릿속으로 진짜 고원이 펼쳐졌다. 개마고원이자 중앙아시아 고원이자 파미르 고원이자 김삿갓이 헤매던 고원이었다. 나는 지금 그곳에 와 있는 참이었다.

김삿갓에 대해 한마디 해주십사 하고요? 저는 지금 고원에 와 있습니다. 김삿갓이 헤매던 그 고원입니다. 저는 삿갓을 쓰고 도롱이를 두르고, 가도 가도 끝없이 펼쳐진 고원을 헤맵니다. 그렇다고 꿈을 꾸고 있는 건 결코 아닙니다. 왜냐하면 꿈은 삶이 될 수 있어도 삶은 꿈이 될 수 없기 때문입니다. 어려운 얘기라구요? 하나도 어려운 얘기가 아닙니다. 아실 겁니다. 지난 월드컵 대회 마지막에 나온, 꿈★은 이루어진다는 말. 그렇습니다. 꿈이 이루어진 것이지요. 그래서 저는 고원에 와 있습니다.

"거의 다 왔나봐요. 깃발들이 나부끼는 걸 보니."

오동나무가 우거진 고원에는 봉황도 날아다니고 기린도 뛰놉니다. 저는 용, 거북, 봉황, 기린 들과 함께 고원에 '마가리'를 짓습니다. 아니, 그건 이미 오래전, 태어나기도 전에 제가 지어놓은 집이군요. 집 앞의 꽂아놓은 대나무 깃대에는 붉은 글씨로 '국수한사발'이라고 씌어 있는 깃발이 펄럭입니다.

"사람들이 많네요. 어디다 주차를 해야 할 텐데."

'마가리'에서 웬 여자가 나옵니다. 웬 여자라니, 아닙니다. '웬'이 아닙니다. 그 모습을 제가 모를 리 없습니다. 아, B가 틀림없습니다. 그런데 어쩌다 눈이 멀었을까요. 그녀는 망부석처럼 서서 '문설주에 귀대이고 엿듣고 있다'가 바깥으로 나옵니다. 바깥은 군데군데 꽃파가 밭을 이루고 있습니다. 멀리 구릉을 넘어 끝 간 데 모르게 꽃파 무더기들은 피어 있겠지요. 그리고 천고(千古)의 바위들이 무너진 성채(城砦)처럼 우뚝우뚝 솟아 있습니다. 그녀는 손에 무언가를 들고 바위 곁으로 다가갑니다. 손에 든 건, 저건 기린의 뿔이로군요. 틀림없습니다. 바위 곁으로 다가간 그녀는 그걸로 무언가를 따 바구니에 담습니다. 자세히 보니 따개비, 아니, 삿갓조개입니다. 옛날 언젠가 고원이 바다 속에 있었을 때 살던 삿갓조개들이 지금도 그대로 있는 것입니다. 오랜 세월이 지나 그녀는 눈이 멀었으나, 제가 온 줄 알고 그걸 따고 있는 것입니다. 제가 좋아하는 국수를 끓이려고 말입니다. 이것이 오늘 제가 할 수 있는 김삿갓에 대한 이야기, 처음이자 마지막인 이야기올시다.

"그만 내리세요. 여기예요. 뭐 하세요?"

K의 말소리가 몽롱하게 들려왔다. 내가 뭘 하고 있지? 나도 알 수 없었다. 사람들은 많이들 오가고 있었으나, 움직임이 인형들 같아 보였다. 나는 머리를 주억거렸다. 꿈에서 깨어나야 해. 이건 아무런 설득력이 없어. 이걸 '한마디'라고 한다면 다들 빈정거릴 거야. 빈정거리기만 하면 다행이게. 미친놈이라 볼 거야. 환(幻)을 멸(滅)해야 해. 그래야 진정한 삶을 얻게 돼!

헛된 부르짖음이라고 단정하며 차에서 내린 나는 머리며 팔다리를 흔들어 보였다. 내 머리와 팔다리도 고장난 나무 인형의 그것처럼 제멋대로 흔들렸다.

"왜 그래요? 뭐가 잘못됐어요?"

나는 목덜미를 어루만지며 눈을 바로 뜨려고 애썼다. 그러나 고원의 모습이 자꾸만 어른거리는 것은 어쩌지 못했다.

"아냐. 차를 오래 타서 그런가봐. 괜찮아."

하지만 헛된 부르짖음이었다. 쓸데없는 구도 속에서 빠져나와야 한다고, 아집을 뿌리쳐야 한다고 부르짖었지만, 나는 한 발짝 한 발짝 더 고원 쪽으로 다가가는 나를 막을 수가 없었다. 비록 꿈을 믿었던 경험 때문에 현실을 위험시하게 될지도 몰라도, 나는 내게 새로운 경험이 닥치고 있음을 받아들여야 한다는 생각으로 온몸이 뜨겁게 달아올랐다. 꿈★에 대한 믿음이었다. 나는 그에게로 발걸음을 옮겼다. 그는 여전히 나를 주의 깊게 관찰하고 있었다. 나는 그의 얼굴 앞까지 다가갔다. 그의 얼굴이 머나먼 다른 세계로부터 문득 나타난 것처럼 낯설게 보였다.

"고원병이 도진 게 확실해. 당장이라도 고원으로 가야겠어. 기린 뿔로 삿갓조개를 따는 여자가 있는."

나는 힘 있게 말했다. 그가 어안이 벙벙한 얼굴로 나를 쳐다보았다. 아무래도 상관없었다. 내가 그곳을 향해 간 까닭은 애초부터 그것이었다. 다만 숨기고 고이 다녀오리라 했을 뿐이었다. 그런데 '도진' 것이었다. 김삿갓의 '도망'이 그렇게 만든 것만은 아니었다. 그것은 오래전부터 내 의식의 바다 밑에서 뭉긋이 고개를 쳐들고, 아무도 못 막을 힘으로 은밀하고도 도 저하게 밀고 올라온 것이었다. 그 용기에 나는 숨이 막혔다. 그 것은 황홀한 숨 막힘이었다.

그의 얼굴이 몽롱해지는가 싶더니, 삿갓을 쓰고 도롱이를 두른 내 모습이 나타났다. 기린 뿔로 삿갓조개를 따는 여자와 함께 내가 마가리 속으로 몸을 감추는 것을 누군가 그윽이 바 라보고 있었다. 나는 '멀다'는 뜻의 구체적인 모습을 처음 본다 는 생각이 들었다.

9

지난번에 했던 칼미크 얘기를 좀 더 해달라고? 글쎄, 그렇다 면 언젠가 그 나라에 대해서 말하다가 빠뜨린 부분부터 말하 지 않으면 안 되겠지. 보통 사람들이 그런 나라가 있는지조차 잘 모르는 건 어쩌면 너무도 당연한 일이야. 말이 공화국이지, 러시아에는 여러 민족들이 각자 살아가는 그런 자그마한 나라 들이 여럿 있어서, 그걸 자치 공화국이라고 이름 붙여놓긴 했지만, 실제로 독립한 공화국은 아니니까. 그런 나라들 가운데 하나는 체첸이라는 나라를 생각하면 잘 알 수 있을 거야. 그 나라도 자치 공화국으로서 진짜 독립을 하겠다고 벌써 몇 년 째 러시아와 전쟁을 하고 있으니까. 아니, 얼마 전 러시아 군대 한테 쑥밭이 되고 말았다지? 수도 그로즈니에는 러시아 깃발이 올라가고, 곧 도시 자체가 폐쇄됐다지?

칼미크는 그 체첸 바로 위쪽에 있어. 그러니까 러시아의 남쪽, 카스피 해의 북서쪽 언저리에 있는 조그만 자치 공화국이야. 인구가 삼십만 명쯤 된다니까 대략 감을 잡을 수 있겠지. 하지만 인구가 적다고 땅까지 그렇게 작은 건 아니지. 남한 면적이 9만 얼마인데 그 나라가 7만 6천 평방킬로미터니까 상대적으로 꽤나 넓다고 할 수 있지. 가령 제주도의 열 배쯤 되는 땅에 제주도 인구가 산다고 생각하면 어떨까.

내가 어쩌다가 거기까지 갔는지는 여러 가지 이유들이 있음에도 불구하고 사실 그리 똑 떨어지게 설명할 수는 없어. 역마살이니 뭐니 하는 말은 더더구나 들먹일 계제가 아니지. 다만 나는 아주 먼 곳으로 떠난다는 것만이 위안이었어.

그러다가 칼미크를 알게 되었어. 특히 그곳에 몽골 족이 자리 잡고 있다는 게 내 눈을 끌었던 거야. 게다가 거기에 또한 우리 동포가 있다는 말이 더욱 결정적이었던 거야. 언젠가 중앙아시아에 가서 머물렀던 시절부터 나는 유랑하는 우리 동포들의 삶에 내 삶을 섞기 시작했다고 말해도 좋겠지. 중앙아시아로 강제 이주당한 우리 동포 얘기는 이제는 많은 사람들에게 잘 알려져서 이른바 영양가가 별로 없지만, 그래도 그건 결코 잊을 수 없는 얘기야. 그로부터 우리 동포들은 살길을 찾아 러시아 여러 곳으로 흩어져 가기도 했지. 그런 역사를 알고 한국에 돌아온 지 벌써 몇 년이 됐는데, 다시 중앙아시아보다 훨씬 먼, 거의 곱절이나 더 먼 칼미크가 가까이 다가온 거야. 몽골 족의 나라인 데다 불교 국가라니, 거창하게 말하면 역사의 뿌리랄까 하는 것까지 짚어지는 느낌이었어. 그런데 여기서 한 가지, 칼미크 사람들이 믿고 있는 불교가 바로 티베트 불교라는 사실은 알고 넘어가야겠어. 고백하건대, 나는 그곳으로 가기로 마음먹고서도 그 사실을 채 몰랐었어. 그랬는데 거기에 티베트 불교, 라마교가 나타난 거야. 그것이야말로 운명의 길이라고, 나는 얼마쯤 얼떨떨하게 받아들였어. 그러자 소름이 온몸에 오소소 돋는 것 같았어.

한번 그쪽으로 눈길이 가자, 이번에는 티베트의 불교 지도자 중 한 명인 제17대 카르마파가 인도로 망명했다는 보도를 접했지. 티베트 불교는 4대 종파로 이루어져 있다고 했어. 일찍이 중국에 대항한 민중 봉기에 실패하여 인도로 가서 다람살라에 망명 정부를 세운 달라이 라마는 4대 종파에서 가장 세력이 큰 게루그파(派)의 지도자이며, 이번에 망명한 카르마파는 두 번째로 큰 가교파의 지도자라고 했어. 그리고 세갸파와 니마파가 있는데, 세갸파의 지도자인 세갸코바 역시 인도에 망명 중이라는 것이었어. 칼미크의 불교는 게루그파, 즉 황모파(黃帽派)라는 것도 새로이 알았어.

나는 여행 가방을 챙길 것도 없이 그곳으로 떠났지. 여행 가방 말이 나왔으니 말이지 그 가방 속은 예전부터 언제나 훌쩍 떠날 수 있게 싸놓고 있는 게 내 버릇이야. 그 속에는 비누, 칫솔, 치약 따위는 물론 일상생활에 필요한 자질구레한 일용품들이 웬만큼 갖추어져 있어. 거울, 빗, 라이터에 망원경, 나침반, 손전등, 깡통 따개, 호치키스에다 하다못해 일회용 반창고와 이쑤시개까지. 도구들 가운데 내가 자랑하는 것은 숟가락이 붙어 있는 접는 칼과 다국적용 전기꽂이라고 할 수 있어. 전기꽂이에 다국적용이라니, 뭔지 모르겠지? 그건 나라마다 우선 전압이 백 볼트다 이백 볼트다 하고 다르다는 것부터 알아야 돼. 꽂는 구조가 하난 납작하고 하난 동그랗잖아. 게다가 같은 이백 볼트라도 두 개 꼭지 부분의 간격이 서로 다르다는 게 문제야. 러시아 것은 두 개의 간격이 좁아. 우리가 보통 쓰는 게 들어갈 리가 없지. 중앙아시아에 머무를 때 그걸 알고 거기 것을 구해 연결을 해놓았지.

그런데 막상 모스크바로 해서 열차를 타고 남쪽으로, 남쪽으로 내려감에 따라 나는 마치 내 고향 땅 어디로 가고 있는 것 같은 느낌이 들었어. 그건 몽골 족의 나라니 불교 국가니 하는 고리타분한 명분하고는 전혀 관계가 없는 거였어. 내가 앞에서 역사의 뿌리가 어쩌고저쩌고 들먹였다면 그건 취소해야겠어. 사실 나는 가장 멀리 떠나가고 싶었던 그런 마음 하나뿐이었던 거니까 말야. 가장 멀리…… 그건 뭐랄까, 일상으로부터의 일탈이라고 해야 해. 일탈이야말로 내게 삶의 에너지를 다시 충전시켜주는 방법이지. 사람이란 새롭게 살려면 일단 기존의 틀에서 벗어나지 않으면 안 돼. 뭐? 알에서 태어나려면 그 알을 깨뜨리고 나와야 한다는 말하고 뭐가 다르냐고? 들어봐. 그런 소린 나중에 해도 늦지 않으니까. 나는 내 현실로부터 일탈하고 싶었어. 이 세상에서 가장 먼 어떤 곳으로. 그건 단지 거리만 멀다는 뜻은 아니란 건 아무렴 알고 있겠지. 그때 카스피 해 기슭의 몽골 족 나라가 나타난 거야. 가장 멀리 가고 싶다고 해놓고 왜 몽골 족의 땅이냐고? 건 나도 몰라. 그렇지만 난 무의식중에 몽골 족의 인식 속에서 가장 먼 곳을 보고 있었음에 틀림없었던 것 같애. 유럽의 한구석 끝자리에 잊혀진 듯 붙어 있는 외로운 몽골 족을 생각해봐. 나는 왠지 몽골 족이 이 세상 인종 가운데 가장 외로운 인종이라는 생각이 들어.

열차는 모스크바에서 출발해 볼고그라드에 이르렀고, 거기서부터는 자동차로 가는 길이었지. 그런데 그 얼마 전에 나는 신문 기사에서 뜻밖의 사실을 알았어. 중앙아시아의 타지키스탄이라는 나라에 내전이 일어나는 바람에 애꿎게도 우리 동포들이 무리를 지어 그 볼고그라드 지역까지 집단 이주를 했다는 거야. 천 명이 넘는다고 했어. 타지키스탄에서 거기까지는 말이 그렇지 쉬운 거리가 아니지. 예전에 연해주에서 강제 이주당한 그런 일이 또다시 벌어진 거야. 참고 삼아 러시아 민족부 니콜라이 부가이 국장과의 인터뷰 기사를 옮겨놓겠어.

―러시아 내 한인들에 대한 러시아 정부의 지원은?
―지방 행정부를 통해 주택 임대료 등을 지원하고 있으며 한인회도 도움을 줍니다. 내전 지역인 타지키스탄에서 러시아 볼고그라드로 1천여 명이 이주했는데 지방

정부를 통해 땅 임대료 1만 달러를 지원했죠. 크라스노다르스크와 스타브로폴에서 사라토프로 이주한 5백여 명에 대해서도 한인회와 함께 관심을 갖고 생계 대책을 마련하고 있습니다.

— 중앙아시아 지역에서 블라디보스토크로 이주하는 한인들도 많다고 들었습니다.

—러시아 정부가 1993년 3월 한인 복권 문제를 채택, 개인적 이주를 허가한 이후 블라디보스토크의 한인들은 8천 명에서 3만 명으로 늘었습니다. 이들에 대해서도 지방 정부를 통해 농지 임대료 등을 지원해주고 있습니다.

—한인들의 생활 태도에 대해 평가해주십시오.

—근면하고 적응력이 빨라 러시아 사람들과 별 차이가 없을 정도입니다. 책임감과 삶에 대한 애착도 강합니다.

나는 몇 해 전 무슨 바람이 불어 중앙아시아를 떠돌아다니던 때가 새삼 머릿속에 떠올랐지. 카자흐스탄의 알마아타에 머물면서 나는 그동안 이웃 나라인 우즈베키스탄이며 키르기스스탄이며 타지키스탄 등 나라들을 돌아다녔어. 그런 나라들에 우리 동포들이 옹기종기 모여 살고 있다는 건 놀라움이자 반가움이 아닐 수 없었어. 그 무렵 타지키스탄에서 서로 정권을 차지하려고 내전이 일어났고, 어느 날 내가 알고 있던 화가의 여동생이 그 내전에 휘말려 그만 목숨을 잃었다는 소식도 들었어. 이리 쫓기고 저리 쫓겨 알 수 없는 땅까지 간 우리 동포들이 알 수 없는 죽음을 당하고 있다니, 기가 막힌 노릇 아냐? 박 스베틀라나, 여동생의 이름이라고 했지. 타지키스탄에서 일어난 내전의 비극은 그렇게 나하고 연결돼 있었던 거야. 그들을 만난 놀라움과 반가움은 무력한 분노와 슬픔으로 변했어. 그 화가도 중앙아시아는 지긋지긋하다며 결국 칼미크로 가서 내게 연락을 해왔고, 나는 비로소 그런 나라를 알게 되었지. 그게 내가 그곳으로 떠난 실마리였어.

볼고그라드나 크라스노다르스크, 스타브로폴, 사라토프 등의 도시들은 모두 그 가까운 곳에 있는 도시들이지. 나는 볼고그라드에서 승용차를 타고 남쪽으로 내려갔어. 지도를 보면 볼가 강과 돈 강의 사이 대평원을 달려가는 길이지. 그리하여 다섯 시간 남짓 달려 칼미크의 수도 엘리스타에 도착했지. 서울에서 부산까지보다 좀 먼 거리일 거야. 물론, 머리에 먹물이 들었다고 솔로호프의 소설《고요한 돈 강》이나 레핀의 그림〈볼가 강의 배 끄는 사람들〉같은 작품들이 머릿속을 스치고 지나

가기도 했어. 돈 강가에 사는 사람들인 코사크들이 그들의 자존심을 걸고 붉은 군대와 각축하는 《고요한 돈 강》을 읽을 무렵, 나는 학교를 졸업하고 앞으로 어떤 진로를 택할까, 아니 어디든 쑤시고 들어갈 회사가 없을까, 골머리를 싸매고 있었지. 대학을 졸업해봤자 도무지 밥 벌어먹을 자리 하나 제대로 없었던 시절이었어. 유신이니 뭐니 잔뜩 웅크리고 밥을 굶을 처지에 타협과 굴종을 모르는 코사크의 삶은 장렬하고도 슬픈 애가(哀歌)였어. 혼란 속에 나는 심한 비굴함과 모멸감에 빠졌지. 그리고 이십 년 남짓 지난 어느 날, 실패로 돌아간 혁명의 땅 러시아에 가서 눈 덮인 상트페테르부르크의 북서쪽 작은 마을 레피노에 이르러 레핀의 그림 〈볼가 강의 배 끄는 사람들〉을 보았지. 비참하게 살아가는 하층민의 모습에 저절로 비명이 터져 나올 것 같은 그림이지. 우리나라에서도 몇 년 전에 그의 전시회가 열렸었어. 그 전시회에서 나는 풀밭에 비스듬히 누워 책을 읽는 톨스토이의 초상화 포스터를 구해 벽에 붙여놓았어. 톨스토이하고 볼가 강의 일꾼들하고 무슨 관계가 있느냐고? 나는 거기서 책읽기와 글쓰기가 그 일꾼들의 일과 다르지 않아야 한다고 새겼고, 실제로 내게는 그래.

칼미크는 볼가 강 하류에 있는 나라야. 엘리스타에 도착한 나는 드디어 이 세상에서 가장 먼 곳에 나를 가두어둘 수 있게 된 거라고 생각했어. 그것을 나는 일탈이라고 이름 붙였지. 도착한 날은 호텔에서 묵고 이튿날 나는 화가의 안내를 받아 젠트르 울리차(중앙 거리)에 아파트를 빌려 들었지. 방 두 개에 부엌 하나인 아파트였어. 방 하나짜리도 구해보면 있기는 할 텐데 적당치가 않았다는 거야. 화가가 가방에서 빵과 요구르트와 그루지야 산(産) 포도주를 꺼내놓아, 우리는 빵을 안주로 간단히 건배를 했어. 드디어 칼마크에서의 생활이 시작된 거야. 중앙아시아에서도 그런 식으로 아파트 생활을 했었기 때문에 뭐 별다른 긴장은 느낄 수 없었어. 이제 그 다목적 전기꽂이를 잘 써먹을 수 있겠구나, 하는 정도의 편안한 마음이었지.

전쟁이 일어났어요. 전쟁 말이오. 체첸에서 말이오.

화가가 포도주 잔을 기울이며 말했어.

여긴 괜찮겠지요.

그래야지. 일없어야지.

화가는 혼잣말처럼 중얼거렸어. 나는 화가가 타지키스탄에서 죽은 여동생을 머릿속에 떠올리고 있다는 생각을 했어. 서울에 있을 때부터 체첸은 전운이 감돌고 있다고 보도되었었어. 나는 몇 년 전에 체첸 사람들이 워낙 악바리인 데다 떼거

266

리로 몰려드는 성격이라 쉽게 갚을 수 없다는 말을 들었었지. 그런데 이제 나는 체첸에서 맞붙은 나라까지 와서 전쟁을 듣게 된 거였어.

우리가, 같은 민족이 육이오전쟁으로 한반도에서 피에 굶주린 아귀처럼 싸우고 있었을 때, 한반도 바깥의 우리 민족은 무얼 하고 있었을까. 그런 생각을 하면 도무지 갈피를 잡기가 어려워져. 얼마 전 미국이 이라크를 칠 때 우리는 텔레비전으로 그걸 흥미롭게 보고 있었잖아. 즐기고 있었던 거야. 그런데 같은 민족이 싸우고 있는 것을 보고 있는, 역시 같은 민족은 어떤 마음일까 하는 거지. 우리가 미국과 이라크의 전쟁을 보고 있는 그런 방관자의 심정일까 하는 거지. 중앙아시아에 가서 한참 고생들을 하는 그들에게 나는 말했었어. 우리도 육이오전쟁 때 고생 많았어요. 먹을 게 없었던 건 말할 것도 없지요. 그들은 말없이 고개만 끄덕였어. 돌이켜보면 그들은 그때 전쟁에 뛰어들지는 않았지만, 남쪽과는 적대적인 나라에 속해 있었어. 이야기는 뭔가 아귀가 안 맞고 겉돌고 있었던 거야. 그러니까 이야기는 좀 더 멀리, 아픔을 함께 나눌 수 있는 쪽으로 가야 했지. 여기서 식민지와 혁명과 유랑 등의 낱말이 등장하게 되는 거야.

어느 날, 그들이 처음 중앙아시아로 이주해 와서 자리를 잡게 된 도시로 가게 되었어. 우슈토베. 그곳의 황무지에 버려진 그들은 무수히 굶어 죽고 얼어 죽으면서 새로운 생활 터전을 일구었지. 나는 그들의 무덤에 가서 절을 올렸어. 우슈토베로 가는 길은 넓디넓은 반사막 지대야. 소금이 싸락눈처럼 하얗게 깔려 있기도 해. 그런데 거기에 강 하나가 흐르고 있는 거야. 그리 큰 강은 아닌데, 그 강은 작은 호수를 만들고, 다시 흘러 발하슈라는 큰 호수로 들어가지. 그 강이 이리(伊犁) 강이라는 건 나중에 알았어. 나는 작은 마을의 어귀에서 산 해바라기 씨를 까먹으며 이리 강의 잔물결을 바라보았지. 잔잔한 슬픔 속에서, 가슴에 따뜻한 피가 흐른다는 사실이 새롭게 느껴져 왔어.

나는 이리 강을 특별히 기억하지 않으면 안 되었어. 그러다가 칼미크 사람들의 역사에 그 이리 강이 개입되어 있다는 걸 알았을 때의 놀라움이란. 나는 무슨 운명적인 사건 앞에 서 있는 듯싶었어. 도대체 그건 무슨 얘기냐고? 들어봐. 본래 칼미크 사람들은 이리 강 언저리에 살다가 17세기 초에 전란을 피해 지금의 땅으로 옮겨왔다고 해. 그러나 러시아의 혹정에 시달려 어쩌지를 못하고 있다가, 중국이 이리 지방을 평정한 뒤

대부분의 사람들은 다시 고향 땅으로 되돌아갔지만, 그런 사정을 모르고 그 뒤에 계속 남아 있게 된 사람들의 자손들이 오늘날의 칼미크 사람들이라는 거야. 다들 고향으로 돌아갔는데 그런 줄도 모르고 뒤에 남아 살아온 사람들이라니. 그러니 엉뚱한 곳에 몽골 족의 나라가 있게 된 거란 말이지.

그런데 그곳에 도착한 지 며칠 뒤의 일이었어. 아파트를 나와 도시의 변두리로 걸음을 옮기던 나는 문득 내 눈을 의심했어. 어, 여기는?…… 나는 걸음을 멈춰 서고 말았지. 갑자기 현기증이 몰려오는 듯도 했어.

왜 그러시오?

옆에서 걷고 있던 화가가 걱정스럽게 나를 바라보았어.

이상해요. 여기가 어디지요?

나는 갈피를 잡을 수가 없었어.

여기가……

화가는 내가 무엇을 묻고 있는지 알 수 없다는 표정을 지었어. 당연한 일이었지. 나는 내가 어떤 착시 현상에 빠져들었다고 느꼈어. 나는 짐짓 평온함을 되찾고 화가에게 괜찮다는 손짓을 해 보였어. 그러나 나는 결코 괜찮지를 않았어. 몇 그루의 포플러나무가 서 있고 길이 뻗어 있는데, 그 길이 마치 예전 고향집 앞의 길처럼 보였던 거야. 고향집 앞의 길처럼 보인 게 아니라, 그건 분명 고향 길임에 틀림없었어.

저쪽으로 가면 어디가 됩니까?

나는 화가에게 물었어.

울란 콜이라는 데를 지나서 카스피 바다 쪽이 되오.

화가는 내 설명을 듣고 머리를 갸우뚱거리더니 간단하게 대답했어.

울란 콜…… 카스피 바다……

나는 마치 무엇엔가에 홀린 것만 같았어. 나중에 이리저리 돌아다녀보니, 그 나라 서쪽 지방으로는 포플러나무, 버드나무, 느릅나무가 많아. 동쪽의 카스피 해 쪽은 반사막 땅이 많고 황량하지. 그 길은 황량한 동쪽 당으로 뻗어 있는 길이었어. 울란 콜이라는 작은 도시로 가는 길이지. 몽골의 수도인 울란바토르 브랴트 자치 공화국의 주도인 울란 우데에서 보는 그 울란이 거기도 있는 거야. 몽골 말로 용감하다는 뜻이지. 그 이름도 반갑지. 거기서 나는 고향의 길을 본 거야. 하얀 신작로가 거기 있었어. 나는 여간 놀란 게 아니야.

내 눈이 이상해졌나봐요.

나는 눈을 비비는 시늉을 했어.

왜요? 무엇이 말입니까?

화가는 어리둥절해서 나를 바라보았지.

어릴 적 길이…… 하얀 길이…… 아, 아니오. 아닙니다.

나는 말을 중간에서 멈추었어. 나 자신도 모를 일이었기 때문이지. 게다가 화가에게 고향이 어떻고 하는 얘기는 결코 마뜩한 대화가 아니라는 생각이 들었어. 할아버지 때부터 줄곧 헤매 다니고만 있는 사람에게 고향은 무슨 얼어 죽을 고향일까 싶었어. 그러나 나는 옛날의 고향길을 또렷이 그리고 있었어.

읍사무소 바로 앞의 우리 집을 나서면 그 길이야. 그 길은 우리 집 옆 골목의 늙은 살구나무, 해마다 찰찰 넘치던 개울, 천주교회로 올라가는 길, 시장의 꽁치구이 아줌마들, 그리고 소방서의 높은 망루……를 거느리고 바다 쪽으로 가고 있어. 그 길 위에 그 하얀 길 위에 어린 내가 오도카니 서 있어.

어려서 떠나온 고향은 그렇게 단편적이고 모호한 풍경 속에 묻혀 있어. 그런데 그 풍경이 머나먼 나라에 놓여 있는 거야. 줄지어 행군하는 북쪽 군대, 등화관제, 방공호, 돼지우리에 처박힌 사람들, 미군의 배, 한밤의 요란한 총소리. 여기에 하얀 길이 있어. 사람들이 거의 피난을 가고 난 뒤여서 무섭도록 고즈넉한 길이야. 그 무렵 벌써 가장을 잃은 우리는 오도 가도 못한 채 그 길가에 남아 있었어. 아버지라면 나는 얼굴을 본 기억조차 없어. 놈들이 죽여서 바다에 던졌다는 거야. 고기밥, 상어밥이 됐다는 거야. 놈들이 누구인지 그때는 몰랐지만 말야.

어느 날이었어. 북쪽 사람들이 들어온 그 작은 읍에서 우리 모자는 어떤 혐의를 받아 끌려 들어가는 신세가 되고 말았지. 사건의 전말은 잘 모르지만, 나는 지금도 그 건물의 어두컴컴한 복도를 기억하고 있어. 홍역을 앓아 열에 뜬 내가 헐떡일 때마다 방문에 담요를 치고 불을 밝혔는데, 그 불빛이 틈새로 새어나가 등화관제의 명령을 어긴 건가봐. 그렇지만, 미처 피난 가지 못하고 어린 어머니는 나를 죽음의 열병에서 건져내려고 안간힘을 쓰고 있었던 것뿐이었어. 그렇게 그 작은 읍은 어두컴컴한 어둠 속에서 어머니와 나만을 남겨두고 모두 떠나버린 모습으로 내게 기억되는 거야. 그 어둠을 벗어나서 다시 하얀 길 위에 섰을 때, 뙤약볕만이 가득 찬 길은 개미 한 마리 없는 고요함 가운데 초현실처럼 놓여 있었지. 그건 외로움이거나 공포였어.

얼마 전 고향집을 찾아갔으나, 그 자리에는 화장품 가게가 들어서 있었고, 옛 흔적은 발견할 수가 없었어. 아마도 길이 넓혀지게 되어 집은 헐렸으리라 짐작되었어. 그렇다면 화장품 가게 건물은 우리 집 마당의 방공호 자리쯤이 아닐까 싶었지. 그러나 그렇게 번화가가 된 가운데, 우리 집 주변은 거짓말처럼 옛날 그 모습을 그대로 간직하고 퇴락한 채 남아 있어서, 나를 다시 그 시절의 어린 나로 되돌려놓고 있었어. 언제부턴가 담배 가게를 하던 어머니의 모습이 거기 있었어. 옆집 소녀 세화의 모습도 있었어. 그 아이와 손을 잡고 걸었던 하얀 신작로가 머릿속 아득히 뻗어 있었어. 그 아이와 갔던 천주교회 뒷길과, 어느 건물 뒤뜰 장수바위도 떠올랐지. 신랑각시 놀이를 하며 우리는 그곳에 살아 있었지. 그로부터 얼마 안 가서 그 아이는 뒤늦게 피난을 떠나 그만 죽고 말았다지만 말야. 수많은 사람들이 떠나야만 했고, 그리고 잊히고 죽어야만 했던 길이 기억에 너무나 선명했어.

포플러나무 뒤로 멀리 뻗어 있는 칼미크의 길은 내 고향 길과 똑같았어. 아니, 똑같은 게 아니라, 그 길 그 자체였어. 나는 그걸 단순한 착시 현상이라고 옆으로 밀어놓을 수가 없어. 말했다시피 그건 울란 콜로 가는 길이야. 체첸 땅으로는 러시아 군대가 차츰 압박해 들어간다는 보도가 있었지. 나는 옛날 그때처럼 피난을 가지 못한 채 고향에 뒤처진 것만 같았어. 물론 이제는 어머니도 없이, 나는 새하얀 고향 길을 앞에 하고 홀로

서 있었어.

　그런데 알 수 없는 것은 그럼에도 불구하고 이 세상에서 가
장 멀리 나를 가두어둔다는 뜻은 조금도 없어지지 않고 나를
붙들어 매는 거였어. 애초에 가장 먼 유배지 같은 곳에 간다는
것이 몽골 족의 나라에 지나지 않았던 것과 마찬가지 얘기일
까. 뭐라고 설명하기 어려운 상황이 아닐 수 없어. 나는 고향 길
을 보는 순간, 내가 드디어 이 세상에서 가장 먼 곳에 와 있다는
생각에 아찔하기까지 했으니까. 모순이라고 머리를 흔들면서
도 나는 전율에 사로잡혔어. 실제로 고향에서 그 길은 사라져
버렸지. 그렇지만 그 사라진 길은 그곳으로 옮겨져 놓여 있었
어. 나는 몇 번이나 그 길을 보고 또 보았어. 눈을 씻고 본다는
말이 있는데, 그게 그럴 때 쓰는 말일 거야. 가장 어릴 적에 머
릿속에 새겨진 풍경이 또한 가장 먼 풍경으로 다가와 나를 볼
모로 잡고 있는 형국이랄까. 다들 본래 살던 땅으로 돌아간 사
실도 모르고 거기 남아서 살게 된 사람들의 나라에서, 엉뚱하
게도 고향 길을 보게 된 나는 도대체 누구일까. 도무지 불가사
의한 상황에 빠진 거야. 나는 나도 모르게 넋을 잃기 시작했어.

　카스피 해로 가면 철갑상어를 잡을 수 있어요?

　나는 그 길에 대한 몽상을 잊을 양으로 화가에게 슬쩍 말을

던졌어. 철갑상어를 설명하기 위해 캐비어를 말해주기도 했지. 나는 한국에서도 철갑상어를 양식하는 곳이 있다는 말을 들었다고 얘기해주었어. 물론 내 아버지가 고기밥, 상어밥이 됐을 거라는 말은 덧붙이지 않았지. 그 말이야 그냥 해본 말들일 테니까. 그런데 하필이면 왜 그 말이 떠올랐는지 몰라.

그거 많아요.

그럼 한번 가봅시다.

고향 길을 본 뒤 며칠 동안, 나는 화가를 만나 겨우 그런 얘기를 하며 시간을 보내야만 했어. 화가는 한국에서 전시회를 열게 되기를 희망하고 있었고, 내게 기대하는 바가 컸어. 사실 나는 화가가 그곳에서 살아가는 방법에 대해 여러 가지 마음이 쓰였지. 하지만 나로서도 그리 뾰족한 대안이 있는 건 아니었어. 한국에서 한때 그림을 사두면 돈이 된다고 여겨서 너도 나도 사재기를 한 적이 있었지만, 이젠 한물간 얘기지. 그렇다고 고향 길이니 뭐니 입 밖에 내는 건 왠지 금기처럼 여겨지는 거였어.

처음 그곳으로 갈 때는 티베트 불교의 모습을 본다는 것도 빼놓을 수 없는 목적이었지. 짐을 챙길 것도 없이 떠났다곤 했어도, 일찍이 한국을 떠날 때 멀고 먼 곳으로 가서 진정한 나를 본다는 뜻으로 제법 선(禪)에 대한 책도 몇 권 챙겨 넣었었어. 그렇지만 나는 아무것도 하지 못한 채 하루하루 시간만 보내게 되었어. 선문답 가운데, 달마가 서쪽에서 온 까닭이 무엇이냐는 물음이 있고, 그 물음에 뜰 앞의 잣나무라는 대답이 있다는 건 들어서 알고 있겠지? 그렇다면, 네가 여기 온 까닭이 무엇이냐는 누군가의 물음에 신작로 앞의 포플러나무라는 대답이 있으면 될 게 아니냐는 식이었어. 그야말로 언어도단이지.

왜 그런 일이 일어났을까. 어쩌다가 내가 그렇게 되었을까.

화가가 누군가를 데리고 아파트로 온 것은 그런 어느 날이었어. 해만 지면 출입을 삼가고 문을 꼭 잠그고 있어야 된다는 말을 나는 충실히 지키고 있었지. 문을 두드리는 소리가 나기에 귀를 기울였더니 화가의 목소리가 들렸어.

문을 여시오.

나는 현관으로 가서 무슨 일이냐고 물으며 문을 열었어.

웬일입니까?

나는 말하면서, 화가의 뒤에 웬 남자의 모습을 보았어. 그가 우리 동포라는 건 한눈에 알 수 있었지. 안으로 그를 데리고 들어온 화가는, 그가 방금 체첸에서 빠져나오는 길이라고 소개했어. 예전에 중앙아시아에서 같이 지내던 사람이라는 거였어. 그때 나는 드디어 올 것이 왔다는 강한 느낌을 받았어. 드디어 올 것? 그게 뭔지는 몰라. 내게 무슨 일이 닥치지나 않을까 불안해했던 것도 아니었어. 하지만 막연히 나는, 내 마음은 서성거리고 있었음에 틀림없어. 낮에 가본 고향 길에는 양들이 몇 마리씩 무리를 지어 지날 뿐, 한가롭기 그지없었어. 그런데 나는 그 길에서 누군가를 기다리고 있었던 것 같아.

누구였을까.

나는 누군가를 기다리고 있었어. 거듭 말하거니와 그건 아주 모호한 감정이어서, 그 누군가가 꼭 사람인지도 확연히 말할 수 없어. 사람이 아닐지도 모른다는 거야. 그렇지만 사람이라고 나는 말하고 싶어. 수많은 사람들이 떠나고 또 잊히고 죽은 그 길이 거기 있기에, 그 수많은 사람들이 되돌아오는 걸 기다리고 있었다면, 억지라고 탓할지도 몰라. 카라쿨 양이라고 불리는 그 양들이 무리 지어 가고 있는 길에서 누군가 나를 향해서 오고 있는 걸 나는 보고 싶었어. 그리고 이 세상에서 가장 멀지만 또한 가장 가까운 얘기를 나누고 싶었어. 그래야만 그 길이 내게 심어준 외로움과 공포를 잊을 수 있을 것 같았어.

우리는 보드카 몇 잔을 나누어 마셨지. 드디어 올 것이 오고야 말았다는 느낌은 제대로 된 것이었을까. 그 만남을 내가 기다렸던 것일까. 나는 이렇다 저렇다 대답할 수 없어. 다만 내 느낌이 그랬다는 것뿐이니까 말야. 체첸에서 빠져나온 그 사람이 누구인지도 확실히 몰라. 그러나 나는 드디어 올 것이 오고야 말았다고 믿고 있었어. 나는 그래서, 그 만남을 위해서 그곳으로 부랴부랴 떠났던 거라는 믿음이 솟았어. 나는 뛰는 가슴을 누르며, 이제 앞으로 어떻게 할 계획이냐고 물었어. 우리말을 잘 못하는 그 남자를 위해서 화가가 거들었어. 그는 아무 계획도 없다면서, 그저 나를 바라보며 수줍은 웃음을 지을 뿐이었어. 그 모습이 할아버지 때부터 한반도를 떠나 시베리아 대륙을 횡단하고 중앙아시아를 전전하다가 마침내 그 엉뚱한 나라까지 흘러들어온 사람의 모습이었어. 나는 그 수줍은 웃음에 할 말을 잃을 수밖에 없었지. 그저 자연스레 지은 수줍은 웃음이었어. 그런데 내 가슴은, 염통은 바늘에 찔리는 듯했어. 화가는 그를 며칠 동안 내 아파트에 묵게 한 다음 무슨 방법을 찾아봐야겠다고 말했어. 나는 고개를 끄덕였지. 무슨 방법이란 결국 그가 어디론가 떠나는 것 말고는 아무것도 없음을 나는 알고 있었지. 그곳은 그도 모르는 곳임을 나는 알고 있었지.

밤이 깊어 보드카가 바닥을 보일 무렵 그는 스르르 몸을 눕혔어. 그러기 전에도 몇 번이나 꾸벅거리며 쓰러질 듯하더니 마침내 떨어진 거야. 나도 취기가 와락와락 몰려왔지만, 쉽게 잠들면 안 된다는 생각이 앞섰어. 그토록 고난에 찬 삶의 역정이 아무런 결론 없이 흐지부지하다는 사실에 참을 수 없으면서도 나 역시 무력하기 짝이 없었어. 나는 잠에 곯아떨어진 그의 얼굴을 들여다보았어. 그 얼굴이 지극히 평온해서 나는 몹시 놀랐어.

내일은 바다로 가서 철갑상어나 잡아야겠어요.

나는 문득 결연히 말했어.

예?

화가는 눈을 껌벅이고만 있었어.

고향 길로 해서, 이리 강을 넘어서…… 이 사람과 함께……

나는 나도 모를 소리를 중얼거리고 있었어. 아냐. 나도 모를 소리는 아니었어. 카스피 해는 바다라고는 하지만 실상은 호수라고 해야 맞아. 그러니까 나는 고향의 호수를 생각하고 있었던 거야. 화가는 말없이 술잔을 들고 있었어. 나는 내 술잔을 화가의 술잔에 부딪혔지. 내일은 고향 길로 해서…… 철갑상어란 하나의 꼬투리에 지나지 않는다는 건 나도 알고 있었어. 나는 그 남자와 함께 고향 길로 가고 싶었어. 그래야만 우리 모두가 스스로 고향 풍경이 되리라 했던 거야. 내일은 고향 길로 해서……

그런 어느 순간이었어. 나는 내가 꿈을 꾸고 있는 게 아닌가 하고도 여겨졌어. 하지만 그건 아무려나 꿈이 아니었어. 나는 하얀 길로 오고 있는 많은 사람들을 보았지. 한 무리의 양 떼가 지나간 다음, 많은 사람들이 오고 있었어. 함지박에 찐 옥수수를 수북이 담아 머리에 인 아줌마도 있었고, 천주교회 신부도 있었고, 소방서 아저씨도 있었어. 개울에서 빨래하는 아줌마들, 바다로 고기잡이를 나가는 아저씨들, 단오장에서 그네를 타는 여자들, 씨름을 하는 남자들…… 그리고 그 가운데는 어머니도 있었고, 이웃집 소녀 세화도 있었어. 나는 눈을 번쩍 떴어. 고향 길로는 여전히 많은 사람들이 오고 있었어. 그리고 그 가운데 어디쯤에는 아버지의 모습도 눈에 띄었어. 내 생전 처음 자세히 보는 아버지의 모습이었어. 나는 소리쳤어.

아버지!

10

캠프장으로 다시 가보자고 제안한 것이 과연 나였을까. 명확하지 않다. 내가 뒤늦게 발뺌을 할 까닭도 없다. 내가 그렇게 말을 꺼냈을 게 분명한데, 나는 우리가 함께, 똑같이 그런 제안을 했던 것만 같았다. 그리고 그랬다는 게 신기하다는 듯 서로 마주 보며 웃음을 터뜨린다. 그다지도 서로를 갈망했으면서도 짐짓 속이려 애써왔다는 게 얼마나 속 들여다보이는 짓이었는지 확인하는 웃음이다. 꼭 그랬을 것만 같은 것이다. 그러나 그것은 나의 제안이었다. 여름 캠프를 위한 사전 답사를 끝내고 서울로 향하다가 느닷없이 차를 되돌리자고 나는 말하고야 만 것이다. 군계(郡界)와 도계(道界)가 함께 바뀌는 고갯마루에 닥치자 저걸 넘어가면 그만이다 하는 마음이 불현듯 나를 몰아세운 나머지였다.

"왜요? 뭐가 잘못됐어요?"

N은 물음을 던지긴 했으나, 그 전에 차는 오던 길을 향해 앞머리를 돌리고 있었다. 나는 아무것도 아니라는 듯 머리를 가볍게 흔들었다. 언젠가 터키로 취재 여행을 가서 그녀를 처음 만났을 때도 그녀가 운전하는 차를 타고 돌아다녔던 것이 결코 우연은 아니라는 생각이 들었다. 아닌 게 아니라 그때 그녀는 세상에 우연이라는 건 없다고 말했던 기억이 났다. 그러나 어느 편이냐 하면, 나는 궁극적으로는 필연은 없다고 믿는 사

람이었다. 하지만 여기서 우연이니 필연이니 따진다는 것만큼 어리석은 일은 없을 것이었다. 우리는 아침나절에 이미 답사를 끝낸 운장산(雲藏山)의 캠프장으로 되돌아가고 있었다.

우연이니 필연이니 따지는 것보다 나는 현실감을 되찾아야 한다고 여기고 있었다. 살아오면서 종종 그랬던 것처럼, 마치 낮잠에서 깨어나 시간과 공간에 현실감을 잃고 공연히 서러웠던 느낌이 도무지 사라지지 않는 것이었다. 그게 언제부터였더라? 여름 캠프를 앞두고 갑자기 터키까지 다녀오게 되어 허둥지둥한 무렵부터라고도 짚어졌다. 그리고 그 느낌은 좀 전에 들렀던 어느 사당(祠堂)에서 한층 고조되었었다.

이상한 일이었다. 문득 차를 세우게 하고 화장실을 찾아 들어간다고 한 게 마침 그 사당이었다. 두리번거리며 뜰에 들어서자 웬 남자들이 머리를 천천히 돌리며 걷고 있었다. 낯설기 짝이 없는 광경이었다. 넓은 뜰에 서너 사람이 띄엄띄엄 둥그렇게 원을 그리듯 돌며 머리를 젓고 있었다. 무엇을 하는 것일까. 그것은 낯설다 못해 기괴한 광경이었다. 나는 문득, 내가 살고 있는 세상과 다른 세상을 보고 있다는 착각에 빠졌다. 그 착각이 얼마나 감쪽같았는지, 언젠가 내가 깨달음처럼 느낀, 이제야 세상이 보인다는 그 현상이 실제로 나타난 것이라고 여겨질 정도였다. 터키 여행을 다녀오자 여름 캠프 일정이 여간 빠듯하지 않아, 답사부터 서두르지 않으면 안 되었다. 아침에 서울을 떠나 운장산이며 마이산까지 답사를 마쳤으니, 이제 겨우 한숨 돌려도 되겠구나 싶었다. 그런 터에 길가에 무슨 기념비 같은 게 눈에 띄어 차에서 내려 들어간 곳이 그곳이었다. 뜰 안 한쪽에서는 한창 보수 공사라도 하는지 전기톱으로 나무 자르는 소리가 요란했다. 요란한 전기톱 소리도 불구하고 오히려 적요(寂寥)함이 강조되어, 나는 한동안 어리둥절해 있었던 것이다. 역시, 머리를 빙글빙글 저으며 느릿느릿 돌고 있는 젊은 남자들의 모습 때문이리라.

"진안 중평굿 농악 연습을 하는 중입니다."

내가 얼빠진 것처럼 쳐다보고 있자 그들 중 한 사람이 설명을 해주었다.

개꼬리상모……

그제야 나는 사당 댓돌 위에 놓여 있는 농악패의 상모가 눈에 띄어 입속말로 중얼거렸다. 그렇다 하더라도 나는 도무지 뭔가에 홀린 듯하기만 한 느낌을 지워버릴 수가 없었다. 담 아래로는 끝물 동자꽃 뒤로 드문드문 심어진 옥수숫대들이 수염도 안 매단 채 비리비리 여위어가고 있었다. 그 옆 마당가에

장구며 북이며 꽹과리며 징이며 농악패의 악기들이 놓여 있었다. 그제야 나는, 무릉도원 사람들인가 했더니, 하고 비로소 화장실로 발걸음을 옮겼다. 좀 전에 캠프장의 상황을 살펴보기 위해 운장산으로 가는 길에 무릉리라는 이름의 마을이 있었다. 나중에 운장산 캠프장에서 그 얘기를 꺼내자 그 이름에 걸맞게 무릉리에서 복사꽃이 피어 그 언저리 냇물에 꽃잎이 흐르면 도원경을 이룬다고, 누군가 가히 시적으로 이름풀이를 해주었다. 그와 함께 나는 머리가 아득해지며 예전 일을 더듬지 않을 수 없었다. 가슴이 서늘해졌다.

무릉과 도원…… 시인 오규원의 글에도 나온다지만, 그런 이름의 마을이 강원도 땅에도 있음을 나는 잘 알고 있었다. 그 마을에서 얼마 동안 공익 요원으로 근무하던 A를 만나기 위해 나는 삼척에서 원주 쪽으로 오십천 계류를 끼고 굽이돌아가는 길을 가곤 했었다. 단지 공익 요원이라고만 하고 더 이상 자세히 밝히지 못하는 데 대해서는 양해하기 바란다. 이 정도만 밝히는 데도 나로서는 큰 용기가 필요한 것이다.

강원도의 무릉리와 도원리는 전라도와는 달리 두 마을이 빤히 마주 보고 있다. 저기 저 마을이 도원리예요. 무릉리에서 그녀가 손으로 도원리를 가리켜 보였었다. 내가 강원도의 무릉도원에 머무르는 시간은 언제나 겨우 한나절도 채 되지 않았다. 그리고 우리는 원주로 나오곤 했다. 그녀는 워낙 바닥이 좁은 데라서 둘이 있기가 뭐하다면서 나를 잡아끌었던 것이다.

"평일이기 때문에 내일 아침 첫차를 타야 돼. 깨워줄 자신 있어?"

포장마차에서 나와서 여관 불빛을 찾아 들어갈 때 그녀는 내게 몸을 기대고 묻는다.

"밤을 꼬박 새울까?"

내 대답은 기껏 그랬다.

"뭘 하고?"

그녀의 웃음소리가 외등처럼 희미하게 흐른다.

"밤이 가지 말기를 바라야지."

밤은 어디에서고 객지 냄새를 풍긴다.

"다 때려치우고 마담이나 할까봐, 카페 몽유도원. 어때?"

그 얼마 전 서울의 호암아트홀에서 열린 고려 불화전에서의 안견의 〈몽유도원도(夢遊桃源圖)〉를 함께 본 사실을 염두에 두고 하는 말이었다. 그것은 안평대군이 도원경을 노닌 꿈을 꾸고 나서 화가 안견에게 그 정경을 그리게끔 한 그림이라고 했다.

"여자가 공익 요원이라니, 우습지 않아? 다른 애들은 결혼도 모자라 이혼까지 했는데, 난 이제껏 이게 뭐야."

처음 그 말을 들었을 때는 놀랐다. 그녀가 내게 결혼이라
는 낱말을 입에 올린 게 거짓말 같았다. 전혀 예상할 수 없었
던 말이었다. 우리는 너무 오래 사귀어 결혼 따위는 생각할 수
도 없어. 그것은 정말이었다. 다른 까닭은 아무것도 없었다. 사
실, 처음부터 상당히 오랜 기간 동안 나와의 결혼은 고려하지
있지 않다고 말한 것은 그녀 쪽이었다. 우리는 섹스라는 말(馬)
을 타고 너무 멀리 달려와서 보금자리는 이제 영원히 멀어진
거라고, 나는 단정했다. 그래서 그저 쉬지 않고 달려가는 길뿐,
멈추는 순간 모든 건 신기루처럼 사라진다고 말해주고 싶었
다. 그렇지만 구태여 내가 말하지 않아도 그녀는 알고 있었다.

"우리 마지막이 어떻게 될지 그게 궁금해. 헤어지지도 못한
다는 건 악연이야. 너무 많이 헤어져서 이젠 헤어질 수도 없다
는 게 맞아?"

그녀의 말 그대로였다. 그러면서도 그녀는 늘 변함없이 나
를 맞아주었다. 그곳이 강원도의 무릉도원이었다. 우리 만남
의, 현실과 동떨어져 있는 비현실감은 그곳 이름이 대신 표현
해주는 듯싶었다. 그렇다고 해서 옛사람들이 이상향으로 내세
운 무릉도원 그 이름을 우리의 '악연'으로서의 만남에 견주고

있는 것은, 천만에 아니다. 옛날에 누군가가 산길을 헤매다가 무심코 찾아든 그곳은 복숭아꽃이 만발했는데, 도무지 이 세상이라고는 볼 수 없이 아름답기 그지없는 마을이었다. 얼마 동안 넋을 잃고 노닐다가 돌아와 보니 그 얼마 동안이라는 게 몇백 년이었다. 그러나 다시는 그곳을 찾을 방법은 없었다. 꿈속에서밖에는 다시 찾아갈 수 없는 그 아름다운 마을이 무릉도원이라고 했다. 차를 되돌리자고 한 것도 그 어떤 비현실감에 대한 반발이었을까. 아니라고 나는 고개를 저었다.

터키 여행을 떠나기 며칠 전, 낮잠을 한 시간쯤 자고 깨어나서, 나는 갑자기 세상이 이제야 보인다고 느꼈다. 흔히들 그렇듯이 낮잠을 자고 나면 늘 혼란스럽기만 했었다. 예전 어렸을 때는 뭔가 굉장히 억울하기도 했었다. 나만 홀로 어떤 낯선 시간, 낯선 공간 속에 떨어져 있다는 격절(隔絶)의 느낌. 그런데 이번에는 그 격절감이 내 인생의 느낌과 같다고 깨닫고 있는 내가 거기 있었다. 그동안 나는 내게 닥친 현실을 현실로 받아들이기를 늘 거부하고 살아오지 않았던가. 그래서 비현실감에 쩔쩔매면서도 또 다른 도피처로 한눈을 팔기에 급급하지 않았던가. 아닌 게 아니라 낮잠을 깰 무렵 비몽사몽 속에 나는 잠을 깨면 터키에 와 있다는 느낌에 속을지도 몰라, 속지 마,

하고 내게 속삭였다. 그래서였을 것이다. 나는 속지 않고 예전의 그 격절감 대신에, 세상이 이제야 보인다고 말하기에 이른 것이었다.

낮잠을 자기 전에 나는 《하얀 배》라는 소설을 쓴 아이트마토프의 이름이 칭기즈라는 사실을 알았고, 또 그의 민족과 우리 민족이 같은 뿌리를 가진 몽골 민족의 일파라는 사실도 알았다. 칭기즈 칸에서 왔을 칭기즈는 이름이 아니라 성일지도 몰랐다. 그리고 술자리에 앉으면 누구에게든 몽골 민족에 대해 설명하는 것도 마다하지 않았다. 예컨대, 같은 슬라브 민족의 나라 러시아와 우크라이나가 은근히 세력 다툼을 하는 배경에는, 한때 러시아의 모스크바 공국은 몽골에 무릎을 꿇고 협력했으나 우크라이나의 키예프 공국은 그러지를 않았다는 사실이 깔려 있다고.

내가 왜 뜬금없이 민족이라는 말에 집착을 보였을까. 하기야 작은 거인 같은 이 말은 세계 곳곳에서 맹위를 떨친다. 쿠르드 족이니 바스크 족이니 베두인 족 등등과 함께 집시가 떠오른다. 영화에서만 보았던 집시를 실제로 처음 본 것은 러시아의 길거리에서였다. 아이를 품에 안고 서 있던 남루한 옷차림의 가냘픈 여자가 다가와서 손을 내밀고 구걸했을 때, 나는 그 얼굴을, 눈을 보며 뒤늦게 퍼뜩 집시라고 알아차렸다. 구걸하는 집시에게 함부로 돈을 주다가는 패거리들이 우르르 몰려들어 봉변을 당한다고 주의를 받았던 게 기억나서 나는 외면하고 걸음을 재촉하고 말았다. 그건 분명히 잘못된 행동이었다. 나는 시인이므로 집시를 싫어해서는 안 되었다. 집시는 삶 자체가 시 아닌가 말이다. 〈집시의 달〉이며 〈잠자는 집시〉며 하다못해 〈집시의 시간〉이며 하는 여러 분야의 작품 제목 아래서 내가 상상했던 모종의 꿈결 같은 세계는 그 첫 대면에서 허당으로 빠진 것이었다.

한번은 집시들이 나와서 춤추고 노래하는 레스토랑에 일부러 찾아간 적도 있었다. 한 상 가득, 이름도 모를 러시아 음식이 차려졌는데, 웨이터는 하필이면 돼지비계 같은 걸 자꾸만 먹어보라고 권하는 것이었다. 그럴 때마다 나는 고맙다면서도 손을 저었다. 철갑상어 알, 캐비어는 알았어도, 그것이 귀한 철갑상어 고기라는 건 나중에야 알았었다. 좁고 긴 미로 같은 복도를 지나 겨우 찾아낸 화장실 앞에 의자가 몇 개 놓여 있었고, 덩치 큰 집시 여자가 거기 앉아 담배를 억세게 빨아대고 있었다. 제 차례의 공연을 마치고 방금 나온 모양이었다. 나도 그 옆에 앉아 담배를 피워 물었다. 집시 여자와 나란히 앉아 담배를 빨고 있는 맛은 인생의 맛을 아는 골초가 아니고선 느낄 수 없으리라, 하고 나는 교과서에서 배운 혓바닥의 미뢰라는 걸 떠올렸다. 맛봉오리라는 그것의 감각으로 우리는 달고, 쓰고, 시고, 짜고, 매운 맛을 안다고 했다. 그러나 인생의 맛에서 가장 중요한 것은 떫은맛이다. 짙은 화장에, 특히 아이섀도로 두 눈을 물고기 눈처럼 강조한 집시 여자가 아무렇게나 후욱 뿜어내는 담배 연기 기둥이 아슬아슬하게 내 이마 앞에 멈추곤 할 때, 인생은 아득하고도 슬프게 떫어서, 나는 그만 "나타샤와 나는/눈이 푹푹 쌓이는 밤 흰 당나귀를 타고/산골로 가자 출출이 우는 깊은 산골로 가 마가리에 살자"는 시인 백석의 시를 머릿속에 그리지 않을 수 없었다. '출출이'는 무슨 짐승인 듯했다.

"아진, 모어?"

나는 말해놓고 웃음이 나왔다. 한 대 더 빨겠느냐고 빨간 말보로 담뱃갑을 그녀에게 내밀며 나는, '하나'의 러시아 말 '아진'에다가 '더'라고 영어의 '모어'를 붙여놓고 있지 않은가. 어깨를 거의 드러낸 집시 여자는 고맙다고 미소를 지었다. 그러나 그녀의 고맙다는 러시아 말은 '스파시……'까지 발음되고 나머지 '보'를 끝내지 못했다. 우락부락한 남자가 나타나 여자와 나를 번갈아 꼬나보았고, 그 기세에 담배를 엉거주춤 뽑아든 그녀는 의자에서 일어나 피하듯이 미로의 복도 모퉁이로 몸을 감추었다. 중간 보스쯤 되어 보이는 건장한 사내가 나를 향해 위압적으로 눈알을 굴렸으나 나는 적당히 그 눈알에 대처하며 가만히 앉아 있었다. 그럴 경우의 임기응변이야말로 내가 세상에 태어나 익힌 처신 가운데 가장 겸허하고도 표독스러운 것이었다. 쌍꺼풀에 로만 노즈의 키 작은 어떤 남자가 겁 없이 분장실 가까이 와서 한물간 레닌모를 무릎 위에 얌전히 얹어놓고, 자기보다 덩치가 큰 여자에게 은근하고도 결의에 찬 모습으로 담배를 권하고 있다면 그는 러시아 여러 족속에서 체첸 놈, 도저히 갉을 수 없는 체첸 놈이 아니면 도대체 어떤 놈이겠는가. 나는 사내가 이미 그렇게 판단하고 성깔을 꾹 누르고 있음을 느꼈다. 나는 복잡한 미로를 헤매는 동안 긴장되어 우리 한국인 특유의 장점이라는 저 은근과 끈기를 어느덧 갖추고 있었다. 게다가 나는 아주 미묘한 순간, 즉 녀석의 자존심이 그만 견딜 수 없이 구겨진다는 느낌이 폭발하기 직전에 빠져나오는 임기응변술을 써먹을 줄 아는 사람이기도 했다. 그들은 비록 춤추고 노래하는 집단이기는 해도 또한 매우 위험한 집단이기도 했다. 그리하여 나는 도저히 갉을 수 없는

키 작은 체첸 놈의 신분을 유지한 채 그곳을 빠져나올 수 있었다.

나의 집시 체험은 그것으로 끝났다. 그렇지만 집시에 대한 내 관심조차 끝난 것은 아니었다. 지금도 나는 집시의 세계를 마음속에 그린다. 얼마 전에 나는 집시들이 어딘가에 그들의 나라 집시랜드를 세울 계획이라는 신문 보도를 보았다. 그곳이 어디인지 잊었어도, 왜 그들의 본래 근거지였다는 인도 옆의 어디가 아닐까 궁금해했던 기억은 아직도 남아 있다. 그와 함께 우리 민족의 한 일파가 떼를 지어 유랑하는 중앙아시아의 한 풍경이 눈앞을 가렸고, 그 무리에 내가 끼어 있다는 환상을 버릴 수가 없었다.

그런 환상은 실상 오래전, 그러니까 거의 삼십 년 전쯤부터 수맥처럼 내 의식의 밑바닥을 흐르다 때에 따라 솟아오르는 용출수같이 나를 자극하곤 하던 것이었다. 그 환상의 일환에 터키라는 나라가 놓여 있다. 웬 터키라고 묻고 싶으면, 어디 가서, 우리 민족과 터키 민족의 친연 관계에 대해 간단한 설명이라도 듣고 오기 바란다. 해외여행이 자유화되자 나는 어느 나라보다도 우선 터키부터 가보고 싶었다. 그런 뜻에서 헝가리도 빼놓을 수 없지만 그것은 또 다른 얘기가 되겠기에 여기서는 잠깐 비켜놓기로 한다. 나는 이제야 비로소 그곳을 여행하게 된 것이 새삼스러웠다.

터키, 투르크, 튀르크, 돌궐(突厥), 토이기(土耳基). 우리와 같은 말차례(語順)의 말을 쓰는 민족, 그 나라.

그 민족이 우리와 어떻게든 뿌리가 닿아 있다는 사실을 알고 나서, 한국전쟁 무렵 뭐 주워 먹을 거라도 없나 하고 터키의 참전 부대 주변을 오락가락하며 그 군인들의 텁석부리 수염이 무시무시해 힐끔힐끔 눈치를 보면서도 왠지 친밀감을 느꼈었다고 나는 유추했다.

중앙아시아 카자흐스탄의 어느 날, 터키로 빠져나가려고 계획하고 있는 우리 민족 한 사람을 만났었다. 우리 민족 한 사람이라고 어정쩡하게 말하고 있는 것은 그가 북한에서 도망쳐 나와 이른바 '제삼국'을 헤매고 있는 신분이기 때문이었다. 그는 같은 처지의 몇 사람과 어울려 생활하면서 주로 집 짓는 현장을 떠돌고 있었다. 러시아에 벌목공으로 나왔다가 탈출한 '북조선인'과 남한에서 온 '한국인'인 내가 만난 것은 어느 일요일, 내가 묵고 있던 아파트에서였다. 시장의 동포 아주머니 가게에서 사 온 김치와 무채, 고사리나물 무침에다가 소고깃국도 끓이고 제법 연어알 통조림도 곁들여 우리는 보드카를 마셨다.

"우선 뭣보다두 남조선하고 우호적인 나라루 가야겠디요. 기래야 남조선에 들어가기 쉽지 않갔이요?"

"남조선, 아니 한국엔 왜 가려고요?"

"가서 잘살아야디요. 또 어디 우릴 받아주는 데가 없어요. 가야디요."

벌목공은 여러 시도를 거듭한 끝에 매우 체념적이고도 용의주도한 모습이었다. 그가 왜 한국으로 직접, 쉽게 들어가지 못하는 것일까, 나는 우리 '당국'의 정책을 이해할 수 없었다. 물론 지금과 달라서 그 무렵에는 중앙아시아의 어느 나라고 우리나라와 수교하고 있는 나라가 없기는 했었다. 나는 같은 민족이라고 하면서 그를 도울 아무 방법도 없는 내가 부끄러웠다. 그는 중국으로 해서 홍콩으로 가는 길을 중점적으로 검토하고 있는 듯했으나, 중국이 공산주의 나라라는 사실을 못내 꺼리고 있었다. 중국 공안에 잡혀 북한 공작원에게 넘겨지면 철사에 코를 꿰어 끌고 간다는 소문도 들었다는 것이다.

"동무 조심하기요. 허허."

나는 술김에 '동무'라는 낱말에, 북한 사투리에, 웃음을 갖다 붙이기도 했건만 웃음이 공허한 만큼 내 마음은 헛돌기만 했다. 북한 사람들이 중국뿐만 아니라 중앙아시아를 떠도는 것은 어제오늘의 일이 아니라고 했다. 그런데도 가고 싶은 한국으로의 길은 막혀 있었다. 그것은 지금도 마찬가지여서, 상상할 수 없는 고난을 겪으며 한국에 오는 데 성공하는 사람들의 얘기는 지금도 화제에 오르는 것이다. 이와 관련하여 불과 며칠 전에도 신문에 다음과 같은 기사가 실려 있음을 본다.

> 일본 후쿠오카 출입국 관리국은 북한을 탈출한 난민임을 주장하며 일본에 밀입국한 김용화씨를 중국으로 강제 송환하기로 최종 결정했다. 한국 정부에 망명 신청을 거부당한 뒤 소형 고무보트를 타고 전남 진도에서 일본으로 밀입국하려다 체포된 김씨는 일본 정부에도 난민 신청을 거부당했었다.

전남 진도에서 소형 고무보트를 타고? 기가 막힌 일이었다. 중국의 변방 외몽골로 들어갔다든가 미얀마의 마약 생산지 '골든트라이앵글'로 들어갔다든가 베트남으로 들어갔다든가 하는 얘기는 들었어도 진도에서 고무보트를 타고 일본으로 갔다는 건 처음 듣는 얘기였다. 일찍이 중앙아시아에 강제 이주당한 우리 동포들이 아무리 혹독한 삶을 살았다고 하더라도,

지금 겪고 있는 수난 또한 그보다 못하지는 않으리라 여겨졌
다. 어쨌든 동무는 안전하게 도망칠 나라를 찾고 있었다. 그때
까지만 해도 중앙아시아는 결코 안전한 곳이 아니었다.

"터키까지 가는 길은 없을까요?"

내 입에서 느닷없이 나온 말이었다. 중앙아시아의 여러 나
라들과 그 주변 나라들을 하나하나 꼽아본 결과 떠오른 나라
였다.

"터키요?"

'고려인'과 '북한인'은 같이 눈을 둥그렇게 떴다. 그 눈을 보
자 내가 너무했나 싶었다. 우리가 마주 앉아 보드카를 마시고
있는 나라의 서쪽으로 우즈베키스탄이라는 나라가 있고 그 서
쪽으로 투르크메니스탄이라는 나라가 있고…… 거기서 카스
피 해를 가로질러…… 아니, 이란 고원을 가로질러 가면, 거기,
중앙아시아와 똑같이 아버지를 '아타'라고 부르는 나라 터키
가 있긴 했다. 북한을 탈출한 사람이 그런 방식으로 터키까지
가서 한국으로 갈 길을 찾는다…… 말을 해놓고도 나는 한숨
이 나왔다. 터키가 한국전쟁 때 참전했었던 우호적인 나라라
는 사실이 나로 하여금 그런 말을 하게끔 한 모양이었다. 운을
떼어놓고 나는 그 뒤를 이을 자신이 없었다. 날아가는 양탄자

라도 있으면 좋을 텐데, 하는 말이 목구멍까지 올라왔으나 그러면 그들을 놀리는 게 되는 분위기여서 나는 담배 연기만 뿜어대는 수밖에 없었다. 그들 두 사람도 막막한 듯 보드카만 내리 홀짝거렸다. '고려인'이 터키를 러시아 말로는 투르치야라고 한다고 말했을 뿐이었다.

그 벌목공을 만난 것은 그것이 처음이자 마지막이었다. 나는 아무런 기약 없이 헤어져 가는 그에게 백 달러짜리 한 장을 손에 쥐어주었다. 그 뒤 일 년쯤 지난 어느 날 늦은 저녁, 타워 호텔이라면서 웬 여자에게서 전화가 걸려와 자기는 중앙아시아에서 온 김 타치아나라고 하는 사람인데 북조선 사람 아무개가 터키로 떠났다는 소식을 전해달라고 해서 전화한다고 하고는 툭 끊었다. 나는 내가 꺼낸 말이 그 일에 아무런 영향을 끼치지 않았기를 바랐다. 그러나 그때 둥그렇게 뜨던 그 눈으로 보아, 내 말로 인해 그야말로 개안(開眼)이 되었으리라고 보아야 마땅했다.

나도 몰래 내 입에서 터키 얘기가 나오기 전까지는 나는 터키에 대해서 전혀 생각조차 하고 있지 않았다. 물론 그렇게 된 배경은 충분히 있었다. 나 자신 그곳으로 가려고 오래전부터 별러왔던 것이다. 앞에서 말한 루트로 터키까지 갈 수만 있다면, 그것은 행운이 아니라 야만이었다. 나는 한국에 돌아가면 이번에는 꼭 터키로 가야겠다고 스스로 굳게 약속했다.

그 약속이 뜻밖에도 전쟁 기념관으로부터 터키에 관한 일을 맡음으로써 너무 손쉽게 지켜지게 되어, 나는 놀랐다. 내가 약속이니 희망이니 꿈이니 하는 무지갯빛 낱말들을 긍정적으로 받아들이게 된 게 언제부터인지는 모른다. 그런 것들에 대해서 지나치게 사갈시하여 얼굴을 돌렸던 젊은 시절이 있었다. 보상받지 못하고 있다는 비뚤어진 심리에 기생한 어두운 얼굴이었다. 여기에, 약속이란 깨어지기 위해 있는 것이며, 희망이란 성취되지 않기 위해 있다는 농담조의 반어가 있었다. 그리고 나는 지지리 못난 삶을 근근이 구황하며 헤매 다녔다. 그따위 무지갯빛 환상들을 구겨버려라! 온갖 달콤한 말들의 사탕발림에 침을 뱉어라! 일그러진 얼굴로 삶을 질타하라, 매도하라!

그러나 언제부터인가 나는 꿈을 믿기 시작한 내 얼굴을 보았다. 꿈은 어떤 형태로든 이루어지게 되어 있다는 믿음이 그것이었다. 그러므로 함부로 꿈꾸어서는 안 되는 것이었다. 이를테면 터키에서 스쳐 지났던 미다스 왕의 신화의 왕국에서는 어떠했는가. 손으로 만지는 모든 것이 황금이 되게 해달라고 빌었던 그의 꿈이 이루어진즉슨 사랑하는 딸까지 황금으로 변함으로써 어떻게 되었는가. 그러므로 꿈이 이루어질까봐 우리는 극도로 경계하지 않으면 안 되는 것이다.

어쨌든 언제 이뤄질까 싶었던 터키로의 여행의 꿈은 그렇게 내게 현실로 다가왔다. 벌목공에게 던지듯 입 밖에 낸 말이 현실이 된 이상 내가 별러오던 여행을 더 이상 늦출 필요는 어디에도 없었다. 여름 캠프가 늦춰지더라도 어쩔 수 없는 노릇이었다. 그래서 갔다가 돌아오자마자 답사부터 서두르지 않으면 안 되었다. 벗 삼아 같이 떠날 사람도 달리 없었다. 이리저리 생각 끝에 터키에서 내 통역 겸 안내자였던 여자가 여름 방학을 틈타 한국에 와 있다는 사실을 상기했고, 전화를 걸었던 것이다. 그것이 N이었다.

"터키에서 못다 한 여행을 계속하자는 거군요."

못다 한 여행을 한국에서 마저 하자고, 별 뜻 없이 던져놓았던 내 말을 그녀는 용의주도하게 되살려내고 있었다. 기껏 이즈미르까지 가서 아쉽게 되돌아온 여행이었다. 참전 용사를 만나고, 인터뷰를 하고, 부랴부랴 자료를 챙겨 돌아온 번개치기 취재가 끝났을 때 나는 말했었다. 여행은 한국에 돌아가서 마저 끝내지요. 그녀도 바빴고, 나도 바빴다. 그녀 없이 나는 앙카라의 한국전쟁 참전 기념비를 보기 위해 비행기를 타야 했다. 그것으로 그녀와의 어설픈 만남은 끝났다. 그러니까 그 여행은 마르마라 해(海)와 그 옆 해바라기밭을 바라보며 달리는 길과 교즐레 밀전병과 한 끼의 쉬쉬케밥 식사 등으로 요약된다. 쉬쉬는 양고기 꼬치구이, 케밥은 볶음밥이었다.

그녀의 승용차를 타고 간다는 점에서 터키에서 못다 한 여행을 계속한다는 말은 어울렸다. 어떤 음악을 좋아하느냐는 물음에 아무 음악도 좋아하지 않는다고 대답했음에도 아랑곳없이 그녀는 "계속되는 여행이고 그때도 들었으니까요" 하고 테이프를 끼워 넣었다. 그러자 마르마라 해를 끼고 달리던 기분도 되살아났다. 우리나라에도 제법 알려진 터키 노래 〈위스퀴다르〉였다.

"실크 로드의 끝이에요. 위스퀴다르. 거기서 종종 배를 타고 아시아와 유럽을 오갔죠. 외로울 땐."

그녀의 말이 아니더라도 위스퀴다르가 지명이라는 사실은 그곳에 가서 얻은 몇 안 되는 지식 가운데 하나였다. 동양의 저쪽으로부터 오던 길은 그 아시아의 끝 바닷가에서 멎을 수밖에 없다. 대안의 유럽이 빤히 마주 바라보인다 해도 어쩔 수 없는 길은 멎는다.

그녀가 테이프에서 흘러나오는 노래를 들릴 듯 말 듯 따라 불렀다. 담배를 피우려고 빠끔히 열어놓은 차창으로 휙휙 휘어 들어오는 바람 소리에 그녀의 노랫소리는 터키 말인지 한국 말인지도 모르게 귓가로 흘렀다. 터키에서 그녀가 번역해 준 구절은 희미하기만 한데 위스퀴다르에 내 사랑 그 여자를 찾아갔다가 그만 진창에 빠져버렸네, 하는 구절만은 어느 정도 기억이 살아났다. 위스퀴다르 머나먼 길을 찾아갔더니……

이제 저쪽으로 무릉리를 지났는가. 차를 돌려 그만큼 왔는데도 나는 그 농악패의 젊은이들이 마당을 빙글빙글 돌고 있는 모습이 뇌리에서 떠나지를 않았다. 마당가에 피어 있는 끝물 동자꽃이 유난히 밝은 주황색으로 빵긋거리던 모습도 눈에 선했다. 곧 장마가 지면 꽃잎은 죄다 뭉그러지고 만다. 강원도의 무릉도원에는 많은 꽃들이 피었다. 나는 그 꽃들을 보려고 그곳에 갈 때마다 직접 가는 길 대신에 꼭 강릉으로 해서 삼척으로 돌아가곤 했다. 그 꽃들을 보려고? 그렇다고 해두는 것도 해롭지는 않겠다. 그 길은 시계 바늘 방향으로 돌아가는 고향 길이어서 내 마음을 안정시켰다. 그리고 원주에서의 하룻밤. 자기 전에 한 번, 깨어나서 한 번의 섹스, 혹은 흘레. 어떤 때는 잠이 깨어 그녀를 못 보게 되는 날도 있었다. 그런 날이면 나는 내 입술과 혀에 남아 있는 그녀의 은밀한 구석의 냄새를 맡아

보려고 애썼다. 그것은 수정을 기다리는 꽃의 씨방 냄새였다.

"꽃들이 진다. 곧 여기 근무는 끝나. 키스."

뻐꾸기 우는 계절을 지나 장마가 시작될 무렵이었다. 그녀로부터 만나고 싶다는 전화가 갑자기 와서 나는 또다시 강릉행 버스에 몸을 실었다.

느닷없이, 곧 여기 근무도 끝난다며 전화로 보낸 키스를 받고 달려간 무릉도원에서 그녀는 장맛비 속에서 땀에 흥건히 젖어 짐을 꾸리고 있었다.

"뭐 하는 거야?"

내 목소리는 빗소리를 이기려고 악을 썼다. 그녀가 외지에서 홀로 근무하는 동안 그래도 조금은 위안이 되라고 내가 그때그때 갖다 심은 풀꽃들이 빗물에 젖히고 있었다.

"때려치워야지. 이건 내 인생이 아냐."

그녀는 씩씩거렸다.

"어떤 게 인생이지?"

"인생? 그건 이스탄불에 가서 오리엔탈 익스프레스를 타는 거야. 인생? 그건 세계의 지붕 밑에 카페 몽유도원을 차리는 거야. 후우. 담배 있어?"

"담배를 다시 해?"

"그게 인생이니까."

그녀는 불과 몇 개월 남은 공익 요원 복무 기간을 앞두고 인생의 행로를 바꾸기로 했다고 말하며 담배 연기를 내뿜었다. 나는 빗물에 젖는 꽃들이 늘어져 있는 마당귀를 별 생각 없이 내다보고 있었다.

내가 그녀의 숙소 마당에 꽃들을 갖다 심은 까닭이 비로소 짐작되었다. 나는 그것으로 그녀에게 보상하려고 했던 것이다. 그 꽃들이 피는 곳에서 그녀와의 다른 차원의 약속이 이행된다는 심리였다. 그녀와 현실적인 결혼을 할 수 없는 대신 나는 그 뜰에 가장 아름다운 꽃다발을 바치기로 마음먹었던 것이다. 물론 의도가 확실했던 건 아니다. 또 현실의 가정이 아름다운 꽃밭의 형태로 이루어지는 것도 아님을 모르는 바도 아니다. 그렇지만 나는 다른 방법을 발견할 수가 없었다. 식물이란 위대한 것이라는 내 신념과 관계없이, 그따위 나약한 행위로 보상이 된다고 여긴 게 얼마나 가소로운 일이란 말인가.

"다시 생각할 순 없어?"

나는 책이며 옷이며 짐을 싸는 것을 도왔다.

"다 그만두는 거야. 지겨워. 이렇게 해서 내가 뭐가 되겠단 거지?"

"이제 마지막 몇 개월이잖아."

"마지막? 그건 죽음이야."

나는 언제나 그녀 가슴속의 파란 불꽃을 바라보길 좋아했다. 때로는 시골길의 반딧불처럼, 때로는 공동묘지의 인(燐) 불처럼 내 눈앞에 빛나며, 그것은 내 어두운 날의 지표가 되어주었다. 그러므로 나만이 그 가슴을 가장 깊이 끌어안을 수 있다고 믿어왔던 것이다. 그러나 그녀는 술집에라도 마주 앉을라치면 거세게 항변했다. 민중을 말하던 투사들은 다 어디 갔지? 민족을 말하던 투사들은 다 어디 갔지? 민주를 말하던 투사들은 다 어디 갔지? 그녀의 불꽃은 늘 내게 말없이 항변한다. 용감하게 깃발을 들었던 투사들 다 어디 갔지? 고드름, 아니면 솜사탕 투사들?

그리고 스스로 대답한다. 다들 장사하러 갔어. 돈 벌러 갔어. 가물가물 사위어가는 그녀의 파란 불꽃이 바람에 떤다. 역사의 수레바퀴 아래서는 누구나 살아가는 것만으로도 투쟁인 거야. 지금은 장사꾼이 투사겠지. 민중 안에서 민중을 말해 선민화하고, 민족 앞에서 민족을 말해 선민화하던 우물 안 개구리 시대는 지나간 걸 내가 왜 모르겠어. 어떻든 살아남아야 해. 민족 안에서의 투쟁이 아니라 민족 밖으로의 투쟁. 예전에 누가 말했잖아. 만인의, 만인에 대한 투쟁이라고.

뒤늦게 바꾼 행로였다. 그것을 그녀는 다시 포기하고 말았다. 그야 어찌됐든, 거기에 오리엔탈 익스프레스의 터키가 문득 끼어 있다. 나는 그녀가 애거서 크리스티의 소설을 말하고 있는 것은 아니라는 걸 잘 알고 있었다. 청량리에서 어디로 갈 때였더라, 우리는 그 열차를 프랑스 파리와 터키 이스탄불을 잇는 오리엔탈 특급 열차로 명명했었다. 그런 쓰잘데없는 겉멋이 우리 관계를 겨우겨우 이끌어갈 정도로 그 무렵 우리는 지쳐 있었다. 그런 열차에는 시베리아 횡단 열차도 있었고, 실크 로드 횡단 열차도 있었다. 블라디보스토크와 하바롭스크를 잇는 오케안 열차, 모스크바와 상트페테르부르크를 잇는 붉은 화살 열차, 일본 시코쿠의 봇짱 열차, 이즈 반도의 이즈의 무희 열차도 있었다. 그것은 맺어질 수 없는 가련한 연인들의 도피 열차였다.

카자흐스탄의 어느 날, 내가 엉뚱하게 터키를 입에 올림으로써 한 사람의 고통받는 동포를 그곳으로까지 향하게 한 것에는 이 같은 일말의 꼬투리가 없지 않았다. 잠재의식이야말로 끈질긴 인과의 뿌리였다.

젊은이들이 머리를 빙빙 돌리며 연습에 몰두해 있는 한옆 마당가에 피어 있던 주황색 동자꽃, 그리고 그 뒤의 빨간 톱풀 꽃. 터키에서도 내가 보았던 것은 많은 우리나라 꽃들이었다. 무궁화는 물론 소나무, 버드나무, 자귀나무, 배롱나무, 개가죽 나무, 백양나무, 인동덩굴 등 나무에다가 채송화, 금잔화, 분꽃, 접시꽃, 패랭이 등 풀꽃들은 정겹고 친근했다. 하기야 어딜 가 나 반사막으로 황량하게 버려져 있다시피 한 드넓은 석회질 땅에 자라는 엉겅퀴나 고들빼기, 씀바귀 들은 비록 같은 것들 이라도 우리 것들보다는 훨씬 억세고 컸다. 거기에 올리브나 무와 유도화와 장미가 있다. 그리고 한여름이므로, 칸나와 해 바라기.

우리나라에서는 볼 수 없는 드넓은 해바라기밭을 처음 본 것은 마르마라 해를 끼고 달리는 길옆의 구릉들에서였다. 나 는 N이 운전하는 승용차를 타고 그 길을 달려 터키에서 세 번 째로 큰 도시라는 이즈미르로 향하고 있었다. 이즈미르까지는 만만찮은 거리였다. 마르마라 해를 왼쪽으로 바라보며 터키의 유럽 쪽 땅을 아래로 내려가서, 다르다넬스 해협의 맨 밑에게 해가 열리며 대안의 아시아 땅까지 삼 킬로미터 폭으로 좁아 지는 곳에서 배를 타고 건너 차나칼레라는 도시에 이르러, 거 기서도 더 달려가는 길이었다. 터키군은 미국군 다음으로 많이 참전하여 칠백칠십 명이나 전사했다고, 전쟁 기념관의 자료는 밝히고 있었다. 그러나 그 전쟁은 웬일인지 까맣게 잊히고 있는 게 현실이었다. 나 자신도 그 전쟁의 아픔을 잊은 지 오래였다. 그런데 터키에서 그 아픔이 새록새록 돋아지는 건 무슨 까닭인지 모를 일이었다. 많은 역사적인 전투가 벌어진 해협과 바다를 바로 눈앞에 두고 있기 때문이라고도 여겨졌다. 게다가 붉은 핏빛 바탕에 그려져 있는 초승달과 별의 터키 깃발이 곳곳에 나부끼고 있는 것이었다.

"얼마 전에 말이에요. 북한 사람 몇이 터키까지 왔지 뭐예요. 그래서 한국 사람이 하는 식당하고 농장에서들 일하게 됐다고 해요. 농장은 선인장 농장인데 네덜란드로 수출을 하고 있지요."

그녀가 차를 휴게소에 멈추며 말했다. 정말 그럴 수도 있구나, 나는 놀랐다. 중앙아시아에서 내가 아무런 대책 없이 중얼거린 말이 그렇게 실현될 수도 있었다. 하지만 나는 그 과정의 험난함에는 그저 입을 다물고 있을 수밖에 없었다. 만약에 카자흐스탄에서 만난 그가 그 일행에 끼어 있었다면 그는 식당보다는 농장 쪽을 택했을 거라고 생각되었다. 그러나 그것은 어디까지나 행복한 추측이었다. 그가 터키에 닿기에는 이모저

모로 좀 빨랐다.

우리는 해바라기밭을 등지고 앉아 마르마라 해를 내려다보며 '차이' 한 잔에 교즐레 밀전병을 뜯어 먹었다. 그러자 엉뚱하게도 이미 세상에는 없는 A가 어디선가 갑자기 가깝게 다가오는 느낌에 나는 어리둥절했다. 벌써 여러 날째, 세상이 이제야 보인다는 새로운 눈뜸이 계속된다고, 나는 스스로 경이로웠다. 나는 옆에 앉아 진한 터키 차를 마시고 있는 N이 A가 아닌가 하는 생각에 문득 어지럼증을 느꼈다.

"이즈미르는 호머의 고향이에요."

그렇게 말하고 있는 N도 A를 연상시켰다. 〈채프먼이 번역한 호머를 읽고〉라는 소네트를 배우던 시간 A와 나는 나란히 강의실에 앉아 있었다. 그 유명한 시인이 누구였더라? 그 강의실의 나와 A가 어느덧 마르마라 해 옆의 나와 N으로 바뀌며, 나는 그 시에서처럼 번역본 호머를 읽고 흥분을 못 참아 그 번역자 채프먼을 찾아 밤이 새기도 전에 달려가는 시인의 모습 또한 내게로 전이되는 환상에 젖었다.

모든 전이에는 나름대로의 꼬투리가 있다. A가 N처럼 문학을 전공하지는 않았지만 한때 시와 소설에도 경도되었었다는 것도 두 사람의 모습을 한 모습으로 전이시켜주는 요소였을 것이다. 처음에 이스탄불 대학에서 연구 강의를 할 때 한국 문학의 과제라는 말을 썼지요. 그건 우리나라에서는 쉽게 쓰는 문법이잖아요. 그런데 어떤 사람이 따지듯 묻는 거예요. 과제라는 말이 쇼킹하게 들려온다, 한국 문학은 무슨 과제가 주어져서 그 과제를 완수하는 문학인가? 즉, 교조주의적인 문학이냐는 거였지요. 그건 한물가도 한참 한물간 거 아니냐는 거였지요. 그 순간 우리 문학에 분명히 그런 요소가 짙다는 걸 알고 놀랐어요. 넓게 보아도 아직도 우리 문학은 계몽 문학 단계에 머물러 있다는 걸 깨달아야 했어요. 그녀는 그런 말도 했다.

여름 해의 폭양 속에 해바라기밭들이 노오랗게 커다란 모자이크처럼 널려 있는 것이 눈길을 끈다. 하지만 유달리 특이한 풍경이라고는 말할 수 없다. 다만 우리나라에 없을 뿐이지 그것은 러시아를 비롯하여, 해바라기씨를 즐겨 먹는 곳에서는 흔한 풍경이 되어 있었다. 그래서 영화에서도 한몫을 하고 있는 것이다. 렌트한 승용차를 운전하는, 옆자리의 N은 한국 사람이 분명한데도 다른 나라 사람이라고 나는 몇 번씩 다시 보곤 했다. 바다 탓인지, 해바라기밭 탓인지, 혹은 다른 무엇 탓인지 분간이 되지 않았다. 굳이 분간을 하려는 것도 아니지만, 내가 뭔가 착각을 하곤 한다는 사실은 영 마뜩잖은 것이었다.

여름 캠프를 앞두고 갑자기 터키로 가서 흑해니 마르마라 해니 에게 해니 바다들을 맞닥뜨리고 있는 사실조차가 나를 착각 속에 빠지게 한 것일 터였다. 아니, 굳이 착각이라고 말할 필요는 없다. 여름 캠프에서 내가 말할 주제를 마르마라 해를 지나면서 다시 정리하고 있었다는 것. 그것은 중요한 것이었다. 내 머릿속에 한국전쟁이 맴돌고 있는 것은 당연한 일이었다. 그리고 거기에 대한 우리의 관념이 박약하기 그지없다는 사실을 새삼스레 느끼고 있었다. 그 결과, 새로운 밀레니엄 시대의 우리의 자세라는 거창하고 추상적인 문제를 우선 과거에 눈을 돌려 실마리를 풀 수밖에 없다는 생각이 들었다. 특별한 착상은 아니었다. 역시, 과거와 현재와 미래가 하나의 축으로 연결되어 있지 않으면 밀레니엄이고 뭐고 확실하고 공고한 삶은 보장되지 않는다는 믿음의 재확인이었다.

여기에 N의 전쟁 이야기가 거들고 있었음을 나는 부인하지 않는다. 이른바 전후 세대인 그녀가 한국전쟁에 대해서 이러쿵저러쿵 끼어들 틈은 극히 제한되어 있었다. 내가 이스탄불 공항에 내렸을 때부터 그녀는 한국전쟁에 대해 아무것도 모르고 있어서 미안하다고 미리 양해를 구했었다. 그녀는 단순히 터키에서 오 년째 공부를 하고 있을 뿐, 그녀에게 통역을 맡긴 한국의 전쟁 기념관에 대해서조차 그런 게 있는지도 몰랐노라고 했다. 그래도 나와 몇 번 국제 전화를 하는 과정에 터키의 한국전쟁 참전 용사들이 그들만의 모임을 만들어 정기적으로 만나고 있다는 정보도 수집하고 그들 중 몇 사람과는 구체적인 연락도 취했다고 했다.

말했다시피, 전쟁 기념관에서 그런 용건으로 접촉해 오자마자 나는 기다렸다는 듯이 서둘렀었다. 그것은 오랫동안 내가 꿈꾸어왔고, 또 저 중앙아시아에서의 엉뚱한 마음빛이 곁들여 있는 일이기도 했다. 타치아나라는 여자가 그것을 환기시켜주기도 했다. 그에 곁들여 나는 이번 기회에 그 전쟁에 대해 뭔가 되짚어볼 수 있겠다고 각오를 새롭게 다지기도 했다. 비록 다섯 살의 어린 나이에 맞이했다고 해도, 그 뒤 삼 년이나 계속된 그 전쟁은 지워지지 않는 얼룩처럼 뇌리에 남아 있었다.

"예전엔 그 전쟁 얘기가 도무지 귀에 들어오지도 않았어요."

차는 바닷가의 구릉지대를 달려가고 있었다. 그녀는 한국전쟁에 대해 모르고 있어서 부끄럽다는 말을 다시 하고 있는 것이었다.

"그야 누구나…… 우리나라에서 산다는 건…… 그냥 살아도 전쟁 하는 거 같으니까……"

나는 나 자신이 모호하다고 느꼈다. 한국을 떠나온 지 겨우 며칠이나 되었다고 그렇듯 객관적인 눈을 가진 양 말하는 스스로가 못마땅하기도 했다. 뒤를 돌아보고 어쩌고 할 겨를은 도무지 없이 그저 앞만 보고 달려야만 그나마 생존이 가능한 사회라는 뜻이 서글퍼서 나는 머뭇거리는 것이었다. 내 머뭇거림을 헤아린 듯 그녀는 터키 사람들에게는 과거가 너무 무거워 보인다고 혼잣말처럼 말했다. 마치 무거운 쇳덩이 추를 달고 있는 것처럼 말예요.

아침에 호텔 밖으로 나온 나는 얼마 떨어져 있지 않은 성벽 쪽으로 발걸음을 옮겨놓았다. 본래 예전의 모습이 그랬는지 성벽은 넓은 도로를 가운데 두고 양쪽 언덕에 높이 솟아 있었다. 도로를 내려다보고 있는 망루 부분에 터키의, 붉은 바탕에 흰 초승달과 별이 그려져 있는 깃발이 나부끼고 있었다. 군데군데 허물어지고 낡은 성이었다. 동로마 시대 아니면 오스만 투르크 시대의 것이리라. 성 옆으로 새로 도로를 닦느라 아침부터 공사가 한창이었다. 나는 성벽을 끼고 먼지를 뒤집어쓰면서 어디론가 걸음을 재촉했다. 어디론가, 하고 나는 말할 수밖에 없다. 그녀가 오겠다는 약속 시각까지는 아직도 한 시간이나 여유가 있었다. 성들이 없다면 세상은 얼마나 평퍼짐할까, 성벽을 따라 걷는 것 자체만으로 나는 성에 얽힌 역사 속으로 빠져들어가는 듯했다. 지난 역사를 말해주는 것 가운데 성만큼 웅변적인 것도 없었다. 인류의 역사는 저토록 거대한 성들이 필요했던 시대와 그렇지 않은 시대로 크게 나뉠 수 있다는 생각이 들었다. 그러나 거대한 성벽이 필요 없는 이 시대의 우리는 사람들 하나하나가 자기의 성벽을 쌓지 않으면 안 된다. 이름컨대, 고독의 성채라고 불러도 좋을 것이다.

내가 사진으로나마 이스탄불의 성곽을 처음 본 것은 이십 대의 새파란 청년 시절이었다. 그 무렵 출판사에서 세계 역사 책을 만들던 나는 그 지역을 스쳐간 제국들과 그 제국들이 남겨놓은 성곽이며 사원이며 신전들을 경이의 눈으로 더듬었던 것이다. 그런데 나는 바로 그 현장에서 아침 공기를 쐬며 '어디론가' 걷고 있었다. 여기에는 결코 산책이라는 말이 어울리지 않는다. 그저 걷는다는 모습만으로는 산책에 지나지 않았다. 그러나 걷다가 다시 호텔로 돌아간다는 단순한 일이 아닌, 뭔가 강렬하고도 불가사의한 어떤 모험에 이끌리고 있다고 믿어졌다. 이것을 두고 역사 속에서 삶을 느낀다든지, 혹은 반대로 삶 속에서 역사를 느낀다든지 하는 따위로 설명해서는 진부해진다. 페르시아의 다리우스나 그리스의 알렉산드로스나 로마의 콘스탄티누스나 오스만 투르크의 술레이만이나 그런 위대한 정복자들의 이름을 기억하며 걷는다는 것도 소영웅적인 감상주의자의 허영에 지나지 않았다. 나는 나를 진정시키며, 다만 나 혼자 여기에 있다고 말하려고 애썼다. 하지만 그것도 간단한 노릇이 아니었다. 예배 시간마다 뾰족한 첨탑 위에 마이크에서 억양을 꺾으며 길게 빼는 성직자의 외침이 내 귓속에 남아 웅웅 울리고, 나는 그 소리에 이끌려 누군가를 만나러 가고 있는 것만 같았다. 그게 누구일까. 이 세상에 진정한 만남이란 있는 것일까. 완벽한 사랑이란 있는 것일까…… 나는 성벽을 향해 그렇게 묻고 있었다. 이제 모든 사람들은 각각의 성벽을 쌓아야 하는 게 아니라 참호를 파야 하는 것이었다. 우리는 모두들 개인호를 파고 그 속에 웅크려 들어가 괴멸적인 운명과의 백병전을 속절없이 기다려야 한다. 영웅의 시대가 가고 인간의 시대가 옴으로써 피할 수 없게 된 '만인의, 만인에 대한 투쟁'이었다. 그러나 실상 그건 투쟁도 무엇도 아니었다. 외로움과 그리움이 표독스럽게 두 개의 대가리를 꼿꼿이 쳐든 괴이한 짐승이 마침내는 개인호를 벗어나지 못하고 자멸해가는 과정에 다름 아니었다.

그때였다.

나는 허물어진 성벽 사이에 숨어들 듯이 움직이는 사람들을 보았다. 아침에 성벽에서 무슨 일이 일어난 것일까. 내 상상력이 어느새 《아라비안나이트》에 나옴 직한 장면으로 쏠렸음은 물론이다. '열려라, 참깨!'를 외치자 바위문이 열린다. 양탄자를 타고 하늘을 날아가며, 호리병과 반지에서 거인이 나와 명령을 기다린다. 나는 어쩔 수 없이 환상 속으로 빠져들어간다. 나는 성벽 뒤쪽으로 좀 더 가까이 다가갔다.

그러나 다음 순간, 멈칫 걸음을 멈추지 않으면 안 되었다. 사람들은 뜻밖에 너무 가까이 모습을 드러냈다. 나는 지금도 그 모습에서 모멸감과 함께 비애를 느낀다. 하기야 그렇게 느끼는 내가 잘못이다. 그렇다. 그들은 아침에 일어나 용변을 보기 위해 성벽의 허물어진 틈바구니로 기어들어갔던 것이다. 용변 그 자체에 무슨 모멸감을 느낄 까닭이 없다. 똥오줌은 우리네 존재와 함께하는 부산물일 뿐이다. 참고로 하자면 서정주 시인의 〈상가수(上歌手)의 소리〉라는 시에는 이런 구절도 보인다. 상가수가 "왜, 거, 있지 않아, 하늘과 별과 달도 언제나 잘 비치는 우리네 똥오줌 항아리, 비가 오나 눈이 오나 지붕도 앗세 작파 해버린 우리네 그 참 재미있는 똥오줌 항아리, 거길 명경으로 해 망건 밑에 염발질을 열심히 하고 서 있었"다는 것이다. 게다가 그런 풍경은 불과 얼마 전까지만 해도 우리 주변에서도 없지 않았던 것이었다. 거기서 우리네 삶의 한 단면을 엿본다는 것에는 유쾌한 구석마저 있었다. 전쟁이 짓밟고 지나간 자리에는 많은 난민들이 떠돌이로 하루하루 위태로운 삶을 이어가지 않으면 안 되었다. 똥오줌을 제대로 가릴 만한 곳을 차지한 사람들은 난민이 아니었다. 나 역시 똥오줌을 처리하기 위해 얼마나 비굴해졌던가. 그러므로 내가 모멸감을 느낀 까닭은 다른 데 있었다. 그것은 순식간에 내 상상력의 양탄자가 노천 변소로 곤두박질침으로써 나름대로의 멋진《아라비안나이트》의 책장은 펼치지도 못하게 된 때문이었다. 펼치지도 못한다는 정도가 아니라 아예 똥칠이 되고 만 때문이었다.

그러나, 아니다. 그것이야말로 현대판《아라비안나이트》였다. 옛 영화를 간직한 성벽이 오늘에 와서 그와 같이 훌륭한 해우소(解憂所)로 둔갑한 현실은 나를 일깨우기에 충분했다. 자칫 나는 역사의 환상 속으로 스며들어가 현실 속의 나를 잃고 마치 무슨 주인공이라도 된 양 껍죽거릴 뻔했다. 성벽 위에 휘날리는 깃발은 그 어떤 제국의 것이 아니라 지금 이 시간 터키 공화국의 깃발이었다. 붉은 바탕에 흰 초승달과 별. 인상적인 그 깃발에 대해 설명해준 것도 N이었다. 여기 어디 바닷가에서의 일이었대요. 그녀는 마르마라 해를 가리키며 말했다. 독일 쪽에 붙은 터키는 연합군을 맞아 전투를 벌였다. 양쪽에서 수십만이 죽은 치열한 전투였다. 온통 피바다를 이룬 가운데 한 터키 병사가 새벽에 일어나 하늘에 빛나는 초승달과 별을 본다. 크게 보아 전쟁은 패배로 돌아갔지만 그 전투는 승리였다. 병사는 그 광경을 글로 남겼다. 붉은 피바다 가운데 떠 있는 새벽 초승달과 별. 그것이 그대로 국기에 그려져 박힌 것이었다.

"저는 보름달보다 초승달을 더 좋아해요. 터키 말 공부를 하는 건 우연이 아닐 거예요. 세상에 우연이란 없죠. 전 우연을 믿지 않아요. 후후."

단순히 보름달보다 초승달을 좋아한다고 터키에서 공부하게 된 인생에 필연성을 부여한다는 건 지나치다는 생각이 들었다.

"그러기에 옷깃만 스쳐도 인연이라는 말이 있었잖소."

"맞아요. 인연, 멋있는 말이에요."

"혹시, 불교도?"

"아뇨. 그냥 코란이며 성경이며 불경을 읽고 있어요."

이로써 나는 코란과 성경과 불경을 함께 읽고 있는 여자를 내 인생에서 처음 만난 것이었다.

"아예 사서삼경도 마저 읽는 게 어떻소?"

"한국에 돌아가면 그럴 생각이에요."

호텔에서 만나자마자 우리는 시내 관광이고 뭐고 일단 뒤로 미루기로 하고 터키에서 세 번째로 큰 도시라는 이즈미르를 향해 떠난 것이었다. 한국전쟁 참전 용사들 중에 내 일에 가장 적합한 사람이 거기 어디 살고 있었다. 그는 한국전쟁 참전 용사들에 관한 자료를 일일이 챙겨 가지고 있다고 했고, 그 방면에 꾸준히 연구도 계속하고 있다고 했다. 그와 만나 얘기를 나누는 것도 그러려니와 자료를 복사해 넘겨받는 것이 무엇보다도 필요했다.

그리하여 에게 해를 끼고 있는 쿠샤다스라는 소읍에서 만난 그는 한국전쟁에서 방금 돌아와 마악 한숨을 돌리는 사람 같다는 느낌을 주었다. 이미 늙었고, 세월은 삼십오 년이나 지나 있었는데도 그는 하나의 전투 장면까지도 상세히 기억하고 있는 눈빛으로 우리를 대했다. 밀고 밀리는 막바지 전투에서 유엔군이 터키군을 최전방에 배치하는 통에 죽을 고비도 많이 넘겼다고, 그는 담담하게 말했다. 그리고 비록 복사 자료일망정 내게 넘겨주는 그의 손은 긴장하여 떨렸다. 내가 그녀와 쉬쉬케밥을 한 끼 먹었다는 것은 바로 그날 저녁 그와 함께 셋이서의 일이었다. 그런데 그와 만나고부터 내 마음은 알 수 없이 점점 무거워져서, 나중에는 뒷골까지 조금씩 당겨왔다. 이른 저녁에 터키 산 붉은 포도주를 곁들이고, 앞바다에 그리스의 사모스 섬을 바라보며, 한국을 얘기하는 식탁은 각자의 마음에 쇳덩어리 추를 달아놓은 듯 무겁기만 했다. 그리고 우리는 서로의 바쁜 일정을 탓했다. 그러나 바쁜 일정 때문에 빨리 헤어지게 된 것이 오히려 다행이다 싶었다. 하룻밤이라도 묵어 가게 되어 있었다면, 나는 한국전쟁의 망령에 사로잡혀 마치 전쟁 포로라도 된 양 괴로워하지 않으면 안 되었을 것이다. 그날 늦게라도 이스탄불로 돌아가야만 하는 것이 얼마나 내게 해방감을 주었는지 모른다.

다시 말해서 나는, 문득 옛 호리병 속에서 연기와 함께 빠져나온 망령, 한국전쟁의 망령을 맞닥뜨렸다는 느낌이었다. 그놈은 호리병 속에 갇혀서 은인자중 기회를 엿보고 있다가 망각의 허점을 노려서 어느덧 빠져나와 피가 뚝뚝 흐르는 실상을 바야흐로 드러내 보이는 것이었다. 어이가 없었다. 아마 여기에 대비하려고, 이제야 세상이 보인다느니 어쩌느니 잔뜩 너스레를 떨었나 싶기도 했다. 나는 전쟁 기념관이 내게 맡긴 일을 할 게 아니라 나 스스로 맡아야 할 일을 알고 있었다. 그 전쟁 중에 내게 무슨 일이 일어났던가. 하릴없이 터키에 와서 그 전쟁을 객관적으로 살펴보고 있을 게 아니라 먼저 나의 전쟁을 살펴보는 게 순서였다. 어서 빨리 한국으로 돌아가야 한다. 돌아가야 한다. 그래서 나의 한국전쟁을 직접 끌어안아야 한다. 나는 조바심이 났다. 돌아가서, 전쟁 때 세상을 떠난 내 아버지의 경우부터 먼저 밝혀보아야 한다.

"귈레 귈레."

식사가 끝나고 나는 갓 배운 터키 말로 그에게 작별 인사를 던졌다. 아무리 바빠도 분위기에 따라서는 하루쯤 늦어도 굳이 안 될 것이 없었다. 그러나 갈수록 조바심의 수위가 높아져서 숨이 가쁠 지경이었다. 모든 것은 자료에 들어 있었으며, 나는 예의상 그를 상대하고 있는 것에 지나지 않았다. 그것으로 상황은 끝났다. 그녀가 모는 차를 타고 왔던 길을 서둘러 가는 것이 일이었다. 밤길을 달려 우리는 이스탄불에 닿을 것이었다. 나의 잠깐 동안의 에게 해 방문도 그것으로 끝이었다. 아쉽다고 눈가를 붉히는 그의 전송을 받으며 차에 올라 터키 산에게 담배를 피워 문 것으로 에게 해는 '귈레 귈레'였다.

"이왕 왔는데, 일정이 너무 짧아요. 여긴 볼 것도 많은 나라예요."

건성으로 하는 말은 아닌 듯했다. 그건 맞는 말이었다. 무엇보다도 많은 유적들이 있었다. 하지만 나는 성벽의 현대판《아라비안나이트》를 본 것만으로 충분하다는 생각이 들었다. 그렇게도 별러온 여행이었건만, 나는 도무지 다른 곳을 둘러볼 마음의 여유가 없었다. 성 소피아 사원의 모스크바와 첨탑도 빛이 바랬다. 폐허가 된 위대한 제국들의 유산이 내게 전하고 있는 것은 허무였다. 그 허무를 반추해 내 인생의 반면 선생으로 섬긴다는 생각조차 나를 피곤하게 만들었다. 무엇 때문일까. 호리병 속에서 나와서 나의 뇌리를 덮치고 있는 그 어떤 거대한 모습을 나는 뿌리칠 수가 없었다. 한국전쟁이 내게 남긴 것은 단순한 폐허의 허무가 아니었다. 그러므로 그것은 그냥 무겁기만 한 쇳덩어리 추 따위가 아니었다. 그것은 미해결의 장으로 묻어둔 비극의 가묘(假墓)였다. 나는 관광객으로서의 내가 용서되지 않았다. 돌아가서, 아버지의 가묘부터 파헤쳐야 한다.

"일은 잘된 건가요?"

"자료가 말해주겠죠. 아무튼 전쟁이란……"

나는 무슨 말을 해야 할지 알 수 없었다. 전쟁이란…… 어처구니없는 후유증을 낳는다, 하고 나는 말하고 싶었던 것일까. 그렇다면 가령 월남전은 우리에게 무엇이었을까, 하고 나는 묻고 싶기도 했다. 골치 아픈 일이었다.

돌아오는 길은 갈 때보다 훨씬 멀었다. 나는 빵을 안주로 해서 터키 포도주를 질금질금 목구멍에 부어 넣었다. 사흘 묵은 터키 빵이 갓 구운 그리스 빵보다 맛있다고들 한다는 말 끝에, 이렇게 가다가는 새벽하늘에 빛나는 초승달과 별을 볼지도 모르겠다고, 그녀는 어둠뿐인 마르마라 해를 내려다보며 말했다. 생각하기에 따라서는 그처럼 낭만적인 여행은 없었다. 포도주 맛에 길들지 않은 내 혀였건만 터키 아나톨리아 지방 포도주는 감미로웠다. 그리고 터키 빵은 몇 달이 묵었더라도 상관없을 것 같았다. 그녀의 희망대로 새벽하늘에는 어김없이 초승달과 별이 초롱초롱 빛날 듯싶었다.

"이렇게 밤길을 가니 여기가 한국 같아요."

아마도 한국 사람과 함께 가고 있다는 걸 나타내는 말이라고 받아들여졌다. 그것은 나 역시 마찬가지였다.

"나중에 여기서 실크 로드를 거쳐 한국까지 갈 날이 있을 거요."

나는 상념에 젖어 말했다.

"위스퀴다르에서 서울까지……"

"아니, 위스퀴다르에서 영등포까지. 예전에 영등포에선 마누라 없인 살 수 있어도 장화 없인 못 산단 말이 있을 정도로 비만 오면 온통 진창이었다니까요. 위스퀴다르처럼 님 찾아갔다가 진창에 빠진 건 예사였겠지요."

"〈위스퀴다르〉. 다시 틀까요?"

"노래…… 듣고 싶지 않아요."

쓸잘 데 없는 대화를 나누면서 나는 초승달과 별이 뜬 하늘 아래 대지에 붉은 피가 넘쳐흐르고 있는 풍경을 떠올렸다. 나는 노래 대신에 오른쪽 바다에서 들려오는 절규를 듣고 싶다고 말하고 싶었다. 그 절규에 붉은 포도주는 어느새 붉은 피로 변할지도 모른다고 나는 상상했다. 그와 함께 낭만적인 밤길은 또한 괴로운 밤길로 변하고 있었다. 아닌 게 아니라 어둠에 잠긴 마르마라 해가 언뜻 뿌옇게 떠오르며 무언가 절규하고 있었다. 전쟁은 그것에 관한 생각만으로도 포도주 향기에 피 냄새를 배게 한다.

밤길은 정말 실크 로드를 거쳐 서울에 이르는 듯싶게 멀었다. 호텔에 도착해서 그녀를 보내고, 나는 강릉의 친구에게 전화를 걸었다.

"여긴 이스탄불이야. 오리엔탈 익스프레스를 타볼까 해."

"어디? 청량리? 웬일이야?"

"응, 청량리. 그럴 일이 있어. 숨이 막히겠어."

나는 우리가 오래전에 강릉 바닷가를 오락가락하며 내 아버지에 대해 얘기한 걸 기억하느냐고 물었고, 그로부터 그런 것 같다는 대답을 들었다. 나는 그때 건성건성 들려주었던 듯한 이야기를 될 수 있는 대로 상세하게, 하지만 허겁지겁 쏟아부었다.

"그래서? 도대체 무슨 일이야?"

"망령이 살아났어. 호리병 속에 숨어 있던 망령이 살아났어. 여긴 실크 로드의 끝이야."

"우린 항상 길 끝에 살고 있어. 막다른 길."

대화는 뒤죽박죽이었다. 할 수만 있다면, 그 길로 강릉으로 달려가서 아버지의 죽음에 대해 캐고 싶다고 말했다. 전화를 끊고 나서 나는 한동안 머리가 어질어질했다. 그리고 나는 망령이 살아났다는 내 말에 쫓기며 헐떡거렸다. 그것은 오래전부터의 나의 숙제였다. 그런데도 나는 여태껏 머뭇거리던 내가 혐오스러웠다. 아버지가 전쟁 중에 총탄을 맞고 죽었다는 것이 내가 아는 전부였다. 그리고 나는 고향을 떠나 다른 아버지 밑에서 자랐다. 내가 다른 아버지 밑에서 자랐다는 사실을 안 것은 훨씬 나중의 일이었다.

문제는, 나를 낳아준 아버지의 죽음에 대해 알았음에도 불구하고 내가 그 무덤조차 찾아보지 않고 있다는 데 있었다. 내가 왜 그토록 무심했는지 모른다. 과거가 무거운 쇳덩어리 추처럼 나를 얽매이게 할까봐 지레 회피했던 것일까. 아니, 아버지의 묘소를 찾아 넙죽 엎드린다고 해서, 과거가 뭐 그렇게 나를 얽매이게 할 빌미도 없었다. 그렇다고 하면서도 나는 늘 머뭇거렸다. 내가 과거에 무엇이었든 그게 무슨 상관일까. 전쟁 뒤의 요 가까운 세월이 아니라, 아주 아주 먼 과거에 베이징원인이었다 한들, 원숭이였다 한들, 물고기였다 한들, 플랑크톤이었다 한들 그게 무슨 상관일까. 인간이 나이 들어 미래를 향한다는 건 종국엔 과거와 똑같은 상태, 즉 무화에의 회귀의 길이라고 나는 간단히 정의하고자 했었다.

전쟁 중에 세상을 떠난 아버지를 위해서 내가 할 일은 무엇이었을까. 내가 이념을 싫어하는 까닭은 아버지의 죽음이 가져온 결과는 아니었다. 그렇지만 아버지의 무덤을 찾는 일은 어차피 이념을 건드리게 된다고 여겨졌었다. 그럼으로써 나는 원치도 않는 복수심을 북돋워 가지려고 애쓰게 될지도 몰랐

다. 이념이란 얼마나 헛된 것인가. 게다가 아버지는 이념이고
뭐고 따지지도 않는 한 사람의 자연인으로서 단지 억울하게
희생되었을 게 틀림없었다. 그런데도 나는 어쩔 수 없이 이념
을 들먹일 게 빤했다. 나는 머뭇거렸다. 그러는 가운데 하루가
일 년이 되고 또 십 년이 되고 또 몇십 년이 되는 뜻 없는 세월
이 흘렀던 것이다.

그런데 그 전쟁을 아직도 생생하게 간직하고 있는 사람들이
있었다. 옛 골동 호리병 속에서 망령이 나와 엄연히 살아 움직
이는 곳이 있었다. 그리고 나는 그 망령이 냉큼 갖다 대령한
양탄자를 타고 순식간에 한국으로 돌아오고 말았다.

운장산의 골은 깊다.

차가 반일암의 계곡을 끼고 달릴 무렵에 벌써 해는 산에 가
리고 저녁 이내가 깔리고 있었다. 길가 밭에서는 옥수수가 시
퍼렇게 자란 잎사귀를 바람에 날리고 있었다. 담배 연기가 빠
지라고 차창을 열자 멀리서 쓰르라미 울음소리가 날아들었다.

"언젠가 터키에 도착했다는 그 북한 사람들 잘 있을까요?"

왜 그들이 떠올랐는지 모른다. 그들에게 특별한 관심이 있
어서가 아니라는 걸 나는 알고 있었다. 시골길의 한 모퉁이가
나로 하여금 떠돌아다니며 살아가는 삶을 생각게 했다고 할

수밖에 없었다. 그들과 집시가 함께 어울려 외딴길을 하염없이 유랑하고 있는 모습이 눈에 어른거렸다. 외롭게 버려져 산모퉁이를 돌아가는 길이나 성황당 고갯길이나 산속 오솔길을 만나면 늘 나를 사로잡는 환영의 한 갈래였다. 그것은 내게는 정처 없이, 기약 없이 떠나가는 버림받은 사람들의 길이었다. 그리고 거기에 내 모습도 있었다. 홀로 어디론가 가고 있는 내가 있었다. 그런 나를 본연의 모습으로 설정해놓은 내 삶에 문제가 있을 지라도 나는 돌이키고 싶지 않다.

"못 견딘대요. 개를 잡아먹어서 이웃 사람들하고 싸웠대요. 아무 데도 가고 싶지 않대요. 돈이 필요하대요. 추방해달라고 한대요. 아무 데나."

나는 당황했다. 공연히 얘기를 꺼냈나 싶었다. 집시가 따로 없었다.

"집시 같군."

"집시요?"

"집시보다도 더 험난한 삶이겠지. 그런 삶이 자기의 삶이라는 생각, 해봤어요?"

그녀는 대답할 말을 찾지 못하고 있는 성싶었다. 그녀는 대답 대신에 가볍게 머리를 가로저어 보였다. 어려운 질문이군요, 하고 말하고 있다고 여겨졌다. 버젓이 고국이 있음에도 불구하고 추방과 유랑과 도피 등으로 얼룩진 삶을 어떻게 설명할 것인가.

한국전쟁의 어느 날, 어머니와 함께 시골의 산모퉁이를 돌아 피난을 가고 있었다. 어디로 가고 있었는지는 모른다. 아버지가 없었던 걸 봐서 그때 이미 아버지는 이 세상 사람이 아니었던 모양이다. 그로부터 나는 늘 떠돌이로서 살게 되었다는 의식에 시달렸다. 의식뿐만이 아니라 실제의 삶도 실로 그랬다. 산모퉁이 길이니 고갯길이니 오솔길이니, 그래서 나는 눈길을 멈춘다. 그 산모퉁이가 바로 지금 여기 어디라는 착각에 나는 다시금 현실과 비현실 사이에서 허둥거린다. 운장산의 모퉁이 길은 오랜만에 만난 그런 곳이었다. 내가 차를 다시 돌리자고 한 까닭이 그것이었다고 해도 나는 부인하지 않는다.

"자료 정리를 제가 좀 도와드릴까요?"

그녀가 화제를 돌렸다. 전쟁 기념관에서 일이 좀 늦어지고 있다는 말을 들었다고 그녀는 아침에 말했었다. 그에 대해 내가 아무 말도 하지 않는 게 자못 궁금한 모양이었다. 이번에는 내가 머리를 가로저었다. 자료 정리가 문제가 아니었다. 그 일을 맡긴 사람에게 나는 서두를 것 없다고 일부러 말해주기도 했었다. 먼저 나의 한국전쟁부터 정리해야 했던 것이다.

"그보다, 아버지를 만나러 가야 돼요."

나는 혼잣말처럼 중얼거렸다.

"어디로요?"

그녀가 어리둥절한 표정을 지었다.

"세상의 모든 외로운 산모퉁이 길을 돌아서."

나는 시처럼 말했다. 나는 가장 먼 길, 가장 먼 타향을 헤매다가 비로소 고향에 돌아온 사람이라는 생각이 들었다. 외로운 산모퉁이 길이야말로 내가 떠나온 길이자 내가 돌아갈 길이었다. 사당에서 보았던 광경이 이 세상의 것이 아니라고 느낀 것은 비로소 현실을 되찾는 과거의 명현(瞑眩) 현상 같은 게 아니었을까. 요 근래에 내가 무슨 헛것을 본 듯이 무엇엔가 홀렸다느니 이제야 세상이 보인다느니 어쩌느니 한 것도 다그런 어지럼증의 현상이 아니었을까.

그런데, 나는 지금 이 여자와 어디로 가고 있는가. 그뿐 아니라 이 여자에 대해서도 아는 게 거의 없지 않은가. 무작정 차를 돌려 캠프장으로 다시 가자고 한 것밖에 아무것도 정해진 것은 없었다. 그런데도 차는 얼마 지나지 않아 목적지에 이를 것이었다. 적어도 나로서는 얼마 전 터키에서처럼 밤길을 달려 되돌아가는 일은 없으리라는 것만은 확실했다. 다시 말하지만, 이제는 내가 찾던 고향 같은 외로운 산모퉁이가 있는 것이었다. 전쟁이 나서 그 산모퉁이를 돌아 고향을 떠난 지 몇십 년, 아직도 헤매는 몸이었다.

"아버지…… 외로운 산모퉁이는 뭐예요?"

그녀가 물었다.

"아버지는 전쟁 때 세상을 떠났소. 동족끼리 서로 죽이는 전쟁 말이오. 많은 사람이 죽었어도 내 아버지는 한 사람이오. 그래서 난 나름대로 그 전쟁의 실상을 늘 확실히 밝히고 싶었던 거요. 다른 자료들도 있고, 책도 있지만, 나 스스로의 것이 필요했소. 아버지가 죽어간 그 전투를 알 수만 있다면 더없이 좋은 일일 텐데…… 터키까지 간 것도 그런 뜻이었소. 산모퉁이는 그렇게 억울하게 죽어간 사람들이 간 길이오."

구름을 감추고 있다는 뜻을 나타내 보이려는 듯 운장산에는 구름이 여러 겹으로 휘감기고 있었다. 무거운 얘기에 그녀는 말없이 고개만 끄덕였다. 여기까지 와서 그런 얘기를 해서 미안하다는 내 말에, 그녀는 터키에서부터 계속된 얘기가 아니냐고 반문했다. 그리고 이 여행이 터키 여행의 연장이라고 했잖느냐고 덧붙였다.

여행이라는 말이 피난이라는 말과 겹쳐졌다. 우리, 즉 어머니와 나는 피난을 가지 못하고 교전 중인 읍내 한가운데서 전쟁을 맞았다. 내가 홍역인지 무슨 병인지 죽을병에 걸려 피난을 못 갔다고 했다. 어린 병자에게 들린 그 총소리들은 아직도 내 귀에 쟁쟁거린다. 그리고 어머니 등에 업혀 끌려간 어두운 방에서의 목소리가 컹컹 머릿속을 채운다. 왜 밤에 불을 켰지? 불빛으로 적과 신호를 한 거지? 적이 가까이 온 걸 어떻게 알았지? 방에 두껍게 드리워져 있던 담요가 떠오른다. 유리 등피가 끼워진 등잔이 떠오른다. 담요를 꼭꼭 다시 여미고 등잔에 불을 댕긴다. 어린 나는 열에 떠 자지러진다.

그런 뒤 우리 모자는 조심스럽게 산모퉁이 길을 돌아갔다. 그리고 멀지 않은 곳에 바다가 내려다보이고, 사람들이 우왕좌왕하고 있는 모습이 눈에 들어왔다. 커다란 검은 배가 아래로 입을 쩍 벌리고 있었다. 고래보다 큰 배였다. 짐 보통이를 잔뜩 이고 든 어머니는 자꾸만 뒤에 처진다. 어머니의 손짓이 어서 가, 어서 가, 성화였다. 검은 병사가 나를 번쩍 들어 배에 올린다. 나는 겁에 질려 악을 쓰며 울음을 터뜨린다. 어머니는 여전히 저 뒤에 허둥거리고 있다. 얼마나 울다가 까부라졌을까. 검은 배는 기우뚱거리고 있었고, 어머니는 옆에 눈을 감은 듯 만 듯하고 나를 내려다보고 있었다. 그것이 뒤늦은 피난이었다. 그 뒤로 나는 어두운 도색을 한 배만 보면 그 배를 연상했다. 그 배 안에 병들고 어린 내가 타고 있었다. 그 배는 부산으로 가는 배가 아니라 머나먼 어떤 유배지를 향해 가는 배였다. 그래서 나는 지금도 내가 옮겨 다닌 이 땅의 여러 곳이 마치 배소(配所)처럼 느껴지는 것이다.

피난지의 어느 날, 먹이를 물러 가는 어미 새처럼 어머니가 보퉁이를 옆구리에 끼고 나갈 때 배웅하러 나간 나는 작은 똑딱선에 올라타던 어머니의 한쪽 발에서 벗겨져 바닷물로 떨어지던 흰 고무신을 보았다. 거적때기를 올려 만든 집 아닌 집과, 먹을 물조차 없어 기신거리던 나날의 일들 가운데 그 고무신이 나중까지 가장 깊은 인상으로 남아 있는 까닭은 무엇일까. 바닷물로 떨어지던 그 고무신이 하루하루를 간당거리며 연명하던 생활의 표징처럼 받아들여졌는지 모른다. 그 고무신마저 없으면 어머니는 어미 새로서의 구실을 못할지도 모른다고 나는 믿었음에 틀림없다. 철렁, 하는 소리는 내 마음의 소리였을 것이다. 고무신은 바닷물에 휩쓸려 사라지고, 똑딱선은 떠났다.

그리고 그다음에는 어떻게 되었는지, 이야기의 전말은 없다. 마치 피난살이의 고달픔이 그 고무신과 함께 바닷물에 떠내려간 것만 같았다. 그러므로 일견 거창해 보이는 인생살이의 모든 것이 그 고무신에서처럼 작고 하찮은 표징만을 남긴 채 사라져버림을 나는 알게 되는 것이다. 그리고 그 고무신이 바닷물 속에서 휩쓸려버린 게 아니라 지금 이 시간에도 어디론가 떠내려가는 배로서, 중앙아시아의 '하얀 배'일 수도 있으며, 내가 울음을 터뜨렸던 검은 피난선일 수도 있으며, 누군가가 진도에서 일본까지 타고 간 작은 고무보트일 수도 있음을 알게 되는 것이다.

전쟁은 그렇게 지나가고 있었는데, 아버지는 어디로 간 것일까. 나는 그것을 알지 못하고 다른 집으로 가서 오랜 떠돌이의 인생살이로 접어들었다. 몇 번인가 고향집을 찾아 낯선 거리를 오르내리기도 했었다. 여기에 관해서는 이미 오래전에 써놓았던 다음과 같은 글도 있다.

대관령 아래 그 유서 깊은 도시의 중심지, 읍사무소 바로 앞에 자리 잡았던 우리 집은 흔적조차 더듬을 길이 없었다. 그때마다 집을 전체 생김새로 찾을 수 없음을 깨달은 나는 바깥쪽 길가로 난 변소 푸른 구멍을 찾고자

이리저리 기웃거렸다. 예전에는 집집마다 변소 아래쪽에 네모난 구멍이 길가로 뚫려 있어서 그리로 똥바가지를 집어 넣어 오물을 퍼내게 되어 있었다.

나는 지금 무슨 이야기를 하고 있는가. 전쟁으로 인해 그 똥바가지가 우리 재래의 나무 바가지의 그것에서 미제 깡통이나 저 철모 속 파이버로 바뀌었다는 풍속을 이야기하고 있는가. 변소가 화장실로 바뀌었다는 소리를 하고 있는가. 아니다. 나는 우리 집 변소의 그 네모난 구멍을 너무도 또렷이 되살리고 있는 것이다. 전쟁 중의 어느 날, 간밤에 시가전이 맹렬히 벌어지고 나서 조용해진 아침에 살그머니 고개를 빼고 대문 밖으로 나간 나는 그 변소 구멍을 보았던 것이다. 거기에 머리를 반쯤 안으로 들이밀고 쓰러져 있는 한 남자를 보았던 것이다. 물론 그 남자의 몸뚱이 대부분은 바깥 길가에 엎어져 있었다. 군복 차림이었다. 누구일까, 하고 나는 그 얼굴을 살피려 했기 때문에 변소 구멍으로 눈길을 쏟을 수밖에 없었다. 하지만 이미 말했다시피 그 얼굴은 반쯤 구멍 속으로 기어들어가 있어서, 누구인지 알 길이 없었다.

누구일까. 왜 그랬을까. 나는 아무것도 알지 못했고, 어리둥절함과 두려움의 호기심으로 서 있었을 뿐이다. 그리하여 내게 남은 것은 그 변소 구멍의 정확한 위치와 모양인 것이다.

전쟁은 이렇게 내게 몇 장의 장면들을 스냅으로 남기고 세월의 저쪽으로 뒷모습을 감추었다. 피와 살을 느낄 수 없는, 책 속의 몇 줄 객관화된 기록만을 남기고. 포격 소리를 들으며 웅크리고 있던 방공호. 역시 우리처럼 피난 못 간 이웃집 귀머거리 할머니와 어린 손녀, 검은 피난선, 수챗구멍에 흘러나오는 술지게미를 끼니로 받고 있는 때꼽재기 양재기, 비행기 소리, 총소리……

그런 가운데 이쪽이고 저쪽이고 따질 것 없이 어이없는 죽음이 있었다. 억울한 죽음이 있었다. 말도 안 되는 죽음이 있었다. 살고 싶어서 남의 집 변소 구멍으로 들어가 숨으려다 죽은 꽃다운 나이의 청년도 하나 있었다.

그런데 내가 몇 번이나 그 변소 구멍조차 찾지 못하고 돌아선 다음에 은연중에 간직하게 된 것은 그때 변소 구멍으로 감춰져 있던 그것이 바로 아버지의 얼굴이 아니었을까 하는 생각이었다. 이모저모로 따져서 그럴 리는 없었다. 적과 내통했다는 혐의로 저녁 무렵에 어디론가 붙잡혀 들어갈 때 그 사람은 벌써 치워져 있었던 것이다. 그럼에도 불구하고 나는 남몰래 그 모습에 아버지의 모습을 덧씌우고 있었다. 그렇게 명확한 변소 구멍조차 찾을 수 없다는 박탈감이 더욱 그쪽으로 몰아갔다고 해도 어쩔 수 없는 노릇이다. 아니, 그 정도로 나의 전쟁을 덮어두기를 내가 원했다고 해도 좋겠다. 어떤 식으로든 환상이 필요한 사람에게 환상은 억지를 부리더라도 찾아오게 마련인 것이다. 그럼으로써 아버지는 바로 우리 집 변소 구멍을 통해 집 안으로 들어오려다가 그만 총에 맞아 저세상 사람이 되고 말았다. 그리고 어느 가묘에 묻혀 있는 것이다.

마지막 산모퉁이만 돌아가면 캠프장이었다. 도대체 왜 다시 돌아가자고 제안했는지 알 길이 없었다. 터키에서의 여행을 계속한다? 여간 어쭙잖은 일이 아니었다. 물론 날은 아직 어둡지도 않았고, 또 어둡다 한들 얼마든지 서울로 되돌아갈 수 있었다. 터키의 그 먼 길도 굳이 되돌아가지 않았던가. 그러나 나는 내가 되돌아가지 않을 것임을 잘 알고 있었다. 그러기에는 전쟁 때 보았던 그와 같은 산모퉁이를 나는 너무 자세히 보았다고 느껴졌다.

"캐러밴서라이로 가는 길 같아요."

그녀가 속삭이듯 말했다.

"캐러밴서라이……"

"네. 터키를 여행하다 보면 종종 허물어진 유적들이 있어요. 대략 십 리마다라든가. 옛날 캐러밴들이 묵어 가는 숙소. 우리 말로는 객줏집이라면 되나요?"

"객줏집……"

나는 더듬을 수밖에 없었다. 캐러밴서라이나 객줏집을 몰라서가 아니었다. 어디선가 읽은 기억이 새로웠다. 그렇지만, 캐러밴서라이든 객줏집이든 나는 그 집에 변소 구멍이 하나라도 있기를 바랐다. 그 흔적만이라도 있기를 바랐다. 캠프장이라고 이름을 붙였어도 시골집을 개조한 민박집에 불과했으므로 가능할 터였다. 그것으로 목적은 이루었다는 생각이 들었다. 그 구멍 속에서 나는 한 얼굴을 보리라 했다. 그래야만 그것 때문에 차를 돌렸다는 목적의식이 뚜렷해질 것만 같았다.

"아버지는 변소 구멍에 얼굴을 박고 돌아가셨지요. 전쟁 때 총을 맞고 말이에요."

갑자기 변소 구멍이 왜 나오는지 모르겠다는 얼굴로 그녀가 나를 돌아보았다.

"캐러밴서라이에 가면 다 들려드릴게. 이제야말로 터키에서의 여행이 마무리되는 거요."

나는 확신에 차서 말했다. 그녀가 머리를 조금 까딱거리기는 했으나, 여전히 한국전쟁에 대해 아는 게 없어서 미안하다는 표정을 지었다고 생각되었다. 변소 구멍의 수수께끼를 모른다 하더라도 아무려나 상관없는 일이었다. 아침부터, 아니, 며칠 전부터, 아니, 오래전부터 내 마음을 저 운장산의 골안개처럼 휘감아 돌던 환각증도 더 이상 발을 붙일 수 없다는 생각이 들었다. 모든 것은 명확해졌다. 그다지도 서로를 갈망했었다고? 그따위 터무니없는 망상이 어디에 끼어들 틈이라도 있었더란 말인가. 나는 쓴웃음을 지었다. 적어도 나는 지금 내게 들러붙어 있던 전쟁의 망령을 영원히 떼어버리러 가는 길이었다. 그게 아니라면, 좋게 이름 붙여 천도(遷度)쯤으로 불러도 괜찮을 것이었다.

간밤에 강릉의 친구는 느닷없이 전화를 걸어 오리엔탈 익스프레스를 타고 언제 왔느냐고 운을 뗐다. 우리는 조금 웃었다. 그러자 그는 들어보라고, 윽박지르듯이, 그러나 소곤거렸다.

그 순간 내가 오싹함을 느낀 건 무슨 까닭일까. 그는 내가 이스탄불에선지 청량리에선지 건 전화를 받고 왠지 목이 메더라고 말했다. 그 얘기를 몇 번인가 듣고서도 그냥 지나쳐서 더

했는지 모르겠다고도 덧붙였다. 고향에서부터 그는 내 얘기를 들어왔었다. 하지만 그뿐이었다. 나는 그날 밤 그에게 전화를 걸고 한동안 머리가 어질어질하고 헐떡거렸다는 사실을 상기했다. 무서울 정도로 외로웠던 기억도 떠올랐다. 그 전화를 받고 무언가 하지 않으면 안 되겠다고 결심했다고 그는 나직나직 말했다. 술잔을 입에 털어넣는 소리가 들려왔다. 그래서 뭐가 어쨌느냐는 내 물음은 그의 계속되는 말에 묻혀버렸다. 그는 며칠을 온통 그 일에 매달렸다고 했다. 그래서 겨우 연고자를 찾아냈고, 마침내 내 아버지의 무덤까지 찾아냈다고 했다. 그 말을 들을 때쯤은 나는 아무 대꾸도 하지 않고 있었다. 그가 술잔을 기울이는 소리가 들려왔다.

"그리고 그건……"

그녀는 취중에도 말을 멈추었다. 나는 재촉하지 않았다. 그가 밝힌 내용이 무엇이든 나는 그것으로 족했다.

"그건…… 오발 사고로 처리됐더군."

마지막 말을 마치고, 마치 자동 응답 녹음이 끊어지듯이 그의 전화는 끊겼다. 그것이었다. 해결은 그렇게 난 것이었다. 처음에 느꼈던 오싹함도 거짓말처럼 사라지고 나는 이상하리만치 평온해져 있었다. 그 말을 듣자고 나는 그 오랜 세월을 기다려왔던 듯도 싶었다. 어이없다든가 허망하다든가 하는 감정은 조금치도 일지 않았다. 시가전이고 동족상잔이고를 따지지 않더라도, 전쟁이 가져온 죽음 앞에 나는 얼마든지 겸허할 수 있었다. 그것으로 나의 전쟁은 끝난 것이었다. 나는 한동안 어둠 속에 혼자 서성거렸다.

얼마를 지났을까, 나는 내 뒷골 어디쯤 아득히 떠오르는 잔상을 보았다. 점점 윤곽이 밝아와서 환히 드러난 그것은, 변소 구멍 속의 얼굴이었다. 그것은, 누가 뭐래도 변소 구멍 속의 아버지의 얼굴이었다. 그 얼굴은 그것으로 예전에 나의 전쟁을 마감했음을 보여주려고 애쓰고 있는 얼굴이기도 했다. 그제야 나는 확실히 알 수 있었다. 그것으로 나의 전쟁은 진정 끝난 것이었다. 아버지는 암호를 대라는 말을 듣고도 그대로 있다가 총을 맞은 것이었다. 그리고 피를 흘리면서도 간신히 집 근처까지 와서 변소 구멍으로 기어든 것이었다. 그것이 내가 할 수 있는 가장 정확한 추리였다. 그 변소 구멍 속의 얼굴이 보이며, 나는 모처럼 안온한 고향의 품에 안긴 것만 같았다.

차가 산모퉁이를 돌자 낮에 보았던 집이 모습을 드러냈다. 그 뒤로 운장산의 깊은 골이 겹겹이 포개져 다가왔다. 아래쪽의 그늘에 대비되어 햇살이 흰히 남아 있는 위쪽은 새로 떠오른 초승달 아래 무리 지어 나무들이 춤추며 노래라도 부르고 있는 듯싶었다. 우우, 소리가 귀에 쟁쟁하여 나는 그 겹겹의 골들에서 눈을 뗄 수가 없었다. 아닌 게 아니라 때는 음력 초순, 날이 맑아 밤에는 초승달이 뜰 것이었다. 늦어도 새벽에는 초승달과 별이 함께 떠 있는 하늘을 볼 수 있으리라 싶었다. 그것은 붉은 피가 흥건한 대지 위에 떠 있는 초승달과 별이 아니었다. 그것은 평화롭고 아늑한 고향 땅 언덕 위에 다정하게 떠서 하얀 길을 비추고 있는 초승달과 별이었다.

"오늘은 틀림없이 초승달이 뜰 거요. 달빛에 하얀 길이 보일 때까지 내 얘길 들어요. 아버지와 변소 구멍 얘기 말요."

하얀 길에 대한 설명을 굳이 하고 싶지 않았다. 나는 이제야 세상이 보이는 나이가 된 모양이라고 덧붙이려다가 그것도 그만두었다. 반달보다도 초승달을 좋아한다는 말을 되새기듯이 그녀가 머리를 다소곳이 숙여 보인 때문이었다.

나는 멀고 먼 땅 끝을 헤매 다니다가 비로소 걸음을 멈추고 새벽하늘을 맑게 우러르는 나 자신을 마음속에 그려보고 있었다.

기타와 호궁

1. 알함브라 궁전의 추억

동박새의 울음소리를 '호오교교곡 호개곡'으로 표현한 시인이 있다. 동박새는 우리나라에는 울릉도나 제주도에 많은 새라고 한다. 처음에 건성으로 그 시를 읽고 있던 나는 얼핏 그 구절이 무엇을 쓴 것인지 몰랐다. '호오교교곡 호개곡'이라는 말이 새소리를 표현해놓은 것인 줄 모르고, 이게 무슨 소리인가, 하고 다시 들여다보아야 했었다. 그 순간의 나는 동박새의 울음소리를 처음 들은 사람이 이 울음소리가 무슨 새의 울음소리인가 조심스럽게 귀에 담는 모습이었을 것이다.

호오교교곡 호개곡.

나는 비로소 동박새의 울음소리를 귀담아 들었다. 그러나 불행하게도 나는 동박새라는 새가 어떻게 생겼는지 알지 못한

다. 호오교교곡 호개곡. 그런데도 동박새는 내 귓전을 날아다
니며 낭랑하게 울어대었다.

호오교교곡 호개곡.

그런데 내가 본 적도 없는 그 새의 울음소리가 지난날의 내
어떤 시절을 돌이켜보게 한 것은 모를 조화였다. 나는 나도 모
르게 고개를 갸우뚱거리며 기억을 더듬었다. 그렇게 길지는
않아도 내게는 한 시대로 칠 수 있는 시절이 있었다. 그 시절
은 여러 가지로 내게는 어려운 시절이었다. 하지만 그 시절과
호오교교곡 호개곡이라는 동박새의 울음소리가 어떻게 관련
을 갖는지는 알 수 없었다. 그러나 나는 분명히 그 새의 울음
소리를 들은 듯하다고 느끼면서 그 시절을 연상했던 것이었
다. 내가 그것을 쉽사리 표층적으로 기억해낼 수 없다면, 그렇
다면 그 새의 울음소리는 내가 의식하지 않았던 가운데 내 잠
재의식 속에 들어와, 어두운 뇌리의 저쪽에서 울고 있게 되었
던 것은 아닐까 짐작해볼 수도 있겠다. 언뜻 보고 잊어버렸다
고 생각되었던 무엇, 아니, 언뜻 보고 잊어버렸다는 생각도 없
이 사라져버렸던 무엇이 아득한 뒷날 꿈속에서 선명하게 되살
아나는 현상을 거기에 대입시켜볼 수도 있겠다. 그 새의 울음
소리도 그렇게 내 잠재의식 속에 갇혀 있다가 어떤 계기로 되

살아난 것일 게다. 나는 먼지 낀 테이프 레코드를 틀어 까맣게 멀어져간 한 시절의 소리를 다시 듣는 것처럼 그리움과 안타까움에 젖어 내 귓전을 울리는 동박새의 울음소리에 한동안 귀를 기울이고 있었다.

호오교교곡 호개곡.

그러나 그 시절을 이야기하자면 그와는 다른 어떤 소리로부터 시작하지 않으면 안 된다. 지나간 시절은 모두 아름답다는 좀 멍청한 말이 있는데, 내게는 아직도 그 시절이 매우 어려웠던 시절로만 기억되니 얄궂은 일이다. 그리고 그 어려웠던 시절 그대로를 영원히 살아 있는 생생한 시절로 있게 해주는 것, 그것이 바로 지금도 귀 기울이면 바람곁에 들려올 것만 같은 그 소리라고 하고 싶은 것이다.

그 시절 나는 국화꽃 썩는 퀴퀴한 냄새에 잠에서 깨곤 했다. 그리고 어서 빨리 이놈의 데서 발을 빼야 할 텐데 하는 생각에서부터 하루 일과를 시작했다. 일과라야 뭐 별것도 없었다. 이미 나에게서 볼 장은 다 봤다고 여기고 의례적으로 대하고 있는 동업자 임(林)씨 옆에서 어슬렁거리는 일뿐이었다. 사실 나도 괴로웠지만 임씨도 괴로웠을 것이다. 나는 임씨와 갈라서야만 되었다. 그러나 내가 들여놓은 돈이 빠지지 않는 한 어떻게 움치고 뜰 재주가 없었다. 승산은 떠나간 것이라고 판단된 것도 오래전이었다. 내게는 국화가 괴상한 식물로 보였다. 나는 그 괴상한 식물의 덫에 걸리고 만 것이었다. 어렸을 때 본 영화에서는 커다란 불가사리 같은 열대 식물이 땅바닥에 널브러져 있다가 위로 원숭이 따위의 짐승이 지나가기를 기다려 꼼짝없이 가두어버리기도 했었다. 철창에 가두어진 것 같은 신세가 된 원숭이는 열대 식물이 뿜어낸 소화액으로 마치 개소주나 염소 중탕처럼 통째 흐물흐물 녹아서 마침내 그 열대 식물의 양분으로 빨아들여지고 만다고 했다. 나중에 식물에 흥미를 가지고 여러 가지 식물의 종류나 생태 따위를 살폈을 때, 그와 같은 크고 무서운 식물을 발견하지는 못했지만, 아닌 게 아니라 파리나 갑충 따위의 벌레를 잡아먹는 식물은 얼마든지 있었다. 표주박처럼 생긴 통에 달콤한 독액(毒液)을 채워 그것을 먹으러 들어오는 벌레를 잡는 식물, 가시가 달린 넓적한 두 잎사귀를 악어의 아래위 턱인 듯이 쩍 벌리고 있다가 벌레가 들어와 가시를 건드리면 아래위 잎사귀를 재빨리 닫아 벌레를 잡는 식물, 잎겨드랑이에 점액을 내서 벌레를 붙여 잡는 식물 등등. 그것들은 식물이라는 이름으로 한곳에 뿌리박고 있달 뿐 동물이나 진배없었다. 그래서 학자들이 동물과 식물의 차이를, 엽록소를 가지고 있느냐, 그래서 탄소 동화 작용을 하느냐 하고 면밀히 따짐으로써 구분한다고 하는지도 몰랐다. 실상 바다에 사는 동물들 가운데는 평생을 식물처럼 한곳에 붙박여 사는 것들도 꽤 많은 것이다. 굴, 홍합은 물론이고 흔히 멍게로 불리는 우렁쉥이 그리고 말미잘. 무엇보다도 식물처럼 가지까지를 뻗는 동물인 산호(珊瑚)도 있었다.

어쨌든, 무슨 괴상한 식물이 나를 잡아먹겠다고 하지는 않았으나, 나는 발을 잘못 들여놓은 것이 틀림없었다. 애초에 내가 식물에 대해 남다른 관심이 있고, 따라서 웬만큼 조예도 있다고 여겼던 게 잘못이었다. 그런 정도야 장난에 지나지 않았다. 그런 따위 조그만 꼬투리를 믿고 그것을 세상살이의 수단으로 삼으려 했던 게 잘못이었다. 그때가 아무리 1970년대 초라고 해도 세상살이의 각박함은, 눈 뜨고 있어도 코 베어 가기로, 마찬가지였다. 그런데 고등학교 때 특별 활동으로 원예반에 몇 번 기웃거린 정도를 가지고 전문가들 판에 끼어들었으니 될 법한 일이 아니었다.

하기야 꽃을 가꾸며 사는 생활은 내가 가장 동경해온 것이었다. 어릴 적부터 너른 땅을 지니지 못한 우리 집 형편 때문일 것이다. 널따란 땅에 이른바 기화요초(琪花瑤草)들을 심고 하루하루 그 자라는 모양을 살피며 살아가는 생활이야말로 신선의 생활이 아니고 무엇이랴. 식물의 생태는 내게는 늘 경이로웠다. 겨우내 죽은 듯 잠자던 나무들이 봄이 되면 꽃망울을 터뜨리는 생태는 물론 잎 피고 싹 나는 어느 것 하나 신기하지 않은 것이 없었다. 옛날 신라의 임금들도 안압지(雁鴨池) 같은 곳에 기화요초를 심고 아울러 신금괴수(新禽怪獸)도 길렀다고 했다. 아니, 정확하게 말하면 임금들이 기른 게 아니라 그 일을 맡은 벼슬아치들이 있었고, 임금들은 그 속을 노닐며 즐겼을 따름일 것이다. 그러나 나로서는 아름답고 이상한 꽃과 풀은 몰라도 짐승들까지 기를 재주는 없음을 나 스스로 잘 알고 있다. 중학교 교장을 지내다가 정년퇴직한 어떤 분의 회고담을 들은 적이 있었다. 새를 좋아한 그분은 학교 한 귀퉁이에 온갖 들새, 멧새 들을 길러서 학생들로 하여금 자연을 사랑하는 교육을 꾀하기도 했다고 했다. 그때 가장 키우기 힘든 새가 올빼미로서, 쥐니 개구리니 하는 먹이를 대는 데 여간 애를 먹지 않았다는 것이었다. 어렸을 때는 나도 한때 작은 새들에 여간 흥미가 있지 않았었다. 때까치 새끼를 우연히 구해 기른 적도 있었고, 새는 아니지만 오리 새끼를 기른 적도 있었다. 얼마 전 영천교 다리 건너 버스정류장 근처에서 종이 상자에 오글오글

넣고 파는 오리 새끼를 국민학교 아이들이 사 들고 가는 것을 보았었다. 날씨가 꽤 추워지는 겨울의 입구에 들어섰는데, 더군다나 서울 땅 어디서 저 오리를 기른단 말인가, 나는 안쓰럽게 생각했었다. 하기는 나도 그 오리 새끼를 기르다 못해 나중에는 어른들의 의견대로 잡아 먹었었다. 왜 내가 그 잡는 일을 맡았는지 알 수는 없다. 칼로 멱을 따는 방법을 아직 몰랐던 나는 몇 번씩 모가지를 비틀었다. 집에서 기르던 가금을 잡는 일은 그리 간단한 일이 아니었다. 잡아야 한다는 절대 명제 앞에서 그래도 어떻게 하면 조금은 인자하게 잡을까 하다가 몇 번씩 놓치고 뒤쫓고 하기를 되풀이해야 했다. 나중에는 징징 울면서 그놈을 잡았다. 그러나 나는 상에 오른 오리 고기를 결코 먹을 수는 없었다. 국물이라도 좀 먹으라고 내 앞에 말아놓은 국그릇에는 노오란 기름이 둥둥 떴다.

"새낀데두 여간 기름지지 않아요."

어머니는 아버지에게 제법 먹을 만하죠 하는 투로 말하며 나를 보고 호호 웃었다. 먹을 게 신통치 않아서, 지금과는 달리 기름기도 환대를 받던 시절이었다. 처음에 오리 새끼를 사왔을 때는 "아니, 애가" 하면서 눈살을 찌푸리던 어머니의 얼굴에 화색마저 도는 것을 보니 죽은 오리가 측은해서 견딜 수가 없었다. 그리고 그보다 어렸을 때 길렀던 게, 때까치 새끼였다. 그놈은 잡식성인 오리와 달리 육식성이어서 지렁이다, 개구리다, 메뚜기다, 방아깨비다 하고 먹이를 대다가 지쳐서 결국은 날려 보내고 말았었다. 웬 새가 그렇게 쉴 새 없이 먹어대는지 알 수가 없었다. 그러고 나서 오늘날까지 나는 이상한 새 한 마리쯤 내 넋나라에 그림자를 떨어뜨린 무슨 동물도 기르고 싶다는 생각을 완전히 버리지는 않았으나 손을 댈 엄두가 나지 않았다. 한때는 새를 잡으러 높은 나무에도 오른 적이 있던 나였다. 하지만 또한 때까치 한 마리 기를 재주가 없는 나였다. 내 관심이 식물로 쏠린 데는 그런 배경이 있었다. 사실 사물에 대해 유난히 싫증을 잘 내는 나로서는 내가 식물에 대해서만은 어떻게 그렇게 오랫동안 싫증을 안 느껴왔는지 그저 신기할 뿐이다. 결국 그것이 나를 또 한 번 실패의 구렁텅이 속으로 빠뜨리고 말았지만.

그 시절 나는 무료할 때면 국화꽃더미 속에 벌렁 드러누워 무슨 생각엔가 잠기거나 아니면 잠을 자기도 했었다. 한참 꽃을 시장에 낼 무렵에는 꽃판이 작거나 잎사귀가 병으로 오그라든, 값없는 등외품이 무더기로 쌓였다. 결국 쓰레기밖에는 안 되는 폐화(廢花)였다. 그 위에 드러누워 무슨 생각을 했던

가. 나는 좀 견디기 힘든 것을 빌미로 공연히 "더럽다"고 뇌까리며 직장을 팽개친 뒤, 우연히 임씨를 만났었다. 나는 이제야말로 제 길로 들어서는구나 하며 임씨를 마치 내 인생 행로에 중대한 계기를 마련해주기 위해 하늘이 보낸 사람쯤으로 받아들였었다. 어떤 위인이든 그가 위업을 달성하기 위해서는 우선 사람을 만나게 되는 것이었다. 임씨는 원예학과를 나온 전문가였다. 그는 동업으로 새로 농장을 일구자는 제안을 하면서 '약간의' 자금만을 댈 수 있으면 족하다고 했다. 나는 마침 퇴직금으로 그 '약간의' 자금을 조달할 능력이 있었다. 일이 잘 못되려면 이렇게 모든 것이 척척 맞아들어가게 되어 있는 것이었다. 나는 임씨가 나를 동업자로 끼어주지 않으면 어쩌나 조바심까지 났다. 그래서 엉뚱하게 "그곳 생활이 좀 적적하지 않을까요?" 하면서 너스레를 떨기도 했다. 그때 임씨는 야릇한 미소를 띠고 시흥에는 동기(童妓)가 있는 술집도 있다고 은밀하게 속삭여주었다. "동기라뇨?" 내가 군침이 돈다는 듯 묻자, 임씨는 "이 사람 동기두 몰라? 어린 기생 말야. 열댓 살짜리 숫처녀도 있다구. 좀 비싸지" 했다. 그 말을 들으면서 나는 당연히 좀 비싸더라도 그게 낫지 하는 표정을 지어 보였었다. 하지만 동기든 종기든 그게 문제가 아니었다. 나는 꿈꾸었다. 임씨

와 얼마 동안 일하면서 여러 가지 원예 작물을 맵시 있게 키우는 기술을 익힌다. 그리고 나중에는 나 혼자 독립한다. 내 원예 농장의 이름은 '한낡농원'이었다. '낡'은 나무의 옛말이었으니, 하나의 큰 나무를 키우는 농원인 셈이었다. 미래의 한낡농원 주인은 시인으로서, 그는 그가 가꾼 숲속의 작은 통나무집에서 밤새워 삶의 심오한 뜻을 시로 옮길 것이었다. 그는 주페라는 음악가가 노래한 그 '시인과 농부'였다. 나무들이 무럭무럭 자라고 온갖 진귀한 꽃들이 향기를 머금고 피는 숲속을 산책하면서 그는 모든 아름다움의 본질에 대해 명상할 것이었다. 사랑과 평화를 노래할 것이었다. 또한 진실을 자기 것으로 하기 위해 고뇌할 것이었다…… 그 꿈은 신선하고 신성한 것이었다. 그러나 겨울에 첫 꽃을 수확하고 나서부터 그 꿈은 차츰 멀어져가고 말았다. 나는 폐화더미에 드러누워 그 꿈이 돈만 우려먹고 사라지는 어떤 직업여성처럼 사라지는 것을 안쓰럽고도 서글프게 보고 있었다. 도대체가 덜떨어진 그 꿈이란 것을 지금에 와서 돌이켜 생각하면 모골이 송연할 뿐이지만, 그 때로서는 그 꿈이 사라져가는 것은 진정 괴로운 일이었다. 우라질, 통나무집은 무슨 낯간지러운 통나무집이란 말이냐. 삶의 심오한 뜻은 뭐며 아름다움이니 사랑이니 평화니 진실이니 하는 것들은 다 뭐란 말이냐. 지금에 와서 나는, 숲속의 산책 대신에, 어쩌다 홀로 집 옆의 중랑천 둑에 올라가 시커멓게 썩은 물을 바라보며 소주병을 까는 여유를 더 소중히 여기고 있을 뿐이다.

한낲농원의 꿈이 사라져갈 무렵 꽃더미에 드러누워 생각에 지치면 으레 잠을 청했다. 나는 오래도록 숨소리도 잘 내지 않고 잠드는 버릇이 있었으므로 아마 내가 꽃더미에 파묻혀 잠들어 있는 모습을 누군가가 보았더라면 마치 조화(弔花) 속에 안치된 한 젊은이의 시신(屍身)을 보는 듯했을 것이다. 사실 허황한 한낲농원의 꿈은 물론 손에 있었던 전 재산인 '약간의' 돈마저 사라지게 된 내 젊음에서는 어떻게 보면 시취(屍臭)가 날 만도 했다. 그러나 꽃더미에 파묻혀 잠들기를 기다리는 시간만큼은 남들이 모를 은밀한 행복이 있기는 있었다. 이 세상의 어느 누구도 온통 꽃으로 된 보료 위에 누워 잠들지는 않을 것이다.

그 가을에서 겨울을 넘기는 동안 정확하게 내 것이 된 것이라곤 아무것도 없었다. 수확해서 들어오는 돈도 처음 청사진에서와는 달리 보잘것없었으려니와 임씨는 그 기술마저도 제대로 알려주기를 꺼려하는 것 같았다. 내가 얼마만큼 배워 홀

쩍 떠나버리면 이번에는 '약간의' 돈이 아니라 '약간의' 노동력
이나마 잃게 되는 걸 아쉽게 생각하고 있었다고까지 나는 선
뜻 말할 수 있다. 나는 밥만 먹여주면 언제든지 동원할 수 있
는 일꾼이었고 아울러 집 지키는 개였다. 첫 수확을 보았어도
돈 들어갈 곳은 많았다. 봄이 되었으나 여전히 난방을 위해 연
탄을 들여야 했다. 그러는 동안 내가 배웠다는 것이라곤 나무
로 비닐하우스의 틀을 짜고, 두루마리 비닐에 인두질을 해서
이어 보다 광폭(廣幅)으로 만들고, 닭똥을 뿌리고 하는 일 정도
였다. 나는 몇백 개의 나무틀을 짜고, 몇백 미터의 비닐에 인두
질을 하고, 몇백 삼태기의 닭똥을 날랐다. 그래도 그때까지만
해도 시인과 농부의 꿈은 부풀었었다.

"꽃은 백화(白花), 뭐니 뭐니 해도 흰 꽃을 젤로 쳐."

임씨는 내가 식물에 대해 알고자 할 때면 무슨 시 구절처럼
그렇게 중얼거릴 뿐이었다. 시인과 농부는 따로 있었고, 나는
막일꾼에 지나지 않았다. 임씨는 삽수(揷穗)에서부터 거름주
기, 병충해 방제, 그리고 무엇보다 꽃을 언제 내느냐 하는, 출
하시기의 조절 같은 중요한 일은 자기 몫으로만 알고 있으려
는 빛이 역력했다. 그러는 가운데 폐화더미들은 곧 녹슨 쇠처
럼 적갈색을 띠며 시들어갔고, 또 어느 결에 짓물러 썩어갔다.

"저건 기타 소리가 아냐, 색 쓰는 소리야. 죽겠구만."

임씨는 공연히 사타구니를 추스르는 시늉까지 했다. 먼 데서 기타 소리가 가냘프게 들려왔다. 비닐하우스 한구석에 쌓아둔 폐화가 아직 첫물로 물들기 전이었다. 임씨와의 관계를 어떻게 해결할 수 있을까 하는 생각에만 골몰해 그 꽃 속에 벌렁 드러누워 있는 내게 들으라는 듯이 임씨가 말했다. 임씨는 내게서 무슨 거북한 말이 나올까봐 단둘이 있게 되는 시간이면 언제나 엉뚱한 말로 얼렁뚱땅 내 입막음을 하곤 했다. 나는 까딱 않고 드러누워 임씨가 말하는 그 '색 쓰는 소리'에 귀를 기울였다. 아니 실상 나는 언제부터인가 그 소리를 하나도 놓치지 않고 듣고 있었다. 오히려 임씨의 말이 그 소리를 방해했던 것이다. 그 기타 소리는 바람결에 호소하듯 부드럽고 애잔하게 들려오고 있었다. 그 기타 소리가 임씨의 말대로 '색 쓰는' 것처럼 농염(濃艶)하게 들렸다면 그것은 아마도 바람의 강약(强弱) 때문일 것이었다. 바람에 따라 그 소리는 끊어질 듯 이어질 듯 들려오고 있었다. 그러나 그 소리는 '색 쓰는 소리'는커녕 슬픈 만가(輓歌)처럼 들렸다. 어두운 저녁 무렵 삶의 종말을 애도하며 들려오는 만가였다. 하기야 천태만상의 인간 중에는 슬픈 만가를 들으면서 성적 충동을 느끼는 도착된 인간도 있음을, 인간 정신을 연구 대상으로 삼는다는 괴이한 책에서 읽은 적은 있었다.

"개는 언제나 노브라라믄서? 봤어? 집에서는 홀랑 벗구 춤을 춘다더군."

임씨가 눈을 빛내며 말했다. 임씨는 내게 그렇게 말하고 싶었지만 누구보다 먼저 그 지역에 자리 잡고 화훼 원예에 성공한 그 집을 부러워하다 못해 존경하고 있는 지경이었다. 내가 처음 갔을 때, 저 집은 홀어머니가 비닐하우스를 일구어 그 딸을 대학까지 보낸 집이라고, 임씨는 선망 어린 목소리로 내게 말했었다.

임씨와 나는 그곳에 자리 잡고 우선 그 집에 여러 가지를 의논해야 했다. 국화 모종이 달려 그 집의 것을 사다 심었고, 또 나주에 국화가 자람에 따라 꽃대궁을 일일이 받쳐줄 지주도 그 집에서 사다 꽂았다. 그 집은 먼저 시작한 사람으로서의 재미를 톡톡히 보고 있었다. 그래서 딸을 '대학까지' 보낼 수 있었던 것이었다. 그 딸의 대학에서의 전공은 무용이었으므로 그녀가 집에서 발가벗고 춤춘다는 상상이 전혀 어처구니없다고는 할 수 없었다. 남자란 정장을 한 여자를 볼 때도 그 속의 알몸을 종종 그려보기 때문이다. 그녀가 발가벗고 춤을 추는지 외투를 입고 춤을 추는지는 몰라도, 브래지어를 하지 않는다는 사실은 나도 알고 있었다. 학교 때였다. 도서관 뒤에 층계식의 둥그런 노천극장이 있어서 거기서 여러 가지 행사도 열렸고 예배도 보았다. 하루는 예배가 끝나고 나왔을 때 한 녀석이 말했다. 집안에서 목사 공부를 단단히 시키려고 먼저 철학과에 들여보낸 녀석이었는데, 말하는 소질을 타고났는지 재담꾼이었다. 그의 재담에 의하면 기도를 하다가 다들 눈을 감고 있는가 어떤가 갑자기 보고 싶은 충동에 뒤를 한번 돌아보았더니, 웬 낯선 게 눈에 띄더라는 것이었다. 그게 뭔데? 누군가가 물었다. 글쎄, 가만 있어봐. 그는 저게 뭘까 하고 안경을 고쳐 쓰고 자세히 살폈다는 것이었다. 참 해괴하네. 녀석은 뜸을 들였다. 뭐가 해괴해? 그 무렵 우리들은 해괴하다는 말을 유행어로 쓰고 있었다. 조금만 어긋나면 해괴하다는 말이 따라붙었다. 늘 시간을 넘기곤 하던 선생이 조금 빨리 강의를 끝내도 해괴했고, 여학생이 새 옷으로 예쁘게 차려입고 나와도 해괴했고, 당구장이 만원이 되어도 해괴했다. 그러다 보니 나중에는 모든 게 해괴했다. 교정에 개나리꽃이 피어도 해괴했고 새가 날아가도 해괴했고, 잔디밭에서 나가라고 해도 해괴했다. 세상이 해괴했다. 해괴하다는 낱말을 정말 해괴한 낱말이었다. 우리들 사이에 그토록 평범하게 일상적인 관용어로 쓰이면서도 해괴하다면 뭔가 해괴한 구석이 있을 듯싶었다. 아, 그 해괴한 게 뭔데? 가만있어봐, 지금 말하잖아. 첨엔 난 밤송인가 고슴도친가 했지. 그것이 밤송이인지 고슴도치인지 몰라, 안경을 다시 고쳐 썼다는 것이었다. 뭐? 밤송이? 고슴도치? 그래. 깜짝 놀랐지. 스커트 속에 그런 게 있으니. 녀석은 히 웃었다. 녀석의 말이 엉터리 우스갯소리인 줄 번연히 알면서도 나는 실제로 기도 시간에 뒤를 돌아다보지 않을 수가 없었다. 눈이 워낙 나빠서인지 밤송이도, 고슴도치도 내 눈에는 보이지 않았다. 그러므로 비록 브래지어와 팬티의 맡은 바 구실이 전혀 다를지라도, 그런 문제에 관한 한 임씨를 탓할 생각은 없었다.

"어, 뉴스 시간이 됐군."

임씨가 트랜지스터라디오의 스위치를 켰다. 일기예보를 듣기 위해서라면서 임씨는 항상 라디오를 꿰차고 다녔다. 기타 소리 대신에 남자 아나운서의 목소리가 스피커를 지르르 울리면서 크게 들렸다. 안질을 조심하십시오. 라디오에서는 황사현상이 일어나고 있다고 일리고 있었다. 대륙에서 불어온 모래바람이 서울의 하늘을 덮고 있다는 것이었다. 나는 하늘을 올려다보았다. 뿌연 비닐 천장에 가려 하늘은 더 뿌예 보였다. 황해의 바닷물이 누렇다는 것도 그 모래바람 때문이라고 들었었다. 해마다 이른 봄이면 그 모래바람은 한반도가 아시아 대륙의 한 부분임을 알려주려는 듯 어김없이 불어왔다. 뉴스는 계속되었다. 며칠 전부터 전국적으로 관심의 초점을 모으고 있는 유괴 사건이었다. 유괴당한 소녀는 자루 속에 넣어져 그 속에서 용변을 보며 닷새를 견딘 끝에 마악 집으로 돌아온 참이었다. 그리고 날씨. 내일도 여전히 황사 현상은 계속되겠습니다. 다 듣고 난 임씨는 스위치를 껐다. 라디오를 껐는데도 이제 기타 소리는 들리지 않았다. 그 무렵을 앞뒤로 해서 기타를 못 치는 사람은 간첩이라는, 그야말로 해괴한 말이 있었을 정도로 젊은 축들은 너도나도 기타에 극성을 부렸었다. 뭐 신기한 게 있다 하면 왁 하고 달겨드는, 말하자면 개발도상국적인 특성을 잘 나타내 보여주는 현상이기도 할 것이다. 그 와중에서도 나는 불행하게 기타를 못 배웠었다. 음악에 자질이 없는 것은 둘째치고, 그 통기타인지 뭔지가 유행되었던 무렵에 내 경제 상태는 그것 하나 마음 놓고 마련할 만한 여력이 없었다. 돈 때문에 젊음조차 쪼들린다는 것은 생각보다 비참한 일이었다. 어쨌든 그녀는 이미 대학을 마쳤으나 더 어렸던 시절에 익힌 솜씨로 바람결에 기타 소리를 실어 보내고 있었다.

"아무래도 화냥기가 넘쳐. 홍안다수(紅顏多水)라…… 아랫도리 구경이나 한번 했으믄, 젠장."

기타 소리가 멎은 것을 의식한 임씨가 주워섬겼다. 여자는 얼굴이 붉으면 물이 많다는, 길가의 관상쟁이에게 들었다는 그놈의 홍안다수는 임씨가 여자에 대해서 늘 쓰는 상투어였다. 나는 아랫도리라는 말에 고개를 돌렸다. 그리고 그녀의 들리지 않는 기타 소리를 기억해내려고 애쓰고 있었다. 어쩌다 일요일에 일 때문에 그 집에 들렀을 때, 서울에서 기숙사 생활을 하다가 집에 들르러 온 그녀를 볼 수 있었다. 그녀는 마당의, 빛이 바랜 비닐 등받이 의자에 등을 기대고, 몸을 젖히고 앉아 해바라기를 하고 있곤 했다. 검은 눈썹에, 굳이 홍안이라고 할 수는 없는 흰 얼굴은 윤곽이 뚜렷했고, 다소 상대방을 깔보는 듯한 몸가짐이었으나, 그 몸가짐에는 왠지 외로운 그늘이 어려 보였다. 하기야 그 외로운 그늘이라는 것을 두고 임씨가 그렇게 말할 수도 있음을 나는 훨씬 나중에 어렴풋이 알기는 했다. 그렇다고 하더라도 그것은 어디까지나 그렇게 말할 수도 있다는 것이지 그렇게 말해져야 한다는 것은 아니다. 내가 비닐 등받이 의자에 앉아 있는 그녀를 보면서 생각한 그것은 혹시 그녀의 엉덩이에 굵게 그려져 있을, 등받이 의자의 비닐끈들의 가로세로 무늬 같은 것이었다. 임씨가 어디론가 슬금슬금 사라지고 나서도 한동안 그 기타 소리를 더듬었다. 한참 뒤 나는 드디어 그녀의 기타 소리를 되살려낼 수 있었다. 커다란 궁륭의 천장을 울려나오듯 부드러운 화음은 감미롭고도 애상조였다. 맞았어. 그것은 스페인의 어느 이름난 작곡가의 곡인 〈알함브라 궁전의 추억〉……이었지.

알함브라 궁전은 스페인의 남부 안달루시아 지방에 있는 사라센 제국 시대의 궁전이었다. 한때 큰 세력을 떨쳤던 아랍 세력은 그곳에 호화로운 궁전을 짓고 영화를 누렸다…… 그러다가 아랍 세력이 밀려감과 함께 알함브라 궁전은 폐허가 되고 말았다…… 그 뒤 알게 된 바로는 내가 어디선가 주워듣고 알고 있던 지식의 중요 부분은 사실과 달랐다. 그러나 나는 그 때까지는 그렇게만 알고 있었다. 안달루시아 지방의 그라나다에 세워진 알함브라 궁전은 이슬람 건축의 대표적인 건물로서 아랍 세력이 밀려간 뒤에도 잘 보존되어 아름다움을 자랑하고 있었다. 그럼에도 불구하고 나는 그녀의 기타 소리를 들으면서 줄곧 어떤 폐허를 생각하고 있었고, 그 폐허가 주는 연상 작용으로 그 곡이 〈알함브라 궁전의 추억〉임을 기억해낼 수

있었다고 여겨졌다. 도무지 맥락이 닿지 않는 소리였다. 알함
브라 궁전은 분명히 오늘날에도 아름다움을 자랑하고 있었다.
또한 〈알함브라 궁전의 추억〉은 아름답고 감미로운 곡이었다.
내가 폐허를 생각하고 있었던 것은, 건물은 말짱하게 남아 있
다 하더라도, 옛 제왕(帝王)의 영화는 덧없이 사라졌다는 뜻인
지도 알 수 없었다. 그리고 알함브라 궁전의 추억에서는 닭똥
냄새가 났다.

　그녀로부터 좀 만났으면 한다는 쪽지를 낯모르는 소년이 가
지고 온 것은 그녀가 졸업을 하고 내려온 지 거의 한 달쯤 지
나서였다. 그동안 나는 한 번도 그녀를 못 만났었다. 아니, 안
만났다는 게 더 정확한 표현이 된다. 만날 필요도 없었다. 내가
언젠가 그녀를 위기에서 구해준 적은 있었다. 그러나 그것은
생명의 은인이니, 어쩌니 하는 소리를 듣고 싶어서가 아니었
다. 그것은 우연에 지나지 않았다. 임씨가 아무리 입이 걸다 하
더라도 남의 집 시집도 안 간 규수를 두고 '아랫도리' 운운할 수
야 없을 터인데, 그렇게 쉽게 말한 것은 그때의 일 때문이었다.

　한낡농원의 꿈에 부풀었던 그 여름, 나는 등성이 너머 저수
지로 낚시를 다니는 여유도 있었다. 미래의 한낡농원의 주인은
농원에 딸린 호수에 조각배를 띄우고 낚싯대를 물에 드리우기

도 해야 했다. 한낮에 다복솔이 우거진 남쪽 등성이를 넘으면 손거울처럼 햇빛을 반사하고 있는 저수지를 눈 아래 볼 수 있었다. 저수지의 규모가 작아서, 그 손거울은 여인의 핸드백에서 방금 꺼낸 것 같았다. 내가 그곳으로 낚시를 다녔다고는 해도, 낚시터로 알려질 만한 곳도 아니므로 인적이 매우 드물었다. 그날 나는 꽤 오랜만에 저수지로 행했었다. 그리고 등성이를 넘자마자 평소와는 다른 현상을 발견했다. 저수지는 맑고 고요하기만 한 거울이 아니었다. 수문 근처에서 무엇인가가 물에 어른거리며 파문을 일으키고 있는 것이 얼핏 눈에 들어왔다.

사람이었다. 누군가가 빠진 곳이었다. 나는 그런 풍경을 보았다고 해서 부리나케 달려 내려가지는 않았었다. 평소보다 약간 빠른 걸음에 지나지 않았다. 내가 둑을 타고 가까이 갔을 때, 그 사람은 다행히 물에서 건져내져 있었다. 물가에 매여 있던 배를 저어 와 구조한 것을 보면 관리인이라도 되는 듯싶었다. 어디선가 대여섯 명의 사람이 몰려와 있었다.

"죽었다. 숨을 안 쉰다."

누군가가 말했다. 건져내기는 했으나 구조되지는 못한 모양이었다. 그 순간 나는 놀랐다. 그녀였다. 땅바닥에 강한 햇빛을 받으며 백치 같은 얼굴로 누워 있는 것은 바로 그녀였다. 그때 나는 무엇인가 다른 것을 보았다. 나는 지금도 선명히 기억할 수 있다. 얇고 흰 블라우스가 착 달라붙은 채 그대로 윤곽을 드러낸 유방! 지나치게 고혹적인, 탐스러운 유방이라고 나는 생각했다.

죽음 앞에서 왜 그따위 생각을 했는지. 그렇다. 그따위 생각을 해서는 안 되었다. 그녀는 정말 죽어가고 있었다. 그러고 보면 그때까지만 해도 나는 그녀의 생명에 국외자로 머물러 엉거주춤하고 있었을 뿐이었다. 그녀는 눈부신 대낮의 햇빛 아래 아무 고통도 표시하지 않고 누워 있었다. 그런데 다음 순간이었다. 나는 나도 모르게 선뜩 그녀에게로 나섰다. 내 행동에는 나도 놀랐다. 학교 때, 단 한 번 인공호흡 교육을 받았던 경험 때문만은 아니었을 것이다. 아마도 아무 수도 못 쓰고 안타까워하고 있는 사람들에 대해 얼마쯤 분노했던 것도 같다. 체육 시간에 내가 받았던 교육은 지극히 피상적이었다. 선생은 슬라이드를 통해 간략하게 설명했고, 어느 누구도 그것을 실제로 사용하게 되리라고 여겨지는 않았었다. 내가 앞으로 나서자 사람들은 호기심 어린 눈으로 내 행동을 주시했다. 나는 제법 능숙한 듯이 그녀의 눈꺼풀을 뒤집어보았고, 다시 팬티를 벗기고 항문까지 살펴보았다. 그렇게 한 것은 그녀의 눈동자가 돌아가 있었기 때문이었다. 눈동자가 돌아가 있어도 항문이 헤벌어져 있지만 않으면 살아날 가능성은 있었다. 이 순간에 일어난 일이, 임씨가 내게 들으라는 듯이 서슴없이 '아랫도리' 운운하게 된 까닭이었다. 그녀의 긴장된 항문은 그녀가 완전히 죽지 않았음을 말해주고 있었다. 천만다행이었다. 나는 그녀의 몸을 거꾸로 해서 속에 들어간 물을 어느 정도 빠져나오게 하고 그리고 서투르게 그녀의 입에 숨을 불어넣기 시작했다. 그 일련의 과정을 하는 동안 나는 스스로 믿기지 않을 만큼 침착했다. 내가 그녀의 '생명의 은인'이니 뭐니 하는 말을 굳이 듣고 싶지 않은 것은 평소의 내가 그렇게 침착한 인간이 아님을 내가 알고 있기 때문이었다. 그런데 그런 일이 벌어졌던 것이다. 무엇보다도 그렇게 선뜻 용기가 났던 것부터가 믿기지 않는 일이었다. 그녀가 다 죽어가는 사람이었다고 할지라도 그렇게 나섬으로써 경우에 따라서는 내가 마지막 생명을 끊어놓은 장본인으로서 공연히 구설수에 오를 수가 있었다. 게다가 평소의 나는 겁 많고 폐쇄적인 인간이었다. 그녀를 눕혀놓은 채 수수방관하고만 있는 사람들에 대한 분노 때문이었을까. 아니다. 그들이야 아무 상관이 없었다. 그렇다면? 그렇다

나는 분명히 그 탐스러운 유방을 생각했다고 말하지 않을 수 없다. 그 유방을 어떻게든 살아 숨 쉬며 탄력 있는 것으로 해놓지 않으면 안 된다!

이런 과정을 통해서 나는 느닷없이 그녀의 '생명의 은인'이 되고 말았다. 잘못이라면 그것이 잘못이었다.

나는 쪽지에 적힌 대로 시간이 되기를 기다려 저수지로 넘어가는 길목의 아카시아나무 아래로 갔다. 나무들은 아직 채 잎이 피지 않은 채 어둠 속에 앙상한 가지를 하늘로 뻗치고 있었다. 그와 함께 나는 그 속에서 그녀와 가졌던 몇 번의 밀회를 회상했다. 그러나 그 밀회는 아무런 필연적인 결과를 가져오지 못하고 어느 순간에 흐지부지되고 말았었다. 그런 의미에서 임씨가 말하듯 그녀는 본질적으로 화냥기가 있는 여자라고 할 수 있을 터였다. 그러나 나로서는 그런 표현을 쓰고 싶지는 않다. 그녀는 모든 면에서 생각보다 훨씬 숙성한 편이었다. 그렇다고 해서 내가 그녀의 꾐에 빠져들었던 것은 결코 아니었다. 우리는 대등하게 만났다. 갑자기 가까워져서 다소 열렬한 느낌은 없지 않았어도 거기에는 그만한 빌미가 있었다고 해도 좋았다. 그보다도, 갑자기 가까워져서 서슴없이 뜨거운 밀회를 계속하던 관계가 아무 계기도 없이 냉각되어버린 사실이 더욱 이상한 일이었다. 그러나 남녀 관계란 흔히 설명할 수 없는 구석이 많다고들 했었다.

"여기예요."

그녀의 나직한 목소리가 들려왔다. 바로 그때였을 것이다. 나는 어떤 새의 울음소리를 들었다고 생각되었다. 그 어떤 새의 울음소리를 동박새의 울음소리로 확인할 길은 물론 없다. 하디만 그 소리는 선명했다. 그녀가 어둠 속에서 말하는 동안 실제로 새가 울며 날아갔는지도 모른다. 어쩌면 이렇게 말하고 있는 것도 나중에 어떤 유추에 의한 견강부회의 결과인지도 모른다. 그러나 어느 쪽이라고 해도 나는 그녀와 그 어떤 새의 모습을 일체화하여 가지고 있었던 것이라고 하겠다. 그녀는 내게는 한 마리 새였다. 새처럼 날아와서 새처럼 날아가야 했다. 그녀와 만나고 있던 시절에도 나는 줄곧 그렇게 내마음을 닫고 있었다. 그리하여 폐화더미에 누워 있을 때나 기타 소리를 듣고 있을 때나 언제나 그녀는 내게는 날아간 한 마리 새에 지나지 않았다.

그날 밤 그녀는 뜻밖의 제안을 했다. 나는 처음에 귀를 의심하지 않을 수 없었다. 그녀는 진지했다. 나는 그녀가 왜 그렇게 불안해하고 초조해하고 또 외로워하는지 전혀 감을 잡을 수 없었으나 그 누구보다도 그녀를 이해할 수 있다고 여겼다. 나 또한 그녀와 같은 상태에 부대끼고 있었다.

"우리 서울로 같이 가요."

그녀는 내게 매달리다시피 애원했다. 그녀의 말을 듣는 순간에도 나는 그것이 이른바 사랑의 도피니 뭐니 하는 말로서 받아들여지지 않았다. 그러니까 그녀는 역시 내게는 언제나 비현실적인 대상으로밖에는 받아들여지지 않았다는 이야기가 된다. 그 되지도 않을 엉뚱한 꽃 재배를 팽개쳐야 한다는 것은 이미 기정사실이었다. 나는 서울로 가서 내가 할 수 있는 일을 발견하지 못한 채 하루하루를 유예된 시간 속에서 보내고 있어야 할 뿐이었다. 그렇기에 그녀로부터 뜻밖의 제안을 받은 순간, 나는 망설이기는커녕 선뜻 결단을 내리고야 말았다. 나는 앞뒤 잴 것도 없이 그녀의 제안이야말로 내게 새로운 돌파구라고 생각했다. 어떻게든지 기회를 붙잡아야 했다. 떠나자, 나중에야 어찌되었든 이곳에서 떠나자. 나는 내 가슴의 박동 소리를 들었다. 그녀와 나는 은밀히 짐을 꾸려 다음 날 어스름이 깔린 뒤 떠나기로 약속했다. 그다음은? 몰라도 좋았다. 그녀와 떠나기로 마음먹고 나니 미래에 대한 막연한 불안 따위야 아무것도 아니었다. 그녀가 어떤 심리 상태에 빠져 있든 일단 도화선에 불이 댕겨진 이상 나는 이제 그녀가 아니라도 그 곳을 떠나지 않으면 안 되었다. 오히려 떠나야 했던 기회를 너무 늦게야 포착했다는 느낌에 초조하기조차 했다.

다음 날 나는 하루 종일 서성거리며 기다렸다. 나로서는 특별히 크게 꾸릴 만한 짐도 없었다. 몇 개의 옷가지들과 몇 권의 책. 그것들은 작은 손가방 속에 챙겨져 있어서 나는 임씨의 눈을 피해 나오기만 하면 그만이었다. 저녁까지의 시간은 그 어느 때보다도 길고 지루했다. 그러나 나는 알고 있었다. 나는 다른 누구 때문에 도망쳐야 하는 게 아니었다. 그녀의 존재는 내게는 아무런 의미가 없었다. 결국 나는 나로 인해서 도망쳐야 했다. 나는 어둠이 스며들고 있는 들판을 내다보고 있었다. 이제 다시는 시든 꽃 속에서 잠을 자야 하는 시절을 맞지는 않으리라.

어둠이 다가들기를 기다려 나는 농막을 나섰다. 언덕 위에서 그녀를 기다릴 심사였다. 그리고 한 시간에 한 번씩 도착하는 버스에 함께 오르면 새로운 생활은 이미 시작이었다.

어둠 속에서 나는 누군가가 조심스럽게 길을 걸어오는 모습을 볼 수 있었다. 그녀였다. 나는 앞으로 나가려다 우뚝 섰다. 무엇인가가 내 뒷덜미를 꽉 움켜잡는 느낌이었다. 나는 한 발짝도 움직이지 않았다. 나는 흙더미 뒤로 몸을 숨겼다. 순간적인 일이었다. 나는 내가 그토록 단호한 데 놀랐다. 나는 결코 그녀 앞에 나서지 말아야 한다고 내게 말하고 있었다. 사랑의 도피에 의한 새로운 생활이 두려워서가 아니었다. 내가 과거의 한 순간에 그녀의 '생명의 은인'이 되었다고는 해도 그 일은 사랑의 연장선상에서 기념되어서는 안 되었다. 그 일은 우연에 불과했다. 그곳을 떠나야 한다는 내 결심은 꽃 재배의 실패를 비롯한 것 모두로부터 떠나야 한다는 결심이었다. 그러므로 그녀와의 밀회의 추억으로부터도 완벽하게 떠나지 않으면 안 되었다. 우스꽝스러운 실패의 기록은 접어두어야 한다. 나는 흙더미 뒤에 몸을 숨기고 기다렸다. 그녀가 얼마나 초조해할지는 보지 않아도 여실히 알 수 있었다. 그러나 나는 이미 그녀가 그녀의 집을 떠나려는 것은 역시 그녀 자신의 문제, 나와는 아무 상관도 없는 문제임을 간파하고 있었음에 틀림없었다.

이윽고 버스가 헤드라이트를 비추며 왔을 때, 나는 그녀가 황망히 올라타는 것을 보았다. 그녀도 무슨 방식으로든지 떠나지 않으면 안 되었던 것이다. 아무 일도 없었던 듯 버스는 떠났다. 나는 흙더미 뒤에서 천천히 밖으로 나왔다. 시흥까지

오 리쯤 걸으면 늦게나마 서울로 가는 버스에 오를 수 있을 것이었다. 나는 어둠이 깔린 들판 길로 걸음을 내딛기 시작했다.

나는 그날 임씨가 말했던 그 '동기'가 있는 술집인 듯싶은 곳에서, 주머니에 남은 몇 푼의 돈에 또 시계를 얹어 잡히고 술을 먹었다. 그리고 '동기'를 데리고 잤다. 과연 나이는 어렸지만 그리 비싸다고 여겨지지는 않았다. 서울로 가는 마지막 차편은 고장으로 못 간다고 했었다.

다음 날 서울로 돌아오면서 나는 문득 서울이 한 척의 거대한 노예선이 아닐까 하는 생각이 들었다. 이제 또 어디엔가 목을 매고 살아가야 한다. 아아, 서럽다, 정든 노예선, 그렇게 다시 돌아왔다.

내 아랫도리에 농(膿)이 비친 것은 며칠 뒤였다. 없는 돈에 하는 수 없이 비뇨기과를 찾았더니 의사는 포도상구균에 의한 비임균성요도염이라고 했다.

2. 호궁 켜는 여자

미스 요(姚)는 공교롭게도 내가 혼자 있던 무렵 몇 번인가 찾아온 적 있는 여자였다. 그녀는 "어딜 갔어요?" 하고 안부부터 물으며 머리를 디밀었었다.

　로울란.

　이것은 그녀가 내게 가르쳐준 누란(樓蘭)의 북경어(北京語) 발음이었다. 그 미스 요와 어느 날 우연히 외출을 한 적이 있었다. 애초에 미스 요를 그 술자리에 데리고 간 것이 잘못인지도 몰랐다. 모 재벌 회사에 다니는 김(金)은, 그녀가 중국계(中國系) 여자로서, 그녀 아버지의 고향인 광동 지방의 말은 물론 북경어까지 할 줄 안다는 사실을 알고는 찰거머리처럼 달라붙었다. 일주일에 한두 번씩이라도 중국어, 표준 중국어인 북경어를 배우겠다는 것이었다. 땅덩어리가 워낙 넓은 중국이다 보니 지방 사투리라는 것이 아예 딴 말과 같다고 했다. 아닌 게 아니라 그는 그 얼마 전부터 중공과의 교역에 대비해 중국어를 해두어야 한다고 말해왔던 터였다. 그는 매사에 극성으로서, 그가 중국어를 배우겠다는 것은 그의 회사에서의 위치에 대한 원대한 포석이라도 할 수 있었다. 친구 사이라도 나는 그의 그런 용의주도한 모습에 가끔 놀라고는 했다. 그의 말에 따르면 어차피 일본을 사이에 두고 어느 만큼씩 교역이 이루어지고 있는 것이 사실이므로 언젠가는 일본 놈 좋은 일만

시킬 게 아니라 직접적인 교역을 시도해야 한다는 것이었다. 그의 말을 듣고 있으면 무역만이 전부였다. 세계는 그야말로 무역의 무역에 의한 무역을 위한 세계였다. 하기야 다른 나라에 물건을 팔자면 그 나라 말을 아는 게 필수가 될 것이다. 그러나 영어다, 일어다 하고 쫓아다닌 그가 중국어까지 쫓아다니겠다는 것은 나로서는 그저 놀라운 정열이라고 할밖에 없는 것이다. 경쟁 사회의 무서운 압력이 그를 그렇게 몰아붙이고 있는지도 모를 일이었다. 아니며, 여자를 유난히 밝히는 그가 미스 요의 미모에 눈독을 들이고 그런 식으로 접근을 한 것이었을까.

"글쎄요. 제 시간이 일정치를 않아서요."

그녀는 슬쩍 거절했다.

그녀가 그렇게 나오리라는 것을 나는 알고 있었다. 언젠가 그녀는, 친구가 중국어를 배웠으면 한다는 내 말에, 웃으면서 거절의 뜻을 분명히 했었다. 시간도 없으려니와 그럴 만한 자격도 없다는 것이었다. 그때는 물론 김이 미스 요를 본 적도 없었으니만큼 그의 중국어 열(熱)이 꽤 진지한 것임에는 틀림이 없었다. 그러므로 그가 미스 요의 미모에 혹해서 달라붙는다는 식으로 실눈을 뜨고 바라볼 필요는 없으리라. 그러므로 그가 미스 요의 미모에 혹해서 달라붙는다는 식으로 실눈을 뜨고 바라볼 필요는 없으리라. 애초에 그가 중국어의 필요성에 대해서 역설을 했을 때, 내가 이러저러한 여자를 안다고 한 것이 그가 달라붙게 된 계기였다. 사실 나는 미스 요에게 그런 친구가 있다는 사실조차도 말하고 싶지 않았다. 그녀를 독차지하려 한다거나 무슨 그와 비슷한 감정 때문이 아니었느냐고 한다면 그처럼 어처구니없는 어림짐작은 또 없었을 것이다. 그녀에게는 곧 결혼할 상대가 있었으니까 말이다. 대만에 가서 살아야 하는데 걱정이에요. 어머니 땜에. 그녀는 말하곤 했다. 그녀는 홀어머니와 함께 살고 있었다. 홀어머니이니 대만으로 함께 가서 모시면 되지 않느냐고 하면 너무나 쉬운 말이다. 이에 대해서는 나중에 설명하기로 한다. 내가 미스 요에게 그런 친구가 있다는 사실조차도 말하고 싶지 않았던 까닭은 독차지하고 어쩌고 하는 따위의 이야기와는 전혀 다른 것이었다. 간단히 말하면 나는 내가 다른 어떤 자리에서 그녀에 대해서 이야기했다는 사실이 그녀에게 알려지는 것이 싫었다. 실제로 나는 그녀에게 별다른 의미를 두고 있지 않았는데, 자칫하면 잘못된 의미로 받아들여질 가능성이 있기 때문이었다. 그녀를 직접 대할 때는 무덤덤한 표정을 지을 뿐인 내가 의외로 관심을 기울이고 있다고 오해를 살 여지도 있었다. 어쨌든 김의 중국어 공부 건은 그녀의 사절로 일단 마무리되었다. 그렇다고 해서 김이 호락호락 물러선 것은 아니었다. 그렇담 언제 시간이 넉넉할 때까지 기다려야겠군요 하고 뒷맛을 남겨두기를 잊지 않았다.

"기다리실 필요가 없겠지요. 전 곧 결혼하니까요."

미스 요는 웃으면서, 굳이 밝히지 않아도 그만인 신상 명세까지 밝혔다. 나는 그녀의 티 없는 웃음과 솔직함이 그녀의 어떤 순결성에서 우러나온 것이라고 느꼈다. 아마추어 사진작가인 곽(郭)은 옆에서 빙그레 웃고만 있었다.

신상 명세란 말이 나왔으니 말이지 그것을 밝히는 것은 여간 망설여지지가 않는다. 우선 그녀가 우리나라에서 태어난 중국계로서 한성화교학교(漢城華僑學校)를 나왔고, 우리말과 중국어를 비롯해서 영어, 일본어를 두루 꿰는 실력으로 모 여행사에 근무한다고 하면, 그쪽의 좁은 바닥에서는 알 사람은 다 알 것이기 때문이다. 그러나 현재로서는 달리 할 이야기도 없고 또 언젠가는 그저 가벼운 마음으로 짚어보리라 하던 이야기라서 쓰기로 하자고 마음먹고 말았다. 그러면서도 다만 한 가지, 그 망설임의 한 부분으로서 그녀의 성씨를 가짜로 만

들어 쓰지 않을 수가 없다. 그러니까 요(姚)란 중국의 성씨이기는 해도 그녀의 정말 성씨는 아니다. 더욱 다짐해둘 것은, 삼류 주간지 따위에서 어떤 사건을 다룰 때 버젓이 생사람 이야기를 써놓고도 괄호 안에 가명이라고 써놓는 그런 짓거리는 결코 아니라는 점이다. 그러니 차라리 그녀의 성씨를 정말 '요'라고 해두는 편이 나을 듯하다.

흔히 사 개 국어에 능통하다는 둥 오 개 국어에 능통하다는 둥 하는 사람이 있듯이, 언어에 남다른 소질이 있는 사람들이 있다. 그녀도 바로 그런 부류였다. 앞에서도 말했듯이 중국어, 영어, 일본어, 그리고 한국어의, 이른바 사 개 국어에 능통하다는 이야기가 된다. 하지만 조금만 따지고 보면 그녀의 경우는 특수한 환경의 요인이 많이 작용한 결과라고 보아야 하겠다. 여기서 그녀의 신상 명세를 다시 한 번 들먹이기로 한다. 그것은 그녀의 아버지가 중국 광동 사람인 건 말했어도 그녀의 어머니가 일본 사람임은 말하지 않았기 때문이다. 그녀는 중국인 아버지와 일본인 어머니 사이에서 한국에서 태어났다. 이러한 신상 명세는 그 태어남에서부터 이미 그녀가 중국어, 일본어, 한국어를 그녀의 몫으로 하고 있음을 말해주고 있었다. 다만 영어를 능통하게 할 수 있다는 사실만이 애초부터의 그녀의 몫이 아닐 뿐이다. 그러나 요즘 세상에 영어를 능통하게 한다는 것은 뭐 그렇게 두드러진 사실은 아닐 것이다. 그러므로 사 개 국어 운운하느니보다, 그녀에 대해서 말하자면 무엇보다도 그 미모부터 말해야 한다. 예로부터 이민족 사이에서 태어난 혼혈아, 곧 튀기란 예쁘게 마련이라는 통설을 증명하듯 그녀는 눈에 띄게 예뻤다. 나는 너무 예쁜, 아름다운 여자를 대하면 나도 모르게 겁을 집어먹게 되는데, 그녀도 그럴 만한 여자였다. 내가 왜 지극한 아름다움에 겁을 집어먹는 것인지 그럴 경우 늘 짜증이 난다. 어쩌면 내 주제로는 도저히 차지할 수 없다는 절망감 같기도 하다.

무엇인가 애타게 갈구하는 듯한 까만 눈동자, 오똑한 콧날, 작게 오므린 입술, 맑은 귀,'그녀의 얼굴을 보면서 나는, 역시 튀기란! 하고 감탄하지 않을 수 없었다. 단순히 예쁘다거나 아름답다거나 하다는 표현만으로는 흡족하지 못하다. 부드러우면서도 뚜렷한 윤곽이 거기에 있었다. 그것은 그녀 스스로의 이야기를 빌려 말하더라도 확실히 이색적이었다. 언젠가 그녀는 내게 놀러 와서 스스럼없이 말했었다. 하얏트 호텔에 외국인을 만나러 가는데 남자 몇이 뒤쫓아 왔었어요. 나중에 외국인하고 만나는 걸 보더니, 어쩐지 모찌방이 다르더라니 어쩌

구 하잖아요. 글쎄, 내 참. 시계의 글자판을 일본어로 모찌방이
라고 했었다. 나는 그녀의 말을 들으면서 솔직성도 튀기의 특
성일지 모른다고 생각했었다. 그녀는 술을 마시는 일에 대해
서는 이렇게 말했었다. 술을 진탕 마시고 한번 취하고 싶어도,
취한 다음에 내가 뭘 어떻게 하는지를 모르게 된다는 게 무서
워 못 마시겠어요. 그리고 어머니의 술 때문에 골치를 앓았다.

　나는 그녀의 어머니가 술꾼임을 잘 알고 있었다. 처음에 그
녀의 어머니인 줄 몰랐을 때부터 나는 그녀의 어머니와 자주
얼굴이 마주쳐 가볍게 인사까지 하곤 했었다. 일본 여자라는
사실도 몰랐을 때였다. 내가 그녀의 어머니와 자주 얼굴이 마
주친 곳은 동네의 구멍가게에서였고, 그때마다 그녀 어머니나
나나 거의 술을 샀다. 한두 번 마주쳤을 때야 그러려니 했던
것이 서너 번, 너덧 번 계속되자 그녀 어머니 쪽에서나 내 쪽
에서나 당연히 알은체를 하게 되었다. 하지만 그리 즐거운 기
분은 아니었다. 그녀 어머니와 나는 마치 서로의 약점이 드러
난 사람들처럼 서로의 손에 들려 있는 술병을 보았고, 공범자
처럼 결코 유쾌하지만은 않은 웃음을 나누고는 했다. 그녀 어
머니는 나보다도 더한 술꾼이었다. 어쩌다 낮에 골목길을 내
려가거나 올라가다가 술에 취한 그녀 어머니를 보는 것도 흔

한 일이었다. 술에 취해 횡설수설하다가도 나를 보면 용케 알아보고 반가운 척을 했었고, 나는 무슨 말을 하든지 그저 예, 예 하고 피하다시피 했었다. 그때마다 나는 술 안 먹는 사람이 술 먹는 사람을 혐오스럽게 생각하고, 또 술 먹는 사람이 술 안 먹는 사람을 가련하게 생각하는 까닭을 알듯 싶었다. 술을 마시는 사람과 안 마시는 사람은 이교도처럼 서로 전혀 다른 세상에 살고 있는 사람들이었다.

그녀 어머니는 동네 뒤의 작은 공원의 벤치에 취해서 앉아 있기도 했다. 그녀 어머니는 게슴츠레한 눈으로 나를 보며 그래도 희미하게 웃어주었다. 그 웃음은 매우 자조적으로 보였고, 그래서 나는 그녀 어머니가 이렇게 말하고 있는 것처럼 여겨졌다. 증말 한스러운 세월이야. 그러나 그렇게 여겨졌다면 다른 설명을 덧붙여야 한다. 예순이 가까워 보이는 나이에도 불구하고 그녀 어머니에게서는 조금도 체념의 빛을 찾아볼 수 없었다는 점이다. 어쩐지 그녀 어머니의 눈빛에는 어떤 종류의 복수심의 빛이 어려 있어 보였다. 나중에 나는 그녀 어머니가 일본 사람임을 알고, 그것이 일본 사람의 본모습이라는 걸까 하고도 생각해보았다. 하지만 하나의 특정한 보기로서 민족성까지 들먹이는 일만큼 어처구니없는 일도 없을 것이다.

그녀 어머니는 어찌나 술을 먹어대는지 구멍가게에서 아예 술을 팔지 않으려고 했다. 그녀 어머니가 일본 사람임을 처음 알던 날도 나는 구멍가게에서 술을 달라고 사정하는 그녀 어머니와 마주쳤었다. 그녀 어머니는 오백 원짜리 지폐를 내밀고 있었다. 그 동네에는 근처에 다른 가게가 없어서 돈을 가지고도 사정할 수밖에 없었다. 따님한테 내가 야단 먹는단 말이에요. 구멍가게의 주인 여자는 하는 수 없이 술병을 내주면서 눈을 흘겼다. 그녀 어머니가 술병을 소중하게 받아 들고, 보라는 듯 흔들면서 사라지자, 구멍가게의 주인 여자는 나를 보고 곤란한 늙은이야 하는 투로 비죽 웃었다. 일본 여잔데 술 땜에 딸이 죽겠대요. 또 술 팔았다고 야단맞을라. 이그, 그놈의 술. 그때 나는 가벼운 충격을 받았다. 일본 여자였구나! 그리고 다음 순간 이 땅에 남은 한 일본 여자의 삶의 역정이 도식처럼 떠올랐다. 한국 남자와 결혼했기 때문에 제2차세계대전이 끝나고도 고향 땅 일본으로 돌아가지 못한 일본 여자, 나는 오래전에도 그런 여자를 본 적이 있었다. 그 여자는 우리 집에 일 시킬 만한 게 없는가, 삯바느질할 거라도 없는가 해서 드나들었었다. 어머니는 부지런했으므로 그 여자에게 줄 일이 없었다. 그래서 뒤주에서 쌀 한 양재기씩을 퍼주었다. 그러나 그녀 어머니에 대한 내 생각은 틀린 것이었다. 그녀의 아버지가 중국인이었던 사실까지는 구멍가게 주인은 몰랐던 모양이었다. 무엇이든지 솔직하게 다 털어놓는 그녀가 구멍가게에만은 숨겼던 듯했다. 하기야 솔직하다고 해서 동네방네 돌아다니며 묻지도 않은 걸 털어놓을 필요는 없는 것이겠다. 그녀 어머니는 중국인 아버지와 한반도에서 살던 중 전쟁이 끝났고, 그 뒤 꽤 오랜 세월 뒤에 그녀 아버지는 세상을 떠났다고 했다. 그래서 그녀는 이 땅에 남은 것이었다. 한때 여러 가지 면에서 꽤나 절박한 상황에 몰린 적이 있던 나는, 진실을 표현하는 데는 삼류 어투가 더 적절한 때도 있음을 알았는데, 그런 식으로 표현하자면 참 기구한 운명이라 아니할 수 없었다. 어쨌든 그녀는 나와 내 셋방에서 처음 이야기하던 날 모든 것을 다 털어놓았었다. 아버지가 세상을 떠난 뒤, 이미 사십 대 후반에, 그녀 어머니는 한 가정 있는 한국 남자와도 연분이 있었노라고 했다. 그 말을 하면서 그녀는 살짝 웃음을 띠고 덧붙였었다. 우리 엄마는요, 한국 남자는 못쓴다고 그래요. 여자를 위해줄 줄 모른다나요. 그 말은 전적으로 옳은지도 몰랐다. 가령 나는 여자를 위해준다는 게 도대체 뭐 어떻게 하는 것인지 이제껏 감조차 잡지 못하고 있으니까 말이다.

내가 그녀와 처음 인사를 나누었던 것도 구멍가게 앞에서였다. 그녀는 어머니와 함께 서서 돈 계산을 하고 있었다. 구멍가게에 얼마쯤의 외상이 있는 모양이었다. 나는 그 무렵 이미 그녀 어머니와는 제법 친근한 편이었으므로 우리는 자연스럽게 인사를 나눌 수 있었다. 이 어머니에 이렇듯 아름다운 딸이 있을 수 있단 말인가. 나는 놀랐었다. 한번 그렇게 만나고 나서 그녀와 나는 이상하게 빈번히 만났다. 그때만 해도 밤 열두 시면 통행금지가 전면적으로 실시되던 때였다. 친구들과 어울려 거의 마지막 시각까지 술집에 퍼질러 앉아 있는 게 습관처럼 돼버렸던 나는 일주일에 거의 서너 번쯤은 통행금지에 걸릴세라 허겁지겁 들어오곤 했다. 마지막 버스에서 내려서 일 킬로미터는 훨씬 넘게 걸어야 집 동네였다. 버스는 없어도 어쩌다 차고로 돌아가는 택시가 오기도 해서, 그런 택시를 용케 얻어탈 경우도 있었다. 그녀와 인사를 나눈 지 며칠 뒤 나는 택시가 와 서 있는 장소에서 그녀를 만났다. 통행금지 시각까지 몇 분을 다투는 시각이었다. 일이 분만 더 택시를 기다려볼 요량으로 나는 서성거리고 있었다. 일이 분을 더 기다렸다가 택시가 오지 않으면 뛰어가야만 하는 시각이었다. 그때 그녀가 내게로 다가왔다. 안녕하세요. 나는 놀랐다. 그녀가 먼저 알은체를 하지 않았더라면 나는 몰라보았을 것임에 틀림없었다. 걸어가는 게 낫지 않을까요. 그녀는 말했다. 나란히 걸으면서 나는 그녀가 술집 여자인가보다고 생각했다. 술집 여자가 아니고서는 그렇게 늦은 시각에 익숙한 몸짓을 할 만한 여유를 갖지 못할 것이었다. 그러나 술집 여자치고는 너무나 단정한 투피스의 정장이었다. 우리 어머니가 일본 여자라는 걸 아시죠? 또각또각 하이힐 소리 사이로 어색한 침묵을 깨고 그녀가 물었다. 나는 물론 알고 있다고 대답했다. 어머닌 술을 좋아하시더군요. 나는 담배를 꺼내 물고 성냥을 그었다. 술 땜에 저랑 맨날 싸워요. 누가 술 먹는 걸 뭐라 그러나요. 술 먹고 자주 우시니까 보기 싫어서 그러지요. 그녀는 오래 사귄 사람에게 하듯 스스럼없이 말했다. 하기야 생각해보면 어머니도 외로운 사람이에요.

그날 이후로 우리는 생각지도 않게 가까워졌다. 그녀는 천성적으로 붙임성이 있는 여자로 보였다. 그러나 그녀가 내게 무엇 때문에 그렇게 격의 없는 태도를 보이는지는 쉽게 이해할 수가 없었다. 그녀는 여행사에 근무하며 외국인들의 관광 안내를 맡고 있다고 했다. 혼자 사시나요? 그렇다고 나는 대답했다. 하지만 나는 그녀처럼 솔직하지는 못해서 내가 가정을 떠나 혼자 있게 되는지를 설명해줄 수가 없었다. 나는 어떤 필요에 따라서 일시적으로 아내와 헤어져 있다고만 말했다. 다행히 그녀는 내가 말하고 싶지 않은 부분에 대해서는 더 이상 묻지 않았다. 그녀가 중국인 아버지를 두어 국적이 자유중국임을 알았을 때, 나는 역경 속에서도 꿋꿋이 살아가는 그녀의 모습에 새삼 고개가 숙여졌었다. 그와 함께 불행했던 동아시아의 근대 역사가 떠오른 것은 당연한 일이었을 것이다. 일본의 한반도 침략과 중국 대륙 유린. 그녀는 탄생부터가 비극적인 역사의 사슬에 얽매여 있는 것이었다. 나는 공연히 스산해져서 느닷없이 누란에 대해서 이야기를 꺼냈다. 누란은 서역지방의 폐허가 된 옛 도시였다.

로울란.

내가 한자를 써 보이자 그녀는 그것을 북경어로는 로울란이라고 읽는다고 유난히 눈을 깜박이며 가르쳐주었다. 나는 아는 대로 누란에 대해 설명해주었다. 아마도 그로써 나를 대하는 그녀의 관심이 깊어진 성싶다. 한국 남자가 여자를 위할 줄 모르는지 어떤지는 따지지 않더라도 그녀는 결혼 상대자를 중국 청년으로 아예 점찍고 있다고 말했다. 두 남자가 대상으로 떠올라 있다고도 털어놓았다. 한 남자는 대만 제이도시 고웅(高雄)에서 제법 큰 음식점을 경영하는 청년이라고 했고, 다른 한 남자는 홍콩에서 무슨 사업을 한다고 했다. 둘 다 한국에 여행을 왔을 때 안내를 맡음으로써 친해진 청년인데, 둘 중에 누가 되든지 해를 넘기지 않으리라고 그녀는 피력했다. 하지만 아무래도 어머니 때문에 걱정이에요. 저쪽에도 부모님이 계신데 함께 모시기도 그렇고…… 고민이에요. 참, 어머니가 공원에서 만난 아저씨와 연애한 얘길 했던가요. 그 아저씨를 나는 한동안 아버지라고 하기도 했어요. 아저씨두 오래전에 아내를 잃은 몸이랬어요. 두 사람이 공원 벤치에 앉아 있다가 만난 거였어요. 재밌죠? 그러나 그 만남은 내게는 알 수 없는 서글픈 느낌을 주었다. 고향 땅에서 고이 세월을 보낸 사람들이라면 그런 풋사랑에 잠시나마 보금자리를 만들려고 몸부림치지는 않았을 것처럼 생각되었다. 이 말은 그 만남을 나쁘게 여기고 있다는 말이 결코 아니다. 외로운 사람은 죽을 때까지, 아무리 나이가 많더라도 누군가를 만나지 않으면 안 된다고 하는 게 내 지론이다. 우리는 만남을 통해서 끊임없이 정화되어야 한다. 그러나 그녀 어머니의 경우 그 만남은 슬픈 빛깔이 짙어 보였다. 근데 얼마 전에 그 아저씨가 갑자기 돌아가셨어요. 어머니가 술 먹을 일만 생긴 거예요. 역시 그랬다. 어차피 사람은 죽는 것이다. 그렇지만 그녀 어머니의 경우 그 남자의 죽음은 훨씬 가혹한 것처럼 느껴졌다. 나는 공원 벤치에서 술에 취해 앉아 있다가 나를 보고 희미하게 웃던 그녀 어머니를 떠올리고, 미진(微震)에 떨듯 전율을 느꼈다. 그녀 어머니는 남편을 잃고 또 한 남자를 잃었다. 예전에 어떤 여자는 자신과 사귀는 남자마다 다 불행하게 된다고, 검은 운명의 마수(魔手)에 사로잡힌 삶을 한탄하며 어두운 운명론자가 되어 있기도 했었다. 실제로 여자와 사귀는 남자는 우습게 죽거나 병들었다. 우연이라고 하더라도 가혹한 일이었다. 그 여자는 자신에게 지펴졌다고 믿는 마성(魔性)을 저주하며 사람을 피했다. 나는 아직까지는 가까이 친한 사람이 나를 버리고 이 세상을 떠나는 불행을 겪지 않고 있으니 다행이라 아니 할 수 없다. 오래 살고자 하는 게 우리들 한번 태어난 사람들의 공통된 욕심으로 되어 있는데, 그러나 오래 살면 오래 살수록 결국 괴롭고 쓰라린 고통을 그만큼 많이 맛본다는 데 지나지 않는 게 아닐까. 이 세상에서 별리(別離)의 고통보다 더한 고통은 없을 것이었다. 몇 만 리를 달려가도, 하늘 구석을 다 뒤져도 다시는 그를 만날 수 없다고 할 때의 애절함보다 더한 고통은 없을 것이었다. 그녀 어머니의 이야기가 끝난 뒤에, 그녀가 대만에 사는 남자와 홍콩에 사는 남자를 놓고 저울질을 한다는 데 대해서 나는 쓰잘데없이 한마디 거들었다. 내게는 대만에 사는 남자와 결혼하는 게 낫겠는데…… 대만하고 우리나라는 여러 가지 교류가 있어서 언제 나도 갈 수 있을지 모르니까…… 그때 만날 수도 있겠고…… 도대체 그녀가 내게 만날 기회를 주기 위해 대만 쪽 남자를 택한다는 것은 있을 수 없는 일이었다. 유부녀가 된, 남의 나라 여자를 만날 수 있다고는 하더라도 그녀와 내가 무슨 그렇게 특별한 관계에 있지는 않았다. 분명히 다시 말해 두거니와 나는 그녀가 행복하고 축복받는 결혼을 해서 그녀의 기구한 운명의 사슬을 아무 상처 없이 벗어버리기를 진심으로 바라고 있었다. 그러나 그럼에도 불구하고 한 남자로서 그녀의 미모를 바라보는 내 시선에 원초적인 욕망의 빛이 전혀 어려 있지 않았다면 그것은 거짓말이 될 것이다. 다만 그녀가 다행히 그것을 간파하지 못하고 있을 뿐이었다. 아니, 아예 그런 쪽으로는 상상조차 하고 있지 않은 듯했다. 그녀의 조금도 도사리지 않는 태도가 그것을 증명하고 있었다.

"정말요? 대만에 오시겠어요? 까오슝…… 응…… 고웅에 살더라도 대만은 고기가 고기니까."

그녀는 그 남자와 곧 결혼을 할 것처럼 즐거워했다. 나는 그것이 고마워서 더욱 그녀의 행복을 빌어주고 싶은 마음이었다. 그녀는 내 셋방에 와서도 마치 자기 집 안방이라도 되는 양 편안한 자세로 앉아서 불쑥불쑥 미처 예기치 못했던 질문을 던졌다. 이를테면 "두푸를 아세요?"라든가 "대만 원주민을 아세요?" 등등. 두푸는 당나라 시인 두보(杜甫)였다. 두푸라는 말에 나는 엉뚱하게 내 고행 강릉에서는 간수 대신에 바닷물을 써서 굳힌 두부를 만든다고 회상하면서, 두보는 아주 훌륭한 시인이라고 말해주었다. 나는 고등학교 고문(古文) 시간에 배운 두보의 시가 어렴풋이 떠올랐다. 너무도 오래전의 일이어서 기억해낼 수 없는 게 유감이었다. 그래서 나라는 깨졌으나 산하는 여전하구나 하는 저 국파산하재(國破山河在)라는 구절만 겨우 들먹였을 뿐이었다.

김이 중국어를 배우겠다고 매달렸던 그 술자리 이후 얼마가 지나서였다. 그녀가 지나가는 말처럼 물었다.

"그 미스터 곽이라는 사람, 어떤 사람이에요?"

나는 무슨 말인지 얼른 알아듣지 못했다.

"미스터 곽?"

나는 의아해서 그녀의 얼굴을 쳐다보았다. 그녀가 내 친구인 그 곽을 말할 아무런 건더기가 없는 데다가, 미스터라는, 우리 사이에는 쓰지 않는 호칭을 쓴 때문일 것이었다.

"그 왜, 술자리에 있던 사진작가라는 분 말이에요."

그녀가 지칭하는 건 분명히 내 친구 곽이었다. 그러나 나는 여전히 어리둥절했다. 그녀가 아무리 지나가는 말처럼 묻고 있다고는 해도 곽을 기억하고 있다는 사실부터가 심히 못마땅했다. 나는 그녀가 묻고 있는 어떤 사람이냐는 말의 뜻이 모호해서 뭐라고 대답할 말을 찾지 못하고 머뭇거렸다. 도대체 그를 특별히 기억하고 있다가 관심을 표명하게 된 까닭이 미심쩍었다. 그래서 나는 내 마음속에, 나도 모르게 일어나고 있는 그것이 질투심의 일종임을 알고 여간 씁쓸하지 않았다.

그녀가 김을 말하든 곽을 말하든 그것은 그녀의 몫이었다. 나로서는 못마땅해할 아무런 근거가 없었다. 막말로 그녀가 호텔에서 외국인하고 잠을 잔다고 해도 내가 이러쿵저러쿵할 근거가 없었다. 그런데 나는 못마땅해하고 있었다. 나는 그녀의 행복을 빌어주는 입장이라고 하면서 실은 그녀를 은밀히 나만이 아껴주어야 한다고 생각해온 것이었다. 은밀히 나만이 아껴주어야 한다는 것조차 자세히 설명할 길이 없었다. 하지만 다만 한 가지, 그녀에 관해서는 어쨌든 김이나 곽보다는 내가 우위(優位)에 있어야 한다고 나는 생각했다. 그녀의 행복을 빌어주는 마음에 있어서 그들과 나를 어찌 비교인들 할 수 있으랴!

"어떻게 알았는지 전화가 왔더군요. 찾아와서 만났지요. 근데 날 보구 모델이 돼주지 않겠느냐는 거예요. 뭐 선이 뚜렷해서 좋은 예술 사진이 되겠다나요."

나는 곽이 나한테는 한마디 비추지도 않고 그녀에게 접근했다는 게 불쾌하기 짝이 없었다.

"그래서 뭐라고 대답했지요?"

나는 내 감정을 노출시키지 않으려고 조심스럽게 물었다.

"뭐라고 대답하긴요. 언제 그런 걸 해봤어야지요. 자신이 없다구 했어요."

그녀는 당치도 않은 일이라는 듯 말했다. 나는 비록 친구이기는 해도 언제부터인가 갑자기 사진을 찍는답시고 카메라를 둘러메고 다니는 곽이 어느 정도의 실력을 가지고 있는지 모르고 있었다. 차라리 나는 그의 사진이 별것 있겠느냐고 보지도 않고 깔봐왔던 참이었다. 사진이란 참으로 묘한 것이어서 누구나 웬만한 카메라로 필름 몇 통만 찍어보고 나면 사진작가 흉내를 내고 싶게 마련인 모양이었다. 나도 어렸을 때 그렇게 상당한 관심을 가진 적이 있었다. 고등학교 때의 특별 활동으로 나는 무슨 생각을 했는지 사진반을 택했다. 더군다나 나는 카메라도 가지고 있지 않았다. 그런데도 무턱대고 사진반에 기어들어간 것은, 밴드반에 악기를 갖추어놓은 것을 본 때문이었다. 그러니 사진반에는 으레 카메라가 갖추어져 있어야 했다. 처음에는 잘나갔다. 선생은 카메라가 있느냐는 따위는 아예 묻지도 않았다. 처음 얼마 동안은 사진에 대한 일반 지식과 필름을 만지는 시간이 계속되었다. 여러 가지 필름이 흔한 지금이야 그럴 필요가 없을 테지만 그때는 필름이 귀하고 비싸서 두루마리 필름을 잘라 쓰는 법을 배워야 한다고 했다. 선생은 영화 촬영 때나 씀 직한 두루마리 필름을 어디선가 가져와서 카메라에 넣을 수 있게 스무 장 길이로 잘라 통에 집어넣는 연습을 시켰다. 연습은 암실에서 빨간 전등알을 켜고 진행되었다. 한쪽 손끝에서부터 가슴팍까지의 길이로 자르면 그것이 스무 장짜리 필름이었다. 그리고 현상액 만들기와 인화 작업. 그러나 그다음이 문제였다. 드디어 어느 시간에 선생은 각자 카메라를 가지고 오라고 말했다. 나는 한 대 얻어맞은 느낌으로 온다 간다 말없이 사진반을 물러나오고 말았다. 어쨌든 그녀가 곽의 제의를 시답지 않게 여기고 일축해버렸다는 것에 나는 적이 안도감을 느꼈다. 내가 생각해도 그녀에게 가장 중요하게 다가온 문제는 결혼 문제였다. 그녀 자신이 말하다시피 해를 넘기지 않고, 스물여섯이라는 나이를 넘기지 않고 알맞은 상대를 골라 결혼하는 것이 급선무인 듯했다. 시기를 놓쳐 그만 늙어가게 된 아까운 여자들을 꽤 본 나는 아무리 미모일지라도 흔히 말해지듯이 임자가 있을 때 결판을 내야 한다는 생각이었다. 그녀도 그렇게 생각하고 있다고 했다. 그 결과 결혼 문제로 그녀와 그녀 어머니는 자주 다투었다.

어느 날 이미 밤 열두 시가 넘은 시간에 그녀가 내 방 창문을 두드렸던 것도 그녀 어머니와의 다툼 끝에 뛰쳐나온 결과였다. 그녀는 몹시 침울해 있었다. 나는 그녀가 집에서 입는 옷차림 그대로 내 방에 들어설 때 벌써 그녀 어머니와 다투었음을 알아챘다. 그 얼마 전부터 계속되어온 다툼의 실마리는 그녀 어머니가 대만이든 홍콩이든 그쪽 남자들이 아닌, 한국에 있는 화교를 택해야 한다고 우기는 데 있었다. 그녀는 어차피 같은 집에 살 수 없는 바에야 그나마 정든 땅인 한국에 그녀 어머니를 살도록 하고 생활비를 부친다는 계획을 세울 수밖에 없었다. 그리하여, 비록 정식으로 그 말을 꺼내놓지는 않았다 하더라도, 오가는 이야기 중간중간에 그와 같은 내색이 비치지 않을 수가 없는 것이었고, 결국 그녀 어머니의 신경은 날로 날카롭게 되어갔던 것이다. 그녀가 나를 찾아온다고 해서, 그 문제는 나로서는 어떻게 말할 성질의 것이 아니었다. 그러나 그녀 어머니를 또한 그렇게 혼자 있게 할 수도 없는 노릇이었다. 침울한 모습으로 들어온 그녀는 곧추세운 두 무릎에 얼굴을 묻고 말없이 웅크리고 있었다.

"먹다 남은 술이 있는데 한잔할까?"

나는 그녀에게 줄곧 존댓말이나 그에 비슷한 말을 해왔는데 그날따라 불쑥 반말이 나왔다. 그래도 그녀는 그냥 한동안 웅크리고만 있었다.

"몇 잔 먹으믄 괜찮을 거야, 어때?"

내가 다시 말했을 때에야 그녀가 머리를 들며 가볍게 끄덕였다. 그때 나는 그녀의 얼굴에 번져 있는 눈물 자국을 보았다.

그녀는 두 잔쯤에 벌써 얼굴이 발갛게 물들었으나 내가 따라주는 대로 사양하지 않고 마셨다. 우리는 먹다 남은 술병을 비우고 또 어떤 후배가 담가서 얼마 전에 갖다 놓은 당귀주(當歸酒)라는 술도 새로 개봉해 다 마셨다. 술을 마시기 시작하여 얼마 되지 않아 그녀의 침울함도 가셔버려 호젓한 분위기였다. 나는 일부러 그녀의 결혼 이야기는 입 밖에도 내지 않았고, 그녀도 마찬가지였다. 그에 관해서 나는 다만 늦게 뛰쳐나온 채로 집에 안 들어가면 어머니가 걱정하시지 않겠느냐고 말했을 뿐이었다. 내 말에 그녀는, 지금쯤 어머니는 술에 취해 제풀에 곯아떨어졌을 것이라고 대답했다. 말하면서 그녀가 웃어서 나도 따라 웃었다. 그날 밤은 참으로 이상한 밤이었다. 나는 격에 어울리지도 않게, '패(佩), 난(蘭), 경(瓊) 같은 이국(異國) 여자애들의 이름이 떠오른다'는 윤동주(尹東柱)의 〈별 헤는 밤〉이든가 하는 시까지 생각하며 고즈넉이 술잔을 기울였다. 술자리에서마다 온갖 시정잡배의 말과 음담패설의 말에 길들여온 내가 어느 결에 마치 소년처럼 되어 있음을 나는 느꼈다. 내가 생각해도 최면이 아니면 마법에 걸린 것 같았다. 평소에 불쑥불쑥 말을 잘 걸어오던 그녀도 말수가 거의 없이 홀짝홀짝 술만 받아 마셨다. 얼마쯤 슬픈 듯하면서도 감미로운 공기가…… 환상 속에서처럼…… 오랫동안 누항(陋巷)을 헤매며 추악한 욕정에 시달려온 나를 맑고 순결한 세계로 이끌어가고 있었다. 나는 홍조를 띤 그녀의 얼굴을 잠깐 바라보며, 이상한 일이다, 하고 속으로 몇 번인가 뇌까렸다. 내가 여자와 단둘이 밤을 지내며 취했을 행동은 결코 단정한 것은 아니었을 게다. 그런데 그렇지가 않았다. 어떻게 보면 나는 내 질서를 잃어버렸다고도 할 수 있었다. 나는 여태껏 달려온 궤도와는 다른 궤도를 돌고 있는 것이었다.

그러나 나는 조금도 안타까워하지 않았다. 오히려 내게로 때 묻지 않은 영혼이 온전히 내 것으로 있다는 사실을 깨달은 잔잔한 기쁨만이 있었다. 그 모든 일이 그녀와 아무런 상관이 없는 일이라고 해도 그만이었다. 그녀가 자신도 모르게 한 영매(靈媒)로서 내 영혼에 작용하지 않았다고는 아무도 장담할 수 없는 일이었다. 나는 그녀가 내 허랑방탕한 마음을 바로잡아주기 위해 어디선가 사명을 받고 나타난 여자이거나 한 것처럼 그녀를 고이 받들어주어야 된다고 여겼다. 내가 그렇게 생각했을 때 그녀는 아득한 곳에서 춤추는 아름다운 선녀였다. 그날 밤 술이 어지간히 올라 잠들고 싶어 하는 그녀를 내 침대에 눕히고, 술병에 남은 나머지 술을 마저 기울인 뒤에 나는 방바닥에 누워 책을 베개 삼아 잠들었다.

아침에 일어나자 그녀의 모습은 보이지 않았다. 작은 인기척에도 잘 깨는 나를 그대로 잠들어 있게 하고 감쪽같이 나갔다는 사실에 나는 간밤 그녀가 왔던 일이 혹시 꿈속의 일이 아닌가 생각해보기도 했다. 꿈속의 일이 아니라 하더라도 적어도 나는 무엇엔가 홀려 있었다고 보아야 했다. 그것은 내가 그녀의 육체를 바라보고 안 바라보고의 문제가 아니었다. 나는 줄곧 그녀의 행복을, 축복받는 결혼을 빌고 있지 않았던가.

그러므로 다시 말하거니와 한순간 내가 소년으로 되돌아갈 수 있었던 사실은 스스로의 축복이었다. 예로 들기는 좀 뭣하지만 기력이 쇠한 늙은이들이 회춘(回春)을 하려면 어리고 숫된 계집애와 동침을 하되 관계는 하지 않는다고 했었다.

그로부터 얼마 동안 그녀는 모습이 보이지 않았다. 봄철이라 일이 바빠질 것이라고는 했으나 그토록 소식이 없다니 궁금한 노릇이었다. 뜻밖에 그새 어머니가 세상을 떠났다는 전갈을 받은 것은 그런 어느 날이었다. 그녀가 세 들어 있는 집 주인집 딸이 와서 전해주면서, 사인은 심장마비인 것 같다고 덧붙였다. 오래전에 남편을 잃은 몸으로 또한 일가친척이라고는 없었으므로 문상 올 사람도 몇 없었다. 그녀가 다니는 회사에서 몇 사람 다녀가고 그녀의 동창생 몇이 다녀간 정도였다. 나는 그녀와 한 번 술자리를 했다는 인연을 내세워 내 친구인 김과 곽을 불러 텅 빈 상가에서 밤을 새워야 했다. 그녀 아버지의 묘지는 인천의 중국인 묘지에 있다고 했다. 그러나 그곳은 이미 도시 개발로 묘지 용도가 제한되어 그녀 어머니는 화장을 하지 않으면 안 된다는 결론으로 나는 이리저리 뛰어다니며 그 절차도 밟아야 했다. 그녀 어머니의 갑작스런 죽음은 그녀의 생활에 큰 변화를 예고하는 것이었다. 장례가 끝난 날로 그녀는 방을 내놓았고 얼마 뒤 동네에서 떠나갔다. 나는 떠나가는 그녀에게 아무쪼록 해를 넘기지 말고 결혼을 하라고 말해주었다. 여전히 자주 뵐 텐데 뭘요 하면서 그녀는 웃음을 던졌다.

사람 관계란 만나기 시작하면 부지런히 만나다가도 만나지 않게 되면 전화 한 통 없이 지내기 일쑤인 것이다. 그녀와의 관계도 하루아침에 두절되고 말았다. 나는 나대로 전화를 해야지 하면서도 차일피일 미루고만 있었다. 내일은 전화를 해야지 하고 잠든 날도 여러 날이었다. 그런데 다음 날이면 잊어먹거나 시들해졌었다. 그녀 쪽에서도 종무소식이었다. 계절이 바뀌고 가을에 접어들었을 때 갑자기 나는 여태껏 왜 가만 있었는가, 도저히 이해할 수 없는 마음이 되어 조바심 속에 회사로 전화를 했다. 그런데 이상한 일이었다. 그녀는 회사를 그만둔 지도 오래되었다는 것이었다. 내게 알리지도 않고 결혼을 하고 만 모양이었다. 섭섭하기 짝이 없었다. 그녀가 내 주변에서 가뭇없이 사라졌다고 생각하자 우리가 잠시 만났던 일들도 단지 꿈속에서 일어난 일처럼 아련해졌다. 나이를 먹으면서 꿈속에서 일어난 일과 현실에서 일어난 일이 잠깐씩 혼동

될 때가 있는 것처럼 그녀의 모습은 꿈속에서 내게 왔다가 간 모습이었다.

그녀에게 전화를 한 며칠 뒤에 나는 김과 곽과 오랜만에 어울려 술잔을 기울였다. 셋이서 어울리면 처음에는 도사리다가도 나중에는 술인지 물인지 모르고 마셔댈 만큼 곤죽이 되게 마련이었다. 우리는 술에 취해 되는 소리 안 되는 소리, 떠들어대다 그래도 미진해서 종종 그래왔듯이 누군가의 집으로 몰려갔다. 곽의 집이었다. 우리는 졸려 죽겠다는 표정을 하고 있는 곽의 아내에게 간단한 술상을 봐오게 하고 셋이서 권커니 잣거니 술잔을 기울였다. 그때 김이 문득 이야기를 꺼냈다.

"미스 요 소식 아니?"

"글쎄."

나는 어디론가 사라져버린 그녀의 모습을 그려보며 씁쓸하게 고개를 저었다.

"우린 너만은 알고 있을 줄 알았는데 말야."

"글쎄. 몰라……"

내 대답에 김과 곽은 아무래도 믿기지 않는다는 표정이었다.

"시집을 갔나봐."

나는 술 취한 목소리로 중얼거렸다. 그러자 곽이 주섬주섬 일어섰다. 변소에 가려나보다고 여겼는데 곽은 문 쪽을 흘끔거리더니 열쇠로 채워둔 서랍에서 큰 봉투를 꺼냈다.

"이건 또 뭐야?"

김과 내가 이구동성으로 물었다.

"볼래?"

곽은 말을 맺지 않고 봉투 속에서 몇 장의 사진을 꺼냈다.

"이게 미스 윤데 말야. 기막히지."

나는 놀라지 않을 수 없었다. 곽이 꺼낸 사진의 벌거벗은 여자, 그것은 그녀가 틀림없었다. 나는 떨리는 손으로 사진을 받아 들었다. 그녀는 숲속의 바위 위에 벌거벗고 누워 있었고, 엎드려 있었고, 앉아 있었다. 게다가 한 사진은 벗은 몸으로 호궁(胡弓)을 안고 있는 것도 있었다. 사진은 그녀가 생각보다 훨씬 풍만한 육체를 가지고 있음을 여실히 보여주었다. 그녀는 얼굴뿐 아니라 몸도 음영과 윤곽이 뚜렷했다. 눈이 부셨다. 탄력 있는 젖가슴과 부드러운 엉덩이의 선. 그것이 그녀의 육체임을 나는 그녀의 얼굴과 몸을 번갈아 보면서 확인했다. 그러나 나는 그녀의 벗은 몸을 들여다본다는 데 왠지 죄스럽다는 생각을 떨쳐버릴 수 없어서, 마음과는 달리 마냥 자세히 들여다볼 수는 없었다. 사진은 어느 틈에 김의 손으로 넘어갔다.

"야, 멋진데. 사진이란 역시 예술이구나, 예술. 멋진데."

김은 술에 취했는지 사진에 취했는지 게슴츠레한 눈으로 사진 속의 벗은 몸을 훑고 있었다. 사태는 묘하게 진전되었다. 순식간에 김과 곽은 그녀와 육체관계를 했음을 털어놓았다. 나는 도무지 어찌된 일인지 어안이 벙벙할 따름이었다.

"젠장 재수 없이 너랑 나랑 동서가 됐구나. 어쨌든 축하하자. 그렇담 우리 셋 중에는 아무래두 애가 형뻘인 것 같다. 미스 요가 앤들 가만뒀겠나?"

김은 나를 가리키며 술잔을 들었다. 나는 아무 말도 할 수가 없었다. 당황하기도 했으려니와 관계가 없었다고 할 용기도 없었다. 그렇지만 김과 곽이 무엇이라고 이야기하든 그녀는 순결한 여자다 하고 나는 생각하고 있었다. 모든 것이 알 수 없는, 믿을 수 없는 일이었다. 김의 제의에 따라 우리는 나란히 술잔을 들었다. 나는 불쾌한 내색을 않으려고 안간힘을 쓰지 않으면 안 되었다. 나는 내 눈가에 경련이 이는 것을 느꼈다. 그와 함께 내가 확연히 깨달을 수 있었던 한 가지 사실은 그녀는 내게서 영원히 사라져버렸다고 하는 것이었다. 나는 안타까운 마음으로 사진을 다시 들여다보았다. 사진 속의 그녀는 벗은 몸으로 호궁을 타고 있었다.

라이 라이, 호궁이 운다.

그 소리는 외로움에 떠는, 슬프고 애달픈 소리였다. 그 소리는 내 가장 가까운 곳 어디선가 호소하듯, 흐느끼듯 들려왔다. 라이 라이. 라이 라이. 그것은 그녀가 행복과는 거리가 먼 세계로 끊임없이 헤매고 있음을 읊는 소리로 들렸다. 라이 라이. 순간 속이 메슥거리는가 했더니 나는 얼굴을 돌릴 사이도 없이 술상에 대고 토하기 시작했다.

존재의 아름다움을 말하는 향기

서울 서촌의 한 작은 화랑 SEIN ZENO에서 열린 이보름 화가의 전시회 이름은 〈가장 멀리 있는 나〉였다. 벌써 세 번째로 같

은 이름을 붙이고 있었다. 그 그림들에 등장하는 사람은 누구일까.

이 세상에서 가장 멀리 있는 누구? 아니 '가장 멀리 있는 나'라는 이 문법이 가능

하기는 한 것일까. 나로서도 난감한 문법이 아닐 수 없다. 그러나 나는 여전히 '나'를 모른다는 점에서 이 제목은 내게 살아 있다. 그렇다면 나는 나로서 '나'를 냉정하게 멀리 놓고 바라볼 수 있을까. 내가 나 아닌 것처럼 여겨질 때가 있기 때문에 나는 막막하기도 하다. 나는 이 소설들에서 위의 말들처럼 어려운 이야기를 하는 것일까. 당연히 아니라고 말해야 한다. 나는 소설은 어려워서는 안 된다고 늘 말해오지 않았던가. 나는 소설이 아름다움에 기여해야 한다고 믿는 사람이다. 문학뿐만 아니라 모든 예술은 아름다워야 한다고 나는 믿는다.

스리랑카의 누와라 엘리야는 아름다운 곳이다. 세상 여러 곳을 제법 둘러보고 삶도 지긋해지자 그 여러 곳들이 다 아름답게 여겨지지만 웬일인지 그곳은 더욱 잊히지 않는다. 누와라 엘리야의 스탬프가 찍힌 작은 나무상자 속에 담겨 있는 차는 마치 소중한 선물처럼 아직도 내 눈앞에 놓여 있다. 차의 향기와 같은 곳. 언제부터인가 나는 그렇게 생각해왔다. 차를 특별히 마시지도 않으면서 차란 나무와 꽃과 잎이 다 향기롭다고, 그래서 아름답다고 생각하고 있었다.

그러나 스리랑카의 차밭에는 인도에서 건너온 소수민족들이 찻잎을 딴다. 오랜 식민지로서 눌려 살아온 비극도 어쩔 수 없다. 그러나 아침 숙소에서 창문을 열었을 때, 가만히 흐르는 대기의 향기! 그때 나는 '나'를 다시 본다고 생각했던 것이다. 온갖 어려움 속에서도 향기를 잊지 않는다면 나는 '나'를 지켜온 것이라고 그 대기는 말하고 있었다. 그리고 그때 나는 내가 가장 멀리 있다고 느꼈던 것이다.

누와라 엘리야를 떠나며 어느 고갯길에서 멀리 폭포를 내려다보며 차 한 잔을 마셨다. 이게 무엇일까. 내 머리에서 떠나지 않는 물음이었다. 다시금 나는 고향땅에 와서 일상을 고맙게 살아가지만 나는 그곳의 향기를 결코 잊을 수 없다. 나를 가장 멀리 느끼게 한 그 향기! 나는 여기에 살아 있다!

본래 이 소설집은 〈가장 멀리 있는 나〉와 〈외뿔짐승〉 두 편으로 이루어졌었다. 그리고 '꿈 사냥꾼'이라는 부제를 붙여 써 온 작품들을 중심으로 엮었다고 그 '작가의 말'은 밝히고 있다. 이번에 '외뿔짐승'이 '유니콘'으로 표기되었을 뿐 달라진 것은 없다. 그러므로 나는 변함없이 '꿈 사냥꾼'으로서 여기에 살아 있다!고 말한다.

2017년 여름

윤후명

작가 연보

1946년 강원도 강릉에서 태어났다.

1967년 《경향신문》 신춘문예에 시 〈빙하(氷河)의 새〉가 당선되며 시인으로 입신했다. 그로부터 신춘문예 당선 시인들의 모임인 《신춘시》에 작품을 발표하다가 시 동인지 《70년대》의 창간 동인으로 활동하면서 시인에의 길에 본격적으로 들어섰다.

1977년 그동안 여러 출판사들을 전전하며 써 모은 시들을 엮어 시집 《명궁(名弓)》을 문학과지성사에서 펴냈다. 개인적으로 문학적 성과이기도 한 이 시집은, 동시에 문학적 갈증을 유발시켰고, 그 무렵 밀어닥친 가정사의 문제와 뒤엉켜 소설에의 길을 모색하는 계기가 되었다.

1979년 《한국일보》 신춘문예에 단편소설 〈산역(山役)〉이 당선되며 소설가가 되었고, 이듬해에 다니던 출판사를 그만두고 소설가로서의 삶만을 살기로 결심했다.

1980년 소설 동인지 《작가》의 창간 동인이 되었다.

1983년 거제도 체류. 중편소설 〈돈황(敦煌)의 사랑〉으로 녹원문학상을 수상했고, 동명의 표제작으로 첫 소설집을 문학과지성사에서 펴냈다.

1984년 단편소설 〈누란(樓蘭)〉(뒤에 〈누란의 사랑〉으로 개작)으로 소설문학 작품상을 수상했다.

1985년 단편소설 〈엉겅퀴꽃〉과 〈투구게〉를 중편소설 〈섬〉으로 개작, 한국일보 문학상을 수상했다. 소설집 《부활하는 새》를 문학과지성사에서 펴냈다.

1986년 단편소설 〈팔색조〉(소설집에는 〈새의 초상〉으로 수록), MBC 베스트셀러 극장에서 드라마 방영.

1987년 산문집 《내 빛깔 내 소리로》를 작가정신에서, 중편소설 문고 《모든 별들은 음악소리를 낸다》를 고려원에서 펴냈다.

1988년 중편소설 〈높새의 집〉이 국제 펜 대회 기념 《한국 소설집》에 번역(서지

문 옮김), 수록되었고, 〈모든 별들은 음악소리를 낸다〉가 무용가 김삼진에 의해 호암아트홀에서 공연되었다.

1989년 소설집 《원숭이는 없다》를 민음사에서 펴냈다.

1990년 장편소설 《별까지 우리가》를 도서출판 둥지에서, 산문집 《이 몹쓸 그 립은 것아》를 동서문학사에서, 장편소설 《약속 없는 세대》를 세계사에서, 문학선집 《알함브라궁전의 추억》을 도서출판 나남에서 펴냈다.

1992년 장편소설 《협궤열차》를 도서출판 창에서, 장편동화 《너도밤나무 나도 밤나무》와 시집 《홀로 등불을 상처 위에 켜다》를 민음사에서 펴냈다.

1993년 《돈황의 사랑》이 프랑스 출판사 악트 쉬드(Actes Sud)에서 번역(최윤 옮김)되어 나왔다.

1994년 중편소설 〈별을 사랑하는 마음으로〉로 현대문학상을 수상했다.

1995년 중편소설 〈하얀 배〉로 이상문학상을 수상했다. 한국소설가협회 기획분과위원회 위원장에 선임되었다. 연세대학교, 동국대학교 국문학과 강사(~1997년).

1997년 소설집 《여우 사냥》을 문학과지성사에서, 산문집 《곰취처럼 살고 싶다》를 민족사에서 펴냈고, 한국소설학당을 설립했다.

1998년 추계예술대학교 강사(~2000년).

1999년 단편소설 〈원숭이는 없다〉가 독일에서 나온 《한국 소설집》에 번역(안소현 옮김), 수록되었다.

2000년 민족문학작가회의 이사로 선임되었다.

2001년 추계예술대학교 문예창작과 겸임교수가 되고(~2003년), 소설집 《가장 멀리 있는 나》를 문학과지성사에서 펴냈다. 한국소설가협회 이사, PEN 클럽 기획위원회 위원으로 선임되었다.

2002년 단편소설 〈나비의 전설〉로 이수문학상을 수상했다. 산문집 《그래도 사랑이다》를 늘푸른소나무 출판사에서 펴냈다. 중편 〈여우 사냥〉이 일본의 이와나미문고에서 나온 《현대한국단편선》에 번역(三枝壽勝 옮김), 수록되었다. 《대한매일신보》 명예논설위원, 연세대학교 동문회 상임이사(문화예술분과)로 위촉되었다.

2003년 산문집《꽃》을 문학동네에서 펴냈다.

2004년 소설가협회 중앙위원이 되고, 2005년 독일 프랑크푸르트 도서박람회 주빈국(한국) 출품 도서 '한국의 책 100선'에《돈황의 사랑》이 우리 소설 16편 중 하나로 선정되었다. 동화《두부 도둑》을 자유지성사에서 펴냈다.

2005년 장편소설《삼국유사 읽는 호텔》을 랜덤하우스중앙에서 펴냄과 함께 《돈황의 사랑》을《둔황의 사랑》으로(문학과지성사),《이별의 노래》를 《무지개를 오르는 발걸음》으로(일송북) 제목을 바꾸고 여러 곳 손을 보아 다시 펴냈다. 프랑크푸르트 도서전을 계기로 독일 순회 낭독회에 참가, 본 대학과 뒤셀도르프 영화박물관에서 작품을 낭송하고 해설하는 행사를 가졌다.《The love of Dunhuang(둔황의 사랑)》(김경년 옮김)이 미국 CCC출판사에서 나왔다. 서울디지털대학교 초빙교수.

2006년《敦煌之愛(둔황의 사랑)》(왕책우 옮김)이 중국에서 나왔다. 국민대학교 문예창작대학원 겸임교수(~현재). 시와 소설 그림집《사랑의 마음, 등불 하나》를 랜덤하우스중앙에서 펴냈다.

2007년 단편소설〈촛불 랩소디〉로 제12회 현대불교문학상을 수상했다. 소설집《새의 말을 듣다》를 문학과지성사에서 펴내고, 이 책으로 제10회 동리문학상을 수상했다.

2008년《21세기문학》편집위원.

　　미술;「티베트의 길, 자유의 길 전」(헤이리 '마음등불')에 참여했다.

2009년 중국 베이징 주중 한국문화원 개원 2주년 기념행사 '한중작가 사인회(장편《인민을 위해 복무하라》의 중국작가 옌롄커(閻連科)와 미국 LA 한인문인협회 세미나에 참가(강연)했다. 문학 그림집《지심도, 사랑을 품다》를 펴내고(교보문고), 전시회와 낭독회(거제도)를 가졌다.

　　미술;「독도 전」(전국순회전),「어머니 전」(미술관 가는 길),「구보, 청계천을 읽다 전」(청계천 광장, 부남미술관).

2010년 한국소설가협회 부이사장이 되고, 중국 난징(난징대학)과 타이완 타이베이(정치대학) '한국문학포럼'에 참가. 산문집《나에게 꽃을 다오 시간이 흘린 눈물을 다오》를 중앙북스에서 펴냈다. 중편소설 〈하얀 배〉 〈모든 별들은 음악소리를 낸다〉 고등학교 교과서에 수록.

미술; '문인 자화상 전'(신세계갤러리), '한국의 길—제주 올레 전'(제주현대미술관, 포스터 채택), '이상, 그 이상을 그리다 전'(교보문고, 부남미술관선유도), '조국의 산하전'(헤이리 '마음등불'), '한국, 중국, 오스트리아 교류전'(헤이리 아트팩토리).

2011년 《한국소설》 편집주간을 겸임하고, '한국작가총서 문학나무 이 한 권의 책 001' 《사랑의 방법》을 문학나무에서 펴내고 문학교육센터(남산도서관)에서 낭독회를 열었다.

미술; 한일교류전(헤이리 한길아트), '아트로드77'전(헤이리 리앤박 갤러리), 조국의 산하전(광화문 '광' 갤러리)

2012년 육필시집 《먼지 같은 사랑》을 지식을만드는지식에서, 시집 《쇠물닭의 책》을 서정시학에서 펴냄. 제1회 부산 가마골소극장 문학콘서트를 열고, 소설집 《꽃의 말을 듣다》를 문학과지성사에서 펴냄과 함께 첫 개인 그림전시회 '꽃의 말을 듣다'(서울 인사아트센터) 개최. 장편소설 《협궤열차》를 다시 펴내고(책만드는집), 《둔황의 사랑》이 러시아에서 출간됨(박미하일 옮김). 제1회 고양행주문학상 수상.

2013년 세계인문문화축제 '실크로드 위의 인문학, 어제와 오늘'(교육부, 경상북도 주최)에서 '실크로드의 문학' 발표. 시집 《쇠물닭의 책》으로 제4회 만해님시인상 작품상 수상.

2014년 미술; 개인 초대전 '엉겅퀴 상자'(길담서원 갤러리).

2015년 서울대통일평화원 인권소설집 《국경을 넘는 그림자》에 단편 〈핀란드역의 소녀〉 발표. PEN 세계한글작가대회 강연, 강릉 문화작은도서관 명예관장, 토지문학제 명예대회장, 몽블랑 문화예술후원자상 심사위원. 수림문학상 심사위원장. 이상문학상, 산악문학상 외 각종 문학상 심사.

현재 문학비단길, 문학나무 고문, 강릉문화작은도서관 명예관장.

윤후명 소설전집 10

가장 멀리 있는 나

1판 1쇄 발행 2017년 6월 26일
1판 2쇄 발행 2024년 8월 5일

지은이 · 윤후명
펴낸이 · 주연선

총괄이사 · 이진희
편집 · 강건모 심하은 백다흠 이경란 최민유 윤이든 양석한
디자인 · 김서영 이지선 권예진
마케팅 · 장병수 김한밀 최수현 김다은
관리 · 김두만 유효정 신민영

(주)은행나무

04035 서울특별시 마포구 양화로11길 54
전화 · 02)3143-0651~3 | 팩스 · 02)3143-0654
신고번호 · 제 1997-000168호(1997. 12. 12)
www.ehbook.co.kr
ehbook@ehbook.co.kr

ISBN 978-89-5660-252-3 04810
ISBN 978-89-5660-996-6 (세트)